莎士比亚研究丛书

中国莎士比亚悲剧研究

李伟民　杨林贵　主编

2020年·北京

图书在版编目（CIP）数据

中国莎士比亚悲剧研究 / 李伟民, 杨林贵主编. — 北京：商务印书馆, 2020
（莎士比亚研究丛书）
ISBN 978－7－100－17272－1

Ⅰ. ①中⋯ Ⅱ. ①李⋯ ②杨⋯ Ⅲ. ①莎士比亚 (Shakespeare, William 1564-1616) — 悲剧 — 文学研究 Ⅳ. ①I561.073

中国版本图书馆 CIP 数据核字（2019）第063105号

权利保留，侵权必究。

中国莎士比亚悲剧研究
李伟民 杨林贵 主编

商 务 印 书 馆 出 版
（北京王府井大街36号 邮政编码 100710）
商 务 印 书 馆 发 行
山东临沂新华印刷物流
集团有限责任公司印刷
ISBN 978－7－100－17272－1

2020年4月第1版　　开本 640×960　1/16
2020年4月第1次印刷　印张 27
定价：82.00元

"莎士比亚研究丛书"为

"东华大学莎士比亚研究所特色建设资助项目（2016—2019）"

莎士比亚研究丛书

编委会顾问

陆谷孙

屠　岸

辜正坤

斯蒂芬·格林布拉特

彼得·霍尔布鲁克

总主编

杨林贵

文集主编

聂珍钊　杜　娟

张　冲

李伟民

李伟民　杨林贵

杨林贵　乔雪瑛

"莎士比亚研究丛书"序

今年（2016年）是英国伟大的诗人剧作家威廉·莎士比亚逝世四百周年，世界各地隆重举行纪念活动。今年也是中国伟大的诗人戏剧家汤显祖逝世四百周年，世界各地也隆重举行纪念活动。莎士比亚是英国的骄傲，他同时属于全世界，因此莎士比亚与汤显祖一样，是中国广大受众所尊崇的艺坛骄子。

莎士比亚于19世纪进入中国，莎剧和莎诗的演出和吟赏，成为中国广大群众文化生活的重要组成部分。20世纪八十年代，具体地说是1986年，北京和上海两地同时举行莎士比亚戏剧节，一举演出莎剧二十五部，同时召开莎翁作品研究论坛。国际莎士比亚协会主席、英国伯明翰大学莎士比亚研究院院长菲利浦·布劳克班克（Philip Brockbank）惊呼："莎士比亚的春天在中国！"

中国的莎士比亚作品翻译、戏剧上演、改编演出、作品研究，几十年不衰，形成热潮。最近，商务印书馆将出版"莎士比亚研究丛书"，包括五本文集：《世界莎士比亚研究选编》《中国莎士比亚悲剧研究》《中国莎士比亚喜剧研究》《莎士比亚与外国文学研究》和《中国莎士比亚演出及改编研究》。其中除个别文集反映外国学者的莎翁研究成果外，大部分文集体现了中国学者和译家对莎翁作品的研究成果，充分表达了这项研究的中国特色和中国品位。收入这些文集的文章作者有卞之琳、孙家琇、方平、阮珅、陆谷孙、余上沅、黄佐临、梁实秋、李赋宁、曹未风等。这些人都是中国的一流莎学研究家和译家,他们是中国莎学专家的代表群体。

莎学在世界上是一门显学。中国学者们的莎学研究成果与英国和其他国家的莎学成果相比,水平相当,可以相互颉颃,东西媲美,一同汇入世界莎学的洪流。

"莎士比亚研究丛书"的总主编邀笔者为它作序。本人不揣浅陋,写了以上文字。请读者批评。

是为序。

屠　岸

2016年11月21日

于北京寓所,萱荫阁

—— Foreword to the "Series of Shakespeare Studies" ——

Reading the titles of the essays collected in these very welcome volumes of Western and Chinese Shakespeare criticism, one of the most striking things is how deeply historicist—or, to put it otherwise, political—the Western selections are. Of course, the choice of Western critics might have been made differently. But the line-up of critics here is a reliable guide to dominant trends in literary criticism and scholarship over the last few decades, and shows how profoundly ideological criticism in the Anglo-American academy has been since at least the 1970s and 1980s. It is a remarkably consistent story: the most influential and prestigious critics of the last three or four decades have been overwhelmingly preoccupied with issues of race, power, sexual identity or sexual difference, colonialism and imperialism (interestingly, they have not been concerned so much with the issue of class). And I daresay this turn towards politics is reflected in university curricula in the United States, Great Britain, and elsewhere. So, because at least some of one's students become the professors of the future, there is little reason to suppose that this political emphasis will completely disappear, even as new modes of criticism emerge.

There can be no question that this preoccupation with politics, broadly construed, has been salutary and important. It has shown us aspects of the plays that hardly registered on critical consciousness before. (The position of women in the plays—

indeed Shakespeare's very live interest in that topic—seems barely to have been noticed by critics prior to the emergence of radical cultural criticism in the sixties.) Nevertheless, numerous commentators have noted that it has come at a cost. There has been a tendency to think about the plays in a somewhat cold, suspicious manner— as if the main thing is not to be taken in by them. Culture itself has become an object of "interrogation" (a vogue word of much critical writing in the recent past, and one that speaks volumes). There has been a downbeat, disenchanted, grumpy tone to much critical writing. The unstated assumption has sometimes been that literature from the past cannot speak to us in any significant way, or rather any helpful way. Instead it is an object to be spoken to, about, or for. There is no requirement for us to listen to it.

My admittedly sketchy impression is that, in other countries, this particular mode of disenchantment has not occurred, or not to the same extent. In other places, there is still an idea that older literature might play a positive, emancipating role in the present. Canonical literature in non-Anglophone countries is still spoken about with a certain respect, even reverence. Humanistic or non-political kinds of criticism are still practised. It seems sometimes to be felt that the Judgment of Time is a meaningful or defensible concept—that significant works from the past survive because they deserve to (not just because certain institutions or groups have a particular ideological interest in ensuring that they survive). I don't find the same suspiciousness about towards high culture that has become almost de rigueur in the Western academy. My own feeling is that this attitude of openness towards the literature and art of the past is one we in the Anglophone academy need to reconnect with—but of course so much in our world now militates against this position.

What else can we Anglophone Shakespeareans learn from our Chinese colleagues? Perhaps the most important thing we need to learn is that Shakespeare is only a part of the literary culture of the planet. We still know very little about the ways in which

Shakespeare's plays and poems might be illuminated by the study of non-Western literary forms. We think of Shakespeare as part of "English Literature" (however broadly we want to define that), but is that really the best way to think of him? He was in touch with, and formed by, the literary traditions (medieval and Renaissance) of non-English-speaking lands—not to mention of course the enormous impact on his imagination of the works of classical antiquity. Shakespeare grew up reading, writing, and speaking a foreign tongue, Latin. His mental universe was in large part non-anglophone. All this suggests that a willingness to explore how Shakespeare's works might be understood as part of world literature—with affinities to some of the most unlikely literary and artistic traditions—will be one of the most important avenues of Shakespearean inquiry in the future. So it is very gratifying to see these volumes, bringing together some of the best Western and Chinese Shakespeare criticism, in print.

Peter Holbrook

Chair, Executive Committee, International Shakespeare Association

6th July, 2016

——写在"莎士比亚研究丛书"之前(译文)——

中西莎士比亚批评汇集成卷可喜可贺,有幸一睹各文集的论文题目,感觉一个最突出的特点是西方莎士比亚研究的历史主义或者说政治色彩相当浓厚。当然,选录西方批评家的成果还可能做出别样的选择。但是,就最近几十年的文学批评及学术研究领域的主导趋势而言,"莎士比亚研究丛书"选入的批评家阵容给了我们一个可靠的指南,指明了至少自20世纪七八十年代以来英美学术界的意识形态批评的深入程度。几乎毫无疑义的是,最近三四十年最有影响、最有名望的批评家都势不可挡地专注于种族、权力、性别身份或者性差异、殖民主义以及帝国主义等问题(耐人寻味的是,他们对阶级问题的关注不那么多)。我敢说这种政治转向也都反映在美国、英国及其他地方的大学课程中。所以,即使新的批评模式涌现了,也没有理由设想这种对政治的重视会彻底消失,因为至少某学派的某些弟子会成为未来的教授。

毫无疑问,这种对于政治的专注,如果广义上理解的话,还是有益并且重要的。这种方法给我们展示了莎士比亚戏剧的某些此前的批评几乎不关注的方面。例如,莎士比亚戏剧中妇女的地位——的确莎士比亚对这个话题兴味盎然——在20世纪六十年代激进的文化批评出现之前似乎很少有批评家注意到。然而,很多评论者注意到,这种批评不无代价。以冷峻、怀疑的态度来思考莎士比亚戏剧已经成了一种趋势——似乎不要被莎剧所蒙骗才是关键。文化本身成了"质询"的目标("质询"这个词最近成了批评写作的意味深长的流行语)。很多批评写作中带着某种悲观、幻灭、乖戾的腔调。有时还透着这样的潜台词:过往的文学无法有效地或者更无法以某种有益的方式与我们对话。相反,它是个听从言说的客体,任凭人们谈说或代为言说。而我们没有必要听信于它。

  本人有这样一个粗浅的印象,即在其他国家这类幻灭的批评模式还未曾发生,起码没有达到这种程度。在其他地方,人们仍然认为过往的文学还能在现今起到正面的、解放性的作用。经典文学在非英语国家还是得到相当的尊重甚至崇敬的。那里,人文主义的或者非政治的批评方法仍然行之有效。从这样的批评中你能时常感到,时间的仲裁是个有意义并值得守护的概念——过去的重要著作流传至今是因为它们实至名归(不只是因为某些社会机构或者群体对于确保它们的幸存而持有特定的意识形态偏好)。在这些国家,我没有发现西方学界几乎当成时髦的对于高雅文化的怀疑。我个人的感觉是,这种对于过往的文学艺术的开放态度,是我们英语国家的学界需要重新找回的东西——然而,当然现在我们的批评世界里阻挠这个立场的东西太多。

  我们英语世界的莎士比亚学者还能从中国同行那里学到些什么呢?大概最重要的一点就是,莎士比亚只是这个星球的文学文化的一部分。对于莎士比亚戏剧和诗歌如何用非西方文学形式来研究阐发,我们仍然所知甚少。我们把莎士比亚当成是"英语文学"的一部分来思考(不管我们如何宽泛地限定英语文学),但是那真的就是思考的最佳方式吗?他写作过程中接触了非英语国家的文学传统(中世纪的以及文艺复兴时代的)——当然更不用说古典文学著作对他的想象的巨大影响。莎士比亚成长过程中读过、写过、说过一种外语,即拉丁语。他的精神宇宙很大程度上是非英语的。所有这些都提示我们,主动考察如何将莎士比亚著作理解为世界文学的一部分——令其与最不可能匹配的文学艺术传统发生某些联系——将是未来莎士比亚研究的最重要途径之一。所以,看到荟萃了中西莎士比亚研究杰作的中国"莎士比亚研究丛书"的出版付梓,是令人欢欣鼓舞的事情。

彼得·霍尔布鲁克
国际莎士比亚学会主席
2016年7月6日

致莎翁四百周年

——莎士比亚研究综述

1616年4月23日,一位名叫莎士比亚的戏剧家在他的故乡、英国的斯特拉福逝世,但他的不朽杰作已经成了世界文学的经典,传播至今。四百年后,全世界的莎士比亚爱好者和研究者仍然隆重纪念这个重要的日子。商务印书馆出版"莎士比亚研究丛书"适逢其时。这套由外国文学学者及莎士比亚研究专家主编的文论汇编,荟萃了世界莎学以及中国莎学的代表性成果。

以死亡为主题的作文往往带着某种沉重,但是对于纪念莎士比亚来说,我们大可不必垂头丧气。莎士比亚的名字还应该被不断提起,虽然在"作者之死"的论调下,作者不再是独立自为的主体,而是多变的社会历史环境的构成部分。然而,笔者认为这个说法反倒提高了他成为我们中的一分子的可能性,因为我们成了莎士比亚作品意义构造的参与者。在这个意义上说,作者叫什么似乎不那么重要了,他的文本的生命力和可供续写的兼容性才是让他继续拥有活力的源泉。事实上,四百年来人们都称莎士比亚为"同时代人",都不断赋予他的作品以新的内涵。这样说的话,这位叫莎士比亚的作者之死有了新的意义,他在与我们互为创造的活动中实现了不朽:"莎士比亚创造了现代文化;现代文化造就了莎士比亚。"因此,2016年4月23日仍然是值得热烈庆祝的日子。

全世界也都在2016年举办各种重要活动,以纪念莎士比亚给四个多世纪以来的人类文化生活贡献的不朽作品。最为盛大的是"世界莎士比亚大会"（World Shakespeare Congress），恰在这一年举办第十届盛会，按照计划于7月31日至8月6日在斯特拉福和伦敦两地举办，吸引了一千余位来自世界各地的莎士比亚学者参加。每五年一届的世界莎士比亚大会由国际莎士比亚学会主办，世界各国竞争承办，前九届分别在加拿大温哥华、美国华盛顿、英国斯特拉福、德国柏林、日本东京、美国洛杉矶、西班牙瓦伦西亚、澳大利亚布里斯班、捷克布拉格举办。国际莎士比亚学会投票决定在英国举办第十届大会，不无考虑天时地利的因素，让莎翁在这个重要的年份"回家"——斯特拉福是他的故乡、他生长和安息的地方；伦敦是他事业发展的舞台。然而，这样的安排并不只是满足"朝圣"的热情，更重要的是让更多的人能够有机会到他的剧场去体验一下他的戏剧的魅力，比如在重建的环球剧场观看莎剧表演。

重要的是，来自全世界的莎士比亚学者能够在莎翁故乡汇聚一堂，充分阐发"莎士比亚的创造与再创造"（Creating and Recreating of Shakespeare）这个核心议题。莎士比亚既是创造的天才又是再创造的天才；他的作品体现出非凡的创造性、创造力、创新性。要对他的作品做出有创见的再创造，同样需要创造力和创新精神。这样的精神已经渗透到四百余年来的莎士比亚在世界各地传播和接受的实践中——在舞台上、影院里、课堂中；这些围绕莎士比亚的活动也让他的作品的创造性得以延伸。虽然莎士比亚的创造内涵不是这样简单的概括能够穷尽的，但是现代生活确实见证了他的艺术的活力，也部分地说明了我们今天为什么还需要莎士比亚。西方马克思主义文学理论家特里·伊格尔顿（Terry Eagleton）预言的我们不再需要莎士比亚的时代，在资本全球化的今天离我们不是更近，而是更远了。事实证明，我们还需要莎士比亚，因为他的创造性的光芒能够穿越时空，照射到不同时代的人生社会。他的作品探析了人类迄今为止仍然无法解决的人性困惑和社会问题。莎士比亚和那个时代其他巨人一起开启了现代文明，他们的作品注重人文精神，制造了近现代与中世纪文化的分野。从20世纪开始，现代主义和后现代思潮都纠结于如何看待人文理性。似乎从哲学上分别现代和后现代的关键，还是在于如何对待人文主义的问题。后现代主义论者对人文主义的内涵表示怀疑，分析能指和所指之间的裂痕，借以挑战传统的人文观。这时，他们也从蕴含了深层矛盾的莎士比亚文本中找到例证。这就更证明了莎氏创造内涵的灵活性、复杂性和多面性。

上述几个方面中涉及了曾是莎士比亚接受史和批评史中的一些热点话题，有些仍然是热点。这些话题在第十届世界莎学大会上，围绕莎士比亚的创新、创造主题更深入地展开。总之，莎士比亚是创造的载体和媒介，是创造的成果和源泉，既承继又开启，既是经典又是流行。我们应当将他置于不断创新的过程当中，才能充分体验他的兼容性、创新性、多元性、时代性、历时性与共时性。著名莎剧演员、导演布拉纳在2012年伦敦奥运会上朗诵《暴风雨》中的台词，又给追求生态文明的21世纪生活注入了莎士比亚元素。凯列班的与自然和谐相处的梦想与我们的生态梦想相吻合。莎士比亚的亚登森林里不仅住着超自然的精灵，那里也是戏剧人物回归自然的避难所，那里更有地球村远景规划中必不可少的那片绿草地。

作为中国学者，我们也关注绿色的莎士比亚，更关注莎士比亚在中国的学术生态以及中国莎学作为整体对于世界莎士比亚大会等国际莎学活动的参与。中国学者最早有规模地参与世界莎学大会，是1996年在美国洛杉矶召开的第六届。在原"中莎会"会长曹禺先生的关照下，文化部及教育部联合委派了以方平为团长的中国莎学代表团，成员包括孙福良、孟宪强、曹树钧、刘炳善、何其莘、辜正坤、张冲、杨林贵（兼任代表团秘书）等。其后孟宪强、张冲、杨林贵、罗益民、吴辉等先后出席了第七至第九届大会。笔者应邀在第九届大会上主持一个特别研讨会，并被选为国际莎士比亚执行委员会委员。由此可见，中国莎学前辈一贯重视中国莎学界和世界同行的交流，特别是鼓励年轻学者积极参与国际学术活动。可喜可贺的是，中国学者在第十届大会上有更出色的表现。据笔者了解，有空前规模的中国学者群体参加了本届盛会。辜正坤教授得到特别邀请，与一位英国学者共同主持关于莎士比亚十四行诗的研讨会。笔者作为国际莎士比亚学会执委，参与本届大会委员会的工作。郝田虎和刘昊与其他学者合作，分别担任两个小组研讨会的主持人。经过他们的积极努力以及有关方面的密切合作，他们提交的研讨会提案得到了高度认可。另外还有十余位中青年学者参加大会交流和小组讨论，极大地提高了中国莎学在国际学术圈的可见度。中国学者在此次大会上有无愧于前辈、无愧于中国莎学的出色表现。

中国莎士比亚研究的进步，离不开一批学贯中西的前辈学者的引领，他们不仅通过翻译和著述为莎士比亚在中国的传播和研究做出了杰出贡献，而且积极组织学术活动，奖掖并带动后进，推进中国莎士比亚研究的发展。他们创建的"中莎会"，在组织中国莎学工作以及国际交流活动上起了重要的促进作用，在中国莎学史上具有独特的意义。原中国莎士比亚研究会（后更名为"中国莎士比亚学会"），简称"中莎会"，在文化部的领导和支持下成立于1984年12月，首任会长为曹禺，副会长为卞之琳、王佐良、孙家琇、李赋宁、张君川、杨周翰、陆谷孙（1989年增补）等。从1998年9月起，中国莎士比亚研究会组织机构发生重大变化，会长为方平，副会长为荣广润、孙福良、孟宪强、曹树钧、辜正坤。2003年6月因未按期进行重新登记被民政部宣布取消活动资格。2012年10月经民政部批准，"中莎会"重新登记成立，隶属于中国外国文学学会。2013年4月"中莎会"正式恢复成立并在北京大学召开会议。辜正坤当选新"中莎会"会长，副会长为张冲、李伟民、杨林贵、罗益民，秘书长为刘昊、北塔。

在原"中莎会"的领导下，我国曾经成功举办过两届莎士比亚戏剧节，出版会刊《莎士比亚研究》，联合一些省级莎士比亚学会或者协会，主办了一系列重要的国内莎士比亚研讨会，也组织了一些和国际莎学界的学术交流活动，促进了中国莎学的发展。在推进中国莎学研究以及"中国莎学走向世界"方面，新的"中莎会"肩负了更重要的使命。在祝贺"中莎会"恢复成立的信中，中国社会科学院外国文学研究所所长陈众议希望学会"在传承、借鉴、团结、创新中为中国莎学、中国学术、中国文化的繁荣进步做出巨大贡献"。国际莎士比亚学会主席彼得·霍尔布鲁克（Peter Holbrook）在贺信中也期待"中莎会"促进和提高中国莎士比亚研究以及与国际同行的交流。中国莎学同仁应该相互支撑协作，共同努力以取得丰硕成果，同时积极参与国际莎学活动。希望通过当今的外国文学工作者和莎士比亚研究者的努力，更好地完成前辈学者提出的"中国莎学走向世界"的光荣任务。"中莎会"未来的另外一个重要目标应该是促进中外文化的交流和对话。我们还有一个梦想，就是将来争办一届世界莎士比亚大会。这将有利于宣传中国莎学，有利于扩展中国学者和国际莎学界交流的机会。

这套"莎士比亚研究丛书"的出版既是为了纪念莎士比亚、为世界莎士比亚盛会献礼，也是为了让对莎士比亚研究感兴趣的年轻一代更多了解世界莎士比亚研究的发展趋势以及中国莎学所取得的成就，为中国莎学向更广阔的空间拓展做好准备。"莎士比亚研究丛书"包括如下五本文集：

《世界莎士比亚研究选编》：本文集延续《莎士比亚评论汇编》（杨周翰选编）的重要工作。该汇编自1979年出版以来一直是中国莎学研究的重要参考书；但遗憾的是由于出版较早而且主编过世，该汇编收录成果截止于20世纪六十年代，没能跟踪其后的莎学研究的研究成果。实际上，西方莎学自七十年代以来发生了重大变革，后现代研究如新历史主义、文化唯物主义等，已逐渐取代了"新批评"等传统流派的重要性，成了新的主流研究。所以，本文集在考虑早期传统研究的同时，力争弥补汇编的缺憾，材料更新，理论探讨更深入，收入六十年代以来的主要研究成果。其中选录的一些名家名作是某些文学批评流派或者研究方法的开山之作，例如斯蒂芬·格林布拉特（Stephen Greenblatt）等大家的经典研究成果。

《中国莎士比亚悲剧研究》：莎士比亚的悲剧是世界戏剧艺术的精华，对莎氏悲剧的研究汗牛充栋，其中不乏莎学研究的经典之作。本文集精选20世纪以来中国在莎士比亚悲剧研究方面最有代表性的研究成果，分悲剧研究总论、四大悲剧以及罗马悲剧研究等部分。本文集选文既有出自中国莎学名家的经典论述又有莎学新秀的新观点的阐发。选文囊括了方平、张天翼、孙家琇、张泗洋、盛宁、张隆溪等名家的研究力作。

《中国莎士比亚喜剧研究》：莎士比亚的喜剧这个精彩的世界，给人带来的不仅仅是笑声，也常常在给人愉悦的同时，以喜剧形式深刻讽刺社会人生中的种种丑恶和不公，对后世的喜剧创作影响深远。因此，莎士比亚喜剧研究分量不亚于悲剧研究。我国莎士比亚喜剧研究涌现了成就显著的学者。本文集收录了几代著名莎士比亚喜剧研究名家的代表成果。作者有颜元叔、曹未风、吴兴华、孟宪强、裘克安、陆谷孙、彭镜禧等。

《莎士比亚与外国文学研究》：把莎士比亚放在外国文学研究这个大的背景下研究是《外国文学研究》对于莎学研究的一大贡献。该刊的"莎士比亚专栏"发表的中英文研究成果在国内外影响很大，而且代表了国内莎学研究的最高成就，为外国文学和莎士比亚研究树立了学术质量的榜样。本文集精选莎学专栏中最有影响的论文，覆盖了中国莎学研究的各个方面，分三个部分：莎士比亚总论，悲剧研究，历史剧、喜剧、传奇剧研究。著名作者包括杨周翰、戚叔含、陈嘉、朱维之、王忠祥、阮珅、顾绶昌等。

《中国莎士比亚演出及改编研究》：本文集探讨莎剧演出和改编的各

种重要问题，分如下几个部分：1. 综合研究：收入莎剧演出、改编所涉及的理论问题以及关于跨剧目、跨媒体、跨界演出实践的研究；2. 莎士比亚话剧演出研究和评论；3. 莎士比亚戏曲及歌剧改编的理论和实践研究；4. 莎剧影视改编以及演绎等方面问题的研究。本文集既有中国戏剧史上的著名戏剧大师关于莎士比亚演出的经典论述，也有新时期杰出研究专家的代表性成就。收入的文章作者包括中国戏剧教育家、理论家余上沅；著名戏剧、电影艺术家、导演黄佐临；外国语言文学专家、莎士比亚学者陆谷孙等。此外，还包括戏剧及外国文学研究领域的中青年学者宫宝荣、程朝翔、张冲、李伟民、杨林贵等。

可以说，这套"莎士比亚研究丛书"在内容方面有如下特点：兼收国际国内莎学研究的精华；把莎士比亚研究放在文学文化批评的大背景下审视；重视理论研究和教学应用的结合；考察文学批评和演出改编实践的互动和相互影响；提倡跨学科和跨领域交叉研究（所收入的研究成果吸收了文艺美学、哲学、社会学、语言学、历史学、心理学、文化人类学等学科的优势）。另外，本套丛书的出版从中国视角为世界莎学的重大事件做出贡献，让世界更加了解中国莎学。因为丛书的上述特色和学术价值，也因为莎学的重要性和丛书的跨文化和跨学科方法，希望这套丛书为我国外国文学研究的发展提供借鉴，为文学文化研究领域的学者和师生群体提供参考，在人文教育课堂以及人文素质方面发挥积极作用。希望外国语言文学研究、文化人文研究、戏剧艺术研究的专家学者，以及在上述领域求学的从本科学生到博士研究生的群体，能够从丛书中获益。

当然，这些题目不能完全展现中外莎士比亚研究的全貌，我们原来设计的丛书方案还包括其他很多重要选题，但因为种种原因无法在本套丛书中体现，例如"莎士比亚诗歌研究"以及莎士比亚主要戏剧作品的专题研究等，我们希望条件成熟的时候继续出版下一个系列。

还需要说明的是，由于"莎士比亚研究丛书"所收录的文章选自不同的期刊和书籍，发表或出版的年代不同，其注释方法有一定的差异。各集主编和出版社编辑做了大量工作，尽量保证全丛书在总体上的统一；然而，依然有个别文章，其所引用文献的信息无法补全。

* * *

组织出版这样一套丛书离不开来自各个方面的支持和帮助，借此序文向他们表示深深的谢意。首先，感谢编委会及其顾问的积极配合和有效工作。一贯支持中国莎学事业的本届"中莎会"理事会的几位顾问——屠岸、陆谷孙、斯蒂芬·格林布拉特、彼得·霍尔布鲁克等——也是丛书编委会顾问，他们以不同方式关注了丛书的编辑出版并肯定了编委会的工作。辜正坤会长就顾问委员会构成以及编辑工作做了重要指示，提出了中肯的建议，并奉献了墨宝。最重要的是，各个文集负责人通力合作，特别是聂珍钊、张冲、李伟民等几位主编，他们愿意和总主编分担责任。他们在确定选文的过程中与总主编密切沟通，认真讨论选文以及编辑标准等问题，保证了选文和编辑的质量。同时，编辑工作还得到了其他人员的得力辅助。这里应该特别提到两位优秀的青年学者杜娟和乔雪瑛，她们参与了有关文集的繁杂的编辑工作。

必须感谢选入文集的论文作者以及发表原文的学术期刊及出版机构，他们不仅为莎士比亚研究贡献了重要成果，而且授权让我们共享这些成果。其中涉及大量的外文论文的翻译和审校工作。感谢所有参与翻译工作的署名和未署名的译者。原文中的理论内容和复杂的文字结构，给理解和翻译造成很大的挑战，译者们不畏困难，出色地完成了翻译工作。乔雪瑛除了翻译，还对部分译文做了认真细致的初步审校，付出了大量时间和精力，为译文的进一步完善做出了杰出贡献。

感谢商务印书馆的领导，感谢栾奇博士对选题的大力支持、对丛书结构的指导性建议以及对全部书稿的认真审读和缜密考证；同时感谢出版社的编审、版式及封面设计和校对人员的精细工作，他们为丛书文字的准确性提供了可靠保障。

感谢东华大学党政领导以及科研处和外语学院对莎学研究的重视，特别是对于莎士比亚研究所的政策和经费支持！

最后要对其他所有关心和鼓励莎士比亚研究以及丛书编辑出版的各方人士致以衷心的感谢！

杨林贵

"莎士比亚研究丛书"总主编

2016年9月29日初稿

2017年10月28日修订

目 录

序言一

"莎士比亚研究丛书"序 　　　　　　　　　　　　　　　　/ 屠　岸 / 001

序言二

Foreword to the "Series of Shakespeare Studies" / Peter Holbrook / 003

写在"莎士比亚研究丛书"之前（译文）　　　/ 彼得·霍尔布鲁克 / 007

总主编前言

致莎翁四百周年
　　——莎士比亚研究综述　　　　　　　　　　　　　　/ 杨林贵 / 011

本集主编前言

莎士比亚悲剧批评在中国　　　　　　　　　　/ 李伟民　杨林贵 / 001

莎士比亚悲剧的艺术特征
　　——纪念莎氏诞辰420周年　　　　　　　　　　　　/ 张泗洋 / 001

悲剧与死亡
　　——莎士比亚悲剧研究之一　　　　　　　　　　　　/ 张隆溪 / 020

论莎士比亚悲剧的本质　　　　　　　　　　　　　　　/ 王维昌 / 044

莎士比亚悲剧情节结构简论　　　　　　　　　　　　　/ 徐克勤 / 061

论莎士比亚悲剧的非理性意识　　　　　　　　　　　　/ 徐群晖 / 069

从《裘力斯·凯撒》看莎士比亚的历史、政治意识　　　　　／孙家琇／083

哈姆莱特的悲剧性格　　　　　／方　平／098

时代嬗变与意识困扰
　　——哈姆莱特踌躇问题新探　　　　　／孟宪强／109

诠释与想象的空间：批评史中的莎士比亚与《哈姆雷特》　　　　　／杨慧林／123

再论哈姆莱特并非人文主义者　　　　　／从　丛／140

谈《哈姆来特》
　　——一封信　　　　　／张天翼／160

《哈姆莱特》的悲剧冲突与哈姆莱特的典型意义　　　　　／王忠祥／189

《哈姆莱特》：演绎人类生死问题的悲剧　　　　　／蓝仁哲／194

论哈姆雷特性格的模糊性　　　　　／田　民／206

哈姆雷特：政治意识形态阴影中追踪死亡理念的思想者　　　　　／黄必康／221

哈姆雷特之谜新解：拉康的后精神分析批评　　　　　／方汉文／246

道德伦理层面的异化：在人与非人之间
　　——莎士比亚悲剧《李尔王》的伦理学解读　　　　　／李伟民／259

理智丧失后的大智
　　——李尔王的"疯癫"与尼采美学中酒神式智慧　　／华泉坤　牛振宇／271

《李尔王》中的三对矛盾　　　　　／盛　宁／281

理性与疯癫的延异
　　——以莎士比亚《李尔王》为例　　　　　／蒋　倩／293

《麦克白》的现代主义解读　　　　　／谈瀛洲　陆谷孙／303

恐惧与颤栗
　　——《麦克白》悲剧内核新探　　　　　／肖四新／315

奥瑟罗的性格	/阮　坤/328
《奥瑟罗》：一个西方"他者"的建构	/张德明/342
论《奥赛罗》的叙事结构	/田俊武　袭新智/358
医学、政治与清教主义：《罗密欧与朱丽叶》的瘟疫话语	/胡　鹏/369

莎士比亚悲剧批评在中国

莎士比亚作品涵浑光芒，以天地之化，雨露之润，雄视万代，被誉为西方文学正典和源头之一。"经也者，恒久之至道"也。在世界范围内的莎士比亚研究中，莎士比亚悲剧研究也瑜瑕互见。在四百多年的时间里，研究者对莎氏悲剧进行循理以求道，繁称博引，条析文理，逐类而长，穷古今之简篇，入字里与行间，究心莎学，求其会通的全方位、多角度的深入而细致地研究，并且借助于莎士比亚悲剧的经典性孕育出各种大相径庭的观点和结论，丰富了莎学研究学科，也丰富了文学、艺术、戏剧，乃至哲学、美学等各类理论。同时，莎氏悲剧也成为各种文学、艺术、戏剧理论，乃至各种现代主义、后现代主义理论诞生、检验自身理论适用性的温床和试金石。

我国对于莎氏悲剧研究取得了极为丰富之研究成果。纵横华夏莎学，译者论者语流百年，论如析薪，将莎氏不期文而文之悲剧神理，融会于心，下笔抒词，读而品之，歌而论之，译（易）而戏之，自然互备、互见、互文而互彰，而外师造化，中得心源，则神气出矣，实乃整个莎学研究中之翘楚。环顾东渐以来莎氏悲剧研究，可谓文华出于沉思，义归乎文艺复兴人文主义之藻。极目回首，神州良多握瑜怀玉之士在其创作、批评中以人文精神为士林命脉，洗涤心源，独立物表，或直抒胸臆，或西体中用，或比较工雅，或于锱铢之间窥其堂奥，其毅力心性颇多匡发。可以说，自莎氏悲剧传入中华大地以来，已经浸润于一代又一代文学家、批评者的心田,"多难兴邦,殷忧启圣",解读莎氏悲剧有家有国有天下,能文能武能鬼神之神韵,也是学子审己度人,了解人生真谛的通衢大道。同时,随着莎氏悲剧研究的不断深入,我们也看到,处于不同的历史阶段之中,我们对莎氏悲剧的理解是不一样的,有时甚至有相当大的差异。这就是说,对莎氏悲剧的研究已经在融入我们自身对人性的理解,同时,这样的解读亦使吾辈悟出了莎氏之现代性与当下之关联。论家亦充分借鉴了世界莎学研究的经典成果与最新资料,由此在总体上构成世界莎学史上的"一家之言"。

《中国莎士比亚悲剧研究》这部文集荟萃中国莎士比亚悲剧研究之大成,主要分为两个部分:莎士比亚悲剧总体研究和单部莎剧的研究。但无论是总体研究还是单部悲剧研究,都力争体现对莎氏研究的新思考、新视野;读者亦可看到,这些论莎氏悲剧之文在结合西方最新莎学研究成果的基础上,已经超越了以往的中国莎学研究模式和旧说。论者站在较高角度上强调,莎氏悲剧的哲理性和艺术特征是文艺复兴时期社会生活直接而真实的反映;莎氏悲剧人物的缺陷和死亡具有必然性;莎氏悲剧的非理性意识具有超前的审美现代性。更有文学批评之批评,指出研究之种种误区。例如,《裘力斯·凯撒》中勃鲁托斯人物形象的"理想化"。《哈姆莱特》研究成果最多,陷入误区也最深。论者对简单化地在人文主义与哈姆莱特之间画等号提出批评。论辩之间,同时针对具体作品(尤其"四大悲剧")提出新观点。关于《哈姆莱特》,认为主人公是新时代精神的镜子,他是在形而上的理念中追寻生命意义,用死亡的绝对理念代替人类社会的各种价值观念,该剧演绎的是人类的生死问题;哈姆莱特不是"恋母仇父",其思想容量不能仅仅用复仇剧概括;哈姆莱特的忧郁、犹豫和延宕是不同意识运动的结果,意识困扰是他踌躇的根本原因;吸收、借鉴西方最新莎学研究成果,以哈姆莱特研究中具有代表性的诠释方法和批评类型,包括意识形态批评、性别身份、宗教观念、拉康的后精神分析批评为线索进行深入解读。关于《李尔王》,有从道德伦理层面的解读;李尔王的疯癫是酒神式的疯癫;针对福柯提出的理性与疯癫的对立与不可调和,证明理性与疯癫与德里达提出的差异观是相辅相成的延异关系。关于《麦克白》,论者从弗洛伊德角度阐释了本剧的现代性。《奥赛罗》通过反映社会矛盾表现了人道主义思想,奥赛罗是一个西方"他者"的形象建构,《奥赛罗》中的叙事结构,结合宗教、医学、政治和占星学厘清了清教对"瘟疫话语"的征用,等等。我们看到这些研究已经与以往的研究显示了极大的不同,表现为中国莎学研究历经百年沧桑之后,在借鉴世界莎学研究成果的基础上,更具理论深度和现代学术意识的阐释,我们的研究已经基本上摆脱了苏联莎学理论研究模式,莎学研究的独立思考特色日益彰显,并且在莎学批评中显示出中国莎学对世界莎学研究的独特贡献。

莎士比亚悲剧在中国的引介、翻译以及早期改编演出与对于其精华的深入研究不可分割。在长达一百多年的时间里,戴望舒、张文亮、梁实秋、周平、曹未风、朱生豪、孙大雨、杨烈、卞之琳、方平均翻译了莎氏悲剧。而最早以诗体评论莎作的汪笑侬在诗中也评论《哈姆莱特》为:"手刃父仇事已毕,孤儿覆命赴黄泉。笑他望帝非灵鬼,夜夜枝头哭杜鹃。""未能事人,焉能事鬼?"真可谓,神是人,鬼是人,人还是人。汪氏显然也在描述故事情节的基础上,对主人公哈姆莱特一洒同情的眼泪。汪笑侬评《李尔王》:"女子相夫原美德,不知有父是鸱鸮。同谋幸未成奸字,始信其言利似刀。"他对《蛊征》(《麦克白》)评论道:"妖妇何来言咄咄,无端蛊惑乱君臣,一朝树走将军至,不及班家有后人。"按照中国传统文化、道德的思维方式,汪笑侬自然把麦克白的毁灭,君臣之乱,归罪于女人,即女巫和麦克白夫人身上。他评论《奥赛罗》"黑瞀"十七:"天意岂真骄白种,黑奴到底欠文明。/爱妻密友俱难信,更向何人托死生。"他对《罗密欧与朱丽叶》的评论是:"天教仇寇成婚媾,归妹偏占载鬼多。纵有押衙终不济,何须成败怨萧何。"在汪笑侬看来,世人不必以两个主人公的双双殉情而哀叹和惋惜,而应当为他们那美好而坚贞的爱情而感动，因为罗密欧和朱丽叶的爱情堪称感天动地的爱情绝唱。

1917年，东润在《太平洋》杂志第一卷发表的《莎氏乐府谈》中评论："至于铸情记者，乃如读《孔雀东南飞》之篇。觉其文境绵邈幽咽，不得不为焦仲卿夫妇与罗密欧朱丽叶等放声一叹也。"1918年，周作人的《欧洲文学史》提到《罗密欧与朱丽叶》，他认为："Romeo与Juliet之死别，虽因缘于人事，实亦定运之不可逃。"1944年，朱生豪在《莎士比亚戏剧全集》《第二辑提要》中从正面对《罗密欧与朱丽叶》加以评论："《罗密欧与朱丽叶》是莎氏早期的抒情悲剧，也是继《所罗门雅歌》以后最美丽悱恻的恋歌。这里并没有对于人性的深刻的解剖，只是真挚地道出了全世界青年男女的心声。"这些具有开创之功的莎氏悲剧批评虽然有时仅为片言只语，但其中却蕴藏着许多真知灼见。

今天的中国主流莎学研究虽然已经完全摆脱了第一阶段的研究模式，但大量的研究仍然因袭第二阶段中国老一辈莎学学者在吸收苏联莎学的基础上所发展的中国莎学，甚至在21世纪的今天仍然对过去莎学研究中蕴涵着的错误习焉不察，难以有所创新；而第三阶段，在全面地反思、批判地吸收苏联莎学研究的基础上，对过去的莎学研究重新给予全新的阐释，在总结以往的莎学研究教训，对莎士比亚及其作品进行了新的梳理，虽然否定哈姆莱特是人文主义者的研究尚没有得到足够的重视，但是已经引起了学界的关注和重新思考。同时，我们也应该看到这样的现象：在中国学术期刊上，第二阶段所呈现的莎学理论和第三阶段的莎学理论纠合在一起，而且在论文的数量上具有第二阶段特征的论文长期占上风且至今仍然充斥着学术期刊的版面；这表明，我们在相当范围内有相当一批研究者在研究中还没有形成自觉地抛弃以往研究模式的自觉意识。可见，理论上的每一点微小的进步来得是多么不容易和多么可贵。这种状况显然应当引起中国莎学研究者的关注和理论上的自觉，使我们的研究在吸收世界莎学研究精华的基础上能够结合自己的思考，最终使我们自己的莎学研究摆脱了从苏联莎学中长期沿袭下来的影响，从而真正建立在马克思主义指导下的中国莎学自己的理论体系，形成具有鲜明中国特色的莎学研究理论和方法，并且在超越前人的基础上对马克思主义莎学的发展做出新的贡献。

根据中国莎学研究发展的实际情况，我们可以清晰地看到第二阶段，亦即20世纪五十年代到六十年代初中国莎学发展的历程及其影响。以《哈姆莱特》研究为例，对于本剧的认识可以折射出中国莎学学者对莎士比亚的主要认识的脉络。自《哈姆莱特》传入中国直到20世纪五十年代，中国莎学研究者对哈姆莱特的认识尚没有上升到理论的层面。20世纪五十年代后，由于受苏联莎学的影响特别是苏联学者对哈姆莱特形象分析的影响和阶级斗争理论、政治环境的影响，哈姆莱特是"人文主义的典型形象"的认识在我们的头脑中似乎已经根深蒂固了。进入20世纪八十年代后，由于受根植于头脑中认识的局限和原有研究视角、观点的强大辐射力，以及年轻一代学者对"哈姆莱特的人民性"、"人文主义者的典型形象"缺乏深刻的时代反思的重复"建设"，影响了莎学理论更新的速度。在对哈姆莱特人文主义者认识的基础上，情况虽然发生了某种变化，但是直到今天，在相当一批研究者中间对"哈姆莱特是人文主义典型形象"的认识并没有得到全面更新，他们的研究在有意与无意之中，继承、宣扬甚至强化了在苏联影响下所强调的哈姆莱特是人文主义的典型代表和人民性的观点，致使中国莎学研究特别是哈姆莱特研究发展缓慢，甚至在某些方面有所倒退，这不能不引起我们的注意。尽管情况是复杂的，但是在研究中彻底抛弃过去那种僵化的理论思维模式则是莎学研究者的共识和当务之急，我们是能够做到这一点的而且也应该做到这一点的。

在中国的《李尔王》研究中，和莎氏的其他悲剧研究一样，分歧也是相当多的，主要集中在主题思想和人物形象上。这些分歧主要有：1."权威与爱的矛盾说"，通过真诚的爱与虚伪的爱之间的对比，权威与爱、权威与社会正义的矛盾，揭示了人性与大自然的善恶。2."权欲万恶说"，莎士比亚通过《李尔王》中权欲危害整个人类社会、影响人类前途的高度来认识，对人类社会前途发出了疑问和警告。3."社会哲理悲剧说"，认为《李尔王》反映了整个社会关系的本质。人的实质、人在生活中的地位和在社会上的价值。4."人文主义的悲剧说"，有的人认为是人文主义的悲剧，即人文主义理想在残酷的现实面前碰壁。5.有的人认为表现了资产阶级与封建阶级两大集团之间的矛盾和斗争，批判将悲剧冲突归结为没有任何阶级观念的抽象的善恶对立。

1964年，戴镏龄发表了《麦克佩斯与妖氛》。这是一篇重要的莎氏悲剧研究论文。作者从社会政治环境出发，解释了心灵与妖氛的意象，并在批评中从"人文主义者"的角度对莎士比亚的创作思想给予定位，更从"人民"的角度对麦克白的行为给予了定位，甚至从唯物主义的角度对其进行解读。所以，尽管这篇文章是《麦克白》传入中国以来第一篇真正意义上的学术论文，但是，仍然不可避免地留下了时代的印痕。自从《麦克白》进入中国莎评家的视野以来，对《麦克白》的主题和主人公形象的分析就存在着较大的分歧。关于《麦克白》的主题思想、主人公形象和性格，有人认为：1.《麦克白》是"命运悲剧"女巫指挥着麦克白的行动，主宰着主人公的命运，造成了麦克白的毁灭，麦克白是她们手中的玩物（三个女巫被定为命运之神）。2.由于麦克白夫人的操纵造成了悲剧，夫人是第四个女巫，她指挥着丈夫的篡位。3."恐惧的悲剧"（贯穿了令人恐怖的血腥气），《麦克白》不只是一般意义上的塞尼加式的宫廷悲剧。它在某种程度上是对人类精神世界的探索，而这种探索是建立在观众"恐怖想象"的基础上的。弑君作为现实利益诱惑的产物仅仅是一种表象，而在背后则隐藏着取代父性或者依恋父爱的潜意识动因。4.权欲野心泯灭了人性，《麦克白》是"野心的悲剧"，具有警示性的政治和教育意义（主人公非理性的野心从萌发到实现到自毁的过程）。5.《麦克白》是讨好君王的反暴君的戏剧，从弑君篡位、酝酿内战到暴君倒台、新王登基，表达了莎氏的人文主义政治理想对贤明君主与和谐社会的向往。6. 麦克白是"外来影响的受害者"，是和"理查一样的人物"。

《奥赛罗》是一部引起无数争论的莎士比亚戏剧。《奥赛罗》的主题和人物在西方也引起了无数的争论，这种争论至今仍在继续着。《奥赛罗》在中国也引起了莎学研究者长期、尖锐的争论，《奥赛罗》批评在中国主要表现为：追随苏联莎学批评，从人文主义入手肯定《奥赛罗》的进步性；对中国戏剧、戏曲改编《奥赛罗》的批评；嫉妒说与非嫉妒说之间的争论；从文化身份的角度解构《奥赛罗》。对于《奥赛罗》，"西方评论界始终围绕着他的内容、意义、成就大小等争执不休，甚至有着截然不同的看法。从17世纪以来，各种说法五花八门，褒贬不一。因此，到19世纪末期，曾有人指出：凡是知名的论者都深深感到难以明了那隐藏于悲剧故事之下的道德迷津，而对于奥赛罗性格的'矛盾的解释'更超出了包括《哈姆莱特》在内的诗人全部作品中的任何人物"。与国际上对《奥赛罗》的评论相同，在其传入中国的一百年中，围绕着《奥赛罗》的主题思想、人物形象、艺术创作手法、结构、意象、"嫉妒"说、"轻信"说等针锋相对的争论从来就没有停止过，甚至没有取得过比较一致的意见，而且由于社会的发展、时代的变迁，现代和后现代文化观念的渗透，中国的莎学家和导演、演员在戏剧、艺术理念上不断更新、从文化的角度不断探索其中蕴涵的深层意蕴，诠释是五花八门的，批评是异彩纷呈的，甚至是各取所需。对《奥赛罗》的批评主要集中在三个方面：1. "嫉妒"与"非嫉妒"说；2. 奥赛罗是否属于优秀的人文主义者形象；3. 种族和身份认同危机是造成其悲剧的主要原因。

《罗密欧与朱丽叶》在中国的影响可以说超过了任何一部莎士比亚戏剧，它已经成为中国观众最喜爱、最熟知的一部莎剧。罗密欧和朱丽叶的名字在中国青年男女的心目中享有极高的声誉，他们千古绝双的爱情范式成为爱情的最高境界，罗密欧与朱丽叶、梁山伯与祝英台在中国人的心目中具有相同的知名度，所指具有相同的意义。对《罗密欧与朱丽叶》的主题思想的理解一直存在着不同的解释，至今难以取得一致意见。分歧主要表现在：1.是命运悲剧还是社会悲剧或伦理道德剧。2.是爱情高于两个封建家族间的宿仇，还是人与人之间互相友爱、互相仇杀？3.是人文主义的爱情理想与封建思想之间的矛盾冲突，还是愿天下有情人终成眷属？4.是青春与爱情的颂歌，还是封建家族互相残杀招致的灾祸？5.是悲剧、喜剧还是悲喜剧？1964年是莎士比亚诞辰四百周年，陈嘉在《江海学刊》第4期上发表的《论〈罗密欧与朱丽叶〉》是该剧传入中国以来篇幅最长、论述最深入的一篇论文，由此也开启了对该剧主题人物形象的争论。陈嘉提出，莎士比亚生活在资本主义上升时期的英国，在剧中很自然地对罗密欧、朱丽叶这两位主人公在封建恶势力下成为牺牲品的遭遇表示了极大的同情，同时也宣扬了这两位主人公思想上属于资产阶级世界观的东西。从1949年到1979年的三十年间，中国仅仅发表了四篇《罗密欧与朱丽叶》的研究文章。从时代和政治环境来看，在这三十年间是不适宜"谈情"、"说爱"的，尤其是这种代表"资产阶级世界观"的，达到"情""爱"最高境界的《罗密欧与朱丽叶》不被视为洪水猛兽那才会感到奇怪了。这种情况到了1979年才有了改变，对"文革"前的观点进行了反思。有学者提出：罗密欧、朱丽叶的爱情体现了资产阶级"爱情至上"的恋爱观，以此作为主人公反封建的主要动力的说法是不足取的。批评主要涉及两个方面：1.证明《罗密欧与朱丽叶》中蕴涵的情爱是反对封建宿仇的基础。莎士比亚是从歌颂罗密欧与朱丽叶的爱情出发反对封建宿仇的、反对封建婚姻制度的。2.对恋爱至上主义的说法进行批驳的同时，认为"爱"是构成社会悲剧的内核。莎氏是想以爱或爱的毁灭为结束两家争斗这一社会性悲剧的手段，通向和平的道路；而爱的悲惨的毁灭也正好是对中世纪的罪恶提出了沉痛的控诉，这个爱的悲剧成了一部深刻的社会悲剧。

中华文化，亘古迄今，文学艺术为一国国性之表现，在中国文学史、戏剧史上，争取恋爱、婚姻自由一直是一个主要而催人泪下的主题，因而，罗密欧和朱丽叶追求爱情的执着和真挚容易引起中国人的共鸣。所以在莎学研究中把《罗密欧与朱丽叶》与中国古典戏剧进行比较的文章很多，甚至超过了单独研究，其中又以与《牡丹亭》和《梁山伯与祝英台》的比较最多。主要体现为：1. 主题思想和人物形象的比较。2. 戏剧结构的比较。二者都突破了古典主义戏剧理论"三一律"的束缚，在时间、空间情节安排上，都具有巨大的灵活性；二者都呈现的是悲喜混杂的悲剧结构；戏剧结局的不同表现了中西方审美趣味和审美理想的差异。

近代以来，欧书译而白话盛，斯文多次焕变。"莎氏悲剧"气势浩瀚，韵味深美，字句奇崛。"莎学"关乎人文，有化成天下人性之大用。论莎重在凝重，须多出于理，流美更应多出于奇，观"吾"莎学领域魁人杰士，咏风缀颂述雅，微妙玄通，而善学者必辨其流，善鉴者必别其源。九州浩浩，庇吉祥之云，横目茧茧，春雨丝丝，惠风翦翦，润以功德之水，夫子之道，万古长庚。论莎之人，轩欧轻美，习英伦之言，"易"为汉语之莎剧；星晚露出，青灯黄卷，碧烟染窗，似水流年，西风驿马，书影落月，真个是"三千丈清愁鬓发，四百年春梦繁华"。西学东渐，"他山有砺石，良璧逾晶莹"。在衡文论莎之际，落英纷然，如坐春风，悟真理，雪调冰弦泪盈眸。余观人生、观莎剧，乃悟得乾坤大舞台装扮些帝王将相才子佳人非同儿戏，梨园新乐府演出了成败兴衰悲欢离合犹有童心。尽管东西文化之风正劲，吾以静制动，"移步而不换形"，尤爱中华乐象心象之乡音，遇酒逢歌，戏曲于空灵中彰显间离，表演于写意中兴观群怨；浪漫于诗意中演绎人生，叙事于假定中显幽阐微；激扬文字，指点江山。"舞袖蹁跹，影摇千尺龙蛇动；歌喉婉转，声撼半天风雨寒。"真可谓：喝盖碗茶摆龙门阵能消愁解闷得大解脱，观莎氏戏演古今情可明性净心见真世情。由此，吾辈也在生旦净末丑的"四功五法"中濡染些"唱昆腔唱高腔莫唱黄腔，打三板打撞板莫打顶板"之美学素养与舞台艺术审美机趣。太一生水，文之为德本于道，与天地并生者何哉，吾辈论者亦时时以孔曰成仁，孟曰舍生，仁以任己，斯之唯宏打通西学中学，每至会心之际，论者叙事论理之文，作者哲理辩难之思，使吾涣然冰释，犹如世尊拈花，迦叶微笑，如在心间。

为了比较全面地回顾中国在莎氏悲剧研究上所取得的丰硕成果，编者在全面研读自民国以来莎氏悲剧研究成果基础上，编辑了本文集，力争献诸家之精蕴，将莎学学者精神语笑，胥寓于此文集中，期冀莎学学术之源流备焉。但需要说明的是，20世纪九十年代，已故孟宪强教授已经编辑了《中国莎士比亚评论》，该书主要收入了民国时期至20世纪八十年代以来重要莎学研究成果，为了与该书所收篇目有所区别，本文集将眼光投向当下，文章选择重点放在20世纪八十年代以后问世的莎氏悲剧研究，重点反映作者结合经典文艺理论、最新莎学研究成果所得出的溯流穷源，将可称"酌奇而不失其真，翫华而不坠其实"之宏文展示于世。按照公认的莎氏悲剧分类，在莎作中共有十部莎氏悲剧，但是本文集并没有平均收入对每部莎氏悲剧的研究成果，而是以莎氏悲剧总体研究、莎氏四大悲剧研究为重点，同时兼及其他悲剧。因为从我们研思的情况看，在整个莎学研究中，莎氏悲剧研究最为丰赡，而在悲剧研究中对《哈姆莱特》的研究可谓汗牛充栋。故此，编者对积年累月的鸿章钜丽、箧中旧草，未忍焚弃，择取一二芹献于此，蒐集了多篇对莎氏同一悲剧的研究。这些文章虽属对同一悲剧的论述，却以思积而满乃有异观溢出得到称颂。在研究方法、观点创新、理论阐释以及资料运用等方法论层面，以瑰烁之辞，详雅有度，笔扫屈曲尽意而言无不达之论，潜神于旨里，引情于意外，唤醒芳春，并多所发明进入编者之视野，给人以丰富之启示与借鉴；同时，也由于对某些莎氏悲剧研究还不够成熟，研究成果较为单薄。所以本文集也不求面面俱到。

春花秋月，夏雨冬霁，在文集成书的过程中，我们不惮琐碎，书电反复往还，从回顾莎氏悲剧研究史到拟定编辑方针，从文集涵盖范围到确定篇目，从研习重要文章到成果之取舍，斟古酌今，反复研讨，数次增删，亦为高才雅杰之士润理内苞，秀采外溢，缜密而端悫，意深而婉之解读而洞达骀荡，心旷神怡，终于形成现在的规模。草堂书千卷，月下琴三弄，尽管编者以"因心衡虑，动心忍性"为铭，文集虽还不能说已经毫无遗漏地反映了中国莎氏悲剧的重要研究成果，但很多重要的莎氏悲剧研究成果却已经在本文集中得到了体现，读者亦可触类而贯彻矣。需要说明的是，由于本文集的编者接手主编工作时间较为仓促，但重以隆任，敢不勉竭驽钝以致意于学界，编辑中仍存在着诸多不足。莎氏悲剧研究的功绩是属于各位研究者和中国莎学的，而尚不够完善之处则应该归咎于编者。

李伟民　杨林贵
2016年2月24日

莎士比亚悲剧的艺术特征
——纪念莎氏诞辰420周年[1]

张泗洋

莎士比亚生于1564年4月23日,他的戏剧,特别是十部悲剧是给人类留下的一笔宝贵文化遗产。古代希腊的悲剧,虽然也反映了它那个时代的生活和人的思想,但一般都是采取间接方式,用神话故事和神的活动或人神混合来作为剧情的内容,把造成悲剧的力量归之于命运之神、归之于天命,使悲剧具有一种不可知的神秘色彩,这就是所谓命运悲剧。罗马的一些悲剧家也是紧步希腊悲剧家的后尘,没有多大革新。到了莎士比亚时代,悲剧开始脱离了希腊的传统,从神的世界、神话的迷雾中走了出来,来到人间,直接反映社会、人生,写熙熙攘攘的人的生活、人的关系、人的斗争和人的命运。这种重视世俗生活的描写,是文艺复兴时期的普遍现象和文学艺术的最大特色。莎士比亚作品突出地表现了这一时代的特色,反映了封建制度的崩溃和资本主义的产生,深刻揭示了这一历史转折时期的人类生活和斗争。马克思说:"旧阶级的灭亡,例如骑士阶级的灭亡,能够给雄大宏伟的悲剧艺术作品提供内

---

[1] 原载于《吉林大学社会科学学报》1984年第3期。

容。"[1] 莎士比亚悲剧的内容正是这样时代提供的。这也正如莎士比亚自己在《哈姆莱特》中所指出的那样：他的悲剧是"反映自然"，是"时代的缩影"和"它自己演变发展的模型"。

在同时代的戏剧家中，莎士比亚悲剧所反映的社会生活是最广阔的，思想性是最深刻的。在艺术上，他的悲剧同样代表着那个时代的最高成就。莎士比亚悲剧的艺术风格和特点是多方面的，下面仅就这方面谈谈自己的一些体会。

一

莎士比亚的悲剧全是以主人公的名字来命名的，这是从古希腊悲剧沿袭下来的传统；但他的悲剧中的人物却要比古希腊悲剧中的多得多。古希腊悲剧中的登场人物，如果不算合唱队，只有有限的几个；而莎氏悲剧中却有着众多的人物，各个阶层、各种类型、三教九流、各式人等，几乎全能找到，甚至有不同种族、不同国家和民族的人。粗略统计一下，他的戏剧人物包括了二十多个不同的民族，近千人。这就难怪大仲马要说，莎士比亚创造的人物之多仅次于上帝。

莎士比亚悲剧的男女主人公，一般都是帝王将相，担当着国家重任或身居高位的人物。莎士比亚写他们的痛苦、灾难和毁灭。罗密欧与朱丽叶可以说是例外，是普通的青年，但也是豪门巨族的子女；泰门似乎没有什么实权，可是有钱，而且在元老院中有着很高的地位。

莎士比亚以这些上层人物为主人公，不去写普通人的命运，从悲

---

[1] 《马克思恩格斯全集》（第七卷），第242页。

剧历史的角度来看，是很正常的；但也有一些人认为这是莎士比亚缺少人民性，没有人民的感情，是对封建统治阶级歌功颂德，如惠特曼在年轻时就曾把莎士比亚看成是封建主义的歌手。托尔斯泰也曾责难过莎士比亚的悲剧有贵族气，说他歌颂显贵，而蔑视人民。这种看法不能说是实事求是的。与此相反，英国古典主义作家蒲伯却惋惜莎士比亚只为平民而不为上流社会写作。

为谁而写，不是看他写什么，更不决定以什么人为主人公，主要是看作者怎样写，作者的观点和态度如何。莎士比亚对他的主人公有的肯定，有的否定；即便肯定，也会揭露他们身上的某些弱点。十全十美、超凡入圣的英雄人物，在莎士比亚的悲剧里是找不到的，如哈姆莱特的忧郁感伤、奥瑟罗的轻信嫉妒、李尔王的粗暴骄横等，更不要说以反面人物如理查三世、麦克白为主人公了。在许多悲剧里都可以看到作者爱憎分明的感情。哈姆莱特当着国王的面说出"胖胖的国王跟瘦瘦的乞丐是一个桌子上两道不同的菜"、"一个国王可以在一个乞丐的脏腑里作一番巡礼"、"亚历山大的朽骨变成了樽上的塞子"等这一类的话，不能说是歌颂吧？剧中的小丑是最没有地位了，作者给他们以滑稽的外表，但却赋予他们最大智慧的实质，这也不能说是丑化吧？追随李尔王的小丑，用讽喻方式，把现实的世态人情摆到李尔王的面前，使他懂得事理，认识生活，也提高了精神境界，具有真正伟大品质，实际成了李尔王的导师、启蒙者，哪是什么小丑，简直是先知哲人。《雅典的泰门》里几乎所有达官贵人都被写成见钱眼开、谄媚奸诈的小人；而几乎所有仆人都被写成君子、正直侠义的人，有着是非心、人情味的人，见义勇为的人。这些足够说明莎士比亚的悲剧是有人民性的。

17、18世纪的英国批评家但尼斯也曾抱怨过莎士比亚不该把罗马元老院议员米尼涅斯（《科利奥兰纳斯》中的人物）刻画成丑角，有损高贵人物的尊严。伏尔泰看到那个篡位的丹麦国王被写成醉汉，很不舒服，认为不成体统。甚至对莎士比亚有过很高评价的约翰逊，也责备他不该让麦克白用屠夫和厨子在卑微的工作中所使用的工具去杀国王，认为这不够严肃，不合国王的身份。这些苛评事实上都很好地说明莎士比亚对上层人物并不偏爱，更谈不上对他们歌功颂德，而是从反面很好地说明了他的立场。

作者以帝王将相等统治人物为主人公，还因为在那个历史阶段，这些人掌握国家命运，举足轻重，众望所瞩，对他们的生活和命运关注，是很自然的；显赫高位，值得羡慕，一旦从高位上跌了下来，也使人震惊、叹息，有着悲剧性质。当时历史舞台上就是这些上层人物在表演，人间的惨剧也都是他们在制造、在承担；理想的人物、体现人民愿望的人物也来自他们当中。他们的悲剧既是个人的，但在更大程度上或实质上却又是他们那个时代的社会的悲剧。历史生活就是这样，现实主义作家也必须这样写，这是无可责难的。

莎士比亚悲剧的主人公大都具有正面特质，有着伟大的性格，是出类拔萃和在社会上有影响的人物，天性中有着许多优点和不寻常的品质。这样，在他们遭受到痛苦折磨和毁灭的时候，才能引起人们的叹息，引起人们的悲剧感。即便主人公是被否定的人物，也有着与常人不一般的品质。理查三世由外貌到内心都丑恶得很，但他的勇气和自信，却令人敬畏，激起人们的惊愕感。麦克白的野心中还有良心，良心的折磨使他痛苦，那种疯狂景象令人感到恐怖和同情。在莎士比亚悲剧中更多的是原来并不怎样但却在斗争和失败中逐渐伟大起来的人物，如理查二世、李尔王、泰门、克莉奥佩特拉等都在磨难和死亡中完成了伟大的人格。所以说，主人公的性格并非先天如此，也不是一成不变，在真实生活中，它的形成和发展是受社会环境的影响，随着客观条件的变化而变化，表现在悲剧中则是随着情节的发展而发展。性格推动了情节，情节又反转过来作用于性格；二者是密不可分的辩证关系。人物的性格特征都是在其与周围世界的冲突中，在其与其他人物的关系中显露出来，这也就是恩格斯提出的典型环境中的典型性格。在莎士比亚悲剧中，跟情节无关的性格或者与性格无关的情节是不存在的。

　　主人公既不是一般人物，在他们身上就必然有着不平凡的特点，有着惊人的精神力量。这种力量表现在意志、热情、愿望、理想、道德等方面，来自这些方面的力量构成了人物活动的内部动力。由于这种力量的强大，在一个方向上运动，就不容易转弯或停顿；这表现在性格上似乎是一种固执或偏激、一种无法克制的致命的倾向。因此，遇到来自环境的强大的阻力，或相反的大得多的力量，在无可反顾的情况下，就必然碰得头破血流，直到毁灭，这是莎士比亚悲剧人物的基本特征。罗密欧和朱丽叶不爱下去是不可能的，科利奥兰纳斯要在任何人面前低头也是不可能的，麦克白想在犯罪的道路上止步也是无能为力的，勃鲁托斯要放弃他的共和理想也是做不到的。这都说明主人公的一种致命的禀赋，也就是悲剧性格，这种性格带有伟大的意味。

二

　　莎士比亚悲剧的冲突场面是宏大的，斗争是针锋相对的，参加的双方人数是众多的；矛盾尖锐复杂，情节错综曲折，场面惊心动魄。在戏剧史里，比起李尔王、奥瑟罗或者哈姆莱特的事与愿违、凶多吉少的发展，再没有什么更震撼人心、更富有刺激，或者更悲惨的东西了。他把戏剧的紧张场面拉紧到极限，不仅是为了舞台效果，为了达到剧场的轰动的目的，也是为了更好地、更真实地显现人物的性格，在危急时刻、极度紧张时刻，最能使人显露出他们的真实本性来。

紧张激烈的场面和生动复杂的情节是联系在一起的，莎士比亚的悲剧一般都有着多条线索交错、多方面矛盾平行的特点。《李尔王》的李尔王一家是主线，穿插着葛罗斯特一家的变故，两条线索紧紧拧在一起，交错发展，互为烘托，使悲剧的外部冲突有着宽阔的视野，增加了悲剧的力量。《哈姆莱特》基本上也是两家的内外部矛盾交织在一起。《罗密欧与朱丽叶》中的恋爱情节和两家之争也是平行发展并互为表里的；封建思想不仅表现在两家仇杀，也反映在各自家庭的内部，在儿女婚姻问题上的斗争。线索的多头和矛盾的多面，就必然构成场面的宏大和冲突的激烈，从而得见生活的广度和思想的深度。但在所有这些冲突中，主要的战斗者是悲剧的主人公。在以正面人物为主人公的悲剧冲突里，主人公是代表正义的力量，向代表邪恶势力的人物做斗争。哈姆莱特报仇的对象就是克劳狄斯，阵线是分明的；奥瑟罗的敌人就是伊阿古，而他却把敌人一直当作朋友，一起谋算自己的爱人。对他来说，敌我颠倒，阵线是不分明的，这也是《奥瑟罗》悲剧的特殊意义所在。

悲剧冲突的引起，都是坏人发动的；坏的本质要求发展，像癌一样，必然要侵吞好的机体。代表健康的正义力量的主人公，由于特殊性格、高尚品质，或者疾恶如仇，或者主持公道，或者某种理想的力量，在恶势力的逞凶下，是不甘缄默、不能容忍的。莎士比亚悲剧冲突都是建立在性格冲突的基础上，性格产生了行动，行动导致了冲突，冲突导致了流血，最终造成悲剧。在主人公所处的种种环境中，面对与他性格完全不合的情势,他的伟大的悲剧特性,这时对他就是致命的了。为了应付这种局面,在敌我力量悬殊的情况下,就必须有常人的性格:或者逆来顺受,或者委曲求全,或者装聋作哑,熟视无睹,甚或出卖灵魂,谄媚逢迎,为虎作伥;然而,作为英雄人物,是缺少这种本领的,也是他们所不为的。哈姆莱特如果换成一个麻木不仁的人,也许是个快乐王子,而不是忧郁王子。偏偏他是个疾恶如仇、纯洁高尚、充满正义感的人。几乎和凯撒齐名的勃鲁托斯,很可以在凯撒的荫庇下,青云直上,安享人间的尊荣;可是他的无私的个性却不认为这是幸福。泰门虽然破产,但后来在森林中发现大量黄金,完全可以恢复往昔的荣华富贵;可是他对这些财富却视如粪土。由于伟大的本性和不同凡俗的精神境界,以及崇高的责任感、政治理想,或人格的力量等美德;他们蔑视这种不光彩的人生,非要做出积极对抗的反应不可。在那特定的历史条件下,这样就肯定碰壁,注定走向灭亡。

　　没有冲突,剧情就无法展开,人物性格就无法刻画得深刻和全面。冲突是由恶挑起的,理所当然地会引起善的反应,这是不以人们的意志为转移的。由于性格引起的行动,一个行动导致另一个行动,一个结果导致另一个结果,冲突逐步升级,向无法避免的趋势发展。这种趋势往往对恶有利,对善则每况愈下。在整个过程中,主人公受到内心矛盾和身外打击的折磨,引起精神上的痛苦是难以忍受的、超乎寻常的,往往使主人公发狂或处于不正常的精神状态。这种折磨和苦恼,是悲剧故事必不可少的主要部分,也是悲剧的生命和力量所在。它激起悲剧的凄惨和恐怖气氛,激起人们的惊惧、怜悯、悲哀和神秘感。特别是叱咤风云的显赫人物,一下就落到这样可悲的地步。今昔对照,使人不胜沧桑之感,给人们以巨大的情感波动,使人们的灵魂为之颤抖。人们不禁要问：这样天性高贵、出类拔萃的人物为什么要受到如此不公正的虐待和摧残？

对莎士比亚抱有偏见的托尔斯泰，面对这些惊心动魄的场面，也不得不承认：莎士比亚擅长安排那些能够表现情感活动的场面。莎士比亚在世时就被称为英国唯一的场面震撼的剧作者，受到观众的欢迎，说明了他的悲剧力量之大。

悲剧冲突有两种，一种是外部冲突，一种是内在冲突。外部冲突即人与人、人与环境、集团与集团之间的冲突。这表现在人物的外在活动和种种行为上，表现在和他人的关系上。哈姆莱特和克劳狄斯的周旋和斗争、伊阿古使用谎言和诡计一步步使奥瑟罗进入圈套、勃鲁托斯和安东尼的兵戎相见等等都是外部冲突，都是可以看得见的人物的外在表现。当然外部冲突也是受某种思想和动机支配的。一般悲剧多半以外部冲突来表现。

莎士比亚悲剧的一个重大特点是内在冲突，看重人物的心灵活动，内心的痛苦感情，好坏倾向之间的斗争，以及相互抵触意图的冲突，而这种冲突超越其他一切冲突。人们的精神世界是复杂的，有着各种因素，即便正面人物，也有怀疑、嫉妒、顾虑、胆怯、欲念、私心，以及各种不尽合理的观念。恶人身上有时也有良心、怜悯、机智、慷慨、勇敢等好的品质。在一定的环境条件下，这些思想情绪就要被外来机缘激发起来，也就是内因通过外因起了作用，而它或它们与本来的愿望或目标是相违背的，或者是违反道德或荣誉观念的，就必然在人物内心引起斗争。这种斗争有时是剧烈的、痛苦的，其残酷程度甚至要超过外部斗争。

莎士比亚在描写人物这种心理活动方面，显出极其非凡的才能和力量，也是艺术的更高境界。他早期写的几个悲剧中，人物和自己斗争就比较少，一般都是和外部力量相对抗；而在后来成熟的悲剧中，这种内心冲突的描写就大大突出，显出它的重要性来。奥瑟罗由于嫉妒感情，在荣誉和犯罪之间，在爱和恨之间，进行了剧烈斗争，灵魂经历着难以忍受的折磨。哈姆莱特在能力和责任之间、在思想和行动之间，也饱受着犹豫忧郁的痛苦，甚至提出"活呢，还是不活"的问题。李尔王在奉承面前上了当，被甜言蜜语迷了心窍，搬起石头砸了自己的脚，那种悔恨心情逼使他真的发疯。科利奥兰纳斯在忠孝和报复的两种感情上，也是斗争得惊人的，斗争胜利也是决心以生命换取的。莎士比亚在表现人物内心活动方面显示了特殊的艺术才能，他不仅准确地刻画了人物的复杂心理活动过程，又把它与外部冲突紧密结合起来，让二者互相作用、互为影响、互为促进、互为因果，人物在内外冲突的交替或共同作用下走向自身的否定。麦克白和自己野心斗争的失败，才去杀邓肯；邓肯的死使他良心上感到痛苦，而王位的诱惑又战胜了他的良心，他就只有在血泊中走下去，犯罪到底。

三

　　悲剧冲突的两方，不管是善是恶，害人者或被害者，最后都是同归毁灭，也就是出现在第五幕中人们谓之为"死床"的可怕场景，这是莎士比亚悲剧的又一特征。主人公通常不是自杀就是被杀，坏人也绝无单方面活着留下来的可能。在未死以前，双方都进入矛盾中心，在斗争的激流中挣扎、奋斗，都是要把思想变成行动，把各自愿望变为事实，实现自己的意图。他们满怀信心，冲进悲剧世界，追求自己的理想，但他们所能达到的却是全然不同的结果，走向自己的反面，就像在巨大的激流中游泳不能达到彼岸一样，在精疲力竭后，惨遭灭顶之灾。不管是正义的还是非正义的，也不管主观动机是好是坏，都无关紧要，灭亡的命运则是一致的。勃鲁托斯为了阻止暴君出现，为了人民不被奴役，为了祖国罗马的繁荣兴旺，起事的意图是好极了，但却得不到人民的谅解和支持，给国家带来了战祸，也招致了自己的灭亡。艾仑和伊阿古都是天生的坏蛋、恶天才，他们给别人撒下了天罗地网，没想到自己也陷了进去。

这种适得其反的效果，有时也表现在次要人物身上，劳伦斯神父本来是出于好心，向罗密欧与朱丽叶伸出援助之手，没想到却造成主人公的双双死亡。苔丝狄蒙娜原以为挣脱家庭锁链，投入奥瑟罗的怀抱，饱尝爱情的幸福，做梦也没有想到，却惨死在自己的爱人手中，爱神原是死神。这些谬误正是出现在悲剧世界里的不变的现象。有价值的人被毁了，卑污小人也毁了，更多的不大有价值的庸庸碌碌之辈留下来了。不过，同是毁灭，善却赢得了道义上的胜利，正义和美德流芳百世，而恶却失掉人心，遗臭万年。

莎士比亚悲剧的这种结局，是符合历史生活和现实生活的。善与恶、美与丑、光明与黑暗的斗争，总不会是一帆风顺的，有时道高一尺，魔高一丈，但整个人类的发展、历史的潮流，是往好的方向前进。站在时代前头的人，必有牺牲；阻挡潮流的人，也必然覆灭，中间的多数在缓步前进。悲剧正是揭示这一规律，"将人生有价值的东西毁灭给人看"[1]，以鼓舞人们为人类的进步而不断斗争。所以，恩格斯说，没有

---

[1] 参见鲁迅：《再论雷峰塔的倒掉》。

哪一次巨大的历史灾难不是以历史的进步为补偿的。艺术中的悲剧来自昨天或今天生活中的悲剧，写悲剧、演悲剧的目的也是为了不让这类悲剧在明天、后天重演，激起人们对人间丑类的仇恨，把它们从生活中永远排除出去，为消灭人间悲剧而斗争。从这个意义上讲，艺术中的悲剧多一些，生活中的悲剧就能少一些。

莎士比亚悲剧的成因，大体来自两个方面，一是主观原因，也就是人物自身；一是客观原因，外在的原因，也就是社会环境和历史条件。另外还有一些次要因素。如前所说，在一定程度上，人物往往是自我毁灭。好人是由于好，坏人是由于坏。表现在好人身上的是他的性格力量，他的伟大，他的超群出众之处，同他周围的败坏了的社会格格不入。一个人的美德往往就是他的致命弱点，给他带来厄运，帮助他毁灭。倒是一般常人，随遇而安，玩世不恭，麻木不仁，吃喝玩乐，能够长命百岁的。正如海涅说到安东尼那样："一个英雄可能因此而一败涂地，但也只是一个英雄才能这样。至于可爱的庸夫俗子们，在这里和在一切地方一样，是没有任何危险威胁他们的。"[1] 这就产生了中庸之道，耍滑头、两面派、保自己的处世哲学。坏人也不能活下去，可能得逞于一时，不能得逞于长久。恶是事变的起因，是引起痛苦和死亡的激变的主要根源。它既毁灭了无比珍贵的善，也毁灭了自己。人的机体，社会机体，总是不断把坏的成分、有毒的东西排除出机体之外的。坏人毁灭是活该，是自作孽，不具有任何悲剧意义。哈姆莱特的毁灭，是可贵的有价值的人的毁灭，人间美的毁灭，引起人们无限悲哀和惋惜，而克劳

---

[1] 海涅：《莎士比亚的少女和妇人们》，杨周翰选编：《莎士比亚评论汇编》（上），北京：中国社会科学出版社，1979年，第334页。

狄斯的死，引不起人们一声叹息，只觉得死有余辜，罪有应得。

莎士比亚的主人公不管如何伟大，总不是十全十美的，也有着这样那样的缺点和错误。而这些缺点和错误，有时则是致命的，会给主人公带来痛苦和灾祸。倒是悲剧中的一些坏人却有着完整的性格，如伊阿古、艾仑、里根等，从头到尾，从里到外，坏则始终如一，从不后悔，后悔的是坏事做得太少，没来得及害死更多的人；或者坏的程度还不够，造成的恶果还不能称心如意。但是这样坏人是悲剧必不可少的，悲剧如果排除了恶，善就失掉了对立面，就不成其为悲剧了，悲剧就无从产生了；事实是在一定历史阶段内的社会生活中就排除不了恶。主人公的一些弱点和错误，虽然不是产生悲剧的根本原因，不起绝对作用，但在某些重要关头，会加剧局势的恶化，推动情节向灾难发展，有时也是决定性的因素。李尔王的刚愎自用、一意孤行、轻信甜言蜜语，给自己招来了灾祸。奥瑟罗的好坏不分、嫉妒残忍的天性，给坏人钻了空子，提供了可乘之机。科利奥兰纳斯由于高傲，瞧不起普通市民群众，使得反对派有了大施身手的机会。哈姆莱特如果不是还有一些迷信思想、神意观念，相信人在祈祷时死去会进天堂，就不致让仇人再活下去，来危害自己。勃鲁托斯一错再错，先不听凯歇斯的话，不杀安东尼；后又不听劝告，让安东尼演说，煽动群众；最后在用兵上，又坚持自己错误路线，就这样一步一步走向失败。泰特斯·安格洛尼克斯也是在一些关键时刻、关键问题上，自己起了不好的作用，给自己和他的家庭带来悲剧；害他的塔摩拉一帮人，是他自己带回罗马来的，后来又谢绝了皇位，放弃最高权力；给对方提供了作恶机会的打猎活动，也是他自己出的主意。

当然，那种把悲剧的造成完全归之于主人公的过失——所谓过失悲剧——也是片面的，是形而上学的主观唯心论。内因是靠外因起作用，如果没有身外的相对抗的力量，没有环境影响，没有恶势力的包围和坏人作祟，某些缺点和由此带来的过失或差误，也算不了什么。奥瑟罗如果不是遇到伊阿古这样的坏人，嫉妒是无从挑起的，暴行也就不会发生；因此，伊阿古是激变的主要根源。我们不能说罗密欧与朱丽叶的悲剧是由于他们一见倾心，不能说他们追求纯洁而热烈的爱情是悲剧的原因。如果认为他们的死亡是由于这种本人过失而无可避免地招致了惩罚，那简直是荒谬的。我们也不能责备勃鲁托斯为了追求共和政治的理想而杀了凯撒是极大错误，是咎由自取。

虽然如此，在莎士比亚的悲剧中确实存在着完全由于自己的过失而招致灭亡的主人公，如麦克白、理查三世、爱德蒙等都死于个人野心的恶性发展，走向人民的反面。安东尼的失势和灭亡，也是由于自己贪恋女色、放弃事业的缘故。

造成悲剧的另一原因是客观原因，也就是社会环境和历史条件。这是根本的原因。存在决定意识。如果说悲剧是由主人公的性格导致行动，行动导致悲剧，而这种性格的形成，固然有先天因素，但归根到底是受客观环境的影响，是社会制度的产物。在人的成长过程中、事变的进程中、悲剧情节发展中、性格的形成中，是时刻也脱离不了外在的环境和客观条件的。哈姆莱特的性格和气质，是与他在威登堡所受的人文主义教育分不开的；他对现实生活的认识和体会，又是与丹麦的糜烂淫乱的宫廷生活分不开的。在商业城市威尼斯出现伊阿古这样极端自私自利的坏人，完全不奇怪。伊阿古是资本主义制度下的产物，是资本主义生产关系下异化了的人。麦克白的野心和罪行则产生于封建主义的温床，根植于人们头脑中的封建思想，是在人民没有觉悟、没有文化、没有权利的条件下得逞一时的。

代表进步的主人公的理想的破灭和生命的毁灭,是由于旧世界的旧势力、旧观念、旧习惯势力还很顽强,取得胜利的历史条件还没有成熟。在初期的新旧之争和善恶之争中,前者总是弱小的,总要有牺牲和失败。所以,恩格斯说这种斗争是"历史必然的要求与这个要求实际上不可能实现之间的悲剧的冲突"[1]。当然还有其他一些生活因素、个人因素与社会因素,这些因素相互作用和综合的结果,把悲剧推向高峰,把人物推上绝路,而不是由于什么命运、天意、宿命,或冥冥中的神力。

四

在喜剧中,偶然性常常被用作推动情节发展的重要手段,在悲剧中一般尽量不用;但在莎士比亚的悲剧中,一些偶然性的意外事件常常发生,有时甚至起到重要作用,使悲剧发生难以预料的后果。如奥瑟罗这样一个忠厚老实的人,偏偏倒霉地遇上了伊阿古那样虚伪奸诈、诡计多端的坏蛋,并且和他有着那样的密切关系。李尔王家中出了两个忘恩负义的不忠不孝的女儿,竟和考狄莉亚那样不一样,而李尔王却没有看出来,以致人妖颠倒。凯撒没来得及把克莉奥佩特拉带走,未始不是一件好事,而泰特斯把塔摩拉皇后带回罗马,却种下了自己毁灭的祸根。给罗密欧送信的神父,竟因意外情况被锁在屋子里出不来,以致误了大事。这都是意想不到的。

实际上,随时随地都会遇到的特殊情况,人是无能为力的。哈姆

---

[1] 恩格斯:《致斐·拉萨尔》。

莱特在被遣送英国途中遇到海盗，因此得救，完全是偶然的事；两个为虎作伥的使臣，也因碰巧哈姆莱特衣袋里藏着他父亲的私印，才断送了性命。碰巧在奥瑟罗起疑心的关键时刻，苔丝狄蒙娜丢了手帕；爱米妮娅敲门晚了一分钟，就使得苔丝狄蒙娜的生命无可挽回。埃特加仅仅迟了一步，科第丽霞也就没有得救。罗密欧如果迟到一会儿或朱丽叶从假死中早醒一会儿，或劳伦斯早到一会儿，悲剧都不会发生。偏偏这些不幸机缘都赶到了一起，致使主人公在不知真情的情况下自杀。这都是悲剧中发生的难以预料的偶然因素。

　　偶然性的事件在喜剧中会起到推波助澜、引人入胜的作用，在悲剧中虽然发生较少，但也不能完全排斥。排斥它，就会失掉生活的真实。在人的一生，或某一阶段，所走的道路可能大方向是定了，但在过程中究竟会有些什么意外的遭遇，出现什么情况，是无法估计的；一个行动、一个事件，甚至一句话，可能会带来意想不到的后果。这些后果也不是都能控制得了的，有的，个人是无能为力的。再说，莎士比亚不是孤立地表现生活中的"巧合"和"意外"，而是把偶然性纳入了必然性的轨道上来，用偶然因素来表现黑格尔所说的贯穿悲剧始终的铁的必然性。苔丝狄蒙娜的手帕事故，是和她的纯洁善良的天性有关。她并不是没有看见，而是不把这当回事，当时她的全部心思都凝聚在对奥瑟罗的感情上，而且她也绝不会想到这里面还会有什么文章，压根儿就不会想到有坏人，也不会想到世上还有卑鄙无耻的坏事。波洛涅斯被哈姆莱特误杀，这是偶然发生的，但这和他爱管闲事、讨主子欢心的老奸巨猾的性格是分不开的；他乐于介入这场纠纷，迟早要倒霉。正如俗语所说：常在河边转，没有不湿脚。也正如作者通过哈姆莱特的口所说的那样：

  两个强敌猛烈争斗的时候，不自量力的微弱之辈，却去插身在他们的刀剑之间，这样的事情是最危险不过的。(《哈姆莱特》，第五幕第二场)

  有些事故看来是偶然，其实是必然，是生活合乎逻辑发展的必然结果。苔丝狄蒙娜丢手帕，在奥瑟罗正常的心情下，是微不足道的小事；它的严重性和致命性，是在奥瑟罗已经认定她的不贞之后才突显出来的。朱丽叶未能和罗密欧一起逃走，在因逼婚而不得已冒生命危险吃一种不知名药物的情况下，主人公的命运已经大体确定了下来，最后只不过用"偶然"这个键钮关上他们的生命之流罢了。

  代表进步思想的悲剧主人公一般都处于危机四伏的社会环境中，处于孤立无援状态。对他们来说，意外的不幸事件随时都会发生。这种"意外"，就是"偶然"，就是"巧合"，就是不可思议，而实质却是事件发展的必然结果。这是历史真实，也是生活真实。生活的必然性就是体现在众多的偶然性上，偶然性是必然性的外在表现形式，必然的东西都是通过偶然因素来体现的。因此，在莎士比亚的悲剧中，主人公有时因出现的不利环境和偶然事件而造成死亡的结局，并非是人世无常或任命运摆布的思想，或如萧伯纳所说：是"作者白糟蹋了许多珍贵笔墨……绝不能产生真正戏剧效果"[1]，而是有它的生活原理根据和深邃的哲学基础的。

  在莎氏悲剧中也时常出现超自然因素，如《哈姆莱特》中的鬼魂、《麦克白》中的女巫等。莱辛认为不必对此大惊小怪，因为整个古代都

---

[1] 参见萧伯纳：《易卜生戏剧的新技巧》。

相信鬼神，作家当然有权利把它反映在自己的作品之中。莎士比亚让超自然因素介入悲剧，并不是宣传鬼神，而是利用伊丽莎白时代人们普遍存在的迷信观念，来制造戏剧效果，或帮助情节展开、人物刻画，所以我们应把它当作一种艺术手段来看待。它的艺术效果正像莱辛指出的那样：在《哈姆莱特》的鬼魂面前，无论是信鬼或不信鬼的人，无不毛发悚然。[1] 由此可见，莎氏借助超自然因素很好地渲染了悲剧的恐怖气氛，并预示了某种灾难或事变的发生。莎士比亚又借助它们来揭示处在某种极端痛苦或矛盾的精神状态中的人物的内心活动，把这种内心活动外化成一种明晰的形式。《麦克白》中女巫的出现是麦克白灵魂深处隐秘动机的具体体现。在他心中已经先有了阴暗凶险的野心，妖巫只不过确证和坚定了他的欲望而已。

莎士比亚的悲剧创作是完全自由的、毫无拘束的，古典悲剧的条条框框完全不能把他束缚住，他的准则就是生活的真实和艺术的真实。他的悲剧完全突破了亚里士多德对悲剧事件的限制，大大超出了二十四小时或三十六小时的时间长度，但他却用紧凑的情节、严密的结构把时间的流逝掩盖了，使人的注意力只集中到故事上，而不理会事件的实际时间。莎士比亚从不把悲剧限于一个地方或只在有限的范围之内变化，而是把悲剧场景安排到一个频繁变化的广阔空间中去，只要情节需要，诗人的笔就无处不至。至于他的悲剧情节就更不讲求什么单一性了，双重及多重线索的交叉或平行是他的独特之处，是他悲剧能够具有无比吸引人的艺术魅力的奥秘之一，也正是恩格斯所称赞的"莎士比亚式的情节的生动性和丰富性"。莎士比亚悲剧对时空的突破，对古典悲剧理论

---

[1] 参见莱辛：《汉堡剧评》第十一篇，杨周翰选编：《莎士比亚评论汇编》（上），第232页。

的突破，是悲剧艺术的一种解放，给悲剧的创造带来了更加广阔的活动天地，使悲剧的艺术力量得到了更充分的发挥。

悲剧一般都是始终保持着严肃的格调，古典悲剧尤其是这样。莎士比亚的悲剧却越出了这一传统范围，在悲剧中也插入喜剧情节，也允许喜剧人物出现，主人公在悲伤之际或痛苦之余也会开开玩笑，说些与悲哀气氛不相谐调的话。这种不谐调正是莎氏悲剧的重要艺术特征，他从不把悲与喜截然分开，而是把它们在不损害悲剧基本情感的原则下结合起来，在情节发展过程中，让庄严中有轻松，悲哀中有可笑。悲剧中加入喜剧成分，这是生活真实反映的要求，悲和喜两种感情常常是交织在一起的，有时难以区别。哭固然是悲伤的表现，但极度的高兴也往往会哭泣起来；笑往往也是悲伤的极致，笑比哭有时更凄惨。悲与喜混合同时又是戏剧艺术的需要，如果一个剧以一个调子、一种气氛贯穿首尾，就会缺乏感情的调节、心理的变化，容易使人疲乏甚至厌倦。而莎士比亚就成功地避免了这一点。他用悲喜混合所造成的轻松变化，不断给人以新鲜感，又不断使人的心情保持紧张状态，这样就收到了更大的悲剧效果。所以歌德说，莎士比亚放到他的悲剧里的一些生动活泼的场面，也许就是依据这条要求变化的规律。[1] 莎士比亚把喜剧成分糅合到悲剧中去，这并没有破坏悲剧的效果和气氛，反而使悲剧更加可悲，这是因为他在欢乐气氛的渲染和"不谐调"的喜剧表现与悲剧人物的不幸遭遇和内心的痛苦紧张之间有意地造成艺术上的对照，使人们在心理上预示到了潜藏的危机，毁灭的阴影仿佛随时都要笼罩过来。哈姆莱特是个悲剧人物，可他的语言并不刻板，即便在严肃可怕的时刻也是有说有

---

[1] 参见J·P·爱克曼辑录：《歌德谈话录》，朱光潜译，北京：人民文学出版社，1978年，第116页。

笑，甚至还要说上几句俏皮话；然而，这正是他紧张沉重的心情的流露，人们听了不仅不会发笑，反而愈感悲惨凄凉。普希金对这一点有过精湛的分析，他说："《哈姆莱特》中的鬼魂一场，整个都是以开玩笑的笔法，甚至鄙陋的笔法写成的，但是听了哈姆莱特的玩笑，就会令你毛骨悚然。"[1] 莎士比亚以悲喜混合方式来写悲剧的创作实践，在悲剧发展史上是有意义的，也为后来戏剧走上悲喜剧的道路做出了积极的尝试。

---

[1] 参见普希金:《论诗的风格》。

悲剧与死亡
——莎士比亚悲剧研究之一[1]

张隆溪

一提到悲剧，人们联想到的总是痛苦和死亡。但悲剧是否一定要有一个悲惨的结局，主人公是否一定要在最后死去呢？换句话说，以死亡告终是否是悲剧在形式结构上的必然要求呢？拜伦曾以谐谑的口气，略含讥诮地说：

> 凡悲剧的终场总免不了一死，
> 凡喜剧的结局总是宴尔新婚。[2]

或许这就是大多数人的看法，然而从西方戏剧的全部历史看来，情形却未必尽然如此。当古希腊人从酒神崇拜仪式的合唱和舞蹈中发展出最早的戏剧时，死的观念并不是悲剧不可缺少的成分。亚里士多德在《诗学》中对悲剧做出最早而且最有影响的理论阐述时，也没有把主人公的

---

[1] 原载于《中国社会科学》1982年第3期。
[2] 拜伦：《唐·璜》第三章第九节。

死看成悲剧的要素。当然,希腊戏剧和伊丽莎白时代的英国戏剧有很大不同,亚里士多德的理论也不是普罗克拉斯提的铁床[1],尤其对于莎士比亚这位文艺复兴时代的巨人,任何金科玉律都是无力的。就是古典派大诗人蒲伯也说:"用亚里士多德的规则去评判莎士比亚,无异于用此国的法律去审判依据彼国法律行动的人。"[2] 莎士比亚自由奔放的创造才能不受任何理论规则的束缚,他那些充满激情和想象的悲剧杰作,他那悲喜杂糅的风格,大概古典主义者所理解的亚里士多德也不会赞同。然而"古典主义者所理解的亚里士多德"并不一定符合亚里士多德的真面目,那些"规则"即新古典主义的三一律,也不应该由亚里士多德本人负责。[3] 如果把《诗学》不是当作圣谕或教条,那就不难看出,亚里士多德对希腊悲剧本质的认识是那么深刻,对悲剧结构的分析又是那么严密。他提出的几个主要概念确实可以应用于西方各时代的悲剧,包括伊丽莎白时代的英国悲剧。那么,回到我们开头提出的问题,关于悲剧结局,亚里士多德是怎么说的呢?

《诗学》第六章那个著名的悲剧定义,并没有提到结局问题。后来具体讨论悲剧布局和效果的时候,亚里士多德在两处提到结局,但这两处的意见似乎又有些自相矛盾。在第十三章第六节,他赞扬欧里庇底斯的剧本结尾凄切动人,认为"这才是正确的结尾",并称欧里庇底斯为"最具有悲剧性的诗人"。在第十四章第九节,他又认为在无可挽

---

[1] 普罗克拉斯提(Procrustes),希腊传说中的大盗,他把抓来的人放在一张铁床上,高者斩去伸出床外部分,矮者强拉其身使之与床齐。后来,以"普罗克拉斯提之床"喻指强迫人就范的戒律。

[2] 亚历山大·蒲伯(Alexander Pope):《1725年莎士比亚全集序》。

[3] 关于戏剧情节、地点、时间统一的三一律,16世纪先由斯卡里格(Scaliger)提出,由卡斯特尔维屈罗(Castelvetro)加以阐发,17世纪时成为新古典主义戏剧的定律。

回的错误行动发生之前，及时发现真相从而避免不幸，这种结尾"最好"。显然，亚里士多德认为悲剧的要义在于是一个严肃而完整的行动的模仿，这种模仿须激起怜悯和恐惧并导致这些情绪的净化；至于结尾是否直接表现为悲惨，好像和悲剧的本质关系不大。事实上，希腊人崇尚平衡节制，绝不允许在舞台上表演过度的恐怖和流血场面。就连埃斯库罗斯这位"悲剧之父"，据说也因为把复仇女神描写得太令人毛骨悚然，曾遭到雅典观众的反对。在他所写的《奥瑞斯提亚》三部曲[1]终结时，我们看见奥瑞斯特终于赎清了整个家族的罪恶，成为一个新人，在他面前展现出一片充满希望的光明前途。索福克勒斯的《俄狄浦斯王》[2]大概是最典型的希腊悲剧，出色地表现了人与命运的搏斗。悲剧主角在命运的罗网中痛苦挣扎，显示出崇高的精神力量，无论遭到怎样严酷的打击，他并没有对生命绝望。在结尾时，俄狄浦斯自愿放逐自己，成为一个瞎眼乞丐，到处流浪；但一路走去，将给他所到之处带去智慧和安宁。许多希腊悲剧的结尾都是一种和解，达到崇高清明的境界，而不是以凄惨的死告终；在整个悲剧复杂的结构中，不幸结局只是一个并非必然的因素。这就是我们从希腊悲剧的实践和亚里士多德的《诗学》中可以得出的结论。

基督教的兴起导致异教戏剧的衰亡，但又正是基督教教会在中世纪的欧洲促成一种新戏剧的诞生。这就是所谓奇迹剧和道德剧。这两种中世纪戏剧搬演圣经故事和圣徒传说，或将善恶观念拟人化，给抽象的

---

1 《奥瑞斯提亚》(Oresteia) 包括《阿伽门农》、《奠酒人》和《复仇女神》三部作品，写奥瑞斯特在神的指引下为父复仇的故事。

2 《俄狄浦斯王》(Oedipus Rex)，写俄狄浦斯受命运捉弄而杀父娶母的故事，在揭示命运不可遁逃的同时，塑造了一位坚毅而崇高的英雄。

说教罩上一个生动的戏剧外壳。它们所宣扬的，不外是关于人与神、人类原罪以及人类通过耶稣基督的献出生命而得救的一套教义。随着教会势力的扩张，基督教思想成为统一全欧的意识形态，这时悲剧概念为了与教义相符，也不能不发生很大变化。基督之死是一个无辜受害者的死，是杀死替人类赎罪的羔羊，从惩恶扬善的正义观点看来是一种不可理解的牺牲。根据亚里士多德在《诗学》第十三章里的说法，好人无辜受难算不得悲剧；但是，基督教的悲剧观显然突破了这一点。用著名的玄学派诗人和布道者约翰·唐恩的话来说，基督之死有"一种死的悲哀感，他的心在死时是沉痛的，他感到天上的父舍弃了他"[1]。人之死按《圣经·创世记》的说法，是亚当和夏娃违背上帝禁令的后果，是对原罪的惩罚，所以从正义观点看来是可以理解的。但是，也正因为有了死亡，才更显出人类未犯罪之前那种原初的幸福和永生的可能性。因此，基督之死和人之死都首先在宗教的意义上被认为具有深刻的悲剧性。在那个时候，对悲剧概念的理解完全以关于牺牲和罪与罚的基督教神话为基础，悲剧这个术语失去了原来严格的含义，不仅指一种特定的戏剧形式，也可以指非戏剧作品。基督教关于人的沉沦的观念构成所有悲剧性故事的背景，不幸结局也越来越成为悲剧结构的重要成分。乔叟的《坎特伯雷故事集》中有一段常常被人引用的话，能够代表中世纪人们对悲剧的理解：

> 我要用悲剧的格调来吟咏
> 那些身居高位而沦落的人，
> 他们一旦遭逢种种不幸，

---

[1] 约翰·唐恩（John Donne）：《十篇布道文》（*X Sermons*），伦敦，1923年，第4页。

> 就再不能从灾难中脱身；
> 因命运无常，踪迹不定，
> 谁也无力阻挡它的行程；
> 不要信赖一时的荣华昌盛，
> 且记取这些真实的古训。[1]

乔叟把这段话放在一个去坎特伯雷朝圣的僧侣口中，十分切合他的身份，这正显出诗人的高明。这个僧人讲的"悲剧"，以路西弗和亚当的故事开始，也即天使的沉沦和人的沉沦，恰好体现了基督教的悲剧观。后来弥尔顿的伟大史诗《失乐园》，也正是利用这两个圣经故事题材，探讨他感受到的人生的悲剧性。

大约在乔叟写作《坎特伯雷故事集》的同时，出现了一篇叫《死之舞蹈》的寓言诗。这是死神与各色人物的对话，包括从教皇到平民的各阶层人物，很富有戏剧性，其中寓意不外说人生如何变化无常，充满痛苦和罪恶，要人们弃绝尘世，把希望寄托在死后的天堂里。从14世纪开始，死亡主题在欧洲的文学和视觉艺术中都非常流行。死之舞蹈不仅是诗歌的题材，而且在绘画中也得到表现。那些充满中世纪神秘色彩的绘画作品往往描绘象征死亡的一具尸体或可怕的骷髅，正把各种人引入坟墓。表现得较出色的当推小汉斯·荷尔拜因[2]；那位天性中深含日耳曼严峻气质的大画家丢勒[3]，也在著名的版画《骑士、死神与魔鬼》（1513

---

1 乔叟：《坎特伯雷故事集·僧人的故事》，第1—8行。
2 小汉斯·荷尔拜因（Holbein the Younger），16世纪德国画家，后移居英国，为英王亨利八世的宫廷画师。他是欧洲北部文艺复兴绘画的杰出代表，曾为著名的人文主义者艾拉斯谟（Erasmus）和托马斯·莫尔（Thomas More）绘肖像和书籍插图。
3 阿尔布雷希特·丢勒（Albrecht Dürer），文艺复兴时期德国画派的代表人物和艺术理论家。他的作品吸收意大利画派之长，使之与北方的严肃画风相结合，形成一种独特的风格。

年)中描绘过可怖的骷髅;以及哈姆莱特拿着骷髅头骨沉思的形象,在16世纪的肖像画中常常可以见到类似的处理。[1] 教会用它那否定现世的病态思想影响着艺术,宣传人世的虚妄,要人们随时记住死之将至。在这里,我们不可能详述死亡主题如何渗透到中世纪和文艺复兴早期的各门艺术之中,也无须阐明诗与绘画在表现这个主题时的相互影响。[2] 我们只想说明,当英国戏剧即将在伊丽莎白时代达到空前繁荣,并在莎士比亚的天才作品中取得最高成就时,死亡意象的不断出现标志着带有基督教色彩的宿命论观念正在欧洲思潮中不断深化,成为一种普遍的意识。从本质上来说,这种基督教宿命论不利于悲剧,因为它否定人生和人的本质力量,而悲剧的使命却是要表现人在苦难中展示的崇高。但是,在莎士比亚的伟大悲剧里,死的意象被赋予崭新的意义,成为揭示悲剧人物的英雄性格和精神力量的重要手段。

在伊丽莎白时代以及随后一个时期,死亡一直是当时人们世界观中一个重要的组成部分,是人生从摇篮到坟墓全部旅程的终点,与人生易老、世事无常的感觉密切相关。我们可以再引约翰·唐恩的话,说明在基督教宿命论影响之下,当时人对死亡抱着一种充满神秘信仰的看法。唐恩在一篇布道文中说,死的结局是三种意义上的解脱:"我们从死中、在死中和通过死获得解脱……进入永生。"[3] 另一位著名的宗教散

---

[1] 参见弗莱(R. M. Frye):《绅士,淑女和头骨:〈哈姆莱特〉与肖像画传统》,《莎士比亚季刊》(*Shakespeare Quarterly*)1979年冬季第1期,第15—28页。有趣的是,在莎士比亚故乡的教堂里,这位诗人纪念像顶端雕着一具骷髅头,诗人半身像上部的装饰性雕刻中,有一位小天使把手支撑着放在另一个骷髅头上。

[2] 对此问题的论述,可参见法奈姆(Willard Farnham):《伊丽莎白时代悲剧的中世纪传统》,牛津,1956年。法奈姆认为,"遍及欧洲各地"的绘画中非常流行的死之舞蹈的主题,很可能来源于一部简单的戏剧作品,见第183—188页。

[3] 约翰·唐恩:《十布道文》,第146页。

文家杰利米·泰勒则把虔信者的善终比喻成"从美丽的树上落下成熟的果实"[1]。如果说这些话不过是重复中世纪的常谈,表现了基督教传统的禁欲主义观念,即靠折磨肉体来得到圣洁,把死亡视为解救灵魂摆脱肉体禁锢和人世痛苦,那么在文艺复兴时代,肉体一旦恢复了它本来的权利和尊严,人们也就把肉体的毁灭本身看成极大的痛苦。长期受到压抑的人的本质一旦获得解放,就在它自身和在这个现实世界的快乐中发现一个美的世界。中世纪对肉欲的谴责几乎把人抽象为一个苍白的幽灵,而文艺复兴则重新给人以血肉,赋予人一个健全而优美的肉体。正是在这种解放的气氛中,薄伽丘用他那使教士们蹙额的《十日谈》嘲笑了唯灵主义和禁欲主义,提香和威洛内塞[2]用明亮柔和的色彩去描绘裸体的女神们,而莎士比亚也在他发表的第一部长诗中,用尽华丽的辞藻和新奇的比喻去铺陈维纳斯火一般的情欲和诱惑。[3]文艺复兴时代的诗人渴求不朽以对抗人世的无常,希望用生育这种延续生命的自然手段,来反抗把一切化为乌有的死亡:

我们愿最美的生灵不断增长,
好让美之玫瑰永不凋亡。[4]

莎士比亚十四行诗那些雄辩而才华横溢的诗句,正是出自对人生几何、

---

1 杰利米·泰勒(Jeremy Taylor):《神圣的死》,《金树丛》(*The Golden Grove*),牛津,1930年,第49页。
2 提香(Tiziano Vecellio)和威洛内塞(Paolo Veronese)都是意大利文艺复兴时期威尼斯画派的著名代表,作品色彩艳丽丰富,充满了现世生活的欢乐气息。
3 莎士比亚的长诗《维纳斯与阿都尼》发表于1593年,写爱神维纳斯爱上美少年阿都尼及对阿都尼的诱惑。全诗充满热情和想象,反映出肯定世俗之爱的人文主义精神。
4 莎士比亚十四行诗集第一首。十四行诗集中有许多首的主题都是诗人劝告一位年轻英俊的朋友赶快结婚、生儿育女,让他的美传给后代,永远保存。

美不常在的深刻认识，出自从吞噬一切的时间的口中攫取片刻欢乐的强烈愿望。人总不免一死，这梦魇般的思想使当时人无论如何也摆脱不开，但它并不仅仅使人看到生之虚妄，也驱迫人们去及时行乐。死之将至和及时行乐这两大主题的结合，正是文艺复兴诗歌一个突出的特点。死神阴郁的暗影似乎总是游动在背景里，而在那背景上展开的，就是锦缎般灿烂华美的伊丽莎白时代文学。

在别的表现形式中，同样的阴郁也破坏了文艺复兴早期那种乐观的理想主义。梯里亚德说："布道像玩熊一样，是伊丽莎白时代普通人日常生活的一个组成部分。"[1] 我们从约翰·唐恩和杰利米·泰勒的布道文中可以看出，很少有哪个时代的人会像他们那样，终日沉湎于关于死亡、衰朽和罚入地狱受苦的冥想。法奈姆指出："可以称之为哥特式的那种欧洲基督教精神，总是强烈倾向于以死来结束悲剧，在死亡中给悲剧盖上真实性的最后印记。"[2] 当时的精神气氛如此，伊丽莎白时代悲剧一概以死亡告终，也就不足为奇了；而大约在同时的意大利，卡斯特尔维屈罗却仍然主张，只要悲剧能使人强烈感受到人世的变化无常，也可以有快乐的结局。

然而，造成这样一种阴郁气氛的原因是什么呢？我们知道，基督教关于人的看法包含着一个固有的矛盾。它一方面承认人是上帝按自己的形象创造的，另一方面又有关于原罪的教义。这一点在约翰·德维斯（Sir John Davies）的名诗《认识自己》（*Nosce Teipsum*, 1599）里，有极妙的描述：

---

[1] 梯里亚德（E. M. W. Tillyard）：《伊丽莎白时代的世界观》（*The Elizabethan World Picture*），伦敦，1943年，第3页。
[2] 法奈姆：《伊丽莎白时代悲剧的中世纪传统》，第421页。

> 我知道我的肉体脆弱易损，
> 外力和病痛都能把它杀死；
> 我知道我的精神具有神性，
> 但智能和意志都受到腐蚀。
> 我知道我的灵魂能认识万物，
> 但对一切却又无知而盲目；
> 我也是自然中一个小小君主，
> 却又会被最卑微的东西束缚。
> 我知道我的生命痛苦而短暂，
> 各色事物愚弄着我的感官。
> 总之，我知道自己是一个"人"，
> 既值得骄傲，又深深地不幸。[1]

在文艺复兴时代的早期，得到强调的是这种看法较光明的一面。那么，为什么在伊丽莎白时代的晚期，较阴暗的一面占据了主要位置呢？

"伊丽莎白时代"这个用语，只是在我们把伊丽莎白女王方便地当作民族统一的象征时，才有具体的意义。女王当政期间，这种民族统一使英国渐趋强盛，并在1588年击败西班牙无敌舰队的战役中，充分显示了力量。女王非常成功地保持着王权与国会之间微妙的平衡，可是在伊丽莎白社会那里看起来有条不紊的局面下，正发生着巨大的变化。其中影响到社会经济结构的最剧烈的变化，就是资产阶级新贵的兴起——包括商人、羊毛贩子、厂主、律师，还有能以强制手段提高租税、更新产

---

[1] 转引自西奥多·斯宾塞（Theodore Spencer）：《莎士比亚与人性》，纽约，1949年，第28页。

业的地主。残酷的圈地运动使许多老佃农不得不离开租耕的土地，于是造成一大批流离失所、无业的"流民乞丐"。贫富的两极分化、战争、通货膨胀、瘟疫和自然灾害，这一切都促成了旧日乐观看法的瓦解，将一种苦涩忧郁的精神贯注到当时的文艺创作里。

不仅如此，经济和社会的变化还必然反映到思想领域，在神学、科学、哲学和文艺中得到表现。伊丽莎白时代那种基本上是传统的、多元结合的世界观，从根本上受到了新思潮的严重挑战。中世纪以来的思想本是以托勒密体系宇宙秩序的观念作为基本模式，哥白尼在自然科学中的革命却动摇了对这种宇宙秩序的信仰。在政治领域中与之相应的等级制的观念，也随之受到马基雅弗里[1]的挑战；而怀疑论者蒙台涅[2]则用他那闪烁着思维的理性之光的问题："我知道什么？"（Que sais-je？）永远摧毁了人们沾沾自喜的盲目信念，使人再难自以为是上帝宠爱的创造物。由此产生的后果是影响深远的。自然秩序的毁灭以及与之相关的政体和个人秩序的毁灭，造成了那个动荡时代的精神危机，为诗人的悲剧观提供了基础。这一点在《特洛伊罗斯与克瑞西达》中尤里塞斯关于"等级"的一段著名台词里，表述得十分清楚：

> 一旦群星越轨相聚，陷于一片混乱，
> 就会有怎样的天灾、凶兆、叛变！
> 就会有怎样的海啸和地震！

---

[1] 马基雅弗里（Niccolo Machiavelli），意大利作家和政治家，文艺复兴时期重要人物之一，所作《君主论》是近代政治思想史上一部名著。

[2] 蒙台涅（Michel Eyquem de Montaigne），法国人文主义作家，所著《散文集》开创了新的近代散文体裁。

猛烈的风暴！惊惶、变异和恐怖
就会破坏、摧毁、撕裂和灭绝
万物井然有序的统一与和谐！
等级是实现一切宏图的阶梯，
啊，一旦动摇了等级，事业
也就无望。没有等级的区分，
社会安定、学位高低、各业行会、
各地间的和平贸易、长子长女
与生俱来应当享有的权利、
老人、君主、帝王和优胜者的特权，
又怎能够得到承认而确立？
打乱了等级，拆去那根琴弦，
听吧，将会有多么刺耳的噪音。
一切都互相敌对：天下的水
都会猛涨起来，高过堤岸，
淹没浸透这整个坚实的大地；
强壮的将凭体力欺凌孱弱，
野蛮的儿子将会打死父亲；
强权将取代公理，是与非
将名不符实，混乱颠倒，
判明是非的正义也不复存在！
那时候，一切都得服从权力，
权力听从意志，意志屈从贪欲，
而贪欲这头无处不在的饿狼

依仗意志和权力的双重辅助，

必定会吞噬宇宙间的一切，

最后吃掉它自己。（第一幕第三场第94行）

有人认为，在这段为秩序和等级辩护的话里，莎士比亚借戏剧人物之口宣传忠于合法君主，谴责任何形式的叛乱。然而，尤里塞斯在这里不过是说，希腊大军不能获胜，都因为将士们不再保持森严的军纪等级。这段形象性极丰富的台词背后隐含的，显然是诗人对一个正在迅速解体的社会的观察和认识。莎士比亚从来不把当代事件直接搬进剧作中去，然而他正是通过超越日常的人生世相，抛弃直接说教的陈词滥调，反而走向更深一层意义上的现实。如果说他的戏剧向自然举起一面镜子，那么这是一面具有魔力的棱镜，把生活的白光折射成一条五光十色、绚烂多彩的光带，比起平铺直叙的生活实录来，不仅更美丽，而且更能揭示事物的本质。在传统的崩溃当中，诗人看到了他所珍视的人的理想观念与他周围的社会现实产生了不可调和的矛盾，他看到忧患、混乱、腐败和罪恶似乎与人的命运内在地联系到一起。正是这种幻灭感、这种人文主义理想的危机，比传统价值观念的瓦解远为深刻地决定了莎士比亚悲剧观的形成，也可以说明为什么他所有的悲剧都最后终结于不可避免的死亡。最后这一点是非常突出的，所以著名的评论家A·C·布拉德雷特别指出："一个剧在结束时主角还活着，从充分的莎士比亚的意义上说来，就算不得是悲剧。"[1]

但是，并非任何死亡都能构成莎士比亚式的悲剧。那种意外的死，

---

[1] A·C·布拉德雷（A. C. Bradley）：《莎士比亚的悲剧》，伦敦，1911年重印本，第7页。

在可悲境地中由莫名其妙的厄运、小灾小难或卑劣的罪过造成的死,至多能引得人们的一点哀怜,这只是一种带着恩赐意味的含泪的同情,却不是怜悯和恐惧这两种悲剧情绪。在莎士比亚悲剧中,死亡绝不是偶然和无足轻重的,它总有深刻的内在原因,并能揭示悲剧的意义。

在探讨造成悲剧的原因时,我们很自然地会遇到亚里士多德提出的另一个概念:"hamartia"即悲剧性"缺陷"的概念[1]。和《诗学》中其他许多概念一样,虽然"hamartia"在希腊文里无疑是"错误"的意思,但在《诗学》里究竟该作何解释,却历来有各种看法。宿命论的解释把悲剧主角的遭难归于命运,即归结于外在的超自然力量,这种力量在冥冥中预定了悲剧的灾难,并完全不管个人功过,把它强加在悲剧人物头上。宿命论者把悲剧缺陷理解为完全与人力无关的外在因素:

> 我们在天神那里不过像顽童手中的苍蝇,
> 他们会为了取乐而杀死我们。(《李尔王》,第四幕第一场第36行)

但是,这种看法显然与我们的审美经验和逻辑判断相矛盾。一方面,悲剧人物并非像苍蝇那样无谓地死去,他们虽然遭遇不幸,而且往往正因为遭遇不幸,才得以显露伟大的精神力量。另一方面,无论剧中出现怎样的鬼魂或女巫,也无论有怎样的神话传说为剧情提供虚构的框架,却没有任何超自然力量能在悲剧世界里创造奇迹。在悲剧世界里,事件的

---

[1] 关于这个概念的讨论,参见亚里士多德:《诗学》第十三章。"Hamartia"或译"过失",但嫌道德意味太浓,故译为"缺陷"。

发展始终遵循着自然秩序和自然规律，超自然的神怪成分不是决定悲剧的力量。悲剧行动完全按自然的因果关系的逻辑向前发展，一步步无可逆转地走向毁灭和死亡的结局，每一步都是由那个最初触发整个悲剧的严重行动产生出来，都是必然的后果。用批评家 I·A·理查兹的话来说，这是所谓"内在的必然性"[1]，这种必然性由于遵循着自身的逻辑，所以使整个戏剧行动显得真实可信。

悲剧人物的"缺陷"显然不可能完全是外在的，不可能与个人的行动无关，因为他并不是任随命运摆弄的可怜虫，却往往对造成悲剧情境负有一部分责任。可是，道德论的解释却走到另一个极端，把缺陷解释为在道德意义上该受处罚的过错。这样一来，悲剧结局几乎就是对罪过的正义惩罚。例如，德国批评家格尔维努斯就曾过分热心地搜寻莎士比亚悲剧人物的道德弱点，并发现他们多多少少总有些罪有应得：罗密欧与朱丽叶遭到悲惨结局是因为他们相爱得过了头，邓肯被杀要怪他去马克白斯的城堡居然毫无戒备，苔丝狄蒙娜则是因为太不留心保管自己的手帕，等等。这些人都死得很惨，坚持道德论的批评家还要找出理由来说明他们该死，这不说是可恼，也至少是荒唐的。原来这是惩恶扬善的"诗的正义"观念作怪，这类批评家认为，"如果诗不能显出道德正义的规则，它就把自己降到比真正的历史还低的地位"[2]。亚里士多德在《诗学》第九章里，的确说过诗比历史更具有哲学意味、更严肃，但他指的是诗比历史更能揭示事物的本质和规律，与道德论毫不相干。道德论批评家最感困难的是解释李尔王的小女儿考狄莉亚之死。尽管他们百般挑剔，宣称她性格中有骄傲或固执的弱点，却总难把问题说清楚。这

1　理查兹（I. A. Richards）：《文学批评原理》，伦敦，1928年，第269页。
2　格尔维努斯（G. G. Gervinus）：《莎士比亚评述》，英译两卷本（上），伦敦，1863年，第28页。

种批评家认定悲剧必须表现正义原则，于是认为悲剧中的一切都必须是公平合理的；但是，悲剧之为悲剧，正是由于其痛苦的不公正性。道德论者在把悲剧合理化的同时，也就不自觉地把不公正的痛苦说成是正当合理的，因而使他们自己似乎成了魔鬼的辩护士。

大多数悲剧人物都确实有傲慢或者别的什么性格弱点，例如，我们很容易发觉哈姆莱特的忧郁、奥赛罗的轻信、李尔王的暴躁、马克白斯的野心，等等。但是，这些个人性格上的弱点并不是悲剧的根本原因，而只是在悲剧行动已经开始发展之后，才变成致命的因素；况且这些弱点本身又是地位或环境的产物。奥登（W. H. Auden）就曾强调悲剧人物突出地位的决定性意义：

……发现自己是罪犯或被迫做了罪犯这种悲剧情境，并不是由悲剧人物性格上的缺陷造成的，而是因为有这样的缺陷，众神降到他身上的惩罚。

希腊悲剧隐含着的悲观结论似乎是这样：一个人如果是主角，即突出的个人，那就必定犯了骄傲自大的罪，要受悲剧命运的惩罚；唯一的而且不可能由自己选择的另一种可能，就是成为合唱队中普通的一员，也就是说，成为普通群众中的一分子：既要突出又要善良是不可能的。[1]

这种看法在著名批评家弗莱关于悲剧人物"暴露地位"的观念中阐述得更明确：

---

[1] 转引自文萨特（W. K. Wimsatt Jr.）和布鲁克斯（Cleanth Brooks）：《文学批评简史》，纽约，1959年，第55页。

悲剧与死亡   35

发生在悲剧人物身上那被称为悲剧的独特事件，并不取决于这个人物的道德状况。如果说这一事件与他所做的某件事有因果关系，而且一般说来也都有这样的关系，悲剧也只是在于行为后果的不可避免，而不在于行为的道德含义之中。正因为如此，在悲剧中才出现那种似乎矛盾的现象，既唤起怜悯和恐惧，又把它们消除。因此，亚里士多德说的"hamartia"即"缺陷"，不一定是过失，更不是什么道德上的弱点，而很可能仅仅是一个强者处在暴露地位上，像考狄莉亚那样。暴露地位往往是领导者的地位，处在这种地位的人物既是突出的，同时又是孤立的，从而使我们感到悲剧特有的那种不可避免性与不和谐性的奇妙混合。[1]

"突出"和"暴露"这两个词清楚地表明，悲剧人物之所以易受伤害，主要是因为他高于一般。弗莱说："在人的环境中，悲剧人物完全处在最高点上，以致他们好像不可避免地成为周围力量的导体，高树比草丛更容易遭受雷击。"[2]最后这个生动比喻显然来自那个关于芦苇和橡树的古老寓言：挺拔的橡树被雷电击毁，柔软曲屈的芦苇却安然无恙。值得注意的是，东方和西方的古典作品里都用过这同样的比喻，描述社会中杰出人物的危险处境。亚里士多德在《政治学》里，曾两次提到彼利安德（Periander）向米利都的暴君特拉希比洛斯（Thrasybulus）奉献计谋，要他"剪除长得高出一般的谷穗，那意思就是说，必须随时除掉高出一般的公民"。在中国古典作品里，也可以找到用意十分接近

---

[1] 弗莱（Northrop Frye）：《批评的解剖》，普林斯顿1973年重印本，第38页，第207页。
[2] 亚里士多德：《政治学》，V.viii. 7，劳勃（Loeb）经典丛书本，伦敦，1932年，第443页；又见同书III. viii. 3，第243页。

的高树的形象。曹植曾在一首颇有悲剧意味的诗里写道:"高树多悲风,海水扬其波。"¹大约与之同时的李康则在《运命论》中写道:"故木秀于林,风必摧之;堆出于岸,流必湍之;行高于人,众必非之。"钱锺书认为,此"即老子所谓:'高者抑之,有余者损之',亦即俗语之'树大招风'"。²在古人头脑里,对于被风暴吹折的大树显然留下了深刻印象,形象地揭示出一个高大的英雄人物的悲剧情境,他作为人在普通人之中,作为领导者又在普通人之上,所以在力量的冲突中,他总是首当其冲地受到打击。

在莎士比亚的剧作中,悲剧人物或者一开始就充分意识到自己的处境,意识这种处境的意义和后果,或者在剧的结尾才达到这样的认识,好像水落石出后的发现或启示。这些悲剧人物对自己所处情境的理解,往往可以证明他们正是处在暴露地位上,不得不选择对他说来唯一可能的或必要的行动。例如,哈姆莱特悲愤地叹息说:

> 时代脱了节;啊,多么可恨,
> 我生来就是为把它重新整顿!(《哈姆莱特》,第一幕第五场第188行)

这时他显然已意识到自己的处境:作为丹麦王子,他不能不为父报仇,矫正国家的腐败流弊,这既是不可推卸的责任,也是不可剥夺的权利。这些流弊体现为谋杀、荒淫、乱伦和阴谋,不仅充溢在克劳狄斯及其追随者们腐朽的世界里,甚至也侵染到哈姆莱特本人的身心。哈姆莱特的

---

1 曹植:《野田黄雀行》。
2 钱锺书:《管锥篇》(第三册),北京:中华书局,1979年,第1082页。

确是忧郁的，常常想到死亡和腐朽，然而是病态的存在决定了他病态的思想意识。他把世界称为一座牢狱，很明显，这不是他自己造成的，在这个剧开场的时候，这牢狱里所有的囚室和牢房都早已造好了——这是一个腐败的世界，而丹麦王子生来便是要清除这个世界的污秽和罪恶。再如篡位者马克白斯，他无疑是由谋杀和暴戾招来自己的毁灭；但即便是他，道德意义上的弱点和暴露地位的情境也是密切不可分的。马克白斯是一员勇猛战将。他立下丰功伟绩，荣耀和恩宠接踵而至，使他晋升到不寻常的高位，也就是把他推上岌岌可危的暴露地位，使他在诱惑之下，像魔鬼撒旦那样，自以为再高一步就可以至高无上。[1] 在这个剧里，莎士比亚写了命运三女巫，似乎意在避免人们对马克白斯的悲剧作纯粹道德论的解释，因为无论就戏剧本身或是就象征意义而言，三女巫都代表着悲剧世界那种非人的强制性力量。她们在第一场里互相告别时说的话："美即丑，丑即美"（《马克白斯》，第一幕第一场第11行），回响着悲剧性嘲讽的音调，说明极大的成功往往孕育着可悲的失败。马克白斯上场说的第一句话"我还从未见过这样既丑又美的一天"（《马克白斯》，第一幕第三场第38行）[2]，则像音乐中主部和弦的再现那样，与女巫的音调相呼应而共鸣，使人感到马克白斯的沉沦固然包含他人格上的道德沦丧，却又是不可避免的，是落入了魔法的陷阱。以常识看来，这种词句重复不过是偶然巧合，马克白斯的意思不过是说，这气候极为恶劣的一天也是他战绩辉煌的美好日子。但从诗的角度说来，这种重复却绝

---

[1] 参见弥尔顿（John Milton）：《失乐园》（第四卷），第50页。
[2] 这里的"美"和"丑"的原文是"fair"和"foul"，这两个词同时又可以表示气候的"好"和"坏"。莎士比亚在这里是一语双关，但含义深远，不是一般的文字游戏，只是在译文里很难传达。

不是偶然：它强调了美与丑、祸与福、成功与失败之间的辩证关系。这两个重复出现的词也因此而获得一种言外之意，暗示那种悲剧的嘲讽，即在因与果错综复杂的作用下，美可能成为丑，而在马克白斯那里，美的确就转化为丑。弑君的念头绝不是从马克白斯头脑中凭空产生出来的，也不仅仅是由于女巫们的预言，而是出自这两种因素在诱惑的致命一刻的结合。马克白斯能够引起恐惧和怜悯的感情，他的悲剧之所以是悲剧，根本上就在于我们知道：正是这样一种不幸的结合把他引入歧途，而且使他经历了远比一般意义上的道德沉沦更为可悲的沉沦。谋杀这一严重行动一旦成为事实，成为罪恶，就把他推到这样不幸的地位上，使他不得不杀戮得更多来支撑那已经在头上和心上压得很重的王冠：

> 我在血泊之中
> 已经走得这么远，即便不再涉血前进，
> 后退也和向前一样使人厌倦。（《马克白斯》，第三幕第四场第135行）

这句十分沉痛的话显然带着悔恨和绝望的意味，说明马克白斯是铤而走险，明知不可而为之。在这里，马克白斯似乎有意识地选择恶，但他的选择并不是完全自由的选择，而是在进退维谷的困境的压力下做出决定，一个引起无数道德上的顾忌和严重后果的决定。马克白斯之所以成为悲剧人物，就在于他明白自己不得不选择恶；并且为此而经历内心的折磨。假使他放下屠刀，立地成佛，那就会成为神话或传奇故事中的人物，而不是悲剧人物；假使他毫无内心冲突和痛苦，只是放肆地杀人，直至受到正义惩罚而被杀，那么他演出的就不是真正的悲剧，而是一出拙劣的闹剧。换言之，马克白斯的悲剧是并非杀人者的杀人，并非堕落者的堕落。《马克白斯》以及莎士比亚别的悲剧就这样避开了道德责任与专断的命运之间截然的对立，悲剧人物由于悲剧力量的作用而沉沦，但悲剧力量不是作为惩恶扬善的正义起作用，而是完全作为依据自然规律展开的必然性起作用。在这里，我们可以看出，亚里士多德为悲剧下定义时说它首先是行动的模仿，看来平常，实在用意十分深刻，因为这不仅意味着悲剧要靠动作来表现，而且意味着必然性要靠一连串的行动来展开。因此，悲剧的核心不是人物性格的刻画，而是事件的进程，即情节。悲剧人物的缺陷也不是性格弱点，而是情境与错误行动相结合产生的必然后果。可以说，悲剧缺陷是伦理、逻辑和审美三方面因素的辩证统一。[1]

无论在希腊悲剧还是在莎士比亚悲剧中，主角往往由于不了解自己处境的性质而犯错误。他不了解情况，出于无知甚至出于好意，却犯下致命的过错，因而引起我们怜悯；尽管如此，他仍然受到惩罚，又引起我们的恐惧。在悲剧里，一切都在事件的逻辑中一环紧扣一环，错误即便是在不明真相的情况下造成，悲剧结局却作为必然后果接踵而至，把有罪与无辜一概毁灭。悲剧世界虽按照规律发展，却好像忽略了道德的正义：它的规律是自然规律，是与道德无关的因果规律，而不是是与非、罪与罚的规律。哲学家们常常指出，自然规律对人的意志和利益从来是漠然置之的。例如，老子就把天之道和人之道加以区别，他说：

> 天之道损有余而补不足。人之道则不然。损不足以奉有余。[2]

---

[1] 参见朱光潜：《西方美学史》（上卷），北京：人民文学出版社，1979年，第87页。
[2] 《老子》第七十七章。参见钱锺书：《管锥篇》（第一册）第53页。

天之道即自然规律，好像在万物之间维持一种自然的平衡，即所谓物盛当杀，于是长过一般的谷穗被剪除，高树被摧折，处于暴露地位的英雄遭受痛苦和死亡。无论在自然或在人的行动中，都存在着必然性，而悲剧作为行动的模仿，总是引向规律的显现或顿悟。表现在悲剧艺术中就是亚里士多德所说的"发现"（anagnorisis）[1]，即悲剧人物在剧情突然转折的一刻对真情的认识。这是悲剧情节发展的重要时刻，在这时眼睛终于睁开，一道闪电突然划过夜空，悲剧人物不仅看清自己错误行动的全部意义，而且认识到已经无可挽回、永远失去了另一种选择的可能性。这种可能性在悲剧中极为重要，因为它是悲剧的否定中所肯定的东西，是高于悲剧世界的另一个理想世界和另一套合理的价值标准，人们正是按照这一套价值标准，评定和批判悲剧的结局。

正是在这个意义上，从伦理即社会的角度看来，悲剧才显出具有真正的道德意义。例如：奥赛罗杀死苔丝狄蒙娜时有一种错误的信念，认为"她必须死，否则她会背弃更多的男人"（《奥赛罗》，第五幕第二场第6行）；但是，他后来终于认识到自己"像一个愚昧的印度人"，他的手"抛掉了一颗比他整个部落还要可贵的珍珠"（《奥赛罗》，第五幕第二场第347行）。他在痛苦中困惑地喊道：

> 我说，你们问问那个人形的恶魔，
> 他为什么要这样陷害我的肉体和灵魂？（《奥赛罗》，第五幕第二场第301行）

---

[1] 参见亚里士多德：《诗学》第六章。

这个问题之所以很难三言两语做出回答，就因为他事实上要求说明的，不仅是个人的悲剧，而且是具有社会广度的悲剧。伊阿古代表着社会的恶，他对奥赛罗的仇恨远比一般的个人怨恨大得多，也可怕得多。这就可以说明，伊阿古的阴谋何以有一种几乎非人的性质。许多批评家感到很难从个人恩怨的角度，充分解释伊阿古作恶的动机；于是认为，这是一种无缘无故的行动，用柯勒律治的话来说，是一种"没有动机的恶意"[1]。的确，对奥赛罗这个问题的回答始终不在这个剧本的范围之内，但就奥赛罗而言，他无疑认识到了真情，明白自己陷入了黑暗谋害光明的罪恶阴谋之中。当他熄灭了苔丝狄蒙娜圣洁的光明时，他就破坏了生活的和谐，而他终于把自己与野蛮的土耳其人，即与文明和美德的敌人等同起来，并亲手惩罚了自己，好让被破坏的和谐能最终通过自己心甘情愿的死得到恢复。再如在《李尔王》中，李尔王最初被自己作为国王和父亲所享有的权威蒙蔽，看不到自己的弱点，以致失去了考狄莉亚。但他最后认识到自己也和别人一样，只是一个人，而且既然是人，就也是"要害寒热病的"（《李尔王》，第四幕第六场第105行）。

> 你们都该遭瘟，全是凶手、叛逆！
> 我本来可以救活她，现在她却永远去了！（《李尔王》，第五幕第三场第270行）

在这悲痛的呼号里，可能性与现实性构成强烈的对比，一方面是传奇的

---

[1] 柯勒律治（S. T. Coleridge）：《论莎士比亚和伊丽莎白时代戏剧家：札记与演讲》，爱丁堡，1905年，第251页。

理想世界，在那里爱与真可以获得胜利；另一方面则是悲剧性的现实，在那里无辜者在受难，邪恶者却掌握着大权，为所欲为。于是，对于产生并纵容这种不公正和不道德情形的社会，考狄莉亚之死以及莎剧中所有善良者的死，就成为一种批判，获得一种真正的伦理意义。

在莎士比亚的作品中，悲剧英雄的死同时也是英勇的死，而且正是这种英雄性突出了悲剧性。在《亨利五世》中，快嘴桂嫂朴实而满怀同情地描述了落魄的福斯塔夫之死（《亨利五世》，第二幕第三场第9行），那段描述颇适合福斯塔夫作为一个喜剧角色的特点，因为他的死没有一点英雄气概，喊着上帝而无信仰，诅咒着酒和女人，在人们心中引起的至多是一点同情和哀怜，却没有那种令人肃然起敬的崇高和悲壮。福斯塔夫说过："本能可是很要紧的，我只是出于本能才当了懦夫。"（《亨利四世》上篇，第二幕第四场第272行）我们可以把这句话与凯撒的一段话相比：

> 懦夫在临终前就已死了多次，
> 勇士却只会一次去品尝死亡。
> 在我见过的一切怪事当中，
> 最奇怪的是人们的贪生怕死，
> 因为死亡本是必然的结局，
> 它该来的时候总是会来的。（《裘力斯·凯撒》，第二幕第二场第32行）

相形之下，喜剧人物与悲剧英雄的对比就十分明显了。这也揭示出一个很普通的道理：人固有一死，但死的意义却可以有泰山鸿毛之分。莎

悲剧与死亡　　43

剧中别的悲剧人物也对死抱着和凯撒同样的态度。《李尔王》中的爱德伽说：

无论离开这个世界，

还是到这里来，都必须耐心等待，

一切都在于时机成熟。(《李尔王》，第五幕第二场第9行)

哈姆莱特也说：

一只麻雀的生死也有特别的天意注定。

注定了是现在，就不会是将来；如果不是将来，就是现在；如果不是现在，也总是在将来——一切只在随时做好准备。(《哈姆莱特》，第五幕第二场第219行)

这些悲剧人物承认死亡的必然性，同时也就征服了对死亡的畏惧，显示出伟大的精神力量和英雄气魄。他们即便在斗争中失败、死亡，也绝不会丧失英雄的品格。莎士比亚悲剧人物之死是一种意识到的牺牲，因为他们总是能认识到超出悲剧世界之上关于人和社会的更高标准。就悲剧的象征意义来说，他们的死正是人类为走向那更高标准必须付出的代价。[1] 只有这样的死——在黑暗中给人以光明、在毁灭中给人以希望、在否定中包含着肯定的死——才是必然的、有价值的、真正悲剧性的死。

---

[1] 马克白斯由于是"罪犯做悲剧主角"，也许是唯一的例外。但是，马克白斯的悲剧正在于他虽然犯罪，却又那么厌恨罪恶；他的悲剧和别的悲剧一样，具有我们在这里讨论过的几个主要特点，马克白斯对悲剧情境也有自己的认识。

论莎士比亚悲剧的本质[1]

王维昌

一、从神降至英雄

艺术创造的中心是形象。写什么人？写什么？效果如何？是探讨艺术本质的中心一环。英国莎学家布拉德雷在其著名论文《莎士比亚悲剧的实质》（1904年）中所得出的首要结论，便是针对上述问题而阐述的。他指出："一出莎士比亚悲剧可以叫作一个把身居高位的人引向死亡的异乎寻常的灾难的故事。"[2] 这一结论，显然包含三方面的论点：1. 人物："身居高位的人"；2. 内容："引向死亡……的故事"；3. 效果："异乎寻常的灾难"，足以引起人们的"同情和怜悯"、"恐惧和敬畏"。这一结论，在莎评史上占有重要地位，因为它标志着19世纪浪漫派莎评的敏锐洞察力和感受力。但是，这一来自"艺术直觉"的结论，又显然带有纯粹审美的色彩，因而不能完全令人满意地解决问题。

---

[1] 原载于《文艺理论研究》1999年第5期。
[2] 布拉德雷（A. C. Bradly）：《莎士比亚悲剧的实质》，杨周翰选编：《莎士比亚评论汇编》（下），北京：中国社会科学出版社，1981年，第25页，第31页。

我们认为,必须历史地看待悲剧的主人公。莎士比亚悲剧上承希腊悲剧,在主人公的选择上,具有一脉相承的联系。希腊悲剧中的主人公,如普罗米修斯、俄狄浦斯、安提戈涅等,出身高贵,具有崇高的为人类、为城邦、为正义事业英勇献身和顽强奋斗的精神,但是在强大的命运力量面前,他们最终遭遇不幸。莎士比亚悲剧的主人公,也都出身名门,属于帝王将相等统治阶级人物,他们掌握国家命运,举足轻重,众望所瞩;另一方面,他们又大都具有正面特质,有着伟大的性格,是出类拔萃和在社会上有影响的人物,天性中有着许多优点和不平常的品质,因而无愧于高贵的英雄的称号。然而,在纷繁复杂的人生舞台上,在冷酷无情的现实面前,他们却从显赫的高位上跌落下来,甚至毁灭了自己的精神和肉体。他们的痛苦与灾难,具有异乎寻常的性质,使人震惊、叹息;同时,他们的悲剧,既是个人的,又在很大程度上,带有普遍的性质,属于时代和社会的悲剧。这样的悲剧,也就更富历史性。

但是,莎士比亚悲剧毕竟不同于希腊悲剧。首先,在主人公身份上,希腊悲剧的主人公是神或神性之人(神与人所生的后代),尽管他们归根到底是氏族社会中人或集体的化身,但是终究还环绕着一层浓重的"神灵"的光彩,使人可望而不可即,莎士比亚悲剧的主人公却不然,他们虽则出身高贵,位尊处优,但毕竟是现实中的人,是生活在大地上的人,他们的思想感情,所作所为,虽然与普通人有着相当的距离,但并非是决然不可理解的;尤其是他们的愿望和追求,他们的喜怒哀乐,处处使人感到可亲可敬,正如英国的约翰逊所指出的:莎士比亚是用"凡人的语言"表达出了"凡人的思想感情"[1]。应该说,莎士比亚

---

[1] 约翰逊(S. Johnson):《〈莎士比亚戏剧集〉序》,杨周翰选编:《莎士比亚评论汇编》(上),北京:中国社会科学出版社,1979年,第41页。

悲剧的主人公，已经从缥缈的云端，下降至坚实的大地，尽管尚未步入"普通人"的行列，但已具备一般人的思想情绪。

其次，在悲剧根源的反映上，希腊悲剧往往归因于命运力量的过于强大，是"命运"压倒了"英雄"，从而造成了悲剧。恰如德国的歌德所指出的：

> 古代的悲剧是以一种不可避免的天命为基础的，抵御着它的愿望只是使它更严酷，更快速地来临。[1]

人与命运的冲突，构成了希腊悲剧的基本冲突，而命运力量的虚妄性与不可知性，则严重地妨碍了人们对于悲剧意义的领悟与感受。莎士比亚悲剧却不然，人与命运的冲突，已经明显被人与人的冲突所取代，社会矛盾已经具体转化为人物之间的冲突；通过冲突所表达的思想意义，不仅是显然的，而且是深刻的。应该说，莎士比亚悲剧较之希腊悲剧，更立足于现实，立足于时代，是文艺复兴时期社会生活的直接而真实的反映。

莎士比亚悲剧的主人公，虽然都是属于"高贵英雄"的行列，虽然最终都遭到了异乎寻常的灾难，但是，由于他们性格上的差异，更由于所处的社会环境的不同，他们的悲剧命运也呈现出了千差万别的色彩。哈姆莱特、奥瑟罗和勃鲁托斯是出类拔萃的英雄人物，他们有崇高的理想，有为理想英勇献身的精神。他们的不幸不仅能够引起人们深切的同情和怜悯，而且还能够激起人们的崇敬感。也有像李尔王、泰门、

---

[1] 歌德（J. W. von Goethe）:《说不尽的莎士比亚》，杨周翰选编:《莎士比亚论汇编》（上），第303页。

克莉奥佩特拉等这样的悲剧主人公,他们的性格在剧本开始时并不具有"高贵"的性质,并不令人觉得可爱;但是在残酷的现实面前,在经历了巨大的痛苦和磨难之后,他们性格中美好的一面才突显出来。这种具有"逆转性"的英雄,同样能够激起人们的同情和怜悯,并且能够促发人们的深思和咀嚼。更还有麦克白这样独特的悲剧主人公,他在剧中是以一个野心勃勃、篡位夺权、杀人如麻的暴君形象出现的;他原本是国家的栋梁、民族的英雄,只是由于经受不住野心的诱惑而走上了犯罪的道路。剧作者同样写出了他的痛苦和毁灭,同样具有震撼人心的作用,但他的悲剧更多是激起人们的惊愕感和惋惜感。悲剧性格的差异造成了悲剧命运的差异。也造成了悲剧效果的差异;但是,总的来看,莎士比亚的悲剧都是在"英雄"悲剧的范畴内运转。这可以说是莎士比亚悲剧的最基本的特征。

二、由客观转向主观、由表层走向深层

莎士比亚的主体意识在其悲剧创作中有着鲜明的体现。这突出地反映在他对悲剧冲突的描绘与处理上。在他的悲剧中,悲剧冲突具有"双重性",即造成英雄人物毁灭的,不仅"有人物之间或集团之间的外部冲突,也有主人公灵魂中的各种力量的冲突"[1]。这是一种外部冲突与内在冲突相结合的悲剧,因而情节错综曲折,斗争尖锐复杂,场面惊心动魄,在戏剧史上独树一帜。

一般说来,希腊悲剧的冲突比较"单一",主要展现英雄与命运的

---

1 布拉德雷:《莎士比亚悲剧的实质》,第25页,第31页。

搏斗，就外部冲突而言，不能不说是相当激烈的，但人物的内心矛盾却表现得不够充分、细致，而是比较隐蔽的。莎士比亚不满足于希腊悲剧侧重突出人物与环境的冲突的特色，而是极力深入到人物的内心世界，极力反映人物灵魂中的矛盾，使内在冲突"超越其他一切冲突"，"处于显著地位"，[1] 从而构成了莎士比亚悲剧冲突的根本特征。由此，我们见到哈姆莱特和克劳狄斯的周旋和斗争、伊阿古使用谎言和诡计诱使奥瑟罗落入陷阱、麦克白对邓肯和班戈的血腥谋杀，等等。这些都是外部冲突。他们之间的斗争实际上是两种社会势力之间的斗争，具有对抗的性质，因而显得特别激烈。但是，莎士比亚并没有仅仅停留于此，他还深入到了人物的内心，着重表现了人物的内心矛盾和意愿之间相互抵触的冲突。由此，我们看到，哈姆莱特在个人复仇和重整乾坤之间感到无法两全的矛盾；他在能力和责任之间，在思想和行动之间摇摆不定，饱受了忧郁、犹豫的折磨之苦。奥瑟罗由于伊阿古的恶毒煽惑，在信任与怀疑之间、在爱与恨之间，进行了剧烈的斗争，灵魂里掀起了巨大的风暴。麦克白由于野心和权势的蛊惑，走上了弑君犯罪的邪途，因而在谋杀邓肯之前，充满了痛苦和激烈的思想斗争，在谋杀中充满了恐惧，在事后又充满了悔恨，"良心上负着重大的罪疚和不安"。他在"忧虑中进餐"，在"惊恐的噩梦的谑弄中睡眠"，得不到片刻的平静和安宁。精神上的巨大痛苦，剥夺了他原先预期的、在攫得王冠后可能带来的欢娱，甚至感到了人生的毫无意义。

值得进一步指出的是，莎士比亚在反映人物的精神状态和内心矛盾时，并没有仅仅停留在表层，而是深入到了人的内心世界的底部，甚

---

[1] 歌德：《说不尽的莎士比亚》，第304页。

至可说是达到了潜意识的深度，即幽邃的无意识领域。尽管他对人的无意识的认识，尚未达到今日心理学家的科学认识水平，但是在客观创作实践中，他却不自觉地与今日心理学家对于人的无意识的解剖认识吻合一致。今日心理学家将人的无意识解析为"个人无意识—种族无意识—人类无意识"的结构方式，在莎士比亚的心理刻画中，都有明显体现。下面，为了说明的方便起见，我们不妨以麦克白为例，具体地来看一看。

麦克白是一个误入歧途的暴君形象，莎士比亚在刻画这一特殊悲剧主人公时，始终牢牢抓住他的"罪与罚"的无意识来进行表现。首先是"罪与罚"的个人无意识。麦克白在谋杀邓肯、篡位夺权的整个过程中，"有罪必罚"、"果报不爽"的无意识特别活跃："想象中的恐怖远胜于实际上的恐怖"；"暗杀"犹如"一刀砍下"，似乎"可以完成一切、终结一切、解决一切"，但却"逃不过现世的裁判"，恰如"把毒药投入酒杯的人，结果也会自己饮鸩而死，这就是一丝不爽的报应"；弑君重罪所招致的后果，就像是"一个赤身露体在狂风中飘游的婴儿"，将把"怜悯"撒播在世上每一个人的眼里，从而点燃起熊熊不灭的复仇火焰。麦克白所以会在阴谋得逞、称帝为王之后，还时时感到自己是在"忧虑中进餐"，在"惊恐的噩梦的戏谑中睡眠"，其根源就在于"罪与罚"的无意识的肆意作祟。其次是"罪与罚"的种族无意识。麦克白在犯罪、沉沦的过程中，经常独自倾诉自己的内心的烦恼与不宁，他甚至感到人生就像是一场无休无止的"热病"，永远处在"刀剑、毒药、内乱、外患"的煎熬之中。其实，这种意识已经将个人的精神痛苦与苏格兰人的苦难与不幸联系起来了。苏格兰人在历史上曾经长时期地处在"内乱、外患"之中，一方面是外族的不断入侵，另一方面是内部的不断纷争，战火经常弥漫整个苏格兰大地，扰乱了普遍的和平和安宁。《麦克白》开首所展现的战争,就是一场"内乱"加"外患"的战争,"刀剑、毒药、内乱、外患"使苏格兰满目疮痍、遍体鳞伤,犹如一个身染重病、无可救药的"病人"似的。麦克白也感到自己罪孽深重,"心病"日益加剧,同样成了一个病入膏肓、沉疴难愈的"病人"了。他把自己的苦痛和不幸与自己所属的种族的苦痛与不幸联系起来,显然带有集体无意识的性质,即瑞士的荣格(C. C. Jung)所谓的"种族记忆"——"许许多多同类经验在心理上留下的痕迹"[1]。第三是"罪与罚"的人类无意识。麦克白早从谋杀邓肯的"那一刻"起,便已清晰地感受到了保持美好人生的艰难不易;犯罪所带来的恶果犹如提前结束了自己的生命,使人生"失去了它的严肃意义";就像"生命的美酒已经喝完,剩下来的只是一些无味的渣滓"。当他为了巩固自己的罪恶统治,而在"血泊"中不断前进时,他进一步感受到了自身的渺小、孤独、可怜和软弱,他"像一片凋谢的黄叶""日就枯萎",没有人再理睬他。尤其是当他听闻自己妻子由于精神失常最终悄然死去时,他更感受到了生命的短暂、命运的乖戾和人生最终归于虚无的无可违抗性:人生只是"短促的烛光",它所照亮的,只不过是"到死亡的土壤中去的路",尤其是对那些多行不义、必遭自毙的人来说,人生更是"一个行走的影子,一个在舞台上指手画脚的拙劣的伶人,登场片刻,就在无声无息中悄然退下,它是一个愚人所讲的故事,充满着喧哗和骚动,却找不到一点意义"。这里,麦克白作为人类的一分子,他对自身力量的有限性的认识是十分真切的;面对大自然的无穷威力,人类始终处在渺小、软弱、无能为力的境地。这一感受,已经成为一种本能,一种"人类世世代代

---

[1] 转引自张隆溪:《二十世纪西方文论述评》,北京:生活·读书·新知三联书店,1986年,第59页。

普遍性的心理经验",深深地潜伏在人类每个成员的灵魂的最底部。

与探索人的幽邃的无意识领域紧密相关的,还有一个十分重要而且必须解决的问题,即如何将其所探索到的"内容"具体、形象地"表现"出来。追求内在真实的具象化,也就成了莎士比亚悲剧创作的一大特色。在这方面,应该说,莎士比亚的艺术天才,也具有许多超前性的非凡表现。综观莎士比亚悲剧,其间实现"内心外化"手法主要有二,一为幻象描写,另一为病态描写。幻象(包括幻视与幻听)是人在思想情绪极度紧张时的变态心理的反映。哈姆莱特在其母后寝宫中所看见的父亲"鬼魂"、勃鲁托斯在与安东尼的联军决战前夕所看见的凯撒"鬼魂",还有麦克白在谋杀邓肯途中所看见的"滴血匕首"、他在国宴上所看见的被其谋杀的班戈"血污鬼魂",等等,均属幻视表现。而麦克白在进入邓肯卧房时,他耳中所充斥的"杀人啦!"、"不要再睡啦!"的呼喊声,则是他的幻听表现,因为当时人们都在熟睡之际,并无什么人在呼喊。幻象描写清楚地反映出人物的紧张情绪和恐惧心理和他们的潜意识状态。人物的病态表现,诸如疯狂、梦游、梦魇、梦呓等,也都直接根源于激烈的思想斗争、长时期的精神压抑和变态的情绪波动。在莎士比亚悲剧中,我们看到疯狂的李尔王、疯狂的奥菲利娅、疯狂的泰门,还有梦游中的麦克白夫人。他们语无伦次,行为怪诞;但是透过这些疯言乱语和怪诞行径,人们却能清晰地看到他们的病因,看到淤积于他们潜意识深处的忧虑、恐惧和痛苦。

三、悲喜交融、寓庄于谐

莎士比亚悲剧具有悲喜交融、寓庄于谐的特色。正是在这点上,莎士比亚所受到的责难最多，受到的误解也最严重。一般悲剧都保持严肃的格调，古典（希腊）悲剧尤其如此；理论上的概括也是这样："悲剧是对于一个严肃、完整、有一定长度的行动的模仿。"（亚里士多德）莎士比亚显然越出了这一传统规范，他在自己的悲剧中插入喜剧场面，他允许喜剧人物（小丑）在悲剧中出现，他还让人物在悲伤之际或痛苦之余说些揶揄挖苦的话。这一切，显然是与悲哀、严肃的气氛不相协调的。然而，这种"不谐调"，恰好正是莎士比亚悲剧的重要艺术特征。

问题是这种"不谐调"与生活真实、艺术的真实的关系究竟如何。应该说，莎士比亚对于悲与喜的对立统一关系有着清晰的认识。他从不简单化地看待并处理悲与喜的对立。他清楚地意识到，悲哀有时也会以"喜"的形式出现，尤其是那些"大悲"、"大哀"，往往都会隐藏在"喜"的外衣下；人物的激情正是凭借"喜"的形式，才得以淋漓酣畅地表达出来。恰如英国的柯勒律治所指出的："笑是快乐的表现，同时也是极端痛苦和恐怖的表现，既有悲伤的泪和喜悦的泪，也有恐怖的笑和愉快的笑。"[1] 疯狂的李尔王在暴风雨中胡言乱语。（"儿女的忘恩！这不就像这一只手把食物送进这一张嘴去，这一张嘴却把这一只手咬了下来吗？"）他的弄人在一旁的插科打诨。（"你这光秃秃的头顶里面也是光秃秃的没有一点脑子，所以才会把一顶金冠送了人。""你是一个剥空了的豌豆荚。"）这些都带有"戏谑"的色彩；然而正是在这"戏谑"的背后，隐含着李尔王多少悲哀与不幸，多少怒火和愤懑也隐含捉弄人对李

---

[1] 柯勒律治（S. T. Coleridge）:《关于莎士比亚的演讲》，杨周翰选编:《莎士比亚评论汇编》（上），第156页。

尔王多少同情与怜悯。哈姆莱特在获悉自己的父亲竟然是被他的亲兄弟克劳狄斯谋害时，这一"可怕"而"反常"的信息，完全扰乱了他的神经。他的语言转为"滑稽可笑"。（"啊，一个笑嘻嘻、笑嘻嘻，却是个恶汉。""喂，呵，呵，孩儿！来，鸟儿，来。"）他感到极度的痛苦、恐怖和厌恶。他在佯装疯狂后对奥菲利娅的"忠告"也暧昧不明。（"哈哈！你贞洁吗？……你美丽吗？……要是你既贞洁又美丽，那么你的贞洁应该跟你的美丽断绝来往……进尼姑庵去吧，去；越快越好。"）他对母后的"责备"更是充满揶揄色彩。（母后："哈姆莱特，你已经大大得罪了你的父亲啦。"哈姆莱特："母亲，您已经大大得罪了我的父亲啦。"母后："来，来，不要用这种胡说八道的话回答我。"哈姆莱特："去，去，不要用这种胡说八道的话问我。"）然而这一切，又隐含着多少难言的隐衷、深沉的悲哀与巨大的愤激！

　　莎士比亚从不把悲喜截然分开，而是把它们在不损害悲剧基调的原则下结合起来。在情节发展的进程中，让庄严中有轻松，让悲哀中有可笑，从而达到以喜衬悲、以喜促悲的效果，并使主题蕴意得以升华。例如《麦克白》中"看门人"一场，便是莎士比亚悲剧中最具有喜剧色彩的场面之一。作者将它插在剧中情节发展最紧张的关头，即麦克白和夫人夜半谋杀邓肯之后，看门人被凌晨突如其来的敲门声所惊醒，他不耐烦地前去开门。他边走边骂，说出了许多笑话。这一充满"滑稽怪诞"的场面，曾经长期使人感到迷惑不解，甚至有人怀疑它是伪作。其实，这恰巧是莎士比亚运用悲喜映照手法的突出例证。看门人对"囤积居奇的农夫"、"两面讨乖的律师"、"善偷裤料的裁缝"极尽挖苦揶揄之能事，必然引起人们的哄堂大笑。这喜剧性的气氛，恰好与前场戏的阴森恐怖形成鲜明的对照，愈加显示了"夜半凶杀"的可怕性与惨无人道。看门人还把麦克白的城堡比作"地狱",是一切有罪灵魂的必然归宿之地,这无疑点化出了作品的主题思想。《哈姆莱特》中"墓园"一场,也是喜剧因素插入悲剧的典型例子。哈姆莱特在识破克劳狄斯的凶残面目后,决心与之斗争到底,这是激战前的片刻寂静,人们已经看到两军交战的刀光剑影;但剧作者却插入了这场哈姆莱特与两个掘墓小丑的风趣谈论,他们面对一个个被掘起的骷髅,论古说今,诙谐幽默,滑稽可笑。然而,这一颇具荒诞色彩的场面,却蕴含着深刻的哲理;它迫使人们从宇宙世界的高度去冷静地审视人生,去看待人与人之间的斗争。这不仅与人物的思绪联系起来,并且从另一角度加强了作品的悲剧性。

当然,我们很难说莎士比亚已经明确意识到同"间离"效果的意义,但是至少他已感到,不应过分强调悲剧的严肃性与紧张性。悲喜混合不仅是生活真实性反映的要求,同时也是戏剧艺术创作的需要,因为它能调剂戏剧气氛与感情,避免单调划一,不断地给人以新鲜感("陌生"感),这就有利于激发观众的理智,从而收到更大的悲剧效果。

莎士比亚以悲喜混合方式来写悲剧的创作实践,在戏剧发展史上是有重要意义的,因为它为后来戏剧走上悲喜剧(正剧)的道路做出了积极的尝试。至于莎士比亚"寓庄于谑"的特色与现代荒诞派戏剧的联系,则更是20世纪戏剧理论研究中的热门课题;这一课题的研究对于今日戏剧的发展显然是具有更为迫切而现实的借鉴意义的。

四、想象的有力参与、意象的充分运用

人们通常称莎士比亚喜剧为"浪漫"喜剧,却不称(至少很少有

人称）莎士比亚悲剧为"现实主义"悲剧。这一现象是发人深思的。在此，我们姑且不去论述将莎士比亚喜剧的特色归结为"浪漫"是否恰当（另拟专文论述）；仅就莎士比亚悲剧而言，它的风格特色，也确实并非以"现实性"就能概括殆尽的。事实清楚地表明，莎士比亚悲剧，就其艺术手法与风格特色而言，是"现实"与"想象"的有机结合；甚至可以说，"想象"在莎士比亚悲剧中，有着强有力的参与与渗透。因此，正确地说，莎士比亚悲剧是"现实"与"浪漫"相结合的产物；它既不同于古典（希腊）悲剧，又与后世其他悲剧家的作品区别开来。

应该充分肯定，莎士比亚悲剧具有强烈的现实主义倾向。从历史与现实中提炼题材，在典型环境中表现冲突、塑造形象，人物性格具有高度真实性，等等，都是现实主义因素的鲜明表现。具体地说，尽管莎士比亚悲剧的题材绝大多数取自历史，取自异国，但是就其内容、气氛、色彩而言，莫不与16世纪末、17世纪初的英国社会休戚相关。尽管莎士比亚悲剧中的人物，绝大多数属于社会上层，属于帝王将相、"高贵英雄"的行列，但是就其思想感情的实质而言，莫不与文艺复兴时期英国现实中的人物紧密相连。通过典型环境的描绘而表现典型性格的手法，是莎士比亚悲剧创作所遵循的基本原则之一。

但是，莎士比亚悲剧还具有另一面的重要特色，即浪漫性。这与莎士比亚充分运用其想象力是分不开的。莎士比亚想象力的运用有其独特的表现形式，它是沿着两条途径具体体现出来的：第一条，超自然的神奇因素的运用；第二条，意象的运用。下面，我们不妨稍稍具体地来看看。

首先看第一条，超自然的神奇因素的运用。超自然的神奇因素，这是作家想象力的"直接"而"有形"的参与，即作家将自己的想象幻化成为具体可见的舞台形象,直接参与舞台表演,直接诉诸观众视觉,使之成为戏剧结构与戏剧表演中不可缺少的因素。莎士比亚悲剧中的鬼魂与女巫,便是这类因素的突出表现。问题是这类因素的作用究竟如何?人们曾经围绕这一问题长期展开争论,认为这类因素的出现,可能是与莎士比亚时代的迷信思想有关。其实,莎士比亚运用这些神奇的因素,让其介入悲剧,并不是为了宣传鬼魂,而是利用伊丽莎白时代人们普遍存在的迷信观念,来帮助制造气氛,展开情节,刻画人物,以取得更好的戏剧效果,所以我们应当把它作为一种艺术手段来看待。

悲剧需要阴暗甚至恐怖的气氛,鬼魂有助于制造这种气氛。严格说来,莎士比亚悲剧中的鬼魂可分两类,一类为人物内心的外化物,即幻象(前已有述);另一类则为作者想象的表现,即超自然的神奇因素。尽管古代人是否相信鬼魂,至今仍是一个有争议的问题,但是评论家们大多认为,即使不信鬼魂,人们在谈论鬼魂时,根据自己的想象,也会出现一个"可怕"的鬼魂形象。由此我们可以说,"相信鬼魂这种种子存在于我们大家心中"——"心"中有鬼,"现实"中也就有了鬼。何况,莎士比亚舞台上的鬼魂具有艺术的"真实性":庄严的时刻、寂静的夜晚、恐怖的环境,使你深信鬼魂的必然出现。德国的莱辛便说:"莎士比亚剧中的鬼魂真正是从阴间来的。""在《哈姆莱特》剧中的鬼魂面前,无论是信鬼或不信鬼的人,无不毛发悚然。"[1] 更为重要的是,鬼魂是通过剧中人物的切身感受而表现出来的;所以,悲剧所需要的恐怖气氛,与其说是鬼魂直接造成的,还不如说是人物自身的"恐怖感"所造成的。除了鬼魂形象,女巫形象在莎士比亚悲剧中也很突出。《麦

---

[1] 莱辛(G. E. Lessing):《汉堡剧评》,杨周翰选编:《莎士比亚评论汇编》(上),第233页。

克白》中的女巫,这些非人非鬼的妖婆,有着丑陋的外形、闪烁的言辞、兴风作浪的本领,使作品从一开始便笼罩在阴森恐怖、变幻莫测之中。作为一出揭露并谴责"野心"罪恶的戏剧来说,气氛的阴森恐怖是不可少的,而女巫便很好地起到了这方面的作用。当然,这一切全都有赖于作家艺术技巧的成功运用。

超自然的神奇因素,对于情节开展与性格刻画也具有不可忽视的作用。通过鬼魂之口所揭示的克劳狄斯杀兄奸嫂的滔天罪行,对于哈姆莱特的精神震撼——他由一个"快乐王子"迅即转变为一个"忧郁"、"沉思"的人,并且立志肩负起"复仇"与"重整乾坤"两副重担——关系重大。同样,麦克白心中潜藏的阴暗凶险的野心,他那明知犯罪却又希图逃脱正义惩罚的侥幸心理,如若没有女巫"预卜未来"的闪烁言辞和蛊惑表演,是很难得到具体而清晰的揭示的。

再看第二条,意象的运用。从审美心理机制来看,意象,这是作家形象思维的产物,它产生于作家的想象,通过"语词"作为中介而作用于观众的想象。因此,这是作家想象力的"间接"而"无形"的参与。意象通过"语词"体现出来,沟通于作家与观众之间,成为一座不可或缺的桥梁,作家对于生活的感受,正是通过这座桥梁而传递至观众的心灵。因此,意象的充分运用,就有助于最大限度地体现作家的思想。以英国的斯珀津为首的意象派莎评对于莎士比亚悲剧中的意象的广泛研究是卓有成效的。他们指出,莎士比亚悲剧中的意象不仅是大量的、成群的,而且在每一剧中,均有一个,乃至几个主导意象,而这则直接关系到作品主题思想的表达。例如,在《罗密欧与朱丽叶》中,重复出现的意象是"光",表现为太阳、月亮、繁星、电火、火药爆发的瞬间闪光等,用以表明年轻人的美丽而炽热的爱情,犹如划过黑暗夜空的流星,虽然耀眼非凡,但却转瞬即逝。在《哈姆莱特》里,反复出现的意象是"疾病"(身体的残缺或毒疮毒瘤等),用以形容哈姆莱特所处的罪恶社会业已到了病入膏肓、沉疴难愈的境地。而在《李尔王》中,普遍存在的意象则为"人体所感受的极端痛苦",表现为动词及隐喻所组成的短语,诸如被拖走、扭断、棒打、刺伤、熬痛、鞭笞、脱臼、剥皮、割肉、开水烫、严刑拷打,甚至在刑架上分尸等,从而使"全剧充满着冲击、紧张、挣扎的气氛,有时感到体力紧张到极端痛苦的程度"[1]。尽管人们对于《麦克白》的主导意象,在认识上尚有分歧,但是,大多数评论家都认为,至少有几个方面的意象在剧中是反复出现的,这就是"黑暗"、"鲜血"、"不合身的衣衫"等。这些意象的反复出现,使全剧始终笼罩在黑夜之中,杀戮的流血事件层出不穷,而主人公虽然以杀戮取得了王冠,披上了王袍,却时时感到"新的衣衫"(或"偷来的衣衫")不合自己的身材,因而犹如针芒在背、隐痛难熬。意象的充分运用,使莎士比亚悲剧的内涵更为丰富、更为深刻,这在戏剧史上可谓独一无二。

五、推向哲理的高度

莎士比亚的伟大不仅在于他艺术地反映了生活的真实,而且在于他形象地体现出了哲学的原理。尽管哲学的真理本源于生活的真实,然而,从生活的真实到哲学的概括,毕竟是思想认识上的质的飞跃,并非

---

[1] 斯珀津(C. Spurgeon):《在莎士比亚悲剧的意象是所见到的主导性主题》,杨周翰选编:《莎士比亚评论汇编》(下),第341页。

所有的作家都能达到这样的高度的。难怪法国著名小说家雨果曾经说过,莎士比亚是诗人、历史家和哲学家"三位一体的人"。他的作品表现了哲学的深度,能给人以"高贵的养汁",因而是一个用自己的光辉照耀人类的天才。[1] 雨果的这一评价,在莎士比亚的悲剧创作中,体现尤为突出。

19世纪著名浪漫派莎评家柯勒律治曾经天才地指出:莎士比亚戏剧的根本特点在于它"突出地遵守所有对立面相克相生这条伟大的自然法则"。英国的赫士列特(W. Hazitt)在分析莎士比亚悲剧时也指出,它是根据"对比原则"写出来的。他们所谓的"相克相生的自然法则"、"对比原则",实际上指的就是辩证唯物论的基本法则:矛盾对立原则。莎士比亚的每一部悲剧,尤其是他的"四大悲剧",都是按照这一基本原则进行创作的。从基本冲突来看,莎士比亚悲剧无不表现出具有人文主义理想的高贵英雄,与黑暗、丑恶的社会现实之间的不可调和的矛盾,理想与现实的严重对立和冲突,折磨并摧残着英雄的身心;但是,尽管他们最终被黑暗所吞噬,但他们的理想依然崇高、伟大。从形象塑造来看,莎士比亚悲剧无不在内外矛盾的交错发展中刻画性格,"外因"是条件,"内因"是根本,"外因"是通过"内因"起作用;人物性格变化无穷,体现出了深刻的悲剧性。再从悲剧的色彩与风格来看,莎士比亚绝不偏执一端,而是深悟"悲"与"喜"的对立统一、"现实"与"想象"的矛盾和谐的道理,成功地将悲喜融为一体,现实与浪漫交融互汇,从而体现了深刻的哲理性。

尽管由于时代和历史的局限,莎士比亚的哲学思想还没有也不可

---

1 雨果(V. Hugo):《莎士比亚的天才》,杨周翰选编:《莎士比亚评论汇编》(下),第407页。

能达到辩证唯物主义的高度,但是,由于他对现实生活的非凡的洞察和体验,由于同时代的先进思想家们的唯物史观对他的积极影响,他已经逐渐形成一套相当明确、相当深刻的哲学思想,并且用以指导自己的创作,从而使他的作品获得了惊人的真实性和深刻性,成为英国的琼生所称誉的"超凡入圣"之作,不仅为他同时代的许多作家所望尘莫及,而且为后世的许多著名文艺家所叹服。莎士比亚是"时代的灵魂",同时,"他不属于一个时代而属于所有的世纪"。[1] 这两句早为人们所熟知的名言,倘若从哲学的角度去认识,庶或能够得到某些新的启示。

---

1 琼生(B. Jonson):《题莎士比亚遗著》,杨周翰选编:《莎士比亚评论汇编》(上),1979年,第13页。

莎士比亚悲剧情节结构简论[1]

徐克勤

我们知道,莎士比亚上学时间很有限,连七年制的文法学校也未能读完。一个文化程度如此低的人,为什么竟然写出了"四大悲剧"这样前无古人的艺术杰作?岂非咄咄怪事?长期以来,人们寻求答案,以为莎士比亚写作纯粹是"摹仿"自然(即现实生活);他的戏剧动作豪放而自由,不受任何法则的支配,因而根本没有什么"规律"可言。近一个世纪莎学家研究的成果证明,莎士比亚剧本的构造,是有一套确定的诗法的,特别是悲剧,其结构规律还有一条独创的哲理作依据。莎士比亚一共写了十部悲剧:"四大悲剧"成就最高,《罗密欧与朱丽叶》(*Romeo and Juliet*, 1595)流传极广,四部罗马悲剧和《雅典的泰门》(*Timon of Athens*, 1608)各具特色。

罗马悲剧《泰特斯·安德洛尼克斯》(*Titus Andronicus*, 1504)写于莎士比亚创作早期。其时,剧作家的人文主义世界观尚未形成,剧本歌颂的正面主人公泰特斯还信守宗法思想;他纵然愿为局面安定而"让

---

[1] 原载于《外语教学》1983年第4期。

贤",但在凶恶的个人主义者面前显得势孤力单,无能为力。整个悲剧笼罩在一片正不压邪的阴暗气氛里,缺乏理想的光辉照耀。剧中堆砌了大量的凶杀事件,展示了一连串的罪恶行为;人物用词夸张,感情虚假;内容粗野、低劣、残酷;从思想到艺术,颇像托马斯·基德《西班牙悲剧》(1589年)的模式。

《罗密欧与朱丽叶》写于莎士比亚的思想艺术开始进入成熟阶段,所以人文主义的乐观精神成了悲剧的基调。明朗的背景、和解的结局,处处都表明,剧中的力量对比发生了根本的变化,整个局面是邪不压正,正面的力量不但获得了道义上的胜利,而且取得了现实的胜利。理想的恋人、理想的人民、理想的当权派(公爵)乃至理想的神父等正面人物主宰着生活,邪恶(两家世仇)不过是残存的旧恶习,纵然吞掉了一对美好的青年男女,却终被战胜了。

如果说《罗密欧与朱丽叶》是一部乐观的悲剧,产生于莎士比亚的喜剧创作时期,那么《裘力斯·凯撒》(*Julius Caesar*, 1599)里便流露出向下一个创作阶段过渡的趋向。新的创作阶段从《哈姆莱特》(*Hamlet*, 1601)始,到《雅典的泰门》止。这个阶段创作的七部悲剧,基调越来越阴沉,对现实的暴露与批判也越来越深刻。《裘力斯·凯撒》在思想上同《哈姆莱特》相近,两者都是社会哲理悲剧,两个主人公面临的主要问题也相似:采取什么斗争方式对付邪恶最有效? 勃鲁托斯和哈姆莱特为人重理智而不感情用事,感情用事却是其余六部悲剧主人公的行为特点。

《哈姆莱特》可以说写的是智慧的痛苦,《奥瑟罗》(*Othello*, 1604)、《李尔王》(*King Lear*, 1605)和《麦克白》(*Macbeth*, 1606)的情况则相反,其主人公所以痛苦,是由于理性受了蒙蔽,在感情冲动之下做出了使亲者痛仇者快的蠢事。"四大悲剧"的思想性和艺术性得到了高度完美的结合，是古希腊之后欧洲悲剧艺术的最高典范。

同"四大悲剧"比较，其余三部悲剧的动作重心都有所转移。"四大悲剧"的动作重心是揭示主人公的内心世界和心理活动。两部罗马悲剧《安东尼与克莉奥佩特拉》（*Antony and Cleopatra*，1607）和《科利奥兰纳斯》（*Coriolanus*，1607）以及《雅典的泰门》的动作重心则是外在世界的矛盾。从这三部悲剧中，人们把握不住主人公内心活动的脉络，看到的只是内心活动的结果与外部表现。论艺术性，《安东尼与克莉奥佩特拉》并不比"四大悲剧"逊色。《科利奥兰纳斯》虽带有明显的政治色彩，但主人公内心活动枯燥无味，情绪反应简单粗暴，所以成了莎翁笔下一个惹人讨厌的角色。《雅典的泰门》思想性很强，但缺少几部悲剧杰作的那种艺术完美性。

对莎翁十部悲剧先有个概貌了解之后，我们再来探讨这些剧本的情节结构，也许更方便些。莎翁悲剧的故事情节，不是直接取自他那个时代的现实生活，而是从前人的现成作品里借来的。《罗密欧与朱丽叶》的故事早被意大利作家写成了小说，英国诗人亚瑟·布鲁克用以写出了长诗《罗密欧与朱丽叶哀史》（1562年），莎士比亚又依据诗篇创作了悲剧。《哈姆莱特》的传说，最早见于丹麦史学家沙克逊·格莱姆克的《丹麦史》（1200年前后）中的阿姆莱特王子传，法国作家贝尔弗莱将其改写后收入自己的《悲剧故事选编》（1576年），英国有人（可能是托马斯·基德）把这个故事改编成剧本，该剧在1596年上演过，后来失传了；莎士比亚悲剧的蓝本极可能是那个失传的剧本。《奥瑟罗》的情节来自意大利小说家钦提奥《百篇故事集》（1565年）中的《威尼斯的摩尔人》。《李尔王》的情节，主要动作线出自无名氏的同名剧本（1594年上演，1605年印行），次要动作线出自锡德尼的小说《阿刻狄亚》（1590年）。《麦克白》的情节出自英国贺林希德的《英格兰、苏格兰和爱尔兰编年史》（1577年）。《裘力斯·凯撒》、《安东尼与克莉奥佩特拉》、《科利奥兰纳斯》和《雅典的泰门》四剧的故事都载入了古罗马普鲁塔克的《希腊、罗马名人传》。《泰特斯·安德洛尼克斯》情节的直接来源虽无从查考，但动作的个别因素散见于古罗马悲剧家塞内加和诗人奥维德的作品之中。

十部悲剧均以主人公的名字命名，其中八部的动作围绕着一个中心人物展开，只有两部（《罗密欧与朱丽叶》和《安东尼与克莉奥佩特拉》）涉及两个主人公。每部悲剧都有一个贯串全剧的中心事件。有趣的是十部悲剧的中心事件都形成了性质相近的五对。《泰特斯·安德洛尼克斯》和《哈姆莱特》的中心事件都是复仇，后者是子报父仇。《罗密欧与朱丽叶》和《安东尼与克莉奥佩特拉》的中心事件都是恋人墓穴双双殉情，前者是一对青年夫妇，后者是一对老年情人。《李尔王》与《雅典的泰门》的中心事件都是忘恩负义，前者是子女恩将仇报，后者是朋友翻脸无情。《奥瑟罗》与《麦克白》的中心事件都是信谗杀人，摩尔人因为嫉妒而杀妻，苏格兰大将由于野心而弑君。《裘力斯·凯撒》与《科利奥兰纳斯》的中心事件都是英雄和人民的悲剧，前者是人民不理解英雄，后者是英雄不理解人民。

莎翁悲剧冲突的线索，有单线、复线乃至多条线索之分。《罗密欧与朱丽叶》、《雅典的泰门》和四部罗马悲剧都是单线发展。《李尔王》是标准的复线结构：以李尔王一家父女的冲突为主，以葛罗斯特一家的父子矛盾为辅。即使以动作单纯集中见长的《奥瑟罗》，摩尔人因为受骗而杀妻的惨史也有罗德利哥人财两空的故事做陪衬。《哈姆莱特》

的情节线索多至三条：挪威王子向丹麦报杀父之仇是背景（即国际形势）；哈姆莱特向叔父克罗迪斯报杀父之仇是主线；在报仇过程中误杀了御前大臣，于是产生了莱阿替斯向丹麦王子报杀父之仇的副线，克罗迪斯勾结莱阿替斯陷人害己的结局，造成挪威王子坐收渔利、入主丹麦的局面。不同动作线索不是并行不悖的，而是经常碰撞的。一旦几条线索交汇时，动作的戏剧性便表现得格外有力。

悲剧创作的开头，照例是一场短戏：用一件惊世骇俗的事件，把观众立即引入悲剧气氛。《泰特斯·安德洛尼克斯》中的抬着棺材上场、《罗密欧与朱丽叶》中的街头械斗、《奥瑟罗》中伊阿古策动的夜惊、《哈姆莱特》中的鬼魂深夜显灵、《麦克白》中的女巫大白天兴妖作怪、《李尔王》中的让权分国等，都是典型的莎士比亚的开场戏。随着简短的开场戏之后，漫长的动作线便延伸开了；动作发展到剧本中间，即第三幕，一般都达到了高潮。在第三幕，人物之间的主要矛盾暴露得最集中，这里成了敌对人物或敌对集团之间外部冲突和主人公内心冲突的交汇点。《罗密欧与朱丽叶》第三幕是茂丘西奥和提伯尔特被杀、罗密欧被判处放逐罪即一对恋人在新婚之夜生离死别的情景。《裘力斯·凯撒》第三幕是凯撒被刺、勃鲁托斯和安东尼对罗马市民发表演说。《哈姆莱特》第三幕包括"活下去还是不活"的独白、同奥菲莉娅断绝关系、演出《捕鼠机》的"戏中戏"而导致国王祈祷以及王子义责母亲并误杀波洛涅斯。独白标志着王子内心冲突的极限，"戏中戏"标志着剧情的转折，波洛涅斯之死标志着主、副两条冲突线索的交汇。《奥瑟罗》第三幕是伊阿古设奸计迫使摩尔人上当的过程。《李尔王》第三幕是老王发疯、流落荒野并受暴雨袭击的情景。

莎翁悲剧打破了悲喜剧的界限，剧情的紧张程度是时起时伏的。

每部悲剧，就全剧看，第三幕通常最紧张，第二幕和第四幕总是较为和缓的。就每一幕看，情绪紧张的悲剧场面总要间之以较为平静的日常生活插曲或喜剧场面。这些场面和插曲具有明显的对比反衬作用；它们既可以变换情调，给观众留出喘息的时间，使其对剧情始终保持新鲜感，而不致感到厌倦，又能给再度紧张的动作提供酝酿成熟的时间，造成山雨欲来风满楼的形势，以便取得轰然爆发的奇效。《哈姆莱特》第一幕的紧张气氛是由守望的军人谈鬼、霍拉旭向哈姆莱特报告鬼魂显灵、王子同父王鬼魂相遇这些场面造成的，中间插了王宫金殿早朝和大臣父子兄妹告别两场戏，通过富于升平景象和家庭情趣的画面，暂时缓和了悲剧的阴暗气氛，又替王子在一幕终场的情感大发作层层做了铺垫，竖了阶梯。在《奥瑟罗》第三幕里，伊阿古对摩尔人的攻心战多次被两对夫妇单独会面的插曲所打断：伊阿古已经煽起了奥瑟罗的嫉妒心，但事情还仅仅是怀疑，就在此时夫妻相遇，奥瑟罗说他感到头痛，苔丝狄蒙娜要给丈夫用手帕扎头，因而造成了手帕的失落，被爱米利娅拾到后交给了伊阿古。这两个插曲，既可以使观众从紧张的剧情中摆脱出来，暂时放松一下，又给后来动作的发展设下了伏笔，造成了悬念：大家知道，正是这方手帕成了恶人诬陷苔丝狄蒙娜不贞的"物证"。《李尔王》的情况也相似，老王受暴风雨袭击的紧张剧情，间之以葛罗斯特同爱德蒙谈话和爱德蒙向康华尔告密两场戏，前一场父亲要救老王是好心，后一场儿子出卖老子是恶意。

悲剧对于冲突的双方是轮流突出的。《哈姆莱特》前一半是王子为使叔父暴露，处于攻势，克罗迪斯处于守势；后一半倒过来了，是克罗迪斯反攻，他借手杀人的诡计终于得逞。《裘力斯·凯撒》前一半是共和党人主动，后一半是群起反对独夫民贼。《李尔王》的主人公在分国让权之后就不再是左右剧情的积极力量了,不是他在斗争,而是两派力量围绕着他斗争;但总的说来,起作用的还是同一条原则:先是李尔王的大女儿和二女与爱德蒙勾结主动进攻,最后是反对派势力在逐步增强。

悲剧冲突双方的主要任务通通毁灭,是标准的莎士比亚动作结局。[1]主人公久历现实矛盾和内心冲突的折磨之后,临终一个个对斗争感到厌倦,因而出现了意料不到的宁静心情,对死抱着无所谓的态度。莎翁悲剧结尾是含糊其辞的。冲突的政治方面虽获得了明确的解决,骚乱和内讧以恢复秩序和重申法纪而告结,但冲突的解决对剧中所提问题并没有给以肯定一致的答复。剧中人对惨剧发生的原因好像明白,但毕竟在很大程度上又感到不可思议。这里存在着某种规律性,那不是天意,可也难以单纯归之于人的意志。这种规律性潜藏在现实生活之中,莎士比亚试图用"时代"(Time)这个形象化的概念将其表示。"时代"就是永恒流动的生活,它无所不包。当自然而正常的生活进程由于父亲遇害而遭到破坏时,哈姆莱特惊呼道,"时代整个脱节了"(The time is out of joint)。天体的自然演变,人的生老病死,是有一定常规的。哈姆莱特的父亲在年富力强时被叔父暗害,不应死而惨死,这就破坏了生活常规,时间迟早总会进行报复的,时间总会使生活回归到正常的渠道中来的。这一哲理决定了莎翁悲剧的结构法则:自然常规的破坏,势必引起崩溃与毁灭,但时间又会使各种关系趋于正常;所以每部悲剧结束时,理想的东西又会恢复常态。

总而言之,莎士比亚悲剧所描写的生活图景,是由安定到动乱,

---

[1] 张隆溪:《悲剧与死亡——莎士比亚悲剧研究之一》,《中国社会科学》1982年第3期。

又由动乱到安定的抽象的善恶交替运动。这种运动是带规律性的,这种规律性既不是出于上帝的意志,又不是由古希腊神话中的正义女神所左右,但却包含着浓厚的因果报应色彩。看来传统的善恶到头终有报的观念对莎翁及其主人公还有相当影响,他们已经发觉这种观念不完全符合实际了,并且力求用理性来解释悲剧发生的原因了;但理性认识如椎处中囊,正待脱颖而出,旧观念同新思想谁战胜谁的问题,还没有最后解决,因而在那个抽象的善恶交替运动的规律性中保留了因果报应观念,来替悲剧所提问题做了个无可奈何的答复。

论莎士比亚悲剧的非理性意识[1]

徐群晖

从19世纪中期开始,以叔本华的生命意志说、尼采的权利意志说、柏格森的生命哲学和弗洛伊德的精神分析学为代表的非理性学说形成了声势浩大的反理性思潮,从而以人的意志主体性颠覆了笛卡尔和康德奠定的人的理性主体性。其实,这种非理性意识的端倪早在前工业化阶段的伊丽莎白时期就已在莎士比亚悲剧中有所流露。剧中,莎士比亚往往通过具有神经症心理倾向的主人公的非理性意识,表现了以物欲和利益角逐为核心的社会理性的极端发展对人性的异化和摧残,以及社会自身的异化和非理性化。这是莎士比亚悲剧超前的审美现代性意识的深刻表达。

文艺复兴时代,商品社会的发展使人的主体性提高到一个前所未有的高度,以对抗宗教神性,而理性则被认为是这种以主体性为核心的人性的本质。正如笛卡尔把"我思"主体确立为世界的主宰,意味着人的主体性就在于他的思维,人凭借着自我的理性的思维,把一切都推上了理性审判的法庭。一切都必须在理性的法庭上为自己的存在辩护。而

---

[1] 原载于《外国文学》2003年第4期。

康德则彻底地把理性的人确立为万物的目的,将人的理性思维看成一切意义的唯一合法来源。因此,很多人认为康德是美学领域第一个现代性的主张者。然而,理性主义带来的人的异化的危机很快使它的主宰地位受到了挑战。正如席勒所说:"没有理性的人是野人,只有理性的人是野蛮人。"[1] 因为理性的主宰虽然增强人的生存能力,但另一方面却使生命枯萎,使人偏离人自身存在的意义。其实,莎士比亚悲剧早在前工业化阶段的伊丽莎白时期就通过具有神经症心理倾向的主人公的形象,表现了以物欲为核心的工具理性的极端发展对人性的异化和摧残,从而流露出非理性意识的端倪。这是莎士比亚悲剧超前的审美现代性意识的深刻表达。

一、理性和非理性的冲突及悖论构成了莎士比亚悲剧非理性意识的基础

> 人类是一件多么了不得的杰作!多么高贵的理性!多么伟大的力量!多么优美的仪表!多么文雅的举动!在行为上多么像一个天使!在智慧上多么像一个天神!宇宙的精华!万物的灵长!(《哈姆莱特》,第二幕第二场)[2]

哈姆莱特的著名独白,反映了莎士比亚对作为人类生存所必需的

---

[1] 牛宏宝:《西方现代美学》,上海:上海人民出版社,2002年,第59页。
[2] 莎士比亚:《莎士比亚全集》(第九卷),朱生豪译,北京:人民文学出版社,1978年。本文莎剧引文引自此书,如无特殊说明,则只在文中给出"幕"和"场"。

理性的关注和以理性主义为特征的时代精神的肯定。然而，莎士比亚并没有在这种时代精神中人云亦云、亦步亦趋。相反，他以艺术大师的天才和艺术敏感性察觉到，以物质利益为核心的人类理性，并没有给人类带来幸福，反而加剧弱肉强食的残酷竞争，从而使人异化为非理性的人，使社会异化为非理性的社会。特别是他通过悲剧主人公神经症心理机制表达出来的精神危机和精神病态，强烈地控诉了以物欲追求为核心的理性对人性恶异化和扭曲。其悲剧主人公的非理性倾向表明理性在物欲横流、弱肉强食的商品世界上，成为压迫人、摧残人的机器。克劳狄斯正是凭着这种理性，杀害了亲兄弟，篡夺了王位；也正是这种理性的压迫使哈姆莱特失去理性，走向神经症的泥坑。对于主体分裂、灵魂扭曲以致"疯狂"得无法报杀父之仇的非理性的哈姆莱特来说：

　　这一个泥土塑成的生命算得了什么？人类不能使我发生兴趣；不，女人也不能使我发生兴趣。(《哈姆莱特》，第二幕第二场)

　　这样，莎士比亚通过哈姆莱特的"疯狂"和延宕，对人类的"高贵的理性"、"伟大的力量"、"天使"一般的"行动"提出了质疑，对人的存在的价值感和尊严感提出了质疑，最终表现了人的存在的荒诞性和非理性状态：

　　生存还是毁灭，这是一个值得考虑的问题；默然忍受命运的暴虐的毒箭，或是挺身反抗人世的无涯的苦难，通过斗争把它们扫清，这两种行为，哪一种是更高贵？死了；睡着了；什么都完了；要是在这一种睡眠之中，我们心头的创痛，以及其他无数血肉之躯所不能避免的打击，都可以从此消失，那正是我们求之不得的结局……要是他只要用一柄小小的刀子，就可以清算他自己的一生？谁愿意负着这样的重担，在烦劳的生命的压迫下呻吟流汗，倘不是因为惧怕不可知的死后，惧怕那从来不曾有一个旅人回来过的神秘之国，是它迷惑了我们的意志，使我们宁愿忍受目前的折磨，不敢向我们所不知道的痛苦飞去……（《哈姆莱特》，第三幕第一场）

在《李尔王》中，莎士比亚进一步对物欲理性泛滥产生的非理性化做了深刻的透视。但他对爱德蒙身上所具有的物欲理性给予了一定程度的肯定。英国莎学家丹比认为，莎士比亚是以一种赏识的心态描绘爱德蒙超群的物欲理性的，这种赏识正是爱德蒙形象的艺术魅力的源泉。"理性的任务是指导人怎样发挥他自己的本性：理性只给万物之灵的人以看清他应走的道路的光辉。"[1] 基于这种理性的光辉：

[莎士比亚]不曾使爱德蒙为恶魔……在以理查三世为首的一系列恶棍中，爱德蒙是最末一人……在这方面，爱德蒙与理查不同，他的独白不是在向更高的规律挑战。这是智慧极高的人向昏头昏脑的愚人的宣言书。其中充满了常识，既有炽热的激情，又有冷静的自信……他是个正常的、懂事的、讲道理的人，不过他的思想解放。他对自然的看法是自然的真实面貌。[2]

---

[1] 丹比：《两种自然》，杨周翰选编：《莎士比亚评论汇编》（下），北京：中国社会科学出版社，1981年，第246页。

[2] 丹比：《两种自然》，第239页。

正如莎士比亚在剧中嘲笑人们愚昧的传统宗法观念那样：

> 人们最爱用这一种糊涂思想来欺骗自己，往往因为我们自己行为不慎而遭逢不幸的时候，我们就会把我们的灾祸归怨于日月星辰，好像我们做恶人也是命运注定、做傻瓜也是出于上天的意旨，做无赖、做强盗、做叛徒，都是受到天体运行的影响，酗酒、造谣、奸淫，都有一颗什么星在哪儿主持操纵，我们无论干什么罪恶的行为，全都因为有一种超自然的力量在冥冥之中驱策着我们……真是绝妙的推诿……即使当我的父母苟合成奸的时候，有一颗最贞洁的处女星在天空中眨眼睛，我也绝不会换个样子。（《李尔王》，第一幕第二场）

理性的光辉使"莎氏描绘的私生子，是生气勃勃的，有干劲的，思想解放，正确地鄙视一切罪恶和虚伪，头脑清醒，有虎豹的凶猛、准确的眼光和矫健的步伐"，"人类必须有这样的人性才能生存"。[1] 但也正是这种理性的极端发展，导致人性的扭曲，形成压迫人的异性力量，从而使李尔王失去了理性，并形成怀疑和否定现存秩序的非理性意识的源泉。在《李尔王》中，莎士比亚与现代艺术同样深刻地揭露了异化导致的人的非理性存在：

> 我们来到这世上，第一次嗅到空气，就哇呀哇呀地哭起来……当我们生下地来的时候，我们因为来到了这个全是些傻瓜

---

[1] 丹比：《两种自然》，第252页。

的广大的舞台上,所以禁不住放声大哭。(《李尔王》,第四幕第六场)

丹比认为:"部分是由莎士比亚的广阔胸怀,他才能在给予这个象征以无穷力量的同时还辩论出爱德蒙态度中的危险意义。"[1] "要是上天不立刻降下明显的灾祸来,惩罚这种万恶的行为,那么人类要像深海的怪物一样自相吞噬了。"(《李尔王》,第四幕第二场)

莎士比亚通过悲剧主人公在以物欲为核心的社会理性压迫下所产生的反常的心理及行为模式,揭示了人类生存所面临的理性和非理性之间的悖论,以及人的存在的荒诞性和命运的神秘性。剧中,主人公的以理性为基础的主体性总是在物欲膨胀和利益角逐中被摧毁,从而陷入神经症心理冲突。而心理危机的逼真显现则导致了非理性意识的表达,即主人公的悲剧性境遇使人怀疑是否存在着一种超自然的力量在摆布人类的命运。而这种超自然是超出人的理性范围的,是神秘和可怕的。正如莎士比亚在《哈姆莱特》中所说:"想法是我们的,结果是在人家手中。"(《哈姆莱特》,第三幕第二场)

在莎士比亚悲剧中,每个悲剧主人公都"冲进现存的事物秩序中以追求自己的理想。但是他们所达到的,并不是他们所企图的;两者是全然不同"[2]。这些主人公的理性主体在强大的理性秩序中被撕得粉碎,从而成为孤立无援、精神失常以致失去理性的神经症患者。布拉德雷指出,莎士比亚悲剧中人物的意图好坏是无关紧要的:

---

[1] 丹比:《两种自然》,第252页。
[2] 布拉德雷:《莎士比亚悲剧的实质》,杨周翰选编:《莎士比亚评论汇编》(下),第40页。

没有一个人的意图比勃鲁托斯的更好了，但是勃鲁托斯为自己的祖国造成了悲惨境地，也为自己招来了死亡。没有一个人的意图比伊阿古的合理了，而伊阿古自己也陷在他为别人撒下的天罗地网里。哈姆莱特原先从粗暴的复仇职责中退却，后来却被推到了他从来没有梦想到的流血的罪孽地步，并且最后被迫进行他原来不能够希望的复仇。哈姆莱特的对手们的谋杀，正和他们的悔恨一样，造成了和他们原来所追求的目标相反的结果。李尔王听从了老年人的一个一半慷慨、一半自私的念头，它立刻就放出所有的黑暗力量来征服他。奥瑟罗对于一个无中生有的捏造感到万分苦恼，原想执行庄严的正义，结果却屠杀了纯洁，扼杀了爱情。[1]

同样，麦克白积极进取、追求王位的理性，并没有给他带来幸福。相反，负罪感形成的神经症心理冲突使他陷入了意想不到的精神崩溃，并因此走向毁灭。麦克白夫人原以为她能够把自己正在吃奶的小孩的脑袋砸得稀烂，后来却被一个陌生人的鲜血的气味一直追逐到死为止。她的丈夫原想跳过生活的轨道以取得王冠，后来却发现王冠为他带来了生活的一切恐怖。[2]这说明，在莎士比亚悲剧中，以理性为基础的人类主体在强大的以物质利益为核心的社会理性面前，变得渺小和盲目。人们无法以理性支配自己的命运。在这个悲剧世界里，不论在什么地方，人的思想一旦见诸行动，就转变为它的对立面，他的行动，他在刹那间多少有点分量的行为，就会成为泛滥整个王国的汹涌巨流。不论他梦想做什

---

[1] 布拉德雷：《莎士比亚悲剧的实质》，第41页。
[2] 布拉德雷：《莎士比亚悲剧的实质》，第41页。

么事情，他最终达到的总是他最少梦想到的事情，那就是他本人的毁灭。

这种理性和非理性的冲突和悖论不断地强化了莎士比亚悲剧的非理性意识。悲剧主人公的不安和焦虑其实是以非理性意识为核心的。主人公执着地实现自我，力图使自己的存在具有坚实的基础。然而残酷的利益角逐总使他的理性失去可靠性。对于这些悲剧主人公来说，异化的社会使他注定要处于极度的不可靠性和存在的偶然性中。这样，理性的人就不再具有人所特有的超越环境的能力。这种非理性的逻辑悖论就是人超越自身及其应付外部环境的理性生存能力，造成了人的脆弱、焦虑、无能为力，乃至主体性的丧失，从而走向毁灭。正如麦克白所悲叹的：

> 明天，明天，再一个明天，一天接着一天地蹑步前进，直到最后一秒钟的时间；我们所有的昨天，不过替傻子们照亮了到死亡的土壤中去的路，熄灭了吧，熄灭了吧，短促的烛光！人生不过是一个行走的影子，一个在舞台上指手画脚的拙劣的伶人，登场片刻，就在无声无息中悄然退下；它是一个愚人所讲的故事，充满了喧哗与骚动，却找不到意义。（《麦克白》，第五幕第五场）

美国小说家福克纳的意识流经典作品《喧哗与骚动》就是直接受了《麦克白》中的非理性意识的启发。他领悟到麦克白心理折磨其实代表了某种普遍人性和人类普遍面临的非理性的生存困境。因此，当福克纳把麦克白内心冲突及痛苦体验所折射出的非理性的悲剧意识升华为其小说的内核时，也就使之获得了异乎寻常的"怜悯和恐惧"的悲剧效果。

二、非理性的神经症心理是表达莎氏悲剧
非理性意识的中介

莎士比亚悲剧中的非理性意识实际上反映了其所处的新旧社会交替时期人的价值危机和信仰危机。一方面弱肉强食的残酷的社会竞争使人产生价值危机和信仰危机;另一方面人在生存中又不得不根据实际情况做出无奈的选择。这种冲突往往是悲剧主人公处于神经症心理危机状态,并因精神崩溃而毁灭。因此,莎剧中以怀疑和否定为核心的反理性意向往往是通过悲剧主人公的神经症心理机制来表达的,这种非理性的主体所产生的非理性的意识,使非理性的内涵进一步深化。因此,莎士比亚悲剧中的主人公本质上存在心理上的非理性倾向。李尔王的发疯是不证自明的;而哈姆莱特、麦克白和奥瑟罗的非理性倾向,只能通过现代心理学予以揭示。文学评论史上争论不休的哈姆莱特的延宕问题,本质上也是哈姆莱特的非理性问题。斯达尔夫人指出:"约翰逊曾写道,他认为哈姆莱特的疯癫,是为了能够更有把握地报仇而假装出来的。但是我觉得,我们在阅读这部悲剧的时候,完全可以在哈姆莱特假装的疯癫之中清楚地看出真正的疯癫。"[1] 柯勒律治认为,"哈姆莱特的性格可以到莎士比亚有关心理哲学的深刻而正确的学问中去探索","这个人物必然与我们天性的共同的基本规律有某些联系"。我们要从"心灵的健康的过程"出发去观察"遭受毁坏和病态"的"心灵结构",因为"莎士比亚塑造人物的方法之一,就是想象任何一种陷于病态的过剩情况中的智慧或道德能力"。[2] 早在1923年,批评家赫尔福特教授就曾预

---

1 斯达尔夫人:《论莎士比亚的悲剧》,《古典文艺理论译丛》第9期,北京:人民文学出版社,1964年。
2 柯勒律治:《关于莎士比亚的演讲》,《古典文艺理论译丛》第3期,1962年。

言:"现代心理学由于揭露了双重和三重人格这类现象,可能会出乎意料地把莎士比亚表面上的矛盾这个令人头痛的问题给搞清楚。"[1]

现代精神分析学理论指出,神经症是正常行为模式的偏差表现。我们指称一个人为神经症患者应用的一个标准是,这个人的生活方式是否与我们时代普遍认可的行为模式相吻合。莎士比亚的悲剧主人公都是与他们文化环境中大多数人的思维模式和行为模式存在偏差的人,并且这种偏差是环境对人性异化和扭曲的产物。假如哈姆莱特具有大多数正常人的心态和思维方式,根本不必装疯。因为"装疯"反而打草惊蛇,耽误报仇,而最后的悲剧性结果也证明了这种行为的荒唐。事实上,装疯纯粹是他逃避现实的动机的合理化机制(一种为自己找借口以减轻焦虑的心理防御机制)。假如麦克白具有大多数正常人所具备的心理素质,就不会在刺杀邓肯后整天为病态的负罪感所困扰而不能自拔,"让种种虚妄的幻影迷乱了本性"(《麦克白》,第三幕第五场),最终因精神崩溃而毁灭。假如奥瑟罗具有大多数正常人所具备的心理素质,就不会陷入猜疑的误区、妄想的泥坑,"把一颗比他整个部落所有的财产更贵重的珍珠随手抛弃"(《奥瑟罗》,第五幕第二场)。假如雅典的泰门具有大多数正常人所具备的心理素质和健康人格,他就会正视现实,既不会对人性抱有过高的神经质幻想,也不会在理想破灭后进入病态绝望,万念俱灰,"讨厌这个虚伪的世界和这个世界上所有的一切"(《雅典的泰门》,第四幕第三场)。总之,莎士比亚悲剧主人公的性格异彩纷呈,但是从精神分析学的角度来说,都具有明显的神经症心理倾向。

---

[1] 斯图厄特:《莎士比亚的人物和他们的道德观》,杨周翰选编:《莎士比亚评论汇编》(下),第214页。

而莎士比亚悲剧主人公的神经症心理机制决定的非理性精神病态，又恰恰是理性危机的反映。莎士比亚悲剧主人公的神经症心理倾向，使他们的行为和动机受制于神经症心理防卫机制，失去了适应外部世界的自由和灵活性，偏离了社会大多数人的行为模式，按照个人的神经症心理防卫机制对外部环境做出反应。心理学表明，具有神经症心理倾向的个体一般都按照内心理想化的自我行动。"与同一文化环境中的大多数人行为模式的偏差，是判断神经症人格的重要标准。"[1] 更重要的是，当一个人是神经症人物时，对认识解决冲突时始终固有的困难的认识就会无边无际地扩大了。神经症应该说只不过是个程度问题，即到了"病态程度的人"。对他而言，对感情和愿望的意识处在一个低潮，其有意识并清醒地体验的情感通常是其心理脆弱部分受到冲击时产生的恐惧与愤怒的反应，即使这些情感可能被抑制了。这些确实存在的思想被强制性的规范深深地渗透以至于丧失了指引方向的作用。在这些强制力的支配下，抉择取舍的本领显得软弱无力，承担责任的能力也几乎丧失殆尽。而这正好阐明了莎士比亚悲剧主人公性格特征的心理学意义上的本质内涵，因为心灵分裂、精神危机是莎士比亚主人公最重要的心理倾向。美国精神分析学家霍尔奈指出："各个时代的诗人和哲学家都知道，平静的、心态平衡的人不会成为心理失衡的受害者，受害者只能是那些为内在冲突所撕裂的人。"同样，"内心冲突表明引发冲突的人格结构，就好像体温升高表明身体有病"；因此，这些"为内在冲突所撕裂的人"无论表现如何，都可以找到引发"内在冲突"的病态心理结构。[2] 这些病

---

[1] 卡伦·霍尔奈：《我们时代的病态人格》，北京：国际文化出版公司，2001年，第2页。
[2] 卡伦·霍尔奈：《我们的内心冲突》，上海：上海文艺出版社，1998年，第616页。

态的神经症心理结构，就是莎士比亚悲剧非理性意识的中介。在神经症心理发展过程中，哈姆莱特陷入病态怀疑中，犹豫不决，失去了理智和行动能力；李尔王则完全陷入了精神病，彻底失去了理性；奥瑟罗在病态妒忌妄想的驱策下失去理性，杀死了善良的苔丝狄蒙娜，毁灭了自己梦寐以求的幸福；麦克白在病态内疚感的折磨下，无力应付现实的处境和实现心中理性的目标，在焦虑和躁狂中走向毁灭。

总之，莎士比亚通过神经症心理为中介的非理性意识，展示了生命意志的个性化存在，这种非理性的神经症个体通过对自我主体性的无限膨大和夸大，试图摆脱以社会规则为核心的社会理性和以自然规律为核心的自然理性的束缚，从而使人不再是类的存在物，而以一种非理性的个性化形式存在。这种以主体的无限性对抗类的有限性的图谋，必然会使悲剧主人公陷入强烈的神经症冲突，从而在焦虑、忧郁和虚无中走向毁灭。

三、莎士比亚悲剧中折射出的非理性意识反映了其深刻的悲剧意识及审美现代性

莎士比亚悲剧通过神经症心理为中介折射出的非理性意识，深刻地表达了现代性和审美现代性对立所形成的危机感和虚无感。现代性是一个与人的主体性觉醒以及社会组织合理化、理性化相关联的概念，而审美现代性则是现代性重要的组成部分，它体现了对人自身主体与人类理性的肯定。然而，对人的自身的个体性、本能、情感需求的肯定，既是从感悟生命的角度对人的主体性的直接肯定，又包含着对否定人的主体性的社会理性的怀疑和反抗。从捍卫主体性来说，审美现代性是现代

性的认同力量，而从生命感性价值来反抗社会理性的角度来说，审美现代性是现代性的异己力量。在莎士比亚悲剧中，以焦虑和虚无为核心的非理性意识正是这种审美现代性内在张力的强烈释放。其实质是人在人性分裂的异化状态下，失去了精神支柱，陷入了压抑焦虑、迷惘虚无、悲观失望、孤独无助的精神病态之中。人作为理性主体，必然对自我做出肯定，以防御特定外部环境产生的困难和焦虑。然而，商品社会作为一个完整的理性化系统，在利益角逐过程中按弱肉强食的理性规则运行。以理性为核心的主体性必然被以"权力意志"为核心的社会理性所摧毁，从而形成悲剧人物的神经症心理。而神经症心理所带来的非理性化意志则进一步加剧了主体与社会冲突，也强化了非理性意识。这个悖论实际上意味着以人的主体性为核心的现代性和以社会理性为核心的现代性之间的内在张力。莎士比亚悲剧实际上揭示了人的理性在理性化的社会中走向非理性；而非理性个体最终走向毁灭的事实反过来又证实了社会自身的异化和非理性。这种逻辑悖论构成了莎士比亚悲剧深刻的悲剧性和审美现代性。它包含主体现代性和理性现代性两难选择过程中产生的迷惘和焦虑，即家族设定上的不可调和的对立。

同时，悲剧主人公个体的异化及其非理性化，使社会本身也呈现出非理性化倾向，并导致恶性循环。在莎士比亚悲剧中，这种恶性循环往往成为剧情发生突变的核心力量。一方面，在困境中业已异化的悲剧主人公在现实生存的层面上不得不服从以利益驱动为核心的非理性的社会，从而越来越深地陷入人性异化的非理性困境。另一方面，非理性的悲剧人物为了确证自己的存在而进一步趋向偏离社会普遍文化模式的非理性化，并加剧了整个社会的非理性化。这种个体的非理性与社会的非理性化互为因果，使悲剧冲突愈演愈烈，最终导致了悲剧主人公的毁灭。因此，莎士比亚悲剧主人公存在个体的异化，而且更深刻地揭示了形成非理性个体的社会根源，即弱肉强食的商品社会自身存在的非理性化及其所产生的荒谬化和虚无性。

这样看来，莎士比亚悲剧中的非理性意识，实际上是其超前的审美现代性的感性显现。这种非理性意识，作为一种异化的社会传统习惯和世俗生活原则的反叛力量，揭示了以利益角逐为核心的理性现代化的局限，并成为一种新的反价值的价值尺度。这种悲剧性的非理性意识作为一种"新的反价值的价值尺度"，从某种意义上来说，包含了以主体性意识为核心的审美现代性。审美现代性与整个现代性目标相一致，表达人对确立自身心灵准则、按照自身的逻辑而不是按照外在的或是来自神的或传统的指令来行动的强烈愿望。莎士比亚悲剧主人公基于神经症心理上的怀疑、否定等非理性意志，正是对以人的主体性为核心的审美现代性的一种极端性张扬。

从《裘力斯·凯撒》看莎士比亚的
历史、政治意识[1]

孙家琇

一

莎士比亚具有十分敏锐的历史、政治意识，这在一系列英国史剧之后的罗马悲剧《裘力斯·凯撒》（1599年）里边更有充分的表现。正是这种思想意识决定了这部悲剧的剧名、结构、人物关系、人物刻画、超自然艺术手法的运用等诸多方面。

以剧名来说，作为重要人物的裘力斯·凯撒在第三幕里即已被杀。勃鲁托斯显然是贯穿行动始终的剧本主人公，然而，莎士比亚却不用他而仍用凯撒命名全剧。许多论者都注意过这一点并且指出了原因是凯撒的幽灵在第四幕和第五幕中还出现过两次，代表凯撒是胜利者。这很正确，但是多没有从这种命名方式的大胆少见以及联系剧本内容，看出莎士比亚借以表现历史发展必然方向的用意和认识，即以裘力斯·凯撒之名作为罗马走上了新历史时代的标志。

---

[1] 原载于《中国莎学年鉴》，长春：东北师范大学出版社，1995年。

在结构方面,全剧似乎有前后两部分,但是其中含有表现历史必然性的内在联系;如凯撒被害是转折点,正是凯撒之死激起了市民的暴动和相继的内战。因此,以拯救"罗马自由"或共和体制为目的与标榜的谋杀暴行,反倒使罗马刚获得的和平统一又遭到破坏。再有,勃鲁托斯被凯撒的同党和未来继承人彻底打败,表现出社会腐朽力量和制度不肯退出历史舞台的垂死挣扎是注定必败的。

莎士比亚有意突出两个主人公之间的非常的友情关系,比如让凯歇斯说出:如果他是像勃鲁托斯那样为凯撒所喜爱,他就不会受人挑动来对抗后者;比如安东尼煽动市民时说:"勃鲁托斯是凯撒心目中的天使。""神啊,请你们判断判断凯撒是多么爱他!"凯撒绝没想到勃鲁托斯会对他行刑:"Et tu Burte?勃鲁托斯,你也在内吗?那么倒下吧凯撒!"(第三幕第一场)这是令他心碎的悲叹!勃鲁托斯本人也深爱凯撒,肯定其为"全世界首屈一指的人物",是他"最好的朋友"。然而,他却执意要除掉凯撒,他说:"并不是我不爱凯撒,可是我更爱罗马。"(第三幕第二场)他全然不知他所要保卫的罗马,已经是崩溃的旧秩序。莎士比亚突出人物之间的感情联系,更可以反衬出勃鲁托斯政治立场的顽固的悲剧性实质。

关于人物刻画,我们留待下一篇文内专谈;这里可以指出勃鲁托斯和凯撒两个形象可能被赋予的现实政治含义。

莎士比亚不是为了历史而写历史;他的剧作常有引导或针砭现实的用意。论者们比较肯定《裘力斯·凯撒》反映了当时英国政局的不稳。企图推翻伊丽莎白女王的埃塞克斯事件所表现出来的政治野心和高傲的叛乱情绪有一定的代表性。那就是从1599年开始的(以1601年埃塞克斯被处死告终)。当时的社会动荡比较严重。

莎士比亚所描绘的勃鲁托斯具有相当复杂的性格特征。其中极为突出的是他的高傲的"荣誉感"和严重的不识时务。他对凯歇斯就说过:"……倘然那是对大众有利的事。那么让我的一只眼睛看见光荣,另一只眼睛看见死亡……因为我喜爱光荣的名字,甚于恐惧死亡……"力图挑动他的凯歇斯立即应声:"好,光荣正是我的谈话的题目。"(第一幕第二场)勃鲁托斯要效法他的同名祖先,"为大众利益"铲除暴君,但是在当时的罗马政局下,那实际上是对社会、国家的破坏性盲动和政治冒险。也许可以认为,在这个主要方面,他的形象具有现实的警戒意义。

裘力斯·凯撒显然是莎士比亚极感兴趣的罗马人。他曾在一系列剧作中提到他。[1] 德国莎评家许金曾以为,莎士比亚"毫不动摇地遵照历史传说把凯撒看作历来最伟大的伟人之一,或者最最伟大的伟人";而且这种印象比在原材料普鲁塔克的凯撒传中的更强。[2] 可是,我们在《裘力斯·凯撒》一剧中又看到诗人同时鲜明地突出了他的缺陷。除去年老体衰和似乎倾向于迷信之外,最危险的是,功绩和权势使他滋长了犹如自我神化一般的狂傲。他经常口出狂言,以北斗星与奥林波斯山自比。此外,他放松了政治警惕性,觉得自己比"危险"更加危险。

这种描写显然含有政治警谏的用意。莎士比亚的观众可以联想到恃权骄横、好听谄媚、洞视力减弱的当朝伊丽莎白女王。[3] 女王是无嗣

---

[1] 如《亨利六世》(中、下篇)、《理查二世》、《皆大欢喜》、《亨利五世》、《哈姆莱特》、《安东尼与克莉奥佩特拉》,直到后期的《辛伯林》。

[2] 许金:《直接的自我表白》,杨周翰选编:《莎士比亚评论汇编》(下),北京:中国社会科学出版社,1981年,第81页,第69页。

[3] 她在统治末期也恃权狂傲。王室同议会之间的矛盾尖锐化;她破坏了历来同新兴资产阶级和新贵族之间的妥协,把持专卖权,并赐赠给他的宠臣如埃塞克斯伯爵;她加重了英国国教的势力,压制清教徒的宗教改革活动。

的,《裘力斯·凯撒》里加进了原材料并未突出的凯撒无子的细节,是不是可以引起观众的联想?

有的论者对于诗人为什么要描绘凯撒的缺点感到不解,或者把它解释为一种传统的写作技巧"直接的自我表白法"[1]。他们忽略了作为人文主义者,莎士比亚对于理想君主的政治要求以及他的剧作的现实性用意。

诗人在这部罗马剧中也动用了超自然的表现手法。前面说到了凯撒的幽灵出现了两次。那不仅是表现勃鲁托斯必定要战败,而且更要暗示历史的报复和进程;所以,勃鲁托斯承认裘力斯·凯撒的"英灵不泯",到死还有本领,同时也"知道"自己的"末日已经到了"。那实际上是他所留恋的旧罗马的末日。

使用幽灵之外,诗人也特意在凯撒被害之前的第一幕第三场里描绘了天上地下的惊人异象。谋杀分子凯斯卡说他曾多次见过大自然的可怕骚动,但是"从来没经历过像今晚这样一场从天上掉下火块来的狂风暴雨",以及他所历数的"同时间出现的""种种怪兆"(第一幕第三场)。

这到底意味着什么?是像凯斯卡所想的,被"诗人的侮慢激怒了的神明""要把世界毁灭"?还是凯歇斯所说的:"有一个人""就像这些异兆一样可怕",上天"警告人们预防……"(第一幕第一场)

诗人的用意当然是借"天"论事,指出谋害凯撒是滔天罪行。可以联系《麦克白》里边洛斯讲过的话,在邓肯老王被谋杀之前,世人同样运用了反常的异象;他让洛斯对老翁说:"……上天好像恼怒人类的

---

[1] 许金:《直接的自我表白》,第87页。

行为，在这流血的舞台上发出恐吓。"（第二幕第四场）

另外，《哈姆莱特》里的霍拉旭直接描绘了"在那雄才大略的裘力斯·凯撒遇害以前不久"，天上地下所出现的种种"预报重大变故的征兆……"（第一幕第一场）。诗人以异象强调指出，凯撒被害是人类历史的悲剧。

二

以上概说只想提醒注意莎士比亚的历史政治意识对于剧本诸方面的决定作用，要切实把握全剧，则必须弄清它的历史背景，特别是公元前1世纪罗马形势从渐变达到突变，从古代城邦共和国走到实际上的帝国的变化。

对于我们来说，罗马历史未免生疏遥远，因此有必要在这里勾画一下它的大致轮廓，[1] 然后看看莎士比亚是怎样画龙点睛式地表现出有关阶段的历史演变的实质。

公元前8世纪至公元前6世纪罗马氏族制度解体；公元前8世纪中期罗慕勒斯建立罗马城并开创了王政时代。公元前6世纪初，随着第七位国王塔昆的被逐，王政结束。驱逐暴君塔昆的人正是剧中描写的勃鲁托斯的同名祖先。

罗马共和国长达五百余年——从公元前6世纪末开始至公元前1世纪崩溃（后者即剧中所表现的历史时期），而"罗马共和国从诞生的日子

---

1 参见吴于廑：《古代的希腊和罗马》，北京：中国青年出版社，1975年，第91页；周一良和吴于廑主编：《世界通史》（上古部分），北京：人民出版社，1962年，第二十二—二十四章。

起，便是贵族专政的一种方式"[1]。真正掌握国家权力的是由贵族垄断的元老院和"执政官"（每年在百人团会议上选出二人，起初由贵族独占；百人团也是每年从贵族中选出的）。

在共和国最初的两个世纪里，罗马尚无大量奴隶，最突出的社会矛盾是平民与贵族的对抗。公元前3世纪到公元前2世纪中叶，罗马向外扩张，逐渐征服了北非迦太基、西班牙大部及马其顿、希腊等地区。大量的战俘涌入意大利，奴隶制经济空前发展；大庄园制、工商业及高利贷资本随之繁荣增长。但从公元前2世纪后半叶到公元前1世纪后半叶，罗马进入到史上称作"内战的时代"。多次大规模的奴隶反抗奴隶主的斗争（包括斯巴达起义），破产农民反对大土地所有者的斗争、无权者反抗当权者的斗争、奴隶主阶级内部的斗争，等等，交织进行。

奴隶主内部斗争之所以激烈、反复，原因是罗马当时兴起了一种贵族之外的新型富有阶层，号称"骑士"（原指具有在骑兵中服役的高级财产资格的人）。同贵族一样，这一阶层也是罗马向外扩张的积极推动者，但是他们对于元老院独揽大权日益不满。在罗马共和国晚期，"骑士"和贵族的斗争成为一个重要问题。

奴隶起义震撼了罗马共和国的秩序，奴隶主立意加强统治，但在怎样加强的问题上出现分歧。比较开明的贵族奴隶主想笼络"骑士"和平民借以巩固统治；顽固的一派却死抱着旧的垄断秩序，既想镇压奴隶，又要排斥"骑士"和平民。他们看不到国家扩张以来的巨大变化——即罗马事实上已经变成了一个拥有许多海外属地和行省的大帝国。庞培（公元前106年—前48年）向东方的进攻，裘力斯·凯撒（公

---

[1] 吴于廑：《古代的希腊和罗马》，第91页。

元前100年—前48年）对高卢的征服更促进了罗马朝帝国方向的发展。但是统治这个事实上的帝国的，却还是几百年前成立的城邦共和国。它还紧紧抓住罗马和非罗马的区别；它的公民权利还只限于罗马城内的自由民；领导这个共和国的还是那个腐朽狭隘的元老院。

在"骑士"、平民和元老贵族之间长达几十年的斗争中，军权属谁是一个重大的关键，双方都得依靠有强大职业军的将领。这促使军事独裁出现。元老派举出苏拉（公元前138年—前78年）为第一个无限期的独裁者，反对罗马共和国的危机。他死后，他的旧属克拉苏（公元前115年—前53年）和庞培仍然拥护元老院，但"骑士"派乘机而起，他两人又转到"骑士"一边来。就在此时裘力斯·凯撒变成了罗马一个突出的新人物。

凯撒出身于破落贵族，和"骑士"派的首领们有密切关系。虽然他酷爱权力，把接近平民当作爬高的阶梯，他的一系列反贵族活动却大大提高了他在平民中的声望。

公元前60年，凯撒和庞培、克拉苏结成第一个"三头政治"。他任执政官期满之后，破例取得了高卢和伊利里亚的总督职位，为了树立更高的军事权势，他在四年间征服了仍然独立的高卢的大部分，击退了日耳曼人的入侵，把罗马西北边境推到莱茵河岸，一度跨海进占不列颠。

克拉苏死后，庞培再度转向元老贵族。凯撒神速地进逼罗马，击败了庞培及其在西班牙的部属，突入小亚细亚，公元前45年争取到了全部罗马属地（庞培则死于埃及）。

凯撒的胜利意味着贵族专政的溃亡；他于公元前44年成为终身的独裁者。他改革了元老院，使议员人数增至九百，从而扩大了代表的地域和阶层，同时也扩大了公民权。这是为了事实上早在形成的罗马帝国找到适合于现实发展的统治制度的第一步。

公元前44年3月，以贵族勃鲁托斯（公元前85年—前42年）为首的阴谋者们刺杀了凯撒。这导致内战和第二次由安东尼、莱必多斯和凯撒的甥孙及义子奥克泰维斯·凯撒（公元前63年—公元14年）组成的第二次"三头政治"。他们既已得势便在罗马大肆搜杀政敌并没收其财产。"三头"划分了军事势力范围：奥克泰维斯和莱必多斯占领西方；安东尼占领东方。安东尼迷恋埃及女王，将东方行省赐给她的子女。公元前31年，奥克泰维斯与安东尼决战，后者失败自杀。奥克泰维斯随即崛起为新的凯撒，使罗马进入帝国时代：公元前31年—公元284年为前期帝国；公元284年—476年为后期帝国。公元395年帝国分为东西两部分。他表面上尊重元老院制度，使人感到共和国好像没有受到损伤，但实际上大权独揽，成为没有称帝的第一个罗马皇帝。元老院给他的称号"奥古斯都"意为"崇高"或"庄严"。从奥古斯都起，在巩固的统一政权之下，罗马帝国有两百多年经济文化发展的稳定时期，历史上称之为"罗马的和平"。

在《裘力斯·凯撒》一剧中，除凯撒被害及随后的内战之外，莎士比亚没有涉及多少历史事件，但是拿整个罗马历史的来龙去脉——特别是罗马帝国代替了已经崩溃的古老共和国的变化——和剧本相互对照来看，我们就会发现，莎士比亚是怎样巧妙地既提供了必要的历史背景，又显示出了两派政治势力你死我活的斗争实质。他的做法是着意精炼地描绘和对比双方的一强一弱，一盛一衰，垂死一方的挣扎与灭亡，以及历史进程的挫伤和注定的方向。

首先，剧本一开始就是凯撒最后的军事胜利，平复了庞培儿子们在西班牙的叛乱凯旋归来。诗人选择这一时刻，因为"凯撒的胜利，就他个人而言,是登上了权位的极峰,就整个罗马而言,却是一个多世纪以来,社会力量激荡的结果"。[1]

凯撒还没上场,他对周围环境所产生的影响之大,就已经十分明显。正如论者所说:"整个罗马城因为凯撒的胜利而欢声鼎沸,连规规矩矩在干活的手艺匠们也都坐不住了。"[2]实际上,多少罗马人对他的景仰达到了"神化"他的程度;他们为他树立雕像,并用他的胜利品加以披挂。凯撒上场以后,就更被表现为"一切的中心"、"天生的统治者,一个不可一世的人物"。[3]他发布命令,"周围的一切人,包括重要人物如安东尼,一个一个地接受他的命令";他"一出现,他们就缩得像矮子,变成跟班的一样"。[4]

第一幕第二场中,凯歇斯竭力向勃鲁托斯贬损凯撒的"心神软弱",然而实际上诗人却通过他的口反衬出了凯撒的伟大——他的无比的威信、巨大的军事成就和威力:

> 我把力竭的凯撒负出了台伯河的怒浪。这个人现在变成了一尊天神,凯歇斯却是一个倒霉的家伙……
>
> 这位天神也会战斗……那使全世界惊悚的眼睛也没有了光彩……他那使罗马人耸耳动听、使他们把他的话记载在书册上的舌头,唉!却吐出了这样的呼声,给我一些水喝……
>
> 神啊!像这样一个心神软弱的人,却会征服这个伟大的世界,独点着胜利的光荣……

---

1 许金:《直接的自我表白》,第132—133页。
2 许金:《直接的自我表白》,第81页。
3 许金:《直接的自我表白》,第82页。
4 许金:《直接的自我表白》,第83页。

我们看到诗人特意表现出凯撒和市民之间有良好关系，至少有善于笼络平民的手段。他支持并参加二月十五日的卢柏克节，与民同乐。他的遗嘱表现出了他对市民的关心。他三次拒绝"王冠"，受到了民众的欢迎。可以说，他的公开拒绝，正应了勃鲁托斯一句评论："讲到凯撒这个人。说一句公平话，我还不曾知道他什么时候曾经一味感情用事，不受理智的支配。"（第二幕第一场）凯撒在内心深处可能有称王的意愿，但他表现出了慎重从事的态度。此外，他有政治家的大度，作为具有权势的独裁者，他并没有急于铲除政敌，而容许凯歇斯之类危险分子或者像西塞罗那样的元老共和派逍遥自在。凯斯卡所讲的元老院要让凯撒作王，统治除罗马之外的整个帝国，可以理解为凯撒已经扩大了元老院，使之超出了历来狭隘的贵族元老圈子。

剧中警告凯撒当心"三月十五"的预言者，以及急于给他递条子的诡辩学者阿特米多勒斯，表现出社会上不同阶层的人们倾向于凯撒的社会变化。

凯撒被害之后"精神"不死，而且立即有安东尼、莱如多斯和奥克泰维斯·凯撒为他复仇、作战，表明他既有同党，又有继承人。

现在，再看看同凯撒对抗的代表共和"自由"的一方。

首先，怀念庞培的护民官们想驱散欢迎凯撒的手工匠以及"什么地方有许多聚在一起的"人们。他们要"剪拔凯撒的羽毛"，担心"凯撒高飞……大家都要在他的足下俯伏听命"。但他们以及所有的不满分子，只敢在暗中破坏。他们扯掉凯撒像上新披的装饰的行径遭到了处分。

被凯撒视为危险人物的凯歇斯，集中表现出了丧失权势的贵族元老派的嫉恨敌视情绪。作为人，他"从来不听音乐……不大露笑容"；

"要是看见有人高过他们,心里就会觉得不舒服"(第二幕第二场)。他挑动勃鲁托斯时所说的"在罗马最有名望的人"……"他们呻吟于当前的桎梏之下"(第二幕第二场),表明整个贵族元老阶层的立场。除去勃鲁托斯承认凯撒伟大之外,他们既无视凯撒扩大和统一罗马的军事成就,又痛恨他"一人"专政,权势"如神"。凯歇斯甚至痛骂凯撒为"这样一个卑劣庸碌的人物"(第一幕第三场)。

谋杀分子们厌恨使之遭到"黑暗命运"的世纪,悲叹"可耻的时代!罗马啊,你的高贵的血统已经中断了!"(第一幕第二场)勃鲁托斯不许同谋者起誓时,也提出"这时代的腐恶命运"和改造当前时局的"堂皇正大的理由"。他们完全看不出罗马正在走上伟大发展的时代;此外,他们更加错误地认为除掉凯撒一人,防止他称王,就可以扭转时势。

莎士比亚以少代多,只略略点染了三几个人物——除凯歇斯之外的凯斯卡、狄歇斯、里加律斯等——就勾画出了他们的"乖僻、狡猾、盲目",因小事而挟私怨的狭窄心胸。

他们一律以贵族"高贵"的秉性鄙视平民,称之为"下贱的平民"、"乡野的贱民"、"他们污臭的锚铢"等,但是为了打仗却向人民征敛,迫使人民归顺而遭到怨恨。

他们完全没有了常备的军事力量,因为只能对凯撒采取谋杀手段。他们鬼鬼祟祟,凯歇斯等要利用勃鲁托斯而制造匿名信来骗他。"他们在黑暗之中还是不敢露出他们的脸来"。(第二幕第一场)性情高贵的勃鲁托斯也被迫伪装成"无事人"的样子,在心理上自我"合理化"——比如把残酷的刺杀幻想成"牺牲",表演成祀神式的"礼仪"。

他们道德腐败。诗人巧妙地利用凯歇斯和勃鲁托斯争吵的一场戏,暴露出凯歇斯贪图黄金，出卖官职，为接受过贿赂并且为已经定罪的人写信说情。勃鲁托斯批评凯歇斯受贿，但是为发军饷又不得不向他借那"不义"的钱，埋怨他吝啬。

作战中，勃鲁托斯对奥克泰维斯略占优势，自以为胜利在握，就把号令发得太早了。除不懂时务之外，他更不会打仗。"他的军队忙着搜掠财物"。（第五幕第一场）凯歇斯作战比勃鲁托斯有经验，但是为了保持感情他又屈从于勃鲁托斯的意见。

他们以恢复罗马"自由"作为谋杀凯撒的正大理由和目标，然而到最后不得不自杀时，却只想着个人的"安息"和"光荣"，而丝毫不顾身后没有任何人肯为共和国奋斗了。泰提涅斯自杀之前认为："罗马的太阳已经沉没下去。"（第五幕第二场）

总而言之，通过精炼而含蓄的对比，莎士比亚揭示了双方盛衰、对立的本质。毫无疑问，诗人是批判地对待谋杀集团一边的，同时展现出了他们逆历史而动的、山穷水尽的结局。

三

有一个比较重要的问题值得商榷：那就是能否认为莎士比亚通过《裘力斯·凯撒》表现出了他"要实行共和政体"的政治理想；[1] 能不能肯定从中可以看出莎士比亚"明显地倾向于民主的国家模式"[2]。这关系

---

1 阮珅：《杜甫和莎士比亚比较举要》，阮珅主编：《莎士比亚新论》，武汉：武汉大学出版社，1994年，第343页。

2 张泗洋：《"这是一个人！"——读〈裘力斯·凯撒〉所想到的》，张泗洋和孟宪强主编：《莎士比亚在我们的时代》，长春：吉林大学出版社，1991年，第94页。

到莎士比亚本身的政治观念。可以说这是一种大胆的见解，但值得怀疑的是，1599年，或诗人于生前，会不会有改变国家政体的激进理想或倾向。

毫无疑问，莎士比亚具有很强的民主意识，他一再表现出对于暴政的憎恨。《理查二世》、《哈姆莱特》和《麦克白》都透露出了可以废除昏君和暴君的主张。然而大家公认为描写理想君主的《亨利五世》，同样是在1599年创作的。其序诗中祝愿埃塞克斯出师成功的段落里有"正像我们圣明的女王的将军"这样的词句；莎士比亚不可能同时又向往共和政体吧？

除罗马贵族共和国属于古代之外，民主共和政体（或者君主立宪的共和制），大都是近代史上17、18世纪资产阶级革命的结果。17世纪四十年代，英国的清教徒确曾开始发难，但克伦威尔弑君建立民国并无成果，君主制又复辟。驱逐第二个新君之后，邀请王朝驸马荷兰威廉第三为王，英国政体才得到了改造。这整个历程完全是超出莎士比亚的年代的。也许可以说莎士比亚从古代历史得到了启迪，或者说"理想"是能遥遥领先的吗？那么还令人稀奇的是，为什么莎士比亚中、后期的剧作都没有表达过向往共和政体的"理想"呢？

实际上，如果拿《裘力斯·凯撒》同诗人的英国历史剧相比，尽管已有很大差别，它却仍然表现了一致的政治思想倾向——拥护君主专制和英明君主，反对社会混乱和国家分裂。这从以下几点可以看得出来。

1. 肯定"凯撒精神"。勃鲁托斯把它视为帝王野心或暴政。他宣称："要是我们能够直接战胜凯撒的精神，我们就可以不必戕害他的身体。可是唉！凯撒必须因此而流血。"（第二幕第一场）但是凯撒精神的内涵却是中央集权、国家统一、稳定与发展的政治。凯撒的身体被杀，他的精神（spirit）以幽灵出现的方式，表现了胜利。

2. 暴露第二个"三头政治"。安东尼等三人从一开始的联合就进行政治交易，阳合阴不合，大肆屠杀政敌，各自划分了横跨"三重世界"的罗马一部分。《安东尼与克莉奥佩特拉》描写这种划分推迟了罗马的统一，直至十几年后奥克泰维斯才废除莱必多斯并战胜安东尼。

3. 对于内战的恐惧或警惕。这从诗人让安东尼在悼念凯撒时所说的"预言"中强烈地表现了出来。他说道：

> 一个咒诅将要降临在人们的肢体上；残暴惨酷的内战将要使意大利到处陷于混乱；流血和破坏将要成为一时的风尚，恐怖的景象将要每天接触到人们的眼睛，以致做母亲的人看见她们的婴孩被战争的魔手所肢解，也会毫不在乎地付之一笑；人们因为习惯于残杀，一切怜悯之心将要完全灭绝；凯撒的冤魂借着从地狱的烈火中出来的阿提[1]的协助，将要用一个君王的口气，向罗马的全境发出屠杀的号令，让战争的猛犬四处蹂躏，为了这一个万恶的罪行，大地上将要弥漫着呻吟求葬的臭皮囊。（第三幕第一场）

这一大段台词可以使观众联想到危害英国数十年的玫瑰战争。这同莎士比亚英国史剧以及其他剧作中一再揭露战争的写作相一致，尤其是与同年上演的《亨利五世》相呼应。亨利劝说弗娄城投降时，即大段描绘了战争的恐怖。英国14、15世纪的封建割据和内战终于转变为君主集中制

1　希腊罗马之复仇女神。

和国家统一的历史，在莎士比亚思想上留下了深刻的烙印。

认为莎士比亚借《裘力斯·凯撒》表现他要实行共和政体的看法，可能是由于对剧中勃鲁托斯形象的"理想化"的理解。勃鲁托斯的形象确实复杂并且表现出了莎士比亚刻画悲剧人物的新意和至今没受到足够重视的成就。我们应当重新加以研究。

哈姆莱特的悲剧性格[1]

方 平

人们常说，有一千个哈姆莱特的演员就有一千个哈姆莱特；同样，历来的评论家也一个个在各自的心目中塑造着不同面貌的哈姆莱特的形象。弗洛伊德学派用他们的性心理学说来给哈姆莱特作心理诊断，丹麦王子报仇心切，却为什么迟迟没有行动，一再拖延呢？英国琼斯博士认为：这缺乏行动意志力的病根子归源于恋母仇父的"俄狄浦斯情结"。他的叔父杀兄夺嫂，正是实现了潜伏在他内心深处的一个秘密愿望。原来在这个恋母者的心目中，父亲成了不能容忍的情敌。这一学说，似乎在西欧很有影响。

如果认真研读原作，从文本出发，那么我认为恰恰和"恋母仇父"相反，王子在不同场合屡次表白了自己的真实心态：热爱父亲，并且由于他认为母亲背叛了父亲，又由爱父而憎母。

在人的一生中，尤其在青少年时期，总是有自己心目中崇拜的偶像，而树立在年轻王子心中的一尊偶像，就是父王老哈姆莱特。他的

---

[1] 原载于《上海师范大学学报》（哲学社会科学版）1994年第4期。

叔父窃据了丹麦的王座，曾这样开导他——他那番话听来似乎并非完全没有道理："要知道，你父亲也曾失去过父亲，那失去的父亲又曾失去了他的。"千万人都曾为父亲送过丧，"像日常的吃啊穿啊那么地平常"（第一幕第二场）。那么为什么唯独他的悲痛却漫无止境呢？

王子没有吭声，他不理会那套花言巧语，他的父亲可不同于一般的父亲，尤其是那个居然妄想取而代之，以"慈父"自居的家伙，更是和他的父亲天差地远了。

多么好的一位国王，比起这一个来，简直是太阳神对半人半兽的精怪。在哈姆莱特的眼里，有人凭着高贵的品质把自身提高到接近于威严的天神；可是另一方面，有人从外表到内心一身都是丑恶的，堕落到只配与禽兽为伍。现在把父亲和叔父这一对亲兄弟放在一起，请看看他们所各自代表的"人"的形象吧：一边俨然是神，雄伟刚健的男性美的最高象征，是"人"的骄傲；另一边是人面兽身的怪物，是"人"的耻辱。人和人之间竟存在着神和兽的差别，可在血缘上却又是那么接近！多么可怕啊，这两兄弟来自同一生命的源泉！

在他所尊敬、崇拜的父王身上，哈姆莱特看到了人的仪表、品德的最高理想。当他在寝宫里毫不留情地责问再婚的母后时，指给她看父王的画像，再一次热烈赞美道：

> 你瞧这一个的容颜，多高雅庄重，
> 长着太阳神的卷发，天帝的前额；
> 叱咤风云的战神的威武的双眼，
> 像刚从天庭降落的神使，挺立在
> 高耸入云的摩天岭上，那仪表，那姿态；

十全十美，就仿佛每一位天神

都亲手打下印记，向全世界昭示

这才是男子汉！（第三幕第四场）

越是把父亲当作偶像般崇拜，对于迫不及待地再嫁的母亲，他越是厌恶。他几乎不愿意承认有这么一个母亲；在他眼里，她只是一个为了肉欲而背弃爱情的女人罢了，竟这么快就把他父亲生前对她的种种情意忘个干净："待我的母亲又这么恩爱，甚至不许天风吹痛了她的嫩脸蛋。"（第一幕第二场）

而母亲呢，"偎依在他胸怀，简直越尝到滋味越要尝，越开了胃"（第一幕第二场）。这分明是一对你恩我爱的好夫妻。年轻的王子看在眼里，激发了他对人生的无限憧憬。青春本是多梦的季节，哪一个少男少女不怀着对人生的美好的希望和期待呢？哈姆莱特是一个感情丰富的青年，更是陶醉在一个美丽的梦想中。

有那么一天，他也将成为一个成熟、完美的男子汉，像他的父王那样；而且将继承他父亲的大业，也将成为丹麦的英明威武的国王。那时候，他现在的温柔纯洁的情人奥菲莉娅就是他的美丽的王后。他们俩将像父王和母后那样相亲相爱、形影不离。在他最美好的梦幻中，他把自己和他所崇拜的父王合二为一了；而在母后的娇爱的形象里，他看到了自己恋人的倩影。

谁想父亲暴死，紧接着这晴天霹雳，母亲又随即再嫁，这天旋地转般的人生变故，把他震撼得心都碎了，美好的、温馨的青春梦想全破灭了，只剩下辛酸的回忆不断地在他脑海里翻腾着：

> 短短一个月，她哭得像泪人儿一般，
> 给我那可怜的父亲去送葬，她脚下
> 穿的那双鞋还一点没穿旧呢——哎哟，
> 她就——老天呀，哪怕无知的畜生
> 也不会这么快就忘了悲痛……
> 她就改嫁了——无耻啊，迫不及待！
> 急匆匆地，一下子钻进了乱伦的被子！（第一幕第二场）

他跟好友霍拉旭提到这回事，那讽刺的尖刻辛辣，已近乎"黑色幽默"了。"丧礼上吃剩的凉了的烤猪肉，就端上了吃喜酒的筵席。"（第一幕第二场）丧礼、婚礼，前后相隔只短短两个月，已经够叫人寒心了；经过他的"剪接"，呈现出丧礼和婚礼同时进行的一幅荒诞的、格外叫人恶心的画面！

如果母亲这么快就能把神明般的丈夫忘个干净，把他们平时的恩爱忘个干净，甘愿委身于一个禽兽不如的人，那么世界上还有什么真诚的、天长地久的爱情可言？还怎么可能信任一个女人的爱情？他不仅永远失去了他崇拜的父亲，连"母亲"也只剩下了失去任何意义的空洞概念了。那个不惜把自己的人格降低到与禽兽为伍的女人已玷污了"妻子"和"母亲"这最亲、最圣洁的称呼。

我们这个世界包围在情意缠绵的母亲的爱、妻子的爱、情人的爱中间。女性给人间带来了最温柔纯洁的爱，使得世俗的贪欲和野心显得格外的可鄙。受崇拜的爱神是爱的女神，爱和女性是分不开的。现在，上古神话时代所树立起来的端庄美丽的爱神的形象，在哈姆莱特的心目中一下子倒塌了。极端的悲痛使他产生了极端的偏见，以为从母亲的水

性杨花中看到了全体女性的耻辱:"脆弱啊,你的名字就叫女人!"(第一幕第二场)

宇宙虽大,他的理想已无所寄托了;理想的光辉一旦熄灭,那个没有人间真情的天地在他眼里顿时变色了、改观了:

> 在我看来,人世的一切多么地无聊,
> 多么地腐败乏味,一无是处啊!
> 呸,呸,这是个荒废了的花园,
> 一片的冷落,那乱长的荆棘和野草
> 占满了整个园地。(第一幕第二场)

在这蔓草丛生的荒废的园地里,他已看不到人生的任何意义。生命还有什么可留恋的呢?也许一个更可怕的思想袭上他的心头:他就是他母亲生下的儿子,那么在他血管里流动着的血液有一半来自那个堕落的女人,他还怎么能洁身自好呢?后来他竟然叫奥菲莉娅:"给我进女修道院去吧。嘿,你喜欢养一大堆罪人吗?"(第三幕第一场)明显地表达出这种"原罪"的悲观思想。他从痛恨叔父、谴责母亲、贬低女性、厌恶人世,进而厌恶自身,他第一段内心独白的第一句话就是:

> 唉!但愿这一副、这一副臭皮囊
> 融化了,消解了,化解成一滴露水吧?(第一幕第二场)

《哈姆莱特》本该是一个复仇剧;丹麦王子哈姆莱特为父复仇是北欧一个很古老的故事。早在莎士比亚写下这部杰作(1600年)的十几年前,伦敦的舞台上已经有过一个复仇剧搬演哈姆莱特的事迹了。复仇剧很受当时伦敦观众的欢迎。可是对于莎翁的这个杰作，不能仅仅用复仇剧来概括它的巨大的思想容量了。

被巨大的悲痛压倒的哈姆莱特只知道父亲是在花园里午睡时被毒蛇咬死的。在父王的亡灵出现，揭露了那伤天害理的谋杀案，把庄严的复仇任务托付给王子之前——也就是说，这悲剧还没有把复仇这一主题引进之前，观众首先看到的是一个经历着精神危机，失去了对人生的一切信仰和希望，失去了精神上的支撑点的哈姆莱特。

比起复仇这一主题，美好的理想和无情的现实之间的冲突，该是一个更普遍的、更能触动个人的亲切感受的主题。这几乎是一个永恒的主题。谁都有自己的美好青春的梦想，可是往往经不起现实的碰撞，就破灭了；这幻灭感，这梦醒后的失落感，几乎是每一个人在他的人生阶段所曾经经历过的或大或小的个人悲剧。所谓"一寸相思一寸灰"，就是古代诗人倾诉着内心的这一种痛苦和无奈。出现在美国著名作家海明威笔下的垮掉的一代、迷失了的一代，写的就是20世纪二十年代的青年男女的人生理想被第一次世界大战的无情的炮火摧毁了。

现在，这幻灭感和失落感，把年轻的哈姆莱特推向了生和死的边缘。把生和死的矛盾、困扰，引进了复仇剧，最能显示出莎士比亚的非凡才华。按理说，怀着深仇大恨、誓和敌人不共戴天，在冤仇未报之前，是绝不会先想到死的。在莎翁早期的复仇剧《泰特斯·安德洛尼克斯》中，一群被迫害、被侮辱的受难者就是这样。而哈姆莱特呢，他本已失去了人生的理想，生命的负担对于他已太沉重了。于是父王显灵，告诉他："咬死你父亲的那条'毒蛇'，他头上正戴着王冠。"

>　　在睡梦中，我被兄弟的那只手
>　　一下子夺去了生命，王冠和王后。（第一幕第五场）

这里是国仇（篡位）、家仇（奸母）和父仇。三重的深冤大仇就是把三倍神圣的复仇任务加到了哈姆莱特的身上。他热血沸腾："我要啊，张开翅膀，飞快地像思想……那么迅猛地扑过去报我的仇！"（第一幕第五场）复仇的使命给他注入了一股生命的动力，却不能帮助他找回生命的意义，在他内心深处重新建构起一个爱的世界。

老王的阴魂说，要是他把地狱里可怕的景象，只吐露一句话，就会"吓破你的胆，冻结了你青春热血……"（第一幕第五场）可是亡魂所揭露的那伤天害理的谋杀案，让哈姆莱特看到了人性的阴险恶毒，就像真看到了燃烧着硫黄烈火的地狱里的最深处！

鬼魂消失在黎明的曙色中。当天早晨，哈姆莱特直奔奥菲莉娅家中。她正在闺房做针线活，只见衣服不扣、帽子不戴的王子脸色死白、膝盖发抖，好像刚从地狱里放出，要讲述那里的恐怖。接着，"他一把抓住了我手腕——抓得好紧啊……一眼不眨地瞧着我的脸"：

>　　于是他一声长叹，好凄惨，好深沉，
>　　仿佛他整个儿躯壳都被震碎了，
>　　生命都完了；这以后，他放开了我的手，
>　　转过身去，可又回过头来，朝我看。（第二幕第一场）

他一步步往后退，目光始终盯住在少女的身上，他这是在断绝对人世的一切眷恋之前和自己的恋人做最后的告别，和人生的幸福、理想告别。

不管后来哈姆莱特的疯疯癫癫、语无伦次是真疯，还是掩护自己的斗争艺术，从奥菲莉娅的眼里看到的那个仿佛从地狱里逃出来的青年人，确然已经濒临疯狂的边缘了。来自地狱深处使他毛骨悚然的那一个秘密，把一切光明都从他眼里抹去了，剩下的只是一片天昏地黑。

"活着好还是死了好"，这一段著名的独白吐露了他这种极端苦闷的心情；即使三倍神圣的复仇任务压在身上，也始终不能帮助他从死亡的阴影中摆脱出来。死亡对于他似乎始终是一种难以摆脱的诱惑。按理，复仇剧中的主人公该是一个行动着的人。拿奥菲莉娅的哥哥莱阿提斯来说，正像哈姆莱特的父王是给叔叔谋杀的，他的父亲是给哈姆莱特刺死的。这两个青年都要报杀父之仇。前者却无所作为，徒然一再谴责自己；而后者一听说父亲死于非命，就从国外赶回，高举利剑，率领一批跟随者，冲进王宫，大声呼喊："你这个万恶的国王，还我父亲！"（第四幕第五场）

对于莱阿提斯，子报父仇，天经地义，理所当然，"还我父亲！"这大声呼号，这冲动，这血气，并没超出封建伦理道德的范畴。对于哈姆莱特，复仇如果只为了维护古老的社会秩序（杀人者死），为了捍卫王室、家族的荣誉，那就简单得多了。

然而青年王子却被翻腾在心中的一系列问题难住了：他用正义和利剑惩罚了那个凶手，人间能够重新恢复原来的光明情景吗？他能重新建立起对人生的信念，找回那已经破灭的理想吗？"时代整个儿脱节了"，如果我们理解得深入些，该是同时指的内心世界：他能够把他已经破碎了的心重新修复，重新给以信仰和希望吗？能重新找回失去的理想吗？他那骚动又无奈的心中一片茫然。

他感到自己的无能为力。他可能为人间剪除那个大坏蛋，但是这个人世已无从拉回到当初美好的时光了。这样,为王室和家族的荣誉而复仇失落了它固有的光彩。"男子汉果断的本色蒙上了顾虑重重的病态、灰暗的阴影。"理想破灭,他的行动的意志随之瘫痪了。也许我们可能从这里去理解为什么哈姆莱特复仇心切,却一再拖延,迟迟没有行动,一再为此而谴责自己。

这样,莎翁把本来一个复仇剧深化为性格悲剧、心理悲剧。主人公本应该像莱阿提斯那样,是一个行动着的人;现在出现在舞台上的却是一个不断思索着的人、一个被人生的根本问题困惑着的人、一个对人生的固有价值观念产生了怀疑的人。正因为这样,哈姆莱特更容易为我们现代人——被各种社会问题所困扰的现代人——在思想感情上所认同。我们的确可以这样理解:"这个悲剧,在某种特殊意义上,是属于今天这个世界的。"(大卫·丹尼尔语)

不仅是复仇剧,也许从整个戏剧,也许从整个戏剧发展史来说,出现在古代舞台上的,总是在喜怒哀乐、悲欢离合的各个人生场面中感受着、行动着的人;手拿着骷髅,对人生陷入哲理性思考的哈姆莱特,该是戏剧史上的一个新人的形象。当然,哈姆莱特并非只是拖延,没有行动,方才只是着重说明:悲剧性格是他最值得注意的性格特征。首先,他"疯"了,在他的疯言疯语里带着一种使对方坐立不安的锋芒。"丹麦是一所监狱",他半真半假、肆无忌惮地吐出了郁积在心头的愤怒。第二步,他斩断情丝,向温柔的奥菲莉娅声称"我从前不曾爱过你",冷酷地劝告她进女修道院。在他的心里只有愤世嫉俗,再没有爱情的位置了。这个不幸的少女像哈姆莱特一样(只是在较小的幅度内)经受了理想破灭的痛苦。在王子的心目中,父王就是一尊天神,而在这位少女的内心深处也供奉着一个最完美的男人形象,他是:

> 朝廷大臣的眼光，学者的口才，
>
> 是军人的剑术，国家的精华和期望，
>
> 是名流的镜子，举止风度的模范
>
> 举世瞩目的中心……（第三幕第一场）

那就是她的情人哈姆莱特。现在她眼看一世的英才就这样"倒下了，坍下来了"；曾经"从他那音乐般的盟誓吸取过甜蜜"的最幸福的姑娘，现在却是"天下的女人，要数我最命苦、最伤心了"（第三幕第一场）。

再加上父亲突然死于非命，她小小的心灵承不住这接连而来的打击，得不到一点精神力量的支持（不像哈姆莱特还有复仇的使命在支撑着他），她疯了，真的疯了。她忘了闺阁身份，唱开了平时她听着都会害羞的民间的情歌儿——她始终忘不了往日的那一段柔情。纯洁的奥菲莉娅是肮脏的宫廷阴谋的牺牲品。

用演戏作为"捕鼠机"是哈姆莱特的第三个步骤。按照当时的迷信观念：鬼魂有善有恶，哈姆莱特在复仇之前必须要证实夜半显灵的果然是其父王的亡灵。他本也表白了这样一层顾虑：

> 我看到的那个阴魂，也许是魔鬼呢——魔鬼有本领变化成可亲的形状……迷惑我，坑害我。（第二幕第二场）

果然，戏中戏演到凶手下毒时，观众席上的那个谋杀者顿失常态，跳了起来，这戏他再也看不下去了。哈姆莱特和受了他嘱托的好友霍拉旭把这一切看在眼里。国王反常的举止可说是他阴暗的内心世界第一次在大庭广众之间的大暴露。

谋杀者为自己行将败露的罪行跪在神像前忏悔，手拿着出鞘的利剑的王子正站在他身后。这正是复仇的大好机会。谁知，哈姆莱特却把这机会轻轻放过了。他的想法是：把正在忏悔中的凶手送上天堂，"这倒是报德，不是报仇！"这最清楚不过地表明了哈姆莱特所要求的不仅仅是杀人者死、一命抵一命的原始性的复仇。在宗教观念上，他要叫谋杀者的灵魂直滚进漆黑的地狱才算报了仇。他必须等候机会。他拖延又拖延，迟疑再迟疑，因为超出于宗教观念，超出于家族的荣誉观念，更有怎样找回他美好的理想世界、怎样重新建立起人生信仰的大问题——他所无法面对的问题。

可是复仇的庄严使命不容许不执行，绝不能放过了那个头戴王冠的毒蛇，他于心不甘。最后，他怀着自我谴责的心情，以福丁布拉为榜样，只知道封建骑士的荣誉观念。那位挪威王子为了弹丸之地，即使豁上两万条生命也在所不惜，他逼着自己从今以后，排除一切杂念，满脑子"只一股杀人的动机"！

他终于和敌人同归于尽，这是他最好的解脱。他的临终遗言很简短。要说的，在他充满痛苦的时刻里都说了；而此刻他的灵魂正从痛苦中解脱出来。他留下的最后一句话最使人回味不尽："一切都归于沉默。"（第五幕第二场）即将消逝的生命，连同一生的恩怨，都被包围在一片无言的空白、一片虚无中了。

时代嬗变与意识困扰
——哈姆莱特踌躇问题新探 [1]

孟宪强

哈姆莱特是莎士比亚戏剧中乃至迄今为止的全部文学作品中内涵最为丰富的艺术形象之一，被称誉为"全体人类所加冕的戏剧诗人之王王冠上一颗光辉夺目的宝石"。哈姆莱特形象的价值已经越出了文学的界限，成为具有普遍意义的文化现象；哈姆莱特"著名的踌躇"问题被看作"斯芬克斯之谜"，至今仍然吸引着世界各国学者的注意。《简明不列颠百科全书》对此做了简要的概括，它说现在关于哈姆莱特所有的材料"都不足以解释哈姆莱特著名的踌躇（他要报杀父之仇，但却多次不能下手，反复迟疑），而这正是莎士比亚关于哈姆莱特构思中最关键和独特的地方"[2]。几个世纪以来对于这个问题的研究论述可以写成厚厚的一部"哈姆莱特批评史"，学者们的观点分歧林立，莫衷一是。有人竟由此得出结论说哈姆莱特是一个"不定型的角色"，"有一千个人就有一千个哈姆莱特"。在他们看来，哈姆莱特真的成了一个"变色龙"。

---

[1] 原载于《东北师范大学学报》（哲学社会科学报）1990年第1期。
[2] 《简明不列颠百科全书》（第三卷），北京：中国大百科全书出版社，1985年，第607页。

现代英国学者柯勒·奎奇不满于对哈姆莱特批评的这种五花八门，他愤愤地说："我可以大胆地讲，这里面十之八九是胡说八道。"[1]当然，我们不能同意这样的看法，色彩杂呈的各种观点虽然可以造成朦胧闪烁的印象，但是学者们从不同方位、不同层次、不同视角的紧张探索对于揭开哈姆莱特踌躇之谜还都是有意义的积聚，都可能从某一点上给人以新的启示。1910年英国学者欧·琼斯运用弗洛伊德的精神分析理论研究哈姆莱特，他所得出的结论是荒唐的。琼斯认为是"俄狄浦斯情结"（即"恋母情结"）抑制和阻碍了哈姆莱待被意识所认可了的复仇活动。他声称这是"用心理分析方法研究"哈姆莱特踌躇的"最终发现"，但是他从窥视精神现象入手的研究方法，也许会给我们提供一条走出迷宫的阿莉阿德尼线。当我们带着这个线团走进哈姆莱特的精神王国时，我们发现，哈姆莱特踌躇的根源并不在于琼斯所虚构的哈姆莱特"无意识层"中的"俄狄浦斯情结"；恰恰相反，它存在于琼斯所排斥的"心理世界的意识层上"。

当然，弗洛伊德关于无意识的理论是有意义的，它开创了一个新的心理学研究领域，拓深了人类对自我的认识。但是心理分析学派认为无意识即本能、欲望、情绪是心理深层的基础并决定人的全部有意识活动的观点是非理性的；特别是把性本能提高到决定人的一切行为的动力的观点更是非科学的。人不同于动物，各种本能，包括性本能都已经社会化，人的行为主要不是由无意识支配，由社会政治、经济、文化、教育活动所形成的意识才是支配人们行为的决定性因素。在一定意义来说，潜意识也不过是一种特殊形态的意识而已。它们常常处于潜在状

---

[1] 转引自贺祥麟：《莎士比亚研究文集》，西安：陕西人民出版社，1982年，第168页。

态。当它们强化到一定程度而无法物化的时候（即长期被压抑），则可造成精神忧郁，甚至出现种种精神上的病态。而无意识即本能、欲望等等也都具有了意识化的性质。所以，意识是一个比无意识复杂得多的心理层次。它并不简单地呈现为一种"意识流"，不是一条单一的"主观生命之流"，它始终处于一种生生灭灭、不断变化的状态之中，并由许多意识因子构成我们现在尚不能完全认识的各种运动，诸如聚合、裂变、撞击、扩展、延伸等等。当某一种意识因子强化到一定程度时，它们就可以物化为某种行为了。

同时，意识还同情感发生着交互影响的关系，不同性质的意识因子会强化或弱化人的某种情感；而人们的某些情感又会促使某些意识因子的出现或消失。在历史嬗变时代，人们意识运动的各种形态常常以典型的方式呈现出来，而那些卷入时代旋涡之中的某些人，意识因子运动的各种形态有时会纠葛在一起，并很难以物化的形式释放过多的意识能量，结果就导致了意识的困扰，其外在的形态就是意志的犹豫不决，行事的踌躇不定，同时伴随着感情的苦闷忧郁。我认为哈姆莱特"著名的踌躇"的秘密正是在这里。下面我们将把哈姆莱特纠结在一起的意识运动加以陈述，其中最为重要的为意识的聚合、裂变与撞击这三种。当我们分门别类、条分缕析的时候，我们一定要牢牢地记住它们在哈姆莱特"心理世界的意识层上"始终是纠缠在一起的。

一

《哈姆莱特》创作于1601年，英国历史正处于具有重要意义的嬗变时期。16世纪三十年代英国进行了自上而下的宗教改革，形成了新贵族与新兴资产阶级。伊丽莎白女王时代（1558—1603年）王权与新贵族及资产阶级建立的联盟促进了英国社会的发展。但从伊丽莎白晚年开始，这个联盟开始破裂，资产阶级与王权的矛盾加剧。到17世纪四十年代，英国爆发了资产阶级革命，才终结了这个特定的经历了一个多世纪的历史嬗变，英国进入近代史的新阶段。哈姆莱特的那个时期，英国的时代嬗变开始由渐进转向突进，各种社会矛盾逐渐激化，但各种社会力量之间相互消长的斗争仍处于势均力敌的阶段。王权虽然日益走向反动，但当时并未失去其历史作用，资产阶级发展自身力量的活动还必须在拥护王权的旗帜下进行；这个时期任何超越这种历史条件的举动都不会成功。1601年初发生的埃塞克斯伯爵悲剧事件的原因正是在这里。埃塞克斯伯爵（1567—1601年）是伊丽莎白女王的宠臣，曾屡受封赏。1599年出兵爱尔兰受挫，回国后受到惩罚。埃塞克斯私下辱骂女王，并于1601年2月8日率领几百名家丁鼓噪入城。事败后于1601年2月25日以叛国罪被处死。哈姆莱特悲剧中有着这次事件的明显痕迹。埃塞克斯伯爵把他谋取个人权力、反对大贵族的活动匆促草率地同反对女王的暴动联结在一起，导致了他的悲剧；而哈姆莱特则是把他个人的复仇活动不自觉地同反对宫廷的斗争结合在一起。二者之间确实存在着本质上的相似。

哈姆莱特那个时代，人们对英国社会现实普遍不满的情绪不断增长，但又不知道社会矛盾如何解决，这就造成了那个时代的世纪病——忧郁；当时不少作家和理论家都在他们的作品与著作中描写了忧郁者的形象，探讨了忧郁的原因。莎士比亚在他的三部戏剧（《威尼斯商人》、《皆大欢喜》和《哈姆莱特》）中描写了三个忧郁者的形象，其中最成功的就是有名的"忧郁的王子"哈姆莱特。莎士比亚在这个忧郁王子的艺术形象中凝结了英国历史上嬗变时代的诸种矛盾，造成了他举世闻名的踌躇的性格特征。哈姆莱特可以说是埃塞克斯的同龄人，但作为一位青年王子，他兼有军人与学者的特点，因此他的悲剧命运与埃塞克斯又有着重要的不同。埃塞克斯的矛盾纯然表现为外在的形态，作为一名军官，他失宠之后一直坐卧不安，心情躁动，举棋不定，就是在造反的时候他也没有任何明确的意识；而哈姆莱特的矛盾则表现为内在的形态，在遭到重大打击之后他深深陷入忧郁之中，自始至终他都力图为种种事变和自己的行动找到明确的思想根据。他的矛盾主要发生在"心理意识层上"。特别是由于两种不同性质的意识因子的聚合而模糊了行为的对象。虽然哈姆莱特不断寻找自身犹豫延宕的原因，但直到最后他也没有找到。

所谓聚合是指两种意识因子可以合成一种新的意识，它兼有二者的强度。意识因子的聚合有两种情形：一种是两个性质相同因子的聚合，一种是两个性质不同意识因子的聚合。前者所合成的新的意识能够很快地达到物化所需要的力量；而后者则缺少内在的一致性，强度虽然增大，但它却会失去确定的运动指向，使它难以进入物化的轨道。我以为这就是形成哈姆莱特踌躇的最重要的原因。由于鬼魂的出现，哈姆莱特得知了父亲被谋杀的秘密，他决心为父复仇。"为父复仇"这是一种意识因子，它所要求的行为就是杀死仇人。这种意识因子所导向的实践是个人性质的活动，属伦理、道德范畴的活动。然而，在鬼魂消失之后，哈姆莱特的另一个意识因子很快同"复仇"聚合在一起，这个意识因子就是"重整乾坤"。哈姆莱特说，"这是一个颠倒混乱的时代，倒霉的我却要负起重整乾坤的责任"（《哈姆莱特》，第一幕第五场）。这个"重整乾坤"的意识因子所要求的是群体性质的活动，属于社会政治范畴。它的实践要求是组织群众、发动群众，进行各种形式的斗争，包括一般舆论性的和社会政治性的，甚至是暴力行动。这种意识因子同"复仇"是有本质上的不同的。哈姆莱特把它们聚合起来之后所形成的新的意识就是把丹麦即他的国家看成一所牢狱、一间囚室；因此，他的仇人就不仅仅是克劳狄斯一个人了，而是以他为首的整个宫廷。在哈姆莱特与整个宫廷的冲突中充分显示了这两种意识因子聚合所造成的巨大力量。哈姆莱特以装疯的手段来保护自己，并以表面疯疯癫癫的语言为武器抨击国王克劳狄斯，谴责母亲乔特鲁德，警告嘲弄御前大臣波洛涅斯，揭露罗森格兰兹与吉尔登斯吞这两个奴才；他不仅把这两个走狗当成了替死鬼，最后还终于杀死了奸王。这些正是许多学者所特别看重的哈姆莱特的斗争精神。莎士比亚对哈姆莱特的斗争表现了崇高的敬意，最后以一个军人的身份在军乐中隆重地安葬了他，而读者与观众也会永远记着哈姆莱特为着真善美而英勇地同假丑恶所进行的众寡悬殊的斗争。这种斗争虽然注定要失败，但他们的牺牲却是历史祭坛上不可缺少的祭品。哈姆莱特两种意识因子聚合而生成的新意识比起简单的个人复仇来说具有了更为持久、更为坚决的力量；它使哈姆莱特的精神境界得到升华，使他的复仇活动具有了正义的性质、理想的光辉和历史的高度。

其实，哈姆莱特将"为父复仇"与"重整乾坤"这两种意识因子聚合起来所生成的新的意识是一个朦胧地变革现实的政治斗争纲领。但是，在哈姆莱特的时代，反对国王为首的整个宫廷，打破牢狱、打破囚室的斗争时机尚未到来。同时，哈姆莱特本人也不具备承担这个历史任务的能力。从其思想主流来看，哈姆莱特是一个人文主义者，而他的社会地位和生活方式又使他具有先天的政治弱点：轻视民众，看不起那些庄稼人。在他心目中所不断审视的是他个人的力量、个人的才能、个人的意志。他从未考虑过民众的力量，而任何政治斗争都必须是民众的斗争。雷欧提斯尚可振臂一呼，率领不满的群众攻入宫中，而哈姆莱特对此却连想都没有想到。他本人具有很多长处，奥菲莉娅对此赞叹不已；但他的这种思想条件对于他的"重整乾坤"的意识物化为行动来说，还有着很大的距离。哈姆莱特既不具备摧毁那座牢狱的条件，又不知道怎么样去摧毁那座牢狱；因此，他就只能是被动地对付来自那座牢狱的种种迫害。哈姆莱特在被动的斗争中充分地表现了他的政治热情，但对于完成这个政治任务来说，他则是无可奈何的。正是这种情况从根本上奠定了哈姆莱特踌躇性格的契机。

同时，哈姆莱特"为父复仇"的意识由于两种意识因子的聚合而极大地淡化、弱化，具体的复仇任务因为思想的升华而模糊，复仇意识常常淹没在"重整乾坤"的意识之中，以至竟忘掉"为父复仇"这件大事。意识因子的聚合一方面把哈姆莱特推向社会政治斗争舞台，另一方面则使哈姆莱特的复仇活动失去了明确的目标，其综合作用的结果终于培育出哈姆莱特与众不同的踌躇。

二

16世纪末17世纪初英国的两种文化、两种哲学处于参差错落的过程之中。文艺复兴运动以来基督教文化由人文主义思想予以重创，但人文主义却无力成为解决日益尖锐的社会矛盾的思想武器。因此，在培根之后一种新的思想出现，霍布斯可作为代表。他宣称人的欲望是"无所不在的豺狼"，因而出现了"每个人反对每个人"的现象。在文艺复兴时期的英国，清教徒始终把《圣经》奉为指南，以《圣经》为准绳来纯洁教会；在《哈姆莱特》四十年之后，他们就是高举《圣经》进行革命的。在这样一个文化嬗变的背景中，哈姆莱特的思想由人文主义回复到《圣经》文化反映了资产阶级在过渡时期激烈斗争中的思想变化。这种变化造成了哈姆莱特"心理意识层中"的意识裂变，使哈姆莱特的思想游移于两者之间。哈姆莱特虽然可以同时发挥两种思想的作用，但这种作用从宏观上模糊了哈姆莱特的复仇使命和斗争目标，使他的全部活动处于被动状态，加深了他的踌躇，同时也加重了他的忧郁情绪。

所谓意识上的裂变是指一种意识因子因为外力的作用而产生另一种与之相对应的意识因子，而这两种意识因子经常处于并存状态。新的意识因子弱化了原有的意识因子，然而刚刚裂变出来的意识因子也没有吞噬掉原有意识因子的力量。新的意识因子是在否定原有意识因子中产生出来的，似乎涨裂了原有意识因子的外壳；然而实际上，因为原有意识因子是经过了相当长时间反复强化的，所以在新的意识因子裂变出来的一瞬间原有意识因子被否定突破一次。可是，原有意识因子具有较强的再生能力，所以很快它就会弥合裂痕，重新以固有的形态出现；而裂变新生的意识因子如不经过强化并不能具有稳定状态。总之，意识因子裂变的结果，一方面使原有意识因子弱化，一方面使新生意识因子与之并存；随着意识因子的裂变，在一定时期之内人的思想和行为处于二元状态。哈姆莱特的意识裂变是很有典型意义的。

哈姆莱特在时代的熏陶之下形成了人文主义思想，其最基本的意识因子就是"人是一件了不得的杰作"。由此出发，哈姆莱特唱出了对人的千古绝唱，它构成了文艺复兴运动的最强音。可是，突然的事变发生了：他所尊敬的父王被人谋杀、王位被篡夺、母亲被奸占、爱情被玷污，整个宫廷乌烟瘴气。现实生活中的丑恶动摇了哈姆莱特的人文主义思想，他原有的"人是一件了不得的杰作"的意识因子在物质力量的冲击之下发生了裂变，人不再具有那样的价值了。哈姆莱特说人乃是"泥土塑成的生命"，算不了什么！由这个新的意识因子出发，他改变了原来对宇宙、社会和人类的积极认识。思想上的变化加深了他的忧郁，意识裂变的结果使哈姆莱特的忧郁差不多变成了悲哀。

哈姆莱特的意识裂变之后人文主义思想并未消失，只是在某一些方面发生了局部的变化，这主要是表现在对女人和爱情的看法上。这是因为在事变中最使他感到痛苦和耻辱的就是他母亲的失节，因此他说："女人的名字就是脆弱。"在信誓旦旦的爱情遭到破坏之后，他痛苦得几乎发疯，对奥菲莉娅说了许多粗鲁的话，极大地伤害了这位天真纯洁幼稚的少女的心。而在其他许多方面，哈姆莱特仍然坚持着人文主义思想。他热切地追求着人与人之间建立在平等关系之上的友谊，让霍拉旭不要称他殿下，要他以朋友相称；他熟悉热爱古希腊罗马文化，不仅宣称戏剧是"时代的缩影"，可以显示善恶的本来面目，而且以戏剧为生活的镜子，验证鬼魂的话是否属实，照一照克劳狄斯到底是不是弑君霸嫂的奸王。哈姆莱特以人文主义思想为武器，同克劳狄斯一伙进行了毫不妥协的斗争。

哈姆莱特意识裂变产生的新的意识因子使曾经被否定了的传统文化复苏，并把它融进了自己的整体意识之中。在原有的人文主义思想发挥作用的同时，哈姆莱特不断以《圣经》中的有关内容来揭露他的对手与敌人。当他发现大臣波洛涅斯利用自己的女儿来试探他是否因失恋而发疯时，他十分悲哀，并断定自己是永远地失去了奥菲莉娅；而奥菲莉娅则成了他们送上祭坛的一只可怜的牺牲羔羊。这时他用《圣经》中耶弗他为了求得上帝帮助，击败敌人之后以其爱女献祭的故事来警告和揭露波洛涅斯的丑恶行为（《哈姆莱特》，第二幕第二场；第五幕第一场）。此外，哈姆莱特还用《圣经》中该隐杀害弟弟亚伯的故事控诉克劳狄斯为了夺取权力谋杀自己哥哥的罪行。哈姆莱特看到了社会生活中的许多丑恶现象，这些是同人文主义对人的赞美相抵牾的，因此哈姆莱特感到困惑。如果他能够接受一种新的哲学，那么他的意识就可以在连续状态中运动；但事实上并非如此，突然的事变使他一下子就回到了欧洲传统文化之中。哈姆莱特从赞美人类转到否定人类，两种意识因子虽然都保有一定的强度，但对他完成具体的复仇使命来说，产生了一种分散焦点的作用。

哈姆莱特以意识裂变的方式从人文主义转向《圣经》，并且是在否定的形态中完成的，因此他所付出的代价是心情的苦闷和斗争目标的泛化。哈姆莱特将对具体的复仇对象的仇恨转移到了对一般人性的思考之中。哈姆莱特的意识裂变表明了《圣经》在他的斗争中所起到的作用，这正是资产阶级在历史嬗变过程中寻找新的思想武器的艺术观照。夏洛克引用《圣经》证明他放高利贷有神圣的依据，而哈姆莱特则是把《圣经》当成同反动势力进行斗争的武器，这同17世纪四十年代的资产阶级革命确是有着历史的联系。从这个意义上说，我们称哈姆莱特为17世纪英国资产阶级革命的不自觉的先驱并不是过分的赞词。

三

文艺复兴时期的英国，也包括欧洲许多国家，普遍存在着两种不同的人生观念：一种是正在形成的带有唯物主义色彩的科学的观念，一种是以传统宗教神学为基础的迷信的观念。前者相信人自身的力量，认为人的一切全在于自己；后者则相信冥冥中的命运，认为人的一切皆为前生注定，他们相信灵魂不死，此生此世的行为决定来世灵魂是永堕地狱还是上升天堂。文艺复兴时期这两种人生观念常常发生冲突，它们尚未达到非此即彼的程度，还常常并存于一个人的精神世界之中。

莎士比亚像哲学家一样，对当时存在的各种人生观念都给予了充分的关注。在他的戏剧中，我们常常可以听到这两种人生观念相互争辩的声音（如《李尔王》）。在他的"四大悲剧"中，主人公的人生观念分别代表了不同的类型：李尔王深信一切皆由天神主宰；麦克白相信女巫的预言；奥赛罗的经历使他同迷信观念绝缘，他的荣誉与毁灭都是由他自己造成的；而哈姆莱特同上述人物全都不同。他的意识深处既有科学的人生观念，相信自己有力量去完成为父复仇的任务；但他又有迷信的观念，认为一个人无论如何也难逃命中注定的事情。这两种观念的冲突造成了他意识因子的撞击，这成了哈姆莱特行动上的延宕的直接原因。

所谓撞击即两种不同性质的意识因子之间的较量，撞击的结果在于选择，即一种意识因子占据支配地位，而将另一种意识因子排斥掉。然而，这并不意味着永久性的吞噬，被排斥的意识因子因为某种条件还会再次出现，进行新的撞击，甚至可能将曾经排斥掉它的意识因子排斥掉。我们通常所说的思想斗争就正是两种意识因子之间的撞击。撞击会消耗掉意识因子的一些能量，造成行动上的拖延、迟缓和终止。哈姆莱特头脑中两种不同人生观念的意识因子所发生的撞击很频繁，它们表现在许多方面。当我们剖析哈姆莱特意识因子撞击的情形时，哈姆莱特踌躇的具体成因就可以展示在我们的面前了。

哈姆莱特最有名的那段独白"生存还是毁灭"（To be, or not to be）

是带有哲学意味的意识因子的撞击,即"生"与"死"、"生存"与"毁灭"之间的较量,其结果是"生"排斥了"死"。不过对哈姆莱特来说,这并不是出于对"生"的渴望,而是出于对"死"的恐惧。那么,是什么引起了哈姆莱特对"生存"的挑战呢?那是因为他感到"生存"已经失去了意义。他认为一个人的生存应该是有意义的,他说一个人"要是把生活的幸福和目的,只看作是吃吃睡睡,那他还算是个什么东西?简直不过是一头畜生"(《哈姆莱特》,第四幕第四场)。一个人不能庸庸碌碌地生活,对哈姆莱特来说,当前最重要的事情是要为父复仇,可是由于意识因子的聚合与裂变,他未能履行自己神圣的誓言。"父亲被惨杀"、"母亲被污辱"的深仇大恨竟未能洗雪,为此他感到痛苦不安,并不断地责备自己。此外,他看到了在他的国家——这所牢狱——之内的种种丑恶,并身受其苦。他不能忍受压迫者和小人的讥嘲、凌辱、冷眼、轻蔑与鄙视,但他又无力反抗,也无法冲出这座牢狱的铁门。这样生存下去还有什么必要?因此,哈姆莱特感到厌倦。他在同波洛涅斯告别时连说三遍"但愿我也能向我的生命告别"正是这种情绪的直接表露。哈姆莱特感到是否再继续生存下去的时候,"死"、"毁灭"的意识因子便同"生"、"生存"相撞击。在哈姆莱特看来,"死"可以解脱人世间的一切烦恼和痛苦;但一想到死后的情形时便使他怵然止步。他不敢去死,因为从来没有人从那神秘的死亡之国回来过。这是潜存在哈姆莱特意识深处的"灵魂不死"观念在起作用,它使哈姆莱特虽然感觉不到生存的价值和生活的乐趣,但还要活下去。在哈姆莱特看来,在他那个时代里,不仅他自己如此,人们也大都如此,不然人们何以"甘愿忍受目前的折磨"呢?虽然"久困于患难之中",仍然不肯一死了事呢?他认为这都是出于对死后的神秘恐惧造成的。从哈姆莱特的这个思考中，我们不是可以感受到那个时代广大人民群众所遭受到的种种不幸吗？哈姆莱特关于"生存还是毁灭"这一段台词之所以脍炙人口，就是因为它概括了非常深刻的关于人生价值的思考和对社会压迫的反抗。

迷信的观念阻止了哈姆莱特对"死"的选择，但它并未能赋予"生"以明确的意义和相当的力量。在"死"的意识因子撞击下，"生"的意识因子的能量被耗损，结果哈姆莱特便处于一种听天由命、思前虑后的精神状态之中；因为撞击的结果是哈姆莱特被动地选择了"生"。哈姆莱特自己也意识到了这种情况。他说："重重的顾虑使我们变成了懦夫，决心的赤热的光彩被审慎的思维蒙上了一层灰色，伟大的事业在这一考虑之下也会逆流而退，失去了行动的意义。"（第二幕第四场）

哈姆莱特在克劳狄斯一个人祈祷时遇上了他，正是杀死他的好机会。这时哈姆莱特头脑中所进行的"杀"还是"不杀"、"干"还是"不干"两种意识因子的撞击，也是迷信的观念起了支配作用。"不杀"与"不干"排斥了"杀"与"干"，白白地错过了复仇的机会，这是莎学家特别注意的一个典型的延宕现象。其原因何在呢？它是哈姆莱特"心理意识深层中"的宗教与迷信观念的积淀所致。按照这种观念，一个人在临死时向上帝忏悔自己一生的罪孽灵魂即可得到净化，死后可以进入天堂，否则就只好带着肮脏的灵魂下地狱。哈姆莱特一点不怀疑地相信着这种观念，因此他想如果在克劳狄斯祈祷时杀死他，那太便宜了他，应当在他干坏事的时候叫他送命，那才是真正彻底的报仇。这样，"不杀"与"不干"的意识因子就排斥了"杀"与"干"。在哈姆莱特的"心理意识层中"迷信观念有相当的力度，在很快时间之内即可物化。正是因为这样，所以他才把偷听的波洛涅斯当成克劳狄斯杀死。该杀死的，哈姆莱特放过了；不该杀死的，倒成了殉葬品。可见这种迷信的人生观念所导致的行为常常出现方向性的错误。

哈姆莱特勉强同意与雷欧提斯比剑的时候，明确地说出了他的宗教意识与宿命观念。他说："我们不要害怕什么预兆，一只雀子的死生都是命运预先注定的。注定在今天，就不会是明天，不是明天就是今天；逃过了今天，明天还是逃不了，随时准备着就是了。"（第六幕第二场）哈姆莱特经过最后一次意识撞击（同意比武与不同意比武）终于坠入了克劳狄斯的圈套，他虽终于杀死了奸王，但至死也没有再想起他曾经担负起的"重整乾坤"的责任。这是因为在意识困扰中各种意识因子都缺乏足够的指向力度，只是在听天由命的活动中时而显示意识的这个方面，时而显示意识的那个方面。临死前哈姆莱特对自己一生的斗争以及未完成的使命都只能表示一种"沉默"，这正是处于困扰状态的各种意识因子相互制约造成的。哈姆莱特虽然一再审视自身，相信自己的能力和理智，但始终未能主动地去干他所想要干的事。迷信观念、宗教意识使哈姆莱特在复仇活动中常常失去机会、出现错误，同时也使他未能真正地进行他自己所提出的变革现实的历史性活动。

本文的主要观点可以概括如下："忧郁王子"哈姆莱特所处的那个嬗变时代的各种社会矛盾引起了他"心理意识层中"复杂的意识运动，即聚合、裂变、撞击等，这些意识运动的每一种形态都可以造成人们意志上的犹豫和行动上的拖延；而在哈姆莱特那里这些不同形态的意识运动竟又纠结在一起，形成了他的意识困扰，这才是哈姆莱特踌躇的最终原因。哈姆莱特这个忧郁者的艺术形象中包容了差不多整个嬗变时代的诸种矛盾，成为文艺复兴时代的一座纪念碑，永远耸立在人类反对暴虐、反对压迫，追求进步、追求光明，并且不断追求自身完善的历史潮流之中。

诠释与想象的空间：批评史中的莎士比亚与《哈姆雷特》[1]

杨慧林

在西方文学批评史上，莎士比亚与《哈姆雷特》始终受到批评家的关注，并不断激发出新的诠释和想象，以至在相关的论说中，我们或许已经无法断定何为正确，却只能去描述变换不居的错误方式。"莎士比亚问题"也已经不仅是关于作家和文本的争论，而是不同语境从中延伸的理解和意义。以莎士比亚及其《哈姆雷特》为个案，追索最具代表性的诠释方法和批评类型，特别是当代的意识形态批评、性别身份批评和宗教观念批评，从而既为中国语境中的莎士比亚研究提供参照，也使我们更加直观地理解西方的主要批评流派。

在西方的文学批评史上，许多人都对莎士比亚怀有一种高不可及的感叹。比如歌德（Goethe）告诫他的追随者："我们还是不要讨论莎士比亚，一切提到他的话都是不够充分的……对于他的伟大心灵来说，舞台是太狭隘了。"[2] 艾略特（T. S. Eliot）也认为："你很难说莎士比亚究竟相信不相信文艺复兴的含混的怀疑主义"；因而"要谈论莎士比亚，也

---

[1] 原载于《外国文学研究》2006年第6期。
[2] J·P·爱克曼辑录：《歌德谈话录》，朱光潜译，北京：人民文学出版社，1978年，第93页。

许我们永远也不可能正确"。[1] 其实,"正确"与否很难有什么定论;更需要我们做的,倒是跟随历代批评对莎士比亚的读解,去体会其中不断变换的"错误"方式。

关于莎士比亚的评论和研究,从他的同代人开始就层出不穷,几乎覆盖了后世文学批评的所有阶段。至20世纪,莎士比亚及其作品更是成为不同批评方法的聚讼之地。除去弗洛伊德(Sigmund Freud)对莎剧人物的心理分析、弗莱(Northrop Frye)对莎剧情节的神话—原型考察、新批评派的文本细读、意象派批评的语义还原之外,我们还可以看到:西方马克思主义借他进行文化的反省、女性主义从中发掘"言说的权力",新历史主义则常常将莎士比亚作为基本的理论出发点。近些年还有学者将莎士比亚研究不断关联于最时尚的话题,比如威廉斯(Gordon Williams)的《莎士比亚、性及印刷革命》(1996年)、布里车斯(Stephen Brezius)的《理论中的莎士比亚:后现代的学术与早期现代的戏剧》、卢姆巴(Ania Loomba)的《莎士比亚、种族与后殖民主义》,等等。其中从"文化多元主义"、"核子批评"、莎士比亚与"披头士"[2],直到"宗教、肤色和种族差异"[3],无所不有。

这一切不能不使我们想到布鲁姆(Harold Bloom)的一个著名论题:"重新阅读莎士比亚的最大困难就是我们不会感到任何困难"[4],因为莎士

---

[1] 转引自 Helen Gardner, *Religion and Literature*. London: Faber and Faber, 1971, pp.13-14, pp.69-76。

[2] 参见布里车斯:《理论中的莎士比亚:后现代的学术与早期现代的戏剧》(Stephen Bretzius, *Shakespeare in Theory: The Postmodern Academy and the Early Modern Theater*. Michigan: The U of Michigan P, 1997)第一、第八和第九章。

[3] 参见卢姆巴:《莎士比亚、种族与后殖民主义》(Ania Loomba, *Shakespeare, Race and Colonialism*. Oxford. Oxford UP, 2002)第二和第六章。

[4] Harold Bloom(哈罗德·布鲁姆), *Ruin the Sacred Truths: Poetry and Belief from the Bible to the Present*. Cambridge: Harvard UP, 1989, p.72.

比亚已经深深融入了西方人的心理结构、表达方式和阅读习惯，没有莎士比亚根本无法理解西方文学；故而"在上帝之后，莎士比亚决定了一切"[1]。

对莎士比亚及其作品的评说甚至评说的方法，从来都反映着不同时代自身的关注和价值取向。莎士比亚的魅力之所以能够历久而弥新，确实在于他的作品不断为后人提供了展开和印证自身想象的空间。以莎士比亚最著名的剧作《哈姆雷特》为例，可能特别能使我们感受到这一点。

一、《哈姆雷特》的批评历史与焦点转换

20世纪九十年代初，美国迈阿密大学的学者默芬（Ross C. Murfin）组编了一套丛书"当代文学批评中的个案研究"，其中伍福德（Susanne L. Wofford）专门就莎士比亚的《哈姆雷特》撰写了一卷[2]。该卷不仅选编了女性主义批评、心理分析批评、解构批评、马克思主义批评和新历史主义批评有关《哈姆雷特》的代表性论述，而且还简要梳理了《哈姆雷特》的批评历史。从该书所收集的一些零散材料可以看出，即便只是关于舞台演出史的挖掘，对我们理解"一千个观众"心中的"一千个哈姆雷特"，也会有意味深长的启发。

比如在17世纪晚期，哈姆雷特通常被理解为"富于生气、勇敢和英雄气概"；而到了18世纪中叶，作为英雄的哈姆雷特却消失了。1736

---

[1] Harold Bloom, *Ruin the Sacred Truth*, p.53.

[2] 参见Susanne L. Wofford（苏珊·伍福德），ed., *Case Studies in Contemporary Criticism: William Shakespeare "Hamlet"*. New York: St. Martin's Press, Inc., 1994。

年的一篇批评文章居然将哈姆雷特的犹豫解释为"诗人展开情节的必要技巧","否则剧情会结束得太快"。[1] 至1765年,约翰逊(Dr. Johnson)开始赞扬哈姆雷特的"丰富性"(variety);1770年,简特曼(Francis Gentleman)也欣赏哈姆雷特的"丰富性",但是同时又批评他的"不一致性"(inconsistency)。与所谓的"感性时代"(Age of Sensibility)相呼应,麦肯基(Henry Mackenzie)提出:"哈姆雷特'特别敏感的心灵'是剧中贯穿始终的原则。"歌德1795年的小说《威廉·迈斯特的学习时代》也"让一个脆弱、敏感的哈姆雷特更为出名"[2]。

短短一个世纪,哈姆雷特的形象从"英雄"变得日益"脆弱";而中国读者的不幸,又在于所有这些说法都像是似曾相识。因此要真正理解西方人眼中的《哈姆雷特》,必须首先将那些只言片语还原到当时的语境之中,否则任何引用或者借鉴都会似是而非。

在上述过程中还应当提到,莎士比亚的作品始终是黑格尔美学理论的主要实证。而通过18世纪晚期的上述论说,我们甚至会感到黑格尔的"丰富性"、"一致性"(consistency)等概念模型,或许就是以此为背景。黑格尔在关于"冲突"的讨论中特别提到《哈姆雷特》、《奥塞罗》、《罗密欧与朱丽叶》等多部莎士比亚的作品,虽未做详细的解说,但是我们确实可以从黑格尔的描述中感受哈姆雷特所面对的道德悖论:

> 冲突中对立的双方各有它那一方面的辩护理由,而同时每一方拿来作为自己所坚持的那种目的和性格的真正内容的,却只能

---

[1] Susanne L. Wofford, ed., *Case Studies in Contemporary Criticism*, p.185.

[2] Susanne L. Wofford, ed., *Case Studies in Contemporary Criticism*, p.185.

是把同样有辩护理由的对方否定掉或破坏掉。因此，双方都在维护伦理理想之中，而且就通过实现这种伦理理想而陷入罪过。[1]

至浪漫主义时代，施莱格尔（A. W. Schlegel）的《论戏剧艺术与文学》（1808年）又提出：是哈姆雷特的思辨倾向使他无法行动。这一观点可能影响到英国诗人柯勒律治（Coleridge）[2]，使其不再强调哈姆雷特的敏感，却突出其"智性的力量"（intellectual power）。柯勒律治认为：在"对外在对象的关注"和"对内在观念的沉思"之间，通常会达成一种平衡，但是哈姆雷特却没有这种平衡，只有"强烈非凡的智性活动"以及"对真实行动的厌恶"。所以，他看到一个作为哲学家的哈姆雷特，一个"存在于'生存还是毁灭'之独白中的哈姆雷特"；"他那永无终结的思辨和犹豫，导致了他对行为的逃避"。[3] 柯勒律治与施莱格尔的不同，在于他通过这一"思"的性质，提炼出一种关联于整个阅读过程的积极因素，即：莎士比亚最伟大的成就，就是将读者也带入这种"智性活动"；"你感到他是个诗人，是因为他已经使你暂时成了诗人，成了一个积极的、富于创造性的人"。[4] 后来，赫兹里特（William Hazlitt）对哈姆雷特的描述，也有与柯尔律治相近之处；不过，他更多的是从读者的想象性参与转向理想在现实中的真实处境：哈姆雷特"将他自己的烦恼转移给了整个人类"，"其所言所想如同我们自己的一样，我们就是哈姆雷特"。在赫兹里特以后，伍福德认为19世纪的哈姆雷特越来越"带

---

[1] 黑格尔：《美学》（第三卷，下册），朱光潜译，北京：商务印书馆，1981年，第286页。
[2] 柯勒律治的《关于莎士比亚的演讲》（*Lectures on Shakespeare*）写于施莱格尔的《论戏剧艺术与文学》（*On Dramatic Art and Literature*）之后。
[3] Susanne L. Wofford, ed., *Case Studies in Contemporary Criticism*, p.186.
[4] 泰伦斯·霍克斯：《隐喻》，穆南译，太原：北岳文艺出版社，1990年，第88页。

有浪漫派的性格,反叛政治法律制度,与堕落的社会格格不入"。[1]

20世纪到来之前,关于莎士比亚的研究已经相当丰富,但是从后世的观点看,真正成系统的研究应当是始于布拉德雷(A. C. Bradley)。布拉德雷的名著《莎士比亚的悲剧》出版于1904年,其中有专章谈及哈姆雷特。他的基本命题是要"从剧中重构哈姆雷特的敏感"。他提出:哈姆雷特的过度忧郁阻碍了他的行动,"这忧郁是一种疾病、而不是一种情绪,由此造成的病态,是哈姆雷特本人也没有完全理解的"。至于导致忧郁病的原因,布拉德雷认为是"突然发现母亲的真相所带来的道德震撼"。这样,布拉德雷为我们留下了一个"分裂的哈姆雷特",在伍福德看来,"这与弗洛伊德只有一步之遥"。[2]

弗洛伊德是将《哈姆雷特》和索福克勒斯的《俄狄浦斯王》用于他的心理分析。他对《哈姆雷特》极为推崇,据说在其正式出版的文字中共提及《哈姆雷特》二十多次。从《梦的解析》(1900年)一书可以看出:弗洛伊德对《哈姆雷特》的阅读,甚至成为其自我分析的一个核心事件。弗洛伊德关于《哈姆雷特》的最著名分析,本来见于1900年版《梦的解析》中的一个注脚,后来他把这部分移作正文。他以所谓的"俄狄浦斯情结"(Oedipus complex)为焦点,发现文明的发展使索福克勒斯和莎士比亚对"俄狄浦斯情结"的表达大不相同:"在《俄狄浦斯王》之中,(欲望)背后的童年幻想被带到明处,而且像它在梦中那样地实现。这在《哈姆雷特》之中却始终被压抑着……我们只能依据这种压抑的结果,看到它的存在……哈姆雷特可以做任何事,就是无法向那

---

[1] Susanne L. Wofford, ed., *Case Studies in Contemporary Criticism*, p.187.

[2] Susanne L. Wofford, ed., *Case Studies in Contemporary Criticism*, pp.188-189.

个杀了他的父亲、娶了他的母亲的人复仇,因为正是这个人展示了他自己被压抑的童年的幻想。"[1]

弗洛伊德和布拉德雷的批评,都是要还原或者理解《哈姆雷特》当中的潜在情感。而在他们看来,激发这种情感的并非父亲之死,却是"恋母情结"。乃至弗洛伊德的论文《悲伤与忧郁》,被认为是"将哈姆雷特视为一种原型的忧郁"(the archetypal melancholy)[2]。恩斯特·琼斯(Ernest Jones)追随这一思路,于1910年发表《俄狄浦斯情结:对哈姆雷特奥秘的一种解释》,1923年又发表《对〈哈姆雷特〉的心理分析研究》,最终是在1949年出版《俄狄浦斯与哈姆雷特》一书。由劳伦斯·奥利弗(Laurence Olivier)主演的经典电影《哈姆雷特》(1947年),明显受到这种精神分析理论的影响,据说还特别挑选了一位二十七岁的女演员为四十岁的奥利弗扮演母亲,以烘托"恋母"的气氛。[3]

1919年,诗人艾略特也曾撰写了《哈姆雷特》一文,并以之作为"客观对应物"(objective correlative)理论的实例。他坚信:"用艺术形式表现情感的唯一方法,就是寻找'客观对应物';换言之,是寻找能够展示独特情感的一些对象、一种环境、一串事件。"[4]在一定程度上,伍福德认为艾略特"促使批评离开了对心理因素的过分强调";但是按照她的分析,"对艾略特来说,《哈姆雷特》是一个美学上的失败,因为其中并没有为哈姆雷特的情感提供充分的客观对应物"[5]。她引用罗丝(Jacqueline Ross)《哈姆雷特:文学中的〈蒙娜·丽莎〉》(1986年)一文

---

1 Susanne L. Wofford, ed., *Case Studies in Contemporary Criticism*, p.190.
2 Susanne L. Wofford, ed., *Case Studies in Contemporary Criticism*, p.191.
3 Susanne L. Wofford, ed., *Case Studies in Contemporary Criticism*, pp.192-193.
4 转引自Susanne L. Wofford, ed., *Case Studies in Contemporary Criticism*, p.193。
5 Susanne L. Wofford, ed., *Case Studies in Contemporary Criticism*, p.193.

对艾略特的批评:"艾略特的客观对应物逻辑",使他"不恰当地"认为哈姆雷特母亲的形象"在心理上不够坏、从而在美学上不够好"。言外之意,如果哈姆雷特的母亲"有更明显的性堕落或者罪恶(比如参与谋杀)",哈姆雷特的情感才能得到足够的"客观对应物"。后来则有人考证说:哈姆雷特的母亲早在谋杀之前就与克劳狄斯通奸,所以哈姆雷特的激烈反应是可以理解的,这部戏也是成功的,等等。[1]

另外,在1935年还有过一部重要的研究著作,即斯珀津(Caroline Spurgeon)的《莎士比亚的比喻》[2]。她发现《哈姆雷特》一剧最突出的隐喻是同死亡和腐烂有关,认为这绝不仅仅关系到哈姆雷特个人,而是象征着整个丹麦身患疾病、正在腐烂。斯珀津的语义分析,又一次标志了特定时代对《哈姆雷特》的不同兴趣和独特视角,同时可能也正是通过这种实证的方式,使莎士比亚及《哈姆雷特》的意义空间进一步转向当代人对历史语境的回溯,转向当代人关于"历史"和"语言"两大神话的探究。因此,德里达(Jacques Derrida)的名字最终也加入到"莎士比亚批评"的行列之中,他甚至相信莎士比亚戏剧所表现的正是他"想要探讨的东西",正是"贯穿整个西方文化史的……家喻户晓、无尽流通的偶像……"[3]

二、读解《哈姆雷特》的当代模式

有研究者指出:当代批评对《哈姆雷特》的大多数分析,都是

---

[1] Susanne L. Wofford, ed., *Case Studies in Contemporary Criticism*, pp.193-194.

[2] Caroline Spurgeon, *Shakespeare's Imagery and What It Tells Us*. Cambridge: Cambridge UP, 1935.

[3] 德里达:《文学行动》,赵兴国等译,北京:中国社会科学出版社,1998年,第304页。

"要使这部作品摆脱浪漫主义的联想",如同布拉德雷在世纪之初所做过的一样;只是后人与布拉德雷的理论前提及其关注已经不同。[1]如果必做一种简要的归纳,或许可以从"意识形态"、"性别身份"和"宗教观念"三个方面入手。

对意识形态的关注,有时可能表现为关于戏剧形式的讨论。布莱希特(Bertolt Brecht)就是一个典型的例子。在他的戏剧理论中,"间离效果"(alienation effect)差不多是作为最基本的"元戏剧"(metatheatrical)要素;而在他看来,伊丽莎白时代的戏剧正是"充满了间离效果"。布莱希特所谓的"间离效果",是强调表演者与角色之间的距离感,从而观众不至于被动地沉迷于剧中的世界,不至于完全听凭"戏剧幻觉"的引导,却能始终保持自己的思考。《哈姆雷特》的"戏中戏"(play within the play)、"戏中戏"演员的对话以及哈姆雷特本人的大段独白,也许都具有中断情节、让观众冷眼旁观的作用。就戏剧本身而言,这当然意味着单一的叙事主体让位于接受者的参与,乃至布莱希特主张建立一种无法被观众幻想为真的"史诗剧"(epic theatre),取代更容易使观众难以自拔的"情节剧"(dramatic theatre)。然而为什么要这样?为什么现代人要打破以"怜悯和恐惧"的心情直接接受戏剧教化的西方传统?就此,利奥塔德(Jean-Francois Lyotard)对现代艺术的分析恰好为"间离效果"提供了互文:

> 在我们的科技工业世界中,真、善、正义、无限等,并没有连贯一致的象征……19世纪末的资产阶级现实主义……企图……

---

[1] 参见Susanne L. Wofford, ed., *Case Studies in Contemporary Criticism*, pp.195-202。

给公众提供可以看懂的艺术品,使公众能与具体观念(民族、社会主义、国家等)产生认同……而先锋派的做法,正是不遗余力地……完全无视通过视觉象征手段统一趣味……的责任。[1]

沿着这样的思路,对单一叙事的中断,正是使公众与"统一"的观念相"间离";这种艺术形式本身就必然带有挑战主流意识形态的意味。

关于《哈姆雷特》的意识形态批评,可以有多种不同的角度。比如在《莎士比亚与理论问题》[2]一书中选有两篇重要的论文:弗格森(Margaret Ferguson)的《哈姆雷特:字句与精义》和卫曼(Robert Weimann)的《模仿与〈哈姆雷特〉》。前者被视为后结构主义的批评成果,后者则是西方马克思主义批评的代表作之一。然而实际上,他们切入问题的方式、读解作品的指向及其理论兴趣,都与某种对意识形态问题的追索有关。被收入同一本文集的还有新历史主义代表人物格林布拉特的《莎士比亚与驱魔者》,也大体持有相似的态度。如果将这一类研究视为意识形态批评,那么,柯顿(Karin S. Coddon)的一篇文章,即《"如此荒诞的计划":〈哈姆雷特〉与伊丽莎白时代文化中的疯癫、主体和叛逆》,似可以为例。

柯顿从1601年爱塞克斯伯爵(Robert Devereux, the second earl of Essex)的叛逆案谈起。锡德尼(Sir Philip Sidney)曾认为,爱塞克斯伯

---

[1] 利奥塔德:《呈现无法显示的东西——崇高》,李淑言译,《世界文论》第二辑《后现代主义》,北京:社会科学文献出版社,1993年,第76页。

[2] Patricia Parker and Geoffrey Hartman, eds., *Shakespeare and the Questions of Theory*. New York: Methuen, 1985.

爵是哈姆雷特等文学形象的"历史灵感"。哈林顿（John Harington）在叛乱前几个月的日记中则写到，野心如何促使爱塞克斯伯爵疯狂，乃至"丧失了健全的理性和正确的判断"。"在最后一次谈话中，他说到那如此荒诞的计划……女王非常知道如何让傲慢变得谦卑，傲慢却不懂得如何退让……"按照这样的描述，爱塞克斯伯爵之所以被视为"疯癫"，并不是由于非理性，却是由于他的"计划"过于"荒诞"，因此柯顿提出：这首先是指"疯癫中的理性、或者叛逆"。因而，即使哈姆雷特的形象未必直接"受到那位历史上的伯爵的启发"，爱塞克斯伯爵也"完全像哈姆雷特一样"，是一个"自我分裂的主体"。柯顿从中看到的共同实质在于："疯癫是一种同自我控制的意识形态相对立的力量，或者说……是同'顺从的内化'（internalization of obedience）相对立……疯癫使一个主体仅仅成为他自己，从而这是'不顺从的内化'。"这就是为什么有论者将"大人物的野心"视为"疯癫"，将"叛逆"视为"政治疯癫的行为"。而作为王子的哈姆雷特，其"忧郁性的疯癫"同样可疑。正如克劳狄斯所说："大人物是不能疯癫的"（第三幕第一场第187行）；波洛涅斯也质疑说："什么是纯粹的疯癫呢？"（第二幕第二场第94行）总之，在都铎王朝末期和斯图亚特王朝早期的英国，反抗和挑战那种"形成并控制了个人身份的秩序、顺从和权威"，可能就意味着疯癫。由此联系到哈姆雷特——这个"莎士比亚笔下最缺乏连贯性的英雄"，柯顿认为他那些"疯话，无论是装疯、真疯还是二者兼而有之……都同样体现着……'荒诞的计划'……而理想化的疯癫，正是对物质现实的形而上的自主超越"，犹如文中所引的波德莱尔（Baudelaire）的诗句："守护你的梦吧，疯子的梦比智者的梦更美。"于是，哈姆雷特的"延宕"也被解释为"内在性与权威的对抗"，或者

"对归顺意识形态控制的内在拒绝"。[1]

在1601年2月8日将反叛诉诸行动之后,爱塞克斯伯爵于2月25日被处以死刑。临刑前他准备了一篇"庄严的演讲"(a noble set speech),"承认自己在精神上和政治上的僭越,并且……肯定了宣判其有罪的权威之绝对正义"。有趣的是,当哈姆雷特发现母亲无法控制其情欲的时候,也有一段相当理性的说辞(high-minded lecture);最后一场更有"像爱塞克斯伯爵在断头台上一样的……演讲":那"雄辩"、"优雅"的"忏悔"(an eloquent...stylized confession),"肯定了他所破坏的秩序",否认那是"故意而为的罪恶",从疯癫重新回复到自己——这就是冲突的解决。在柯顿看来,无论莎士比亚对哈姆雷特的描写是否同爱塞克斯伯爵有关,"叛逆与疯癫之间的歧义,都表明了一种主体的政治化",这被视为"读解哈姆雷特的基础、读解'自我'之历史的基础"。[2]

关于《哈姆雷特》所体现的性别身份,肖瓦尔特(Elaine Showalter)的论文《阐说奥菲莉娅:女性、疯癫和女性主义批评的责任》影响较大。她首先提到拉康(Jacques Lacan)的论文《欲望以及对〈哈姆雷特〉中的欲望之诠释》(1959年),认为其中的奥菲莉娅"只不过是拉康所说的'对象奥菲莉娅'(the object Ophelia),即作为哈姆雷特男性欲望的对象"。肖瓦尔特还注意到:在莎士比亚的《哈姆雷特》当中,"女人"和"弱者"最初是对哈姆雷特之母亲的称谓,但是从第三幕第一场开始,奥菲莉娅也被包括在内。当奥菲莉娅说"我没有想到"的时候,回答她的甚至是这样几句残酷的调侃:

---

[1] Susanne L. Wofford, ed., *Case Studies in Contemporary Criticism*, pp.380–402.

[2] 参见Susanne L. Wofford, ed., *Case Studies in Contemporary Criticism*, pp.380–402。

> 哈姆雷特：睡在姑娘大腿的中间，想起来倒是很有趣的。
> 奥菲莉娅：什么，殿下？
> 哈姆雷特：没有什么。[1]

在伊丽莎白时代的俚语中，据说，"nothing"是指女性生殖器。肖瓦尔特认为：表达和欲望的"男性视野"就是如此，所以"奥菲莉娅的故事变成了'O'的故事，这是等待女性批评予以解码的'零'、空洞的圆圈、女性差异的奥秘、女性性别的密码"[2]。

在这样的背景下，有的女性主义批评声称："必须'讲述'奥菲莉娅的故事。"但是肖瓦尔特意识到："奥菲莉娅……在二十场戏中只出现了五场……她并没有像哈姆雷特那样挣扎于道德的选择……她的故事对于我们能意味着什么呢？她的生活故事？她被父亲、兄弟、情人、法庭和社会出卖的故事？她被莎士比亚戏剧的男性批评抛弃和边缘化的故事？"所以肖瓦尔特试图重新"阐说"奥菲莉娅时，突出分析了奥菲莉娅的象征意义：

> 如果说哈姆雷特的疯癫是形而上的……那么奥菲莉娅的疯癫就是女性身体和女性特质的结果，这也许是女性特质的最纯粹形式。在伊丽莎白时代的舞台上，对女疯子的表现是有严格规定的。比如奥菲莉娅一袭白色的衣裙，头戴用野花编成的"奇异的花环"……披散着长发随音乐舞动……言语中充满夸饰的隐喻和抒

---

[1] 莎士比亚：《莎士比亚全集》（第五卷），朱生豪译，北京：人民文学出版社，1995年，第349页。这里的"没有什么"，其英文原文为"Nothing"。

[2] 参见 Susanne L. Wofford, ed., *Case Studies in Contemporary Criticism*, pp.220-240。

情性的自由联想。……而所有这些都包含着女性和"性"的明确信息。那些花作为不和谐的双重意象，既暗示着女性的天真烂漫，又暗示着女性被玷污……她丢掉那些野花野草，则是象征性的自我摧残。[1]

另外，肖瓦尔特还引证其他材料，说明在奥菲莉娅溺水而亡的描写中，女性、水和死亡之间也有象征性的联系：溺水是真正的女性之死，是一种"美丽的投入和淹没"；水象征着"水做的女性"（the liquid women）。关于这一点，西方人同中国人的理解完全不同。按照肖瓦尔特引用的材料，所谓"水做的女性"是因为"女性的眼睛那么容易泪水涟涟，女性的身体又饱含着热血、爱汁和乳液"[2]。女性的自杀则使男性自身的女性因素暂时被唤醒，比如剧中雷奥提斯也流下眼泪。至于奥菲莉娅的疯癫，据说在伊丽莎白时代被视为"女性之爱的忧郁症"或者"情痴"，这并非生理的，却是情感的。乃至奥菲莉娅所代表的"失恋"或者忧郁，竟能成为时尚。借此，肖瓦尔特特别追溯了奥菲莉娅这一形象被演出和理解的历史，直到20世纪七十年代以后人们开始用女性批评的话语，将奥菲莉娅看作反叛的象征和英雄。在1979年默雷（Melissa Murray）重写的剧作《奥菲莉娅》中，女主人公甚至和一个女佣人一同出逃，加入了游击队。肖瓦尔特认为："在舞台上强化或者弱化奥菲莉娅，艺术作品表现纯洁的或者诱惑的奥菲莉娅，以及文学批评忽略或者突出奥菲莉娅，都告诉我们这些阐说是如何淹没了文本，如何反映了各

---

1 参见Susanne L. Wofford, ed., *Case Studies in Contemporary Criticism*, pp.220−240。

2 Susanne L. Wofford, ed., *Case Studies in Contemporary Criticism*, p.225.

个时代自身的意识形态特征……"而对女性批评来说，并不存在什么"必须没有歧义地加以言说……真正的奥菲莉娅，却可能只有一个……立体主义的奥菲莉娅"。[1]

关于《哈姆雷特》的宗教观念，比较完整的参考文献可见于罗伊·巴腾豪斯（Roy Battenhouse）主编的《莎士比亚戏剧的基督教维度》。从非信仰者的角度看，其中有些内容也许会有"过度诠释"之嫌，但是作为一种对西方文化语境的根本性界说和还原，这一类研究确实具有独特的价值。

比如，斯佩特（Robert Speaight）在《莎剧中的基督教精神》一文中认为："哈姆雷特的悲剧，并非直到最后一刻才把克劳狄斯杀掉，却在于他那仁爱的天性终于被扭曲为仇恨……哈姆雷特面对的诱惑和挑战，并非如何不背弃父亲亡魂的复仇意愿，却是如何放下仇恨。"他由此引入基督教对人类处境的看法，并在这一基础上为莎士比亚及《哈姆雷特》的深层意蕴定位："复仇的题材受到伊丽莎白时代观众的普遍欢迎，莎士比亚却一眼看穿了复仇的本质；无论哈姆雷特的'延宕'还是雷奥提斯的矢志不移，结果都是尸横遍野。"至于《哈姆雷特》对后世的长久魅力，在斯佩特看来乃是因为"人人都意识到内心大有哈姆雷特的影子"。[2]

巴腾豪斯在《莎士比亚戏剧中的奥古斯丁思想及其艺术技巧》一文，着重于莎士比亚悲剧意象同《圣经》背景的关联；但他的意思绝非我们通常看到的那些表面的类比，而是要指出《哈姆雷特》对于《圣

---

[1] 参见Susanne L. Wofford, ed., *Case Studies in Contemporary Criticism*, pp.220-240。

[2] Roy Battenhouse, ed., *Shakspeare's Christian Dimension*. Bloomington: Indiana UP, 1994, pp.21-22.

经》的反讽式摹拟。首先是"鬼魂"。《哈姆雷特》第一场老国王亡灵的出现，显然是"摹拟基督诞生剧中的天使探访"；后来描述的战士鬼魂，也摹拟着基督的复活，而那鬼魂又"像《圣经》中的法利那，居于硫磺火焰之中，骄横、傲慢……恐怖地动摇着哈姆雷特的性情"。按照基督教的观念，他将这解释为"到处浪游的有罪的灵魂"。但是这怎么又能同"天使探访"、"基督复活"相互并置呢？及至哈姆雷特见到父亲的亡魂，"要来石板写下'命令'"，好像是在摹拟"摩西的誓词"；但是他为了复仇要除去"一切书本上的格言"，恰好同摩西从上帝领受"除了我以外，你不可有别的神"等诫命相反。接着哈姆雷特又三次要求朋友在他的剑柄上立誓保密，而他提起剑柄时说到的"恩惠和慈悲"，可能暗示着他将这把剑用作了十字架；其中同样带有一层明显的反讽。[1]

巴滕豪斯的结论在于：如果《哈姆雷特》中的鬼魂、受命和起誓，都是在摹仿《圣经》的形式，请求的内容却并非基督教信仰的"恩惠和慈悲"，那么只能将之归纳为一种"降格的摹拟"。《哈姆雷特》结尾同样是对圣礼的"降格"："酒杯涂上……毒药，象征着并不神圣的杀戮和并不神圣的'圣餐'……好像一场'戏仿'的弥撒，施行者则是……相互敌对的克劳狄斯和哈姆雷特。"巴滕豪斯注意到："原本传留下来的故事中本没有这种象征性的意象。"因此，莎士比亚的添加似乎是要让我们明白：人永远不可能摹仿上帝。这是"神圣的秩序"与"放荡的人彼此争斗地上的权力"之别，也是《哈姆雷特》潜在的宗教意味。[2]

---

[1] 参见Roy Battenhouse, ed., *Shakespeare's Christian Dimension*, pp.44-50。

[2] 参见Roy Battenhouse, ed., *Shakespeare's Christian Dimension*, pp.44-50。

上述几种关于《哈姆雷特》的读解模式，比较普遍地代表了莎士比亚戏剧在当代西方的意义延展。这不仅可以深化我们对莎士比亚的理解，也会有助于我们对当代批评方法的直观。

再论哈姆莱特并非人文主义者[1]

从　丛

　　莎士比亚著名悲剧《哈姆莱特》的主人公为"人文主义者的典型形象",是苏联和我国莎学界长期流行的传统观点,近年来虽有某些学者(包括本文作者)挑战,在我国学界仍居主导地位。在进一步澄清"人文主义"概念的基础上,通过精细的文本分析把握莎剧本原语境,可以清晰地表明:哈姆莱特既非文艺复兴时期狭义人文主义者,亦非广义人文主义者或"蒙田式"人文主义者,因而传统观点应予彻底否定。该问题的讨论在我国学界具有特殊的重要意义。

　　2000年初,我国教育部在新颁中学语文教学大纲中,基于提高学生综合素质的宗旨,第一次明确指定了中学生课外文学名著必读书目。其中,莎士比亚的著名悲剧《哈姆莱特》,是西方文艺复兴时期众多人文主义著作唯一入选作品,从而使之成为我国年轻一代汲取西方人文主义思想资源的一条重要途径。然而,在大纲公布后陆续出版的导读读物中,绝大多数仍采用苏联和我国学界的传统观点:"哈姆莱特是人文主

---

[1] 原载于《南京大学学报》(哲学人文社会科学版)2001年第5期。

义者的典型形象",并以此作为解读该剧的基本指针。笔者曾在十余年前发表《论哈姆莱特并非人文主义者》[1]一文,对该观点进行了系统反驳。经多年来进一步研讨与思考,笔者更深刻地认识到:在我国特定的学术背景和历史文化语境下,如果这种传统观点的主导状况不能彻底扭转,会严重扭曲人们对《哈姆莱特》这部人文主义名作及其所体现的文艺复兴时期人文主义思想的理解。基于对问题重要性的认识,谨撰此"再论"以就教于学界同仁。

一

"哈姆莱特是人文主义者的典型形象"的观点(以下简称"传统观点"),来自苏联莎学的奠基人斯米尔诺夫、莫罗佐夫和他们的学生阿尼克斯特。特别是后者作为"苏联最负盛名的莎学专家",其撰写的《论莎士比亚的悲剧〈哈姆莱特〉》(1954年)一文成为苏联《哈姆莱特》评论的经典之作。该文不仅论证"哈姆莱特是个人文主义者,他所生活的世界很像莎士比亚时代的英国",而且还断言:"哈姆莱特的形象是一个艺术的概括,他典型地体现了先进的人们,这些先进的人为了把人类从压迫中解放出来,热烈地寻求途径和方法。""哈姆莱特事实上是位战士,是一场解放人类的光荣战斗中的一员战士。"他不能找到"改造世界的现实途径"及其身上的其他弱点,乃是"由于时代条件所局限"[2]。该文中译文于1956年作为"文艺理论译丛"之一出版,在我国学界产生

---

[1] 从丛:《论哈姆莱特并非人文主义者》,《河北大学学报》1989年第1期。
[2] A·阿尼克斯特:《论莎士比亚的悲剧〈哈姆莱特〉》,杨周翰选编:《莎士比亚评论汇编》(下),北京:中国社会科学出版社,1981年。

了广泛而持久的影响。我国《哈姆莱特》评论的真正奠基之作,则是卞之琳先生1956年发表的六万字长文《论〈哈姆雷特〉》[1]。如学界所公认,该文无论从学术深度和研究广度上都超过了阿尼克斯特的文章,但作者完全接受了阿尼克斯特的基本观点,并进一步强化了关于哈姆莱特作为"人文主义战士"的论证。卞先生认为,哈姆莱特这个人物"简直可以说是莎士比亚自己的灵魂,'时代的灵魂'"。这个典型形象的塑造"非常突出而生动地表现了当时的先进人物,为了人类的美好理想,与人民利益相一致的,反抗社会罪恶的斗争精神,斗争里显示出的人道的光辉"[2]。

众所周知,在莎士比亚戏剧评论四百多年发展历程中,《哈姆莱特》是被评论最多的剧本,其主人公是被评论最多的人物形象。形成这种局面的重要原因之一,是学界始终存在着"崇哈派"与"否哈派"之争。可以用"光谱"的比喻贴切形容五光十色的当代《哈姆莱特》评论现状:从视哈姆莱特为"道德完美的楷模"的极端崇哈派,到视之为"十恶不赦的野心家和刽子手"的极端否哈派,形成了"连续分布的彩色光谱"[3]。

由是观之,苏联和我国学界的传统观点,就是一种接近光谱一端的特殊崇哈派。其特殊性不仅体现在试图把唯物史观特别是阶级分析理论运用于戏剧批评的诉求,而且体现在其"独尊"地位。在西方批

---

[1] 引语中专名从原译,下同。

[2] 卞之琳:《莎士比亚悲剧论痕》,北京:生活·读书·新知三联书店,1989年,第69页。这个结论构成了国内《哈姆莱特》评论长期的主导观念与基调。

[3] Claire Sacks and Edgar Whan, Hamlet: *Enter Critic*. Appleten-century-Crofts, Inc., 1960; Kenneth Muir and Stanley Wells, *Aspects of* Hamlet. Cambridge University Press, 1979; Martin Coyle, *Hamlet*. New Casebooks. St. Martin's Press, 1992.

评界,崇哈派和否哈派之争不仅出现在崇莎派和否莎派之间(19世纪以来,崇莎派批评一直占主导地位),而且更多地产生于崇莎派内部。有些把"哈姆莱特"列为古往今来最伟大悲剧的学者,对其主人公形象在道德层面并不抱有好感,甚至归入戏剧艺术长廊中"恶人"形象之列。而在"先进的人文主义者"光环遮蔽下,苏联和我国学界在相当长的时期内基本上听不到否哈派之声。传统观点及其多种变体表达(如"文艺复兴时期人文主义者的理想形象"、"典型的人文主义思想家"等),通过《中国大百科全书·外国文学卷》和高等学校几部重要的外国文学史、欧洲文学史和英国文学史教材,确立了其在我国学界"权威"、"主导"甚至"定论"的地位。

国内学界最先对传统观点提出公开质疑的是陶冶我先生。他在1984年发表的《"哈姆雷特想要改造现实"说辨惑》一文中,集中反驳了阿尼克斯特提出的把哈姆莱特"重整乾坤"引申为"改造现实"的说法,从原剧文本出发论证了"重整乾坤"就是为父复仇、夺回王位,从而抽掉了传统观点的一块重要基石。该文虽然仍承认该剧所预设的"快乐王子"时期的哈姆莱特"曾经"是人文主义者,但认为就剧中"忧郁王子"而言,其人文主义理想和信念已历经精神危机而幻灭,因而该剧主人公绝非理想的"人文主义者的典型"[1]。

对传统观点的另一次有力挑战,是叶舒宪先生在1985年发表的《从哈姆雷特的延宕看莎士比亚思想中的封建意识》一文。文中对全剧所体现的哈姆莱特头脑中旧的封建意识、封建伦理道德和宗教观念,进行了精细而有说服力的分析。但是,由于受阿尼克斯特等人把哈姆莱特和剧

---

1 陶冶我:《"哈姆雷特想要改造现实"说辨惑》,《温州师专学报》1984年第3期。

作家本人捆在一起评论的影响，该文把哈姆莱特言行中表现出的浓厚封建意识直接归诸莎士比亚本人，以至得出莎士比亚并不是文艺复兴"巨人"的结论。[1]

1986年，高万隆先生发表《哈姆莱特是人文主义思想家吗》一文，旗帜鲜明地对题目所提问题给予了否定回答。全文从"重整乾坤"问题、哈姆莱特的封建意识、哈姆莱特的人生观、哈姆莱特的爱情、哈姆莱特的悲剧性偏激及其自我否定性格等方面，对传统观点的各种论据进行了比较全面的驳斥，并中肯地指出："那种先从'哈姆莱特是人文主义思想家'这一既定概念出发，而后从剧本中找根据的批评，只能图解、割裂甚至歪曲原作中的艺术形象。"[2] 即使在今天看来，除了把哈姆莱特的宗教观念作为否定其为人文主义者之论据等问题值得商榷外，该文的批驳仍是强有力的。

笔者在1989年发表的《论哈姆莱特并非人文主义者》一文，在追求全面而系统地驳倒传统观点的同时，也力图得出一些正面的建树性成果，以体现对传统观点的匡正所可能具有的理论价值。特别是对于莎学史上长期聚讼纷纭的哈姆莱特延宕复仇行动之原因的问题，该文给出了一种新颖解答：一位具有比较完整的封建宗法宗教观念的封建王子在现实面前的两难冲突，是其延宕行为最根本、最主要的原因；次要或副线原因是其作为一位封建王子的野心与其受挫失意心理的冲突。后者在结构上（而不是在内容上）借鉴了心理学派运用"俄狄浦斯情结"所做的心理分析，同时又能在剧本原文中找到充分的根据。笔者亦曾运用这种

---

[1] 叶舒宪：《从哈姆雷特的延宕看莎士比亚思想中的封建意识》，《陕西师范大学学报》1985年第2期。

[2] 高万隆：《哈姆莱特是人文主义思想家吗》，《山东师范大学学报》1986年第4期。

心理结构分析方法对哈姆莱特和关汉卿塑造的悲剧形象窦娥进行了比较分析，[1] 此外，该文还就讨论中所涉及的一些元方法论问题阐述了自己的见解，论证了如下基本观点："我们说哈姆莱特不是人文主义者，并不意味着否定莎士比亚是一个人文主义者的典型代表，也不意味着否定《哈姆莱特》一剧具有明显的人文主义倾向。"

以上各篇文章的发表，已充分显示出在我国学界对传统观点予以匡正的必要性与重要性。遗憾的是，它们均未能引起学界广泛重视与研讨，未能发挥其应有作用。尽管挑战传统观点的文章仍有少量出现，但我国20世纪九十年代以来出版的有关高校教材、研究专著和重要工具书，几乎仍是传统观点的一统天下。1992年几乎同时推出且影响广泛的三部大型莎学工具书《莎士比亚辞典》（朱雯、张君川主编）、《莎士比亚辞典》（孙家琇编）和《莎士比亚戏剧赏析辞典》（亢西民主编），均明确坚持传统观点。近年推出的文学艺术类综合工具书，除笔者执笔"哈姆莱特"词条的《世界百科名著大辞典·文学艺术卷》（陈远等主编）之外，仍普遍采用传统观点。但值得特别指出的是，在李赋宁先生主编的新版《欧洲文学史》中，由辜正坤先生执笔的"莎士比亚"一节，在转述传统观点的基本内容之后，已明确指出："哈姆莱特有较浓厚的与人文主义精神相违背的情绪，如厌世情绪、宿命感、封建等级观念等。"尽管书中仍坚持《哈姆莱特》剧"实际上是16、17世纪之交英国社会生活的缩影"，甚至说国王克劳狄斯"更像新兴产阶级的代表人物"[2]。何其莘先生的新著《英国戏剧史》中，对传统观点未予提及，并

---

1 参见从丛：《相映生辉的悲剧性格塑造——〈哈姆莱特〉和〈窦娥冤〉比较研究新论》，《国外文学》1997年第3期。

2 李赋宁主编：《欧洲文学史》，北京：商务印书馆，1999年，第265页。

认为:"可以比较确切地说,莎士比亚并不赞同雷欧提斯和哈姆莱特的(复仇)举动。"[1]笔者认为,这预示了在我国学界彻底转变传统观点主导地位的可能性。同时,传统观点的负面作用也有许多新的显现。希望本文的写作能够推动这种状况的改变。

二

意大利文艺复兴史专家E·加林曾在20世纪六十年代初指出:"'人文主义'这个词由于滥用、乱用和误用,只要听见它,就已使人感到难以忍受。"[2]这是就西方学界的情况而言的。苏联和我国学界的情况有所不同,但"人文主义"概念的澄清,亦应作为我们讨论传统观点正确与否的前提条件。

最近商务印书馆出版的张泗洋主编的《莎士比亚大辞典》把"人文主义"(Humanism)释为"文艺复兴时代术语,指对古希腊、罗马文学的复兴与研究",是把"人文主义"与文艺复兴时期的术语"人文学"(Studia Humanitatis)等同了。文艺复兴时期没有出现"Humanism"一词,当时的"Humanism"也不是指人文主义者,而是指人文学教师或人文学者。指谓文艺复兴时期先进思潮的"Humanism"一词,是19世纪中期才出现并被广泛使用,以后又做了各种推广(如本文所谓广义人文主义思想)。这个问题的清晰说明可见A·布洛克的《西方人文主义传统》。基于对"人文主义"上述界说,该辞典未称哈姆莱特是"人文主

---

1 何其莘:《英国戏剧史》,南京:译林出版社,1999年,第110页。
2 E·加林:《意大利人文主义》,北京:生活·读书·新知三联书店,1998年,第2页。

义者",但断言他"是一位理想的文艺复兴时期的青年",仍属传统观点的另一种表达。从以往讨论情况看,人们对该概念使用中的多层面差异,并未给予足够的注意。比如,有些学者把反宗教、反王权都归到人文主义名下,这显然是与历史实际不符的。

经过多年思考和研究,笔者认为,"人文主义"的语义应做如下广狭之分。"广义人文主义"的基本要素是:1. 以人为中心的世界观和人生观;2. 对人的尊严和价值的普适性肯定。自古至今,凡是比较牢固地具备这两个思想要素者,均可称为广义人文主义者。"狭义人文主义"则指广义人文主义在文艺复兴这一特定历史条件下的特殊表现形式。狭义人文主义的要义,基本上可采用新版《欧洲文学史》的如下界说:"总的说来,人文主义肯定人的崇高地位,主张一切以'人'为本,以此来反对罗马教会所代表的'神权'的绝对统治。针对教会认为人生是苦难和罪恶的邪说,人文主义反对禁欲主义和来世思想,肯定现世生活,歌颂爱情和个性解放。针对蒙昧主义和神秘主义,人文主义提倡理性,认为人是有理性的动物,应该有权追求知识,探索自然,研究科学。针对封建压迫和封建等级制度,人文主义鼓吹仁慈、博爱,歌颂友谊和个人品德,提倡平等和冒险精神。"[1] 笔者认为,"人的崇高地位"的说法应以"人的尊严"置换。有的人文主义者(如蒙田)否定人的"崇高地位",但并不否定人的尊严与价值的普适性。"人的尊严"乃是文艺复兴时代的最强音。显然,在如上界说之下,传统观点的含义就是把哈姆莱特视为一个狭义人文主义者。而我们所要论证的是,哈姆莱特不但不是狭义人文主义者,而且也不是广义人文主义者。

---

1 李赋宁:《欧洲文学史》,第153页。

叶舒宪、高万隆先生均曾依据哈姆莱特在剧中表现出来的宗教神学观念来质疑其人文主义属性，我认为这是有失偏颇的。实际上，文艺复兴时期的人文主义者均仍属有神论者。他们的思想与其所反对的中世纪宗教神学观念的差异，不在于神与来世的有无，而在于神与人、来世与现世关系之认识上的"哥白尼式转换"，即从以神为中心转到以人为中心，从重来世轻现世转到重现世轻来世，从苦行于可厌尘世以获取通向天国门票的人生追求转到在现世生活中追求人生幸福与光荣。因此，陶冶我先生从分析哈姆莱特厌世思想入手挑战传统观点，可谓切中要害。如果我们不抱偏见而到剧中整合人物言行，哈姆莱特"厌世者"形象是十分鲜明的。

哈姆莱特在全剧中心场景表达"To be, or not to be"选择焦虑的著名独白，历来被传统观点作为哈姆莱特展现其人文主义胸襟与思想的主要证据之一，而陶冶我却以其作为哈姆莱特厌世思想最重要的证据。他通过细致的文本分析表明，这段独白所表现的煎熬人物心灵的选择焦虑，并非传统观点所指认的"对消灭邪恶的踌躇"，而是"对自杀的踌躇"，是由于极度厌恶人世而渴望"早早脱身而去"，又因畏惧"禁止自杀的律法"而不能的心理磨难。我认为，这种分析是符合原剧文本本原语境的。那么，依照这种解释，如何说明这段独白与莎士比亚第六十六首十四行诗的高度相似性呢？阿尼克斯特正是以这种相似性为据，断言哈姆莱特怀有与莎士比亚同样的"崇高人文主义理想"，是理想与现实的强烈反差导致其剧烈心理冲突；同样依据这种相似性，陶冶我反推莎士比亚本人也具有厌世思想。我们不妨再和读者一起仔细审视一下第六十六首十四行诗（梁宗岱译）：

厌了这一切，我向安息的死疾呼，/比方，眼见天才注定做叫化子，/无聊的草包打扮得花冠楚楚，/纯洁的信义不幸而被人背弃，/金冠可耻地戴在行尸的头上，/……囚徒"善"不得不把统帅"恶"伺候：/厌了这一切，我要离开人寰，/但，我一死，我的爱人便孤单。[1]

陶冶我先生注意到了该诗第一句与哈姆莱特自杀倾向的相通，但未注意全诗的最后一句。该句的原文是"Save that to die I leave my love alone"（梁实秋译为"只是我若一死我的爱人形单影只"），正是这一句使全诗意境陡然转换，将"活下去"的原因归之于现世之爱；而这层意味在哈姆莱特的全部独白中是根本没有的。在几乎相同的指控丑恶现实的语句之后，我们看到的是如下转折（以"But"连接）：

　　要不是怕一死就去了没有人回来的/那个从未发现的国土，怕那边/还不知会怎样，因此意志动摇了，/因此便宁愿忍受目前的灾殃，/而不愿投奔另一些未知的苦难？（第三幕第一场）[2]

同样是"活下去"的结论，其缘由却差之天壤。莎翁本人在这里已为我们做了十分清楚的区别。至于独白中对丑恶现实的控诉，也并不是非要从一个人文主义者口中才能说出的。我们完全可以合理地认为，这是一个遭受了重大挫折的失意王子对其以往视而不见的社会苦难的体验。同

---

[1] 莎士比亚：《莎士比亚十四行诗》，成都：四川文艺出版社，1983年，第63页。
[2] 莎士比亚：《莎士比亚悲剧四种》，卞之琳译，北京：人民文学出版社，1988年版。本文莎剧引文除特别说明者外均采用卞之琳译文。

样的感受也可以从交出王位、流离失所之后的李尔王那里听到：

治一治，豪华；／袒胸去体验穷苦人怎样感受吧；／好叫你给他们抖下多余的东西，／表明天道还有点公平。(《李尔王》，第三幕第四场)

难道我们能据此给李尔王奉送一顶"人文主义者"的桂冠吗？对于哈姆莱特以"来世"观念为重心的世界观和人生观，笔者在《论哈姆莱特并非人文主义》一文中还有多处揭示。哈姆莱特的思想基调不仅与狭义人文主义理念直接相悖，也与广义人文主义的第一要素不相容。而联系与广义人文主义第二要素相关的问题，可使我们得到更清晰的认识。

杨周翰先生在20世纪八十年代初发表《莎士比亚如是说》一文，主张"爱征服一切"乃是"莎士比亚的人文主义的中心内容"，"莎士比亚的诗歌和喜剧固然歌颂爱，他的悲剧也以爱为出发点"[1]。姑且不论"中心内容"论是否恰当，莎士比亚作品中对狭义之爱（情爱）和广义之爱（仁爱）的充分肯定和颂扬，是毋庸置疑的。而非常耐人寻味的是，曾明确接受并阐释过传统观点的杨周翰先生，通篇没有引用哈姆莱特任何一句台词，来支持他的主张。实际上，从"普适之爱"的视角看，莎士比亚赋予哈姆莱特形象的负面意蕴，远大于其正面意蕴。

经过20世纪西方学界《哈姆莱特》评论极为精细的文本分析，哈姆

---

[1] 杨周翰：《莎士比亚如是说》，中国莎士比亚研究会编：《莎士比亚研究》（创刊号），杭州：浙江人民出版社，1983年。

莱特性格中"残酷"、"残忍"的一面（即高万隆先生所谓"悲剧性偏激"）已得到清楚揭示。在这个问题上，崇哈派在西方学界已长期处于守势。然而，在我国莎评界，哈姆莱特行为的道德辩护，却始终占压倒优势。对于哈姆莱特因"重整乾坤"的政治需要，无情而粗暴地侮辱奥菲莉娅"这样一个柔顺、温存、全像是以太阳光与和谐的音响所造成的女性"（别林斯基语）的行为，卞之琳先生说："有人说，哈姆莱特，照他的性格，不该对莪菲丽亚这样残酷。实际上，他们忘记了莪菲丽亚，虽然并不是有意的，在最紧要的关头使她失望是多么残酷。而且哈姆莱特当着她的面，主要是借题发挥，骂一般女子的弱点，揭发对这种弱点负责的周围环境的罪恶，针对幕后边偷听的耳朵或者周围的特殊对象和大庭广众的耳朵。"[1]

卞先生的这种辩护，或许恰可作为哈姆莱特人物心态的一种合理阐释。然而，对昔日"爱人"（love），对这个"妇女中最伤心、最悲惨的女子"肆意摧残侮辱，并以之作为一种"斗争手段"，能够是一个把人的尊严放在首位的人文主义者的所作所为吗？当代女权主义批评家大都属于否哈派，个中原因是很值得我们深思的。

如果说哈姆莱特对于奥菲莉娅的残酷，尚可用"爱之深恨之切"辩护，那么，哈姆莱特使用偷改国书的手段，将罗森格兰兹和吉尔登斯吞这两个昔日同窗好友无情地送上断头台，却是极端崇哈派始终难以化解的反例。人们在剧中找不出任何迹象，说明哈姆莱特为完成复仇大任有必要杀害这两个仅仅是"为王室做事"的底层朝臣；相反，却可以为他们的"无辜"找到充分的根据。哈姆莱特本人也就此问过自己的"良

---

[1] 卞之琳：《莎士比亚悲剧论痕》，第46页。引文中人名从原文。

心",他向关心罗、吉二人命运的霍拉旭做了如下申辩(方平译文):

> 这差事是他们自己讨来的呀,/他们跟我的良心没什么关系。/一心想巴结,只落得陪上了小命。/这有多危险啊,区区小人物一个,却插身在敌对双方、两大巨人/刀来剑往之间。(第五幕第二场)

"区区小人物"原文为"the baser nature",朱生豪译为"微弱之辈",孙大雨译为"卑微的角色",均意趣相似,惟杨烈译为"小人"以取双关之效。但哈姆莱特把他和克劳狄斯并称为"两个巨人"(原文"mighty opposite"朱、杨译"两个强敌",孙译"两雄",似以孙译最佳),再赋予"baser nature"道德小人的语义已前后相悖。哈姆莱特本人的确是把罗、吉二人看作道德小人的,但任何尊重原剧文本的批评,都很难得到与哈姆莱特相同的判断。如果说"自己讨来"、"一心想巴结"在被哈姆莱特误杀的御前大臣、奥菲莉娅之父波洛涅斯身上还能找到某些迹象,那么,莎士比亚笔下的剧中细节已充分说明,罗、吉二人置身两个大人物的"刀来剑往之间"完全是国王与王后之命所迫,而且他们一直不明事实真相。否则,他们在哈姆莱特已逃脱的情况下,何以继续把经哈姆莱特偷改过的国书送往英格兰?因此,否哈派就对待罗、吉的态度指责哈姆莱特"草菅人命"并不过分,何况哈姆莱特在偷改的国书中,特地要求英王处死二人时"不让他们有任何忏悔时间",没有表现出丝毫"仁爱"之心。苏联和我国学界把罗、吉这两个形象视为"卖身求荣"、"背叛友谊"、"势利小人"的代表的流行观点,是在传统观念的指导下"以哈姆雷特是非为是非"的片面性、主观性评论的典型案例。

反映20世纪西方学界《哈姆莱特》评论的发展，对这两个小人物的悲惨命运却给予了较多关注，并出现了以他们为主角的荒诞派戏剧《罗森格兰兹和吉尔登斯吞死了》。笔者认为，对哈姆莱特精心塑造的这两个小人物形象的重新认识，可作为改变传统观点统治地位一个重要突破口。

哈姆莱特在误杀波洛涅斯之后的两段台词，也是崇哈派与否哈派之争的焦点之一：

> 你这个鲁莽、多事的倒霉蛋，再见了！／我还当是你的主子哩。你自认晦气吧。／你现在知道多管闲事有点危险。
>
> ……
>
> 至于他老人家，／我抱憾杀了他；可也是天意如此，／借他一死来罚我，借我手来罚他，／我当了执行天意的工具和使者。（第三幕第四幕）

否哈派认为，将奥菲莉娅之父、一位为丹麦王室卖命多年的老臣误杀之后，其出语如此"轻描淡写"，充分表现了哈姆莱特的冷酷无情；不少学者还特别指出，剧中没有提供任何证据，表明哈姆莱特曾想到此事对奥菲莉娅可能造成巨大伤害。崇哈派则强调，台词中已表现出哈姆莱特后悔之意，"轻描淡写"是因为他已"看透了生命的无常"，看到"天意"在背后的决定作用。然而无论如何，哈姆莱特在此表现出来的态度绝不是"人文主义"的。

卞之琳先生对波洛涅斯的"判决"比哈姆莱特本人还要偏激。他认为波洛涅斯之死"没有理由要惋惜。而这个家伙的一死，正如哈姆莱特自己所说，叫他'马上要背起包袱'，陷他处于不利的被动地位，想想也真可恶,(哈姆莱特)把他拖到幽僻的角落里,也正是适得其所"。在下先生看来,人们用以指责丹麦王子残酷的一切,"正好显示了哈姆雷特对敌人,对反面人物,或者对人物的某些反面,斗争起来绝不留情,毫不妥协"。从这样的评论自然可以看到当时历史、理论环境的影响,然而当时以致今日,还能继续让我们的年轻一代如此理解莎士比亚对"理想的人文主义形象"的"歌颂"吗?

三

20世纪九十年代中期,我国著名莎学专家孟宪强先生提出了一种重要的学术新见:"哈姆莱特是一个蒙田式人文主义思想家。"他认为,否定哈姆莱特的是人文主义者的学者,实际上不知道存在"两种不同类型的人文主义思想家:一类是赞美人的尊严,颂扬人的理性,肯定人在宇宙中至高无上的地位;一类是揭露和批判人的弱点、缺点乃至弊端的"。文艺复兴后期法国思想家蒙田即属于后者。而正是在蒙田思想影响下,莎翁把哈姆莱特塑造成了"一个具有怀疑主义特点的人文主义者;在道德上,它体现了人文主义关于人性善恶两种倾向的观念;而在性格上则为多种相互对立的成分的组合",其"人性中的主流是为善的倾向,但同时也有作恶的倾向"[1]。就笔者所知,在最近出版的中学生课外必读书导读读物中,至少有一本是按照这种新见解撰写的。[2]

笔者认为,尽管西方学界也存在这种类似的观点,但在我国学界

---

[1] 孟宪强:《文艺复兴时代的骄子——哈姆莱特解读》,《中国莎学年鉴(1994)》,长春:东北师范大学出版社,1995年。

[2] 薛晓金:《解读〈哈姆莱特〉》,北京:京华出版社,2001年。

传统观点强势主导的背景下，这种见解的提出及其独特论证，无疑是国内《哈姆莱特》评论的一个重要进展。虽然哈姆莱特仍被判定为人文主义者，但已经不再视之为"充满人文主义理想"的形象，从而有助于破除理想形象光环之遮蔽，接近戏剧文本提供的人物形象的本来面目。比如，孟宪强先生在首次提出该观点的专论中，就系统而细致地分析了哈姆莱特对奥菲莉娅的三次伤害，并明确指出："哈姆莱特对奥菲莉娅的行动是毫无道理的嘲弄和羞辱"，"跃出了善的轨道而陷入了恶的泥沼"，"是人性中的残忍的外露"。

孟宪强先生关于蒙田思想对《哈姆莱特》创作之重要影响的论证，是颇具说服力的。笔者亦赞同关于创作《哈姆莱特》剧时期的莎士比亚已成为一个蒙田式人文主义者的主张。何止《哈姆莱特》，莎士比亚相继创作的几大悲剧，可以说是蒙田所揭露的人性一系列负面因素（反复无常、犹豫不决、游移不定、痛苦、迷信、担心未来之事，甚至担心身后之事、野心、吝啬、嫉妒、羡慕、贪婪无度、战争、谎言、不忠、诽谤和猎奇）[1]的集中体现，而正是在这种展现中奏出了人文主义的时代之声。然而，笔者仍不能赞同把蒙田式人文主义者的属性直接赋予哈姆莱特这个戏剧人物。

蒙田思想的确与文艺复兴早期的人文主义者对于人的崇高地位的认识与赞颂有很大反差，他甚至以讥讽的口吻谈论人这种"可悲而又可鄙的生灵，甚至不能主宰自己……却胆敢自命为宇宙的君王与主宰"[2]。但是，作为一个文艺复兴晚期的人文主义思想家，蒙田的思想中仍具备

---

1 P·博克：《蒙田》，北京：工人出版社，1985年，第160页。
2 蒙田：《蒙田随笔全集》（下卷），南京：译林出版社，1996年，第135页。

上述广义与狭义人文主义思想的所有要素。例如，与厌世者哈姆莱特根本不同，蒙田对现实生活的态度十分明朗："我热爱生活，上帝赋予我什么样的生命我就开发什么样的生活……善于忠实享受自己的生命，这是神一般的尽善尽美。""我们踩高跷是白费力气，因为在高跷上得靠自己的腿走路。在世界最高的宝座上，我们坐的仍是自己。"[1] 英国学者A·布洛克曾如此阐释蒙田上述两种思想的一致："人若能学会接受自己的实际面目，就会快活一些，会好过一些。这种自我接受不一定是自我改善的屏障，相反，他是自我改善的条件。"[2] 这与哈姆莱特在剧中显示的思想有多少共同之处呢？

蒙田以其敏锐的洞察力较多地揭露了人性中的虚弱和丑恶，但这绝不意味着他放弃了一个人文主义的基本追求。他认为："世界上最好、最合理的事就是很好地、公正地对待人，世界上最难学懂学透的科学就是知道如何享乐此生，知道如何顺应自然；在我们所有的缺点中最严重点就是轻视生命。"[3] "很好地、公正地对待人"也就是仁爱之心。一种特殊的人文主义思想绝不可能特殊到与人文主义的基本要素相悖，但这种相悖只属于哈姆莱特，而不属于蒙田。莎士比亚从蒙田式人文主义视角塑造了哈姆莱特这个具有多重复合性格结构的悲剧主人公，但由此并不能合理地推出把哈姆莱特塑造成蒙田式人文主义者的结论。

孟宪强先生认为："莎士比亚将他心爱的哈姆莱特送到了当时最有名的大学——德国威登堡大学去学习，其用意是非常明显的，那就是让他的青年王子，在那里接受人文主义教育，从而成为文艺时代的思想

---

[1] 蒙田：《蒙田随笔全集》，第135页。
[2] A·布洛克：《西方人文主义传统》，北京：三联书店，1997年，第63页。
[3] 蒙田：《蒙田随笔全集》，第135页。

家……莎士比亚将哈姆莱特做了这种近似史实的时代定位,就使哈姆莱特的思想成了有源之水,有本之木。"[1]一个中古时期的丹麦王子在1502年才成立并成为人文主义思想重镇的威登堡大学学习,这个"时代错误"似乎成为莎士比亚决意要把哈姆莱特塑造成一个文艺复兴时期先进思想代表的铁证。从卞之琳先生晚年撰写的《〈莎士比亚悲剧四种〉译者引言》中,我们看到他对于过去的观点:"如今自己也一再想摆脱,无奈也由不得自己,摆脱不了。"一个重要原因就是,哈姆莱特"这位不仅是一般能文能武的悲剧主人公,而且既是王子又是从欧洲人文主义中心之一威登堡大学读书回来的学生……他也就难逃充作莎士比亚思想、艺术代言人的嫌疑"[2]。看来对这个问题的澄清是彻底突破传统束缚的另一个关键之点。

西方莎学界并非没有认为哈姆莱特是文艺复兴人文主义者以及《哈姆莱特》一剧完全影射当时英国现实的主张,只是这种见解始终未占主导地位;而威登堡问题也始终未起到在苏联和我国评论界这样大的作用。因为在西方世界大家都熟知这样一个常识:威登堡大学是马丁·路德创立的新教宗派大本营,新教已不相信天主教的"炼狱"之说。而哈姆莱特在剧中却始终对炼狱深信不疑。尽管他对父王幽灵的身份也曾有所怀疑,但从未表露对炼狱本身的疑问,在极度的厌世情绪中没有选择自杀,也是基于对炼狱的恐惧。由于有这种间隔因素,当时的观众是不会把"school in Wittenberg"(在威登堡的学校)看成实指当时的威登堡大学的。

---

[1] 孟宪强:《文艺复兴时代的骄子——哈姆莱特解读》,1995年。
[2] 卞之琳:《莎士比亚悲剧论痕》,第93页。

当然我们不能排除莎士比亚利用威登堡大学在当时的声望和"school in Wittenberg"的词语歧义，来象征《哈姆莱特》一剧与时代思潮的密切关联。同时，我们也不能否认剧中有影射当时英国的现实生活之处，甚至剧中还借人物之口，攻击了当时对成人剧团构成威胁的童伶剧团。然而，正如晚年卞之琳所说，这些影射"在有长远价值的文学作品中是低级的"[1]。

《哈姆莱特》的持久魅力并不在于它直接反映或影射文艺复兴时期的现实，而在于它把先进的人文主义思想这种"较大的思想深度和意识到的历史内容"（恩格斯语）同生动的戏剧情节、复杂的人物性格塑造予以完美结合。莎士比亚把哈姆莱特"送到"威登堡（文化中心的象征）去"留学"，可以自然地使哈姆莱特在剧中表现出的丰富学识（而不是人文主义思想）成为"有源之水，有本之木"。试想，若莎士比亚最重要的代表作，果真犯有"给文艺复兴时期的人文主义者穿上中古丹麦王子服装"这种根本性的时代错误，使得戏剧人物成为与其身份根本不能吻合的"时代精神的单纯传声筒"，那么，还会有马克思恩格斯所赞誉的"莎士比亚化"吗？

正是由于威登堡问题的制约，陶冶我先生难以彻底否定哈姆莱特人文主义的属性，而只能断言"这位丹麦王子第一次出场时，他的人文主义思想和信念就已经发生了危机"，从而哈姆莱特的悲剧就成为一个预设的人文主义者的悲剧。威登堡问题的澄清，也使得这种预设自动消解。的确，从广义人文主义角度来看，我们可以在剧中找到一些证据或征候，说明哈姆莱特出场前的预设形象和剧中形象都有某些人文主义思

---

[1] 卞之琳：《莎士比亚悲剧论痕》，第93页。

想的萌芽、闪光的因素，但是作为一个真正的人文主义者，必须是具有比较牢固的人文主义基本信念之人。而遭受打击、身处逆境时的心理状况和行为方式，正是检验这种信念是否牢固的试金石。蒙田的崇拜者，16世纪后半叶的人文主义者J·李普修曾特别推崇古罗马思想家赛尼卡"坚定如一"的理想："坚定如一的人在人生旅途中步履最轻松，他知道如何克制自己的欲望，因此在难以预料的命运打击下能够像橡树那样屹立于风中纹丝不动。"[1] 由此可见，说哈姆莱特出场前的预设形象具有比较牢固的人文主义思想，即使仅从广义人文主义理解，也是与原剧剧情相悖的。

哈姆莱特不是人文主义者，哈姆莱特的理想不是人文主义理想，但哈姆莱特的精神危机的确导源于其理想与现实的冲突（请参见笔者在《论哈姆莱特并非人文主义者》中所作阐释）。在他身上可以"折射"（而不是"照射"）出莎士比亚人文主义理想与现实的矛盾，也为后来历代出于同样困境的人们感同身受。孟宪强先生说："莎士比亚把时代精神通过其独特的艺术细胞输送给古老的故事传说，将16世纪后半叶人文主义者的灵魂转寄到哈姆莱特躯壳之中使之成为时代之子。"[2] 我认为这句话恰好对错各半。真正具有时代先进性和人民性的"时代之子"是剧作家莎士比亚，而不是他笔下的戏剧人物哈姆莱特。

---

[1] 蒙田：《蒙田随笔全集》，第135页。
[2] 孟宪强：《文艺复兴时代的骄子——哈姆莱特解读》，1995年版。

谈《哈姆来特》
——一封信[1]

张天翼

得四月二十三日书，我没有去查文人生卒年表，摸不清你发信的这天，到底是莎士比亚的诞生和逝世的第几周年纪念日。我以为要读这位诗人的作品的话，倒也不必趁上哪一年哪一天。别的日子也不妨去读，并且也十分应该去读，正好像我们除在四月四日忽然想起了儿童之外，其余三百六十四天也该记得儿童一样。但不管你的动机如何，不管你是不是仅由这纪念日想起了莎翁，你到底把《哈姆来特》又精读了一遍，这总不是一件值不得做的事。

来信指摘道，这个剧本里不该出现那个哈姆来特的父亲的鬼魂，这是一个很有兴味的话题。你说那个鬼魂出现得太"那个"，这也该列入"关于哈姆来特的诸问题之一"。这是你的看法，我应当尊重它。不过我看到那个丹麦前王的鬼魂的出现那里，毫不打眼，就这么看下去了，没有觉得这是一个问题。如今虽然经你提起，我还是认为这并无什

---

[1] 原载于《文艺杂志》1942年1月25日第1期。考虑到此文发表的年代久远，文中出现的人名、作品等只做了个别改动，基本保持原貌。——主编注

么有伤大雅之处。你说搬一个鬼魂上台，是于读者有害的，因为这不真实。你这一说，是我忽然记起前几年——在南京同一位教育家去看来因哈特导演的片子《仲夏夜之梦》的事来。我那个朋友对这个片子很不高兴，因为这里尽出现一些神经：这是迷信。他很严正地对我说，这种电影应当禁映才好。

这种主张你以为何如？你不会除了对他那副教育家的良心表示敬佩之外，还不免苦笑一下嘛——因为他把这部作品跟《火烧红莲寺》之类等量齐观了。

"不真实"——你无非是说，实际上并没有所谓鬼。那当然对。至于那位伊丽莎白朝的诗人到底是不是个有鬼论者，我可不知道。但我以为一个诗人——即使他是在极现实地表现真实人生，即使他绝不信有所谓鬼神，可是他笔底下也尽可以跳出些鬼呀神呀的来。甚至于像《西游记》那么一个荒唐的故事，我看也是写得极真实的东西，因为他所表现出来的种种人性，是极其真实的。诗不是自然教科书，拖几个超自然的角色来用用，也可以不妨碍其为真实。

不错，那个丹麦老王的鬼魂之出现，其实只有一个用处，就是要由他来让哈姆来特知道他是死于非命，是被他弟弟克洛地厄斯毒死的。让哈姆来特知道那位新王是个罪人——弑兄篡位，又娶了寡嫂。这样好叫这王子为父报仇。这步功夫一做好了，全剧就可以一幕一幕发展下去，于是你问，这位诗人为什么不用别的方法来使哈姆来特知道这件弑君案，而偏要弄个阴魂出来显灵呢？

这的确很值得想一想。真是。作者为什么要这样干而不那样干呢？我可也跟你一样地没有研究过。谁知道呢：也许是当时的风气使然，他就顺手拖来用上了，正如我们中国有许多小说剧本里所写的阴魂托梦一样,也许他真相信鬼魂是存在的。也许他是写哈姆来特的一种幻觉,所以他见了鬼而他母亲看不见——不过再翻到第一幕,则除了这位王子之外,还有好几个人见了那个鬼,这一说可就讲不通了。

可是咱们只聊咱们自己的罢。我想要问你:要是你写起来,你用个什么别的方法来交代这一点呢?

我看到莫泊桑的《笔尔和哲安》[1]时,就不禁联想到《哈姆来特》。究竟莫泊桑有没有受到这部悲剧的暗示或影响,我不知道。这要请比较文学专家们去找线索。笔尔也因他母亲而使他烦闷:他发觉他母亲曾对他父亲有某种不忠实。不过这部小说,是把那发现过程拉长了。这点也像希腊悲剧里面——索福克勒斯[2]的《俄狄浦斯王》一样,等到这位善于猜谜语的王,曲曲折折明白他自己已经应了阿波罗的预言,知道他自己已经成了弑父娶母的罪人之后,全剧也就到了顶点。

可是《哈姆来特》呢,是要写发觉以后的事,要写这位王子知道这件弑君案之后的苦闷、多虑,而表现出他的为人。至于怎样去发觉,那不是主要的东西。倒是着笔得越少越好。假设我有这么一个题材,我可想不出什么适应的好办法来替代它。要是叫哈姆来特去听见克洛地厄斯一段可怕的独白而发觉,那可更不近情理了。

你出的这个试题,只好以后再慢慢地来想想看罢。

如果你一定要怪莎翁是偷工减料,说是他有更好的办法不去用,那你当然有你的理由。不过就事论事的话,我看这不但不妨碍什么,而且一开场就来了这么一手,倒反而造成了一种气氛,叫我们觉得阴森森

---

[1] 又译名《皮埃尔和若望》。

[2] 索福克勒斯(Sophocles;约公元前496年—前406年),古希腊三大悲剧诗人之一。

的，好像暴风雨之前的阴霾一样，也有剧中贺雷修所说的那种感觉：这是预兆着"Some strange eruption"（突变之凶兆）（第一幕第一场）。

说到"关于哈姆来特的诸问题"，不瞒你说，我对之不十二分有兴味。

一个艺术作品，我当然希望它十全十美，毫无缺陷。可是有些作品——即使疵点很多，但只要内部含着真挚的感情，所表现的是真实的人生，能够深深地感动我，那我也极其喜爱。我就以为这部作品并不失其为伟大。

并且事实上，我们要死拿一篇作品来细挑，硬要挑出它一点儿漏洞，一点疏忽之处来，那往往十有九回是办得到的。如果咱们是专靠这个行当来吃饭的话，咱们就可以像国文教员批学生的作文卷子一样，开出许多条许多款来，一一记到我们的收入项下，以便拿去教训那个莎士比亚。

然而同时，如果我们跟这个莎士比亚是属于同一派、同一帮，自必须捧捧他的场，必须好生在意地为他解释的话，那也并不是找不出话头来。比如，一方面可以问：哈姆来特那位好朋友贺雷修，到底祖籍哪处人氏？他对丹麦宫廷里的事，有的知情、有的又不知情，是何理也？而一方面可以答：不管他是丹麦人也好，不是丹麦人也好，都也可以知道老王的事，而不知新王的放荡的。一方面又不妨挑这么个字眼：哈姆来特到底是不是三十岁？假如是的，那么他母亲起码就该有四十好几五十岁了，还能逗得她小叔子爱她而娶她吗？而一方面又不妨补起个眼来：这位主角可能还没有三十岁：因为这个年龄是从一个掘墓的小丑的话里推算出来的，那个小丑嘴里的数目字一定作得准吗？就算这位王子确已年届而立了吧，那你可也不能硬说那位新王就不该跟那王后结婚，他说他偏偏爱老的，你怎么办呢？——诸如此类。

一个故事里面的细枝末节，原不必每一件都要详细交代，学得老太婆那么絮聒的。有些地方呢，就用不着像小学教员对孩子们讲解似的——说明。例如，哈姆来特到底是真疯还是假疯，哈姆来特对奥非利亚到底是真爱还是假爱；这还是由我们各人自己去看、去想想吧。可是话再说回来。你我就是承认这作品有些疵点，也没有什么对不住人的地方。只要咱们不把这些漏洞放大得抹杀整个作品，就好了。再则，只要平素不把莎翁看成一个全智全能的神，把他当作一个凡人看，那么他的创造物的这些漏洞，也不至于会令咱们大惊小怪了。

这位诗人只是一个凡人。并且是一个最够人味的人。

他大概从来没有想到过他自己的伟大。他生前只是个可怜虫：没有钱、没有高贵的身份。他挨了汤麦斯·路西大爷（Sir Thomas Lucy）一顿鞭子，跑到了伦敦，进了戏班，也不过是混口饭吃吃。他为了戏班子而写剧本。当时很通行改写剧本。他也就利用一些现成的事来写写他的戏剧。有人说他没有自己创造故事的本领。这也许是真的。而他的有些作品实在也未免粗糙。好在当时英国文坛似乎没有人催产伟大作品，即令有这样的有心人，大概也万万想不到要向他头上去期望。他是什么东西！——不过是一个戏子，一个靠笔杆儿吃饭的角色。这行人活该被人瞧不起：他所操的只是一种贱业。

我私心也希望这位大诗人生前的地位不这么可怜，不这么俗。再不然就希望他能够清高一点，至少是不要把他的作品拿去换面包吃。然而没有办法。他不是一位爵爷，甚至连绅士都不是。他没有庄园，他虽然讨来了一位年纪比他大了好一把的太太，可也不是什么公主。如果硬要他去学清高，不是把自己的创造物去谋几个镚子，而勒紧裤腰带，立意去写他伟大的作品的话,那他就只好饿死,否则就只好改行。但这样一来,我们又不肯答允了;他后世的英国人尤其不依,他们是宁可丢掉一个印度,而不愿丢掉一个莎士比亚的。

这么看,他大概未必能够在五日练字,十日锻句。这使我联想到陀思妥也夫司基——他那不得不为稿费创作的苦处;他认为要是能像屠格涅夫那么不必张罗柴米油盐,那他也可以细磨细琢地写出些精品来。则莎士比亚者,也不过是这么一个前辈"文丐"而已。

那么,他也只是像一般靠创作吃饭的人那样写东西。这是很容易想象的。

他得为了某几个演员而写剧本,要能够上演,还要能够叫座。这个演员要是个大块头的话,那他就把哈姆来特写成一个胖子。(这真是天晓得——哈姆来特,这么多思虑、忧郁的人竟会长胖!)有时他还要顾到当时的一些忌讳;戏剧里那些人物就是在说话说顺了嘴要赌咒的时候,也得小心在意,不请希伯来人的上帝监视,而只请希腊人的上帝来监视(弄得他们竟如哈姆来特所嘲笑的一些伶人一样,表现得不像是信奉基督教的人了)。再呢,他要适合当时观众的口味,也不免要弄点小"噱头",等等。

我每逢一想到他生前的地位,就不由得想到他自己笔下的小丑来:被人叫作傻瓜、被人当作一个娱乐别人的角色——这原是他的职业。他就在这些专供人消遣的玩意儿里,说出他所要说出的话来。有时候他嘻嘻哈哈地说出一些真理,使我们有的大笑,有的含着泪笑,有的是被他打着痛处而仍忍俊不住地苦笑。有时候他也温柔地抚摩我们。有时候我们又看他眼中噙着泪。大概他也像哈姆来特一样,在最悲哀的时候要开玩笑的吧。

等他一停了笑,我们就可以想象到这个伟大的小丑已经脱下了他的彩衣,他心上那些反映出来的人生创痛,就让我们直接看见了。这下子他可不再用笑来传达他心里的东西了。这就留给我们一些极严肃的真正的人生悲剧。

他给了我们那么多真实的诗篇,那简直就是他本人。他极坦白、极自然地抒发他的情感,把他所认识的人生、所发掘出来的人性,表现在这里。他虽然也顾到观众的口味,但那只加了一点小佐料,弄了一点小点缀而已。至于他的观众把这整个怎样吃下去,吃下去之后怎样,他倒反而不管它了。观众对于他的手创物,各种人自有各种人的接受法。有的人固然会从这里得到安慰,可也有些人会受伤的;有的人会因这太真实了而不安,也有些人会因这太粗糙而不能下咽。诸如此类,这位诗人似乎全不会去考虑。他只是有什么就说什么,看到了什么就告诉我们什么,他既不会扭扭捏捏地去遮饰一些什么,也不会转弯抹角地去文饰一些什么。

当然,他显得粗野。本来是!他原彻头彻尾没有一点英国绅士气。就是后来在戏班子里混得好了些,也仍旧没有学会做个绅士。他要笑就笑,要哭就哭:哪怕早已有规定在案——笑必须笑得精致,哭也非要哭得优雅不可,他可都管不着。

他甚至于还说了许多市井话,因为他本是在市井里混着的。他竟还讲了许多村话。就看看哈姆来特罢,这么一位王子——竟也讲了些"荤的",竟对他的爱人也都那么粗鄙。真叫人替他担心。(有些版本却把这些有伤风化的语句删去了)

风格就是人。他的风格也像他自己一样的没有绅士气,没有世家气。这全都是它的本色。他不会做作，他不会矜持。至于那些古典主义的条律——为老世家们所遵守勿渝的，他可没有去理会，而且他大概压根儿就干不来这一套。

我们看看他后来的法国学生罢。例如伏尔泰那么大胆的一个哲人，学着他写出些剧本——总算是够勇气、够泼辣的了。而这位天不怕地不怕的英雄，可还是要规规矩矩照着向来的用韵法，遵守着三一律，不敢差池一点：到底显出了那一副世家气。这样一比，那莎士比亚简直是一个野人了：他的作品，从内容到形式都显出了一副野气。

据我猜想，他不见得是把什么内容与形式的大道理研究了一番之后，才有个大打算，才这么存心去创造一套什么新体式来的。他只是很自然地就写出这些东西罢了。而他的这种寸劲儿，实际上就是对那些传统的美学法律给了一个大大的嘲笑——但这嘲笑，大概也是出于他的无心的。

这位天真的诗人，恐怕再也梦想不到——他的这些作品将来会给搬进大雅之堂，会有很正派的学者去专门研究它们，甚至于那些极有身份的英国绅士也都以做了他的同国人为荣。我很希望他能早料到这一着，那么他创作的时候，他不定就得要矜持些、文雅些，不要使人家不高兴，于是后世人对这位诗人五体投地下去的时候，毫没有一丁点儿不满之处。说不定他就会要时时刻刻提醒他自己：

我既然是诗坛的上帝，那我就要处处仔细，不要失了格。我的降生到人间，是有我的使命的。

但是——这样一来，这个莎士比亚也就不是我们的莎士比亚了。

那位最爱谈英雄的卡莱尔[1]，在讲了穆罕默德之后又讲到莎士比亚，说这位诗人是压根儿没有自觉到他自己的使命的。这说得非常有意思，那位诗人看得自己是个平常人，一点也没有意识到他自己给了人类一些什么，他自己在人类史上演了个什么角色。他要是像穆罕默德似的，有做神的使者那样的自觉，我想，那他就不会这么自然，不会这么本色，不会这么够人味了。即使他也还是有成就，也还是像现已给了我们的那样能够给我们许多东西——这样，当然我们要承认他是有了更大的智慧，更高的才能——然而不知道为什么，我总觉得这样他就没那么可爱，他距离我们会要远些，不能使我们感到那么亲切了。

他是这样的一个"人"。

我非常爱他。纵使你所提及的"哈姆来特诸问题"的的确确是他的缺点，那我对你说——一点理由也可以不说——我就连他的缺点也都爱上了。

然而"哈姆来特诸问题"里面，有一条使你顶不放心，因为这是最"主要"的问题："当哈姆来特由他父亲的鬼魂告诉他那弑君案之后，做儿子的哈姆来特何以不立即报仇呢？"

我想，要是照这样地问起来，那么每篇作品大概总不免有这么一个"最主要"的难题。比如，浮士图斯博士[2]为什么竟肯把自己卖给魔鬼？吉诃德先生读了许多骑士作品之后，为什么竟骑着一匹瘦马出门去冒险？诸如此类的问题，要多少有多少。请你容我大胆说一句，那简直

---

[1] 卡莱尔（Thomas Carlyle；1795—1882），英国散文家、历史学家，1841年出版他的讲稿，题名《论英雄、英雄崇拜和历史上的英雄事迹》。

[2] 浮士图斯博士：英国剧作家马洛（Christopher Marlowe；1564—1593）作《浮士图斯博士的悲剧》中的主角。浮士图斯博士又译名浮士德博士。

差不多是——只要有了诗，就有了问题。

我想，我们要是去钻研一个作品，有时钻到了一些极小极细的角落里去了，也许就不免要头晕，偶尔一时糊涂，可就反而不如我们平素做个普通读者时来得明白。我们在上面所设问的"为什么"，等我们一恢复到一个普通读者地位的时候，就可以回答自己：

"这没有什么古怪，这就是浮士图斯之所以为浮士图斯，这就是吉诃德之所以为吉诃德。"

那么，哈姆来特——？

这就是哈姆来特之所以为哈姆来特。

要解答这个主要的问题，最妥当的方法是——照一个普通读文艺作品的人那样，再把这剧本从头至尾好好读它一遍。

以哈姆来特这么一个人物，要是在他父亲一"托兆"之后，马上就拔出剑来报了父仇，那我们真要问问"为什么"，那倒真是成了一个大问题了；并且这于整个剧本，是个致命的问题。

那么，哈姆来特这个人物到底是勇敢的还是怯弱的？到底是决断的还是犹疑的？

我们普通读者只照我们所得的印象，普普通通地回答道：这位王子又勇敢，又显得怯弱。又有决断，又显得是犹疑的。他是一个复杂的人物，是一个多重性的人物。单是一个词儿，单是描写一方面的性格形容词，可断定不了整个的他。

他非常敏感，差不多周身都是心。他有胆量去正视他的周围：即使那是罪恶的、不幸的，他也敢用他的敏感去感，敢去探索。而这就绝不是一个胆怯的人所能办得到的。他绝不因害怕而闭起眼睛。

这戏一开场，我们就看见这主人公陷在苦闷之中。他所处的世界已经变了样子,已经变成了暗惨惨的。他那英明的父王死去了。继位的却是一个恶劣得多的叔叔。而他母亲孀居了不过一个月,就嫁给了这位新王。他悲哀他父亲之死,他鄙视那个新登王位的克洛地厄斯叔叔:这位叔叔比到父亲,只是像那个好色之徒(Satyr)[1]比到太阳神(Hyperion)[2]一样。而使他悲愤的是,他母亲居然跟这么一个丑类相爱。

哈姆来特感到这一切都不是好事,将来也不会好。于是,等到贺雷修他们一告诉他有老王阴魂出现,他立刻就感到了宫廷里一定有什么黑暗行为。他说这纵然被全世界遮掩住了,但终必为人们所知。

我觉得他这些独白,是要有勇气才能这么想、这么说的。

但是他想得太多了。他父亲阴魂已经告诉他那个罪行,叫他为父报仇。之后,他还是想着,考虑而又考虑着。

要是他不敢去看黑暗,不敢去思索,那他原可以很幸福。那他就也不必有什么报仇的打算。舒舒服服在那个龌龊的堡垒里当他的王子好了。

而另一方面——要是他不想得那么多,说干就干,那么不论结果是成功还是失败,他到底也可以痛快痛快,不会这样自苦了。

然而他全不是那些型的人物。

就这么着,在他没有解决这件事以前,他的思虑就像蚕茧似的,自己吐出来的东西缚着自己,使他自己极端地烦恼、忧郁、苦闷。

许多人喜欢拿他跟吉诃德来比较。这的确是个有趣味的对照。这两个英雄是同一个时代的人物,简直是同年出世;这也许不是偶然的

---

[1] "Satyr" 原义为希腊神话中的"森林之神",也指"好色之徒"和"性欲极强的男人"。

[2] "Hyperion" 原义为希腊神话中的"亥伯龙神",后被认为即"阿波罗神"(Apollo)。

吧。这两个人如果在一起谈谈,讲到什么人生呀,世界呀,他俩或者可以谈得来,因为他俩都是对人生对世界很关心的,并且他俩都是人生的失败者。

不过——那位拉·曼却的骑士[1]在失败之际,所受到的挨打,吃石子,被敲掉了牙齿,被关在牛车里:都是肉体上的痛苦。而内心上,他到底是满足的,能够给他自己一种大喜悦。而这位丹麦王子呢,却是熬受着内心的痛苦,无法自娱,自己硬着头皮喝着自己所酿制出的苦酒。

他还缺少吉诃德那样的自信心。吉诃德是糊里糊涂地对这世界瞥了一眼,还没有看清楚,就马上动手去干。而哈姆来特是把世界已经看明白了,已经想透了,可还是不动手。

于是我们这位悲剧里的英雄——就显得有点懦弱,显得是勇于知而怯于行的一个人了。

他听见了父亲阴魂告诉他那件谋杀案之后,他还想要有一个更可靠的根据,还要借一批伶人演出那类似的案情的戏来,让新王去看,以便察看新王那时候的反应,并且还叫贺雷修也帮同他察看。要是看出他叔父是无罪的,那么那个鬼魂就只是一个魔鬼:——要引诱他这个脆弱而又忧郁的人(魔鬼要引诱这种人是很容易生效的)去弄糟他自己。

这分明他对那鬼魂的话也不完全相信了。

而这可又多么矛盾!那个鬼魂所告诉他的事,不是跟他自己所预感到的一样吗?而当时他一听到那个鬼魂的报告,他不是非常激动,不是要把他脑筋里所有一切东西都腾开,单只留下他父亲阴魂的吩咐吗?并且,他不是早就感到他自己是处身在罪薮之中,已在悲愤、苦闷,以

---

[1] 拉·曼却的骑士:指吉诃德。

致感到人生无谓了吗？

与其说他不相信他父亲的阴魂，倒不如说他是不相信他自己。

我有时这么想，哈姆来特要去试验他叔父之际，他会不会因为下意识地要避免动手报仇，而隐隐地希望那个鬼魂的确是个魔鬼呢？

不过我立刻又反驳我自己的这一种想法，哈姆来特不是这样一个孱头。他只是不肯鲁莽从事而已。他对这事情要探索一个透底，要找出一些最可靠的根据来。因此就敢去怀疑那鬼魂的出现，敢去怀疑他自己的感觉。

（谈到这里，我要顺便插说一句。这剧本里出现一个鬼魂，可就又有了一个用处：为表现出这主人公的性格之一助。也许是莎翁自己觉得弄个鬼魂来交代前事，未免太"那个"，难叫主人公遽然相信，就让这主人公自己去观察吧。）

这位王子在证实了他叔父的罪行之后，也曾拿着刀到仇人那里去过。可是他的仇人正跪在那里忏悔。哈姆来特这就又考虑起来。他是凡事都得想它一个周到。他想，要报仇就要报得彻底，要报得完全：他要使那个弑兄篡位的恶徒归宿到他该去的地方，要使他进地狱。可是现在这仇人正在忏悔、在祈祷，这时候杀掉他，那他却可以升天堂。这样，报仇反而成了超度。

哈姆来特退了出来。这一退，就仿佛他本来把力气储备得太久，也储备得太多，已经超过他的能力——如今这么一放，就一下子泄完了，没有力气马上再举起刀子来了。

当然，如果他不要求把事情办得太彻底、太完全，那他早就报成了这不共戴天之仇。然而他就是这么一种人——想得多。结果，是他的失败。

可是克洛地厄斯自己也说明了自己这种忏悔是无用的,因为他还是坐着他哥哥的王位,还是占着他哥哥的妻子。哈姆来特还感觉不到他的仇人的忏悔是无效的吗?末了,那个忏悔者自己道两行独白来作结:

我的话语飞上去了,我的思想还留在地下:
没有思想的话语永远不会上天。(第三幕第三场)

作者在这里,带着苦笑把哈姆来特的失败调侃了一下。

然而凭良心说,这位丹麦王子倒也并不是没有成功过一件事。原来他并不是一个怎样怯于行的人,甚至于也不无一点吉诃德味儿。他不怕死,他很有英雄气概,当人家怂恿他去跟来尔底斯比武,他即使知道这里面有点什么阴谋诡计,也毫不踌躇地答应下来,而他的跳到奥非利亚墓上去跟来尔底斯打架,那简直是个莽汉行径了。一个多思多虑的人,只要不真的是怯弱,有时大概也会勇猛直前地干出几件事来,也会当机立断地干出几件事来。你看,他到英国去的半路上跑开之前,居然使了鬼法子调排了吉尔德司坦和罗生克兰兹,对这两个小人报了仇呢。然而,这些事件在他的生活里只是些不很重要的事件而已,因此,他就用不着多思索、多考虑,也没有顾到干得彻底,也没有想到要求全。于是他能够动手,能够成功,竟像是成功于不知不觉之中似的那么轻易。

至于要报父仇,那可比不得这些小事了。报父仇现在简直成了他生命史上第一个重要的东西。他现在似乎仅只为这件事而生存于世。这个计划在他脑子里占了全盘的地位;他所以这么念兹在兹,苦思焦虑着的一件事,他可就太顾前顾后,太不能勇猛直前,当机立断地去干了。这要是只靠他自己来开发动机,叫他自动地做起来那可很难办了,不知道要到哪一年才能够达到他的目的,除非他把这件事看得不那么在乎些。再不然呢,那就除非与一些外来的东西,凑成了一个偶然局面——这当儿不再容忍他多思索了,他才会动手。

这个悲剧的结尾就是这样:他到了临死的时候才报成了父仇;因为在这种场合里,他已经没有考虑的余地了,才成功了的。

莎士比亚写出这个典型人物的这一面,好像是无意中拿它来跟他自己的为人做一个对照似的。我们曾谈起过,莎翁不自觉他自己的伟大,只是自自然然地成就了他的大事业。而哈姆来特这种人物,却自己明白自己的使命,而且念念不忘地要考虑他的大事业。他就不容易有所成就。

有人说,哈姆来特就是莎翁自己的影子。可是我想要说哈姆来特那种由于看透人生而感到的人生烦恼,也就是莎翁自己的烦恼,这是可能的。但他们怎样去处理他们的烦恼,这两个人可就不同了。一个不自觉,一个太自觉;一个成功,一个失败。要是莎翁写起诗来,也跟哈姆来特的对于报父仇一样,多虑,求全,那莎翁也许还没有这样的诗篇留给我们呢。

或者,我们所看到的莎翁的成就,在莎翁自己心目中只算是一件不大关重要的东西吧。说不定他心里还有个什么大打算,是他认为他一生中最重要的,占了他整个灵魂的东西,倒反而没有成就吧。谁知道呢?

要是没有的话,那么莎士比亚跟哈姆来特,就不是属于同一型的人物。

哈姆来特也能够写点东西,倒也写得不错。但他要是像莎士比亚一样,真正参加了戏班子,以戏曲做他的大事业,则他到底是会成功还是会失败，这是很难说的。

这个悲剧里还出现了一个青年——御前大臣朴罗尼厄斯的儿子来尔底斯：要是拿他之为人来跟哈姆来特比一比，我想也许会引起你的兴味吧。

那位丹麦王子想得很远，而这位御前大臣的少爷却看得近，想得切实。

这个角色一出场的时候，他就要离开爱尔希诺到巴黎去了。他临走时告诫他的妹妹奥非利亚，叫她不要相信哈姆来特对她的爱；他并不是断定哈姆来特的爱是假的。即使是真的爱，他妹妹也理应拒绝。因为他想到了一些实际问题：他想到了一个身为王子的人不能由自己来选太太；现在哈姆来特就是真正爱上了奥非利亚，将来也总是娶不了奥非利亚。

这个问题大概哈姆来特连想都没有想到过。他也许会去思索到恋爱的本质是什么，想到什么灵与肉，想到女性的本质，甚至于会去分析他自己当时的心情，等等。他会去探索得很多、很深。但至于奥非利亚是不是配做他的老婆，他往后能不能够娶到她，诸如此类，或者从来没有伤过他的脑筋。一个多感多虑的人，一个勇于探索宇宙和人生的奥秘的人，他眼面前的一些实际问题往往会被他疏忽掉。这个人物虽然极其敏感，但有些方面倒会极其钝感。来尔底斯当然不会喜欢哈姆来特那样的人。他对于那样的人恐怕不大能够了解。至于来尔底斯自己呢，他可没有什么玄想，也没有什么罗曼气。

后来他跟哈姆来特的打架，以至于斗剑——这表现得非常有意思，这种类型大概是不免要彼此作对的吧。

而最有兴味的一点，是这两个人都要为父报仇。这是不是作者有意要弄出这么一个对照来，我可不知道。不管怎样，你我也不妨把这两个人摆在一起看一看。

哪，我们知道那个哈姆来特是把这件事看得明白又明白了，可还迟疑着没有动手；可是这个来尔底斯却说干就干，还没有弄出个青红皂白，一从巴黎回来，就闯进了丹麦王的堡垒去报仇，他可不去找什么可靠的根据，没有去设法证实那罪人是谁，他一到了克洛地厄斯那里就要动手。从这一方面看来，他倒也许是吉诃德型的。只要是吉诃德所干的，是为了他人；而他所干的，是为了自己家的事就是了。至于哈姆来特世界里所发生的事，我们从它各方面的关系来看，哈姆来特的要报父仇，却不仅仅是私仇而已，那意义比来尔底斯的要广大得多。

但来尔底斯可没有稍微想远一步。简简单单，他只是要报父仇。他一点也不踌躇，一点也不顾前虑后。这样，他倒显得很勇敢了。他要报仇；即使这算是一种恶行，也在所不计。生前与死后那是两个世界的事，他也都不管。将来会发生什么好歹，他一切不顾："Let come what comes."

先前，他以为丹麦王是杀他父亲的凶手，他就向丹麦王去报复。后来丹麦王告诉他，他父亲是死于哈姆来特之手，他就向哈姆来特去报复。因为他到底是有分寸的：除开他的敌人之外，概不追究。

不过这么一点分寸可实在太可怜、太贫乏了。真是，他想得太少，就把事情弄糟了。

假如他弄明白了这件事的前因后果，他的反应是不是要不同些呢？假如他知道他父亲本是跟这位丹麦王串通好，去偷听王后跟王子谈话，而被王子所误杀的，那他会要怎样呢，会不会另外想出个解决法来呢？

我看，现在咱们还是不必代替他去操心吧。大概连他自己也没有去考量考量他这个行为的价值。他似乎过于切实了一点：凡关于正当不正当、善与恶等等，仿佛都是些去远的玄想，不必劳他这种人去费脑筋似的。

要他不这么去仇视哈姆来特，除非它能够了解哈姆来特的苦闷，又明白这件事的真正内幕。

可是他这种人，是很难了解哈姆来特那种人的灵魂的。他只顾到眼面前的事，并且把事情看得很单纯。

结果，他受了克洛地厄斯的骗。克洛地厄斯借他的手去杀了哈姆来特。

按实说，他倒并不是一个坏人。虽然他做了杀哈姆来特的凶手，可也不能说他是个什么不可赦的恶徒。他只是不知不觉地做了克洛地厄斯的一个可怜的工具而已。假设他身子里面有几个哈姆来特式的神经细胞，把哈姆来特式的观察和思虑分给他一点点，他或者不会闹到这么个田地。

你我都可以原谅他，像我们原谅一个无知的人做错了事一样。要照亚里士多德的说法来说，他倒也很配做一个悲剧里的英雄：因为他不是有意作恶。就是他跟克洛地厄斯商量好一个诡计，把剑上涂着毒药去跟哈姆来特决斗，这也只是由于他急切地想报那不共戴天之仇所致。不幸的是，他自己也跟哈姆来特一样，死于一把毒剑了。这个单纯的人物得了这么一个悲惨的结局，难道不使人怜悯他吗？

来尔底斯也失败了。而来尔底斯的失败，不仅叫我联想到吉诃德的失败，不过他的精神远不如吉诃德的伟大罢了。

我还忍不住要提到来尔底斯的父亲——那位御前大臣朴罗尼厄斯。

唉，这真是一个极出色的人物！他儿子之所以切实，没有什么玄想,一定是得力于这位好父亲的庭训无疑。他老人家可真能干,真能办事。他也像他儿子那样——说动手就动手。可是没有他儿子那么莽撞。因为他到底是个世故老人。

他也有许多心眼儿:甚至有哈姆来特那种程度的敏感,也说不定。不过其所"敏"的方面,两个人各有不同就是。那位神经质的年轻王子所最钝感的一些方面,倒是这位实事求是的老御前大臣所最敏感的方面。他是集中了他的脑力、感觉力,专去对付他自己那个小世界里的大问题,只要是关于他个人的实际利害,关于他一家人的实际利害的,他差不多只要稍微嗅一嗅就觉得到。

这位朴罗尼厄斯兼有那两个青年的长处,而无其短处,因此他没有什么痛苦,又容易成功。

像哈姆来特那类敏感的疯子,也许会熬受着内心痛苦,负起一副重担,用他们的心灵来为人类建立一个精神的王国。像吉河德那类傻里吧唧的疯子,也许会熬受着肉体的痛苦,负起一副重担,用他们的手来为人类建立一个现实的王国。但睡在那里享现成福的,却是朴罗尼厄斯这种聪明人。

我并不是说他的心与手不高明,不过他那副高明的心与手只是专门用来为他自己一身一家建立王国的罢了。

请你不要笑他的庸俗吧。他这种角色比起哈姆来特和吉河德们来,倒是最适于生存的;似乎无论在哪里也都能够舒舒服服、自鸣得意地待下去。

你看他多么自信,在科洛地厄斯面前多会卖弄。假如我做了丹麦王的话,我恐怕也会要喜欢他。再看他跟他儿子临别的时候,他所教训那个年轻人的那番话——那又句句都是极其可珍贵的处世箴言。真是亏他想得周到：要怎样谈吐、要怎样交朋友，以至于要怎样跟人家抬杠。他还讲到穿衣之道，还叫儿子不要借钱给别人，也不要向别人借钱。而等他儿子到了巴黎之后，他又打发他的仆人去侦察那位少爷到底规矩不规矩，面授了一些最巧妙最聪明的机宜。

这里他没有半句空话。没有扯到什么人生苦乐的问题，也没有牵涉到国家大事，也没有想到别人的事。凡是他所考虑的、所思索的，都是一个人自身的好处，并且都是有百利而无一弊者。真值得一个独善其身的人向他学学乖呢。他叫他女儿奥菲利亚拒绝王子殿下的爱，是从这一点出发的；而以后他看到那位王子对他女儿是真爱，也是从这一点出发的。他原就有他自己的特殊敏感方面的：他这就感到哈姆来特之疯，是因为想他女儿之故。先前他不过是怕自己女儿不能高攀王子而已，如今殿下既然因这而弄得疯疯癫癫的，逗得国王王后都不放心，那么问题可就不同了。这个伟大的发现，竟使他兴冲冲地得意得了不得。于是他去到国王和王后面前，千方百计地要去证实哈姆来特发疯的原因——他自己所揣测出来的原因。

朴罗尼厄斯这样的聪明人有福了。他可以过得很自在，并且还能够一步一步地飞黄腾达。他实在会做人，永远有办法。我想，他如果不被王子殿下所误杀的话，那么其后挪威亲王福丁白拉司在爱尔西诺登了基之后，他一定仍旧可以当他的御前大臣，并且一定也会邀新王的恩宠。

你也许要说，朴罗尼厄斯的遭殃，是他自己卖弄聪明的结果。这原不错。可是我认为，像朴罗尼厄斯那样的悲剧，也只不过是一个事有凑巧，只不过是出于偶然而已。而这种偶然，大概要算是这种世故老人命运里可能碰到的唯一灾星了。

唉，可惜！这种人物有时是不免会被哈姆来特们或者吉诃德们随随便便踢翻了的。然而天地良心，这绝不是他们存心要这么干他一下。那位王子固然有点憎恶他，但至多也不过是嘲笑嘲笑调侃调侃他而已。你想吧，难道哈姆来特们会左思右虑地去对付那么一个朴罗尼厄斯吗？而吉诃德们呢，虽然有点莽劲儿，可是吉诃德也一定要他的对手够得上一个骑士的格，他才肯拔出刀来跟人比武呢。总之，他们只是无意中踩死了一个虫子罢了。

除了这么一点偶然之外，那朴罗尼厄斯可永远是幸福的。

啊，上帝，安慰他的灵魂罢！啊，上帝，无论你叫作什么名字，梵天也好，宙斯也好，耶和华也好，他总也会博得你的宠爱，邀得你的赐福的。阿门！

这个悲剧除开那些人物的性格之外，还有那些渗透在全剧里面的人生烦恼，也使我怎么都忘不掉。

那位主人公，是因为他父亲的被恶徒所弑，他母亲的再嫁，而使他苦闷以致悲愤。这些黑暗和丑陋的事仿佛是一粒种子，在这悲剧还没有开场以前，就已在精神的土壤里下了种。于是我们看见它发芽、滋长，慢慢地结出了真实的可又很苦的果子来。

那位丹麦王子就由那宫廷里的不幸事件出发，一步一步去探索到人生本身，思索到生与死的问题，看到爱情的虚幻。

于是，他的烦恼就已经不是他个人的烦恼，而是一般人的人之烦恼了。

宫廷里的那件惨事，只不过是在这剧开场之前几个月内发生的。可是这位主角的性格，当然在这事件以前早已就定了型。我想，那么即使堡中不会有过那些罪行，哈姆来特也会从别的现象上，去探索那人生的究竟吧。即使他自己原是很幸福，舒舒服服过着他的王子生活，可是也许会像那位净饭国王子[1]一样，看到生老病死，而感到人世种种苦的吧。

看看他"To be or not to be"那段独白。这大概是他思索到的极深的一点。要是你容许的话，我要说这是把哈姆来特精神表现到了一个极境的了。就是把他那前前后后的苦闷表现，都当作这段独白的引申和注脚，我说也不为过。

这段著名的独白，或许不免叫我们联想到那些悲观的哲学家，比如说，叔本华。你看他把人生描写得那么无味、那么痛苦、那么悲惨。生，真是个多余的东西。看起来他好像马上就会去了结他的生命，以了结他的烦恼似的。然而——他才不会去自杀呢。

这完全是哲学的东西，并不是行动的东西。

是的，生本无欢。但故意要去了结这个生，那还得考量这个行为的价值。哈姆来特还要思索一下，看死后到底是怎样的一个境界。要是一经长眠，一切精神上和肉体上的痛苦就此了却，那就求之不得。去死吧，去长眠吧！——去长眠，说不定就是去做梦。长眠中将会做些什么梦呢？

> 这我们就必得踌躇了。因为这一层
> 就使悲惨生涯有这么长的寿命。（第三幕第一场）

谁还愿意在这厌倦的生活下忍负着重担，去怨号，去流汗呢？——

---

[1] 净饭国王子：指释迦牟尼。

只是对死后（一赴死乡即不复返）的畏惧心，困惑了我们这种意愿，而使我们宁可忍受着在生的种种苦难，却不去受死的那些不可告知的苦难。

他这些考虑，本是为了一种行为而施的：他想到毁灭他自己的生命，而结果，这种行为也被他自己怀疑，被他自己否定了。

怎么办呢？他要怎样动手来解决他的烦恼呢？

无法解决。

假如他这一切苦果，不是种因于这个剧本里所写的父死母嫁事件，那么这个悲剧说不定会有另外一种发展，说不定他也能够着手解决他这些问题。也许他可以照释迦在菩提树下悟出烦恼的种种因缘那样，而得到一种超脱。或者呢，他也可以照有些哲学家一样，物色一件东西来陶醉自己——例如耽于美，或是其他的什么，好让他自己在这苦恼的世界里筑起一座空中楼阁来聊以自娱。

然而哈姆来特都办不到。因为他有一件大事要做，就是报父仇。他不能像那些思想家一样——不管对不对，总也多多少少要开出一个药方来医治人生。要不然的话，他到底也不妨想个方法来求解脱，无论可能不可能，总也能够安慰安慰自己，并且还可以拿来向人说教了。

所以他究竟不是一个哲学家或宗教家，他的痛苦的来源并不是形而上学的，而是现实的。他不能在这现实中修筑起一条彼岸来。他必须就在这现实界中想个现实办法，才能够解除他的烦恼。

从这一点说来，比较那些有些伦理的以说教为职业的专家，他那可到底要切实点儿。他的痛苦也只是一个平常人的痛苦，而不是一个专家的痛苦，因此他于我们也就更亲切些。

不错，他的探索人生，总算是已经升堂入奥，窥见了生之虚幻。

可是立刻，他不得不又退出来，来解决他面前的一个实际问题。

于是虚幻的与实际的——这两者就在他的心里产生矛盾冲突，纠缠不清了。

你看到了哈姆来特眼睛里的这个人世之后，你有些什么感觉——还是觉得不安，还是觉得痛快？

世间一切都是无所谓。他不相信有什么好或坏，这只是人们这么想出来的而已。这尘世的一切精粹又算得什么！——什么高贵的理性，什么不可限量的才智，什么神似的悟性，以及一切美好的仪态，天使似的行为——这算得什么！要是你不害怕的话，就再跟哈姆来特去看那两个小丑掘墓吧。那两个小丑掘出来一个个骷髅来扔掉。这是谁的骷髅？他生前也许是一位廷臣，也许是一位讼师。他们那一辈子的聪明、辩才、手段，都到哪里去了？不错，这是一个诙谐家的骷髅：哈姆来特知道这个人。这人在生前是出色的诙谐，有了不起的想象力，他常常把哈姆来特背在背上的，而现在哈姆来特一想到这上面，就要作呕。哪，这里就挂着那两片为哈姆来特所吻过无数遍的嘴唇——如今他的嘲弄，他的跳跃，他的取笑作乐的光辉，能逗得全场大笑的，都到哪里去了？这时候哈姆来特正拿着这个骷髅！

> 现在你到我的女士的闺房里去告诉她吧，尽管她打粉打上寸把厚终归也一定要到这个地步：使他对这个发发笑吧。（第五幕第一场）

接着他问：亚历山大在泥土里也是这么一副模样吗？一定的。
什么人到头来都变成了泥土，拿去塞啤酒桶，拿去补破墙头。执政的凯撒也是死了化成了泥土——而这块不可一世的泥土,却也一样的拿去补墙洞!

爱情也靠不住。他以前对奥菲利亚的爱,他倒可能是真爱。但现在爱本身也跟生本身一起被他疑,甚至于被他否定了。看看他对那位小姐是怎样个态度吧。看看他替那戏班子所写的东西——他对剧本中一位太太的那爱的诺言,怎样冷酷地加以解剖、加以嘲笑吧。

诸如此类的表现,叫你我看了不会感觉到一阵冷吗?这时候,我们也禁不住要看看我们生活着的人世,怀着种种疑问来。我们也不免要想一想,人生是什么,有什么意义。

的确,这个悲剧里沁出了一股冷气。然而这只是像冰在解冻之际所散布出来的冷气。至于冰的解冻,却是春风吹动了的结果。这就是说,冬天快要过去,不久就会大地回春,一切都将再生。我们所感到了这阵子冷气,倒是季节转换的一种征候。

现在,正吹来了文艺复兴的春风,接着中世纪就此结束,一个新时代就来到,人类精神要复苏了。

在从前,这一切都不成问题。人是什么,生是怎样的,死后又是怎样的,以至于恋爱等等都不必人类去费脑筋。反正上帝自会安排一切;无可怀疑,也不容你去探索那个究竟。神自身及其经营,人们只许信仰,不许去看破它。

但如今,哈姆来特却要去探索,要对他自身以及周围的世界——总之,要对那些神秘的开发东西——都要去认识清楚了。在从前,一切事情都好办得多。比如克洛地厄斯那么个恶徒吧,如果你不愿做一个罪人的话,那你就不要去对付他,上帝自会去审判他,没有公平的。但如今哈姆来特却要自己来审判那个罪人,要由自己来解决这件事了。

这个悲剧的主人公，他的每根神经都被那阵新吹来的春风灌满了：而这阵春风是挟来了怀疑和否定，使凝固了一千多年的老冰块解体的。这个年轻的王子不但怀疑生，就对于死也加以怀疑。但生死之道不是早就为神所安排得停停当当了的吗？他否定所谓善与恶——但这难道不是创造主所规定的绝对的真理吗？他否定人世间一切被认为可贵的或美好的东西——但这难道不是创造主所手制的吗？

就是恋爱也成了问题。那也不足怪：每逢在历史的季节要转换之际，恋爱也总是要重新提出来，要再估价、再认识的。

然而这两个季节正在交替的当儿，气温可还有许多流动性。中世纪的信仰动摇了，可是新的肯定没有长成。现在人们从神坛下走出，不再依赖神，而要自己站起来做"人"了，这就像小孩子初学走路一样，一离了扶持的东西，还走不大稳。

这么着，我们的哈姆来特就陷于种种矛盾之中。他怀疑着死后的世界，认为那是不可知的。（什么，神所安排的天堂和地狱都不相信！）但他又怕他的仇人在忏悔之际死了会升天堂；而他一开头想到自杀的时候又顾到这为宗教所不许。他要由自己来解决他自己的事，可是才跨出一步，立即又不相信自己，而把一切都诿之于命运：他因死后的不可知而不敢自杀，但跟来尔底斯比比剑，就是他将因此而丧身，也满不在乎——"到时死去算得什么！"

他对善恶美丑都发生了疑问，但他实在痛恶他周围的丑类，而他的要报仇，不但是为了私仇，而且更是为了要除恶。

他的心底里仿佛埋着了一些肯定的东西，他心目中仿佛也有一些他认为真正的正当行为，有价值的行为。然而这些东西——现在可还没有长出来，还没有定型。现在至多只能算是一粒种子，连他自己也不知道这是一种什么植物的种子。于是他不知道要怎么办才好了。他似乎被这些不可知的东西驱使着去干点儿什么，但这些东西现在既不可知，他当然就不知道他该怎样着手了。

他的苦闷是不足怪的。

所以我觉得，他灵魂深处所绞出来的那些苦汁，他那冰冷的话，可并不是阴暗的，并不是死气沉沉的，倒反而是充满了生气。

他这种人物也并不是没有生活的勇气。他对他所处的世界敢去看，敢去究探，因而敢去怀疑和否定，那倒正是"再生"期的第一批火炬，在中古的黑暗中划出了一道亮光。

怀疑是再认识的先锋。独断主义者要人家毫不保留地信奉那些神的教条，气儿也不许出一声。可是现在年头儿不同了。想要人类史永远翻不到新的一页，那可办不到。世界总不会停在那里不动；每逢走了一段路程，就有怀疑精神使它不再在旧路上滞留或打旋，而推它再往前走。在这个过渡时期，那怀疑和否定虽然使人痛苦，却是像临产之际的痛苦一样，不得不忍受一下。哈姆来特要是受不了，他原可以再回到独断的老冰块上去避难，以求得暂时的安慰的。然而他不。唯大勇者才敢去发掘一切真相，而不肯死闭着眼奴伏在独断主义的威势之下：他竟敢去怀疑。我说哈姆来特是可赞美的，一切的怀疑，总要比任何独断都来得进步、可贵。任何独断——不论其方式如何，终归要凝固成神话。然而我们是人，我们要听人话，要说人话。这悲剧的主人公就一下子发出了"人"的喊声。

哈姆来特是这个新时代精神的一面镜子。莎士比亚把丹麦古史里的"Amlethus"（阿姆来特）或"Hamlet"（哈姆来特）赋给他以近代人的灵魂了。

如果我们承认有哈姆来特精神这种东西，那么它无非就是近代精神。

可是现在，我还忍不住要对你聊到一点儿枝节的东西，这就算是这封信的一个尾声吧。

我是想到了哈姆来特的一点美学上的见解：这倒是他肯定的物事。你记不记得在第三幕第二场里，这位王子对那戏班子所说的话？我想你一定也对它会有很大的兴味的。

哈姆来特叫那些戏子不要表演得过了火，也不可描摹得不够。应当要适度。否则就离开了演戏的目的了。至于演戏的目的——从开初到现在是这么个目的——那就是：

> 那一面镜子去照人性，去显出她本来面目的美德，去显出她本身的可笑处，去显示那个时期的各色人物，他的样子和型式。

这不但值得我们从事文艺的人去想一想，并且这些见解多少也是哈姆来特精神的一个表现，不是吗？

接着来就说到他曾看见过的糟糕表演。虽然那只是讲到戏子，可是我们描写人性的时候也该记得的：

> 啊，我看见过一些戏子的表演，还听见人家称赞，而到底是，并不是说不恭敬的话，那声调既不是基督徒的声调，那步伐也不是基督徒的步伐，也不是异教徒的，也不是人的，那么高视阔步，那么咆哮，竟使我想这只是造物主的学徒们造出来的人，没把他们造好，就仿造出这么讨厌的人类出来了。（第三幕第二场）

这也许是莎翁借这位主人的嘴来说他自己的话吧。莎翁自己的作品不就是这么一个人性的镜子，照出了种种典型的本来面目吗？就是哈姆来特的这些对话，也真是哈姆来特说得出的话。

　　这个人物于我们极其亲切，使我常常想起他。我要老实告诉你，我不但爱他的创造主，就连他这创造物我也爱他。

《哈姆莱特》的悲剧冲突与哈姆莱特的典型意义[1]

王忠祥

悲剧《哈姆莱特》（1601年）是莎士比亚的代表作，取材于"古史"、"古剧"本事。丹麦王子哈姆莱特为父报仇的故事，最初载于丹麦历史家沙克索·格拉玛提卡的《丹麦史》（约12世纪末），16世纪传入英国，相传英国剧作家托马斯·基特曾把它编成悲剧《哈姆莱特》，以血腥的个人复仇为主题。在古史传说影响下，莎士比亚根据基特改编的同名悲剧也写王子复仇；但他认为，复仇行动应出自锄奸除恶的正当目的，必须赋有重大的社会意义。戏剧诗人根据人文主义原则，改造了流血戏剧的情节，创作出一部反映时代精神的"高度的社会、哲学概括的悲剧"。

没有冲突，就没有戏剧。对立的人物、对立的社会势力之间的尖锐冲突，构成了《哈姆莱特》的情节与思想的基础。首先，必须看到，哈姆莱特和叔父克劳狄斯的矛盾并非个人之间的权力之争，也不是封建帝王内部复仇与复仇阻力间的冲突，他们各自代表着进步的、革命的社

---

[1] 原载于《语文教学与研究》1983年第10期。

会势力和落后的、反动的社会势力。从本质上讲，哈姆莱特是16世纪初年轻的人文主义者，莎士比亚把自己的全部人文主义思想感情和理想注入王子的形象。王子满怀激情讴歌人类是"多么了不得的杰作"、"多么伟大的力量"、"多么像一个天神"，人类是"宇宙的精华！万物的灵长！"他把父王当作"尽善尽美"的理想的国王，以威登堡大学为"理想国"榜样，赞美世界是"一座美好的花园"。王子对人的尊严、人的地位、人的价值、人的力量和人世间的肯定，或者说，他对美好人性和未来的和谐世界的向往，反映了新兴资产阶级思想家反封建社会的要求。但是，王子理想化的"人文主义大厦"，在丹麦王宫的现实中被轰得粉碎。由克劳狄斯及其廷臣组成的黑暗的封建堡垒——丹麦王宫，充满了政治阴谋和生活淫乱。克劳狄斯弑君篡位、娶嫂乱伦，竟得到御前大臣波洛涅斯等人的拥护，王子的同学和"好友"罗森克兰兹和吉尔登斯吞变为奸王施展杀人诡计的帮凶，出身高贵的雷欧提斯恣意使用毒剑伤人，甚至美丽纯洁的奥菲莉娅也不自觉地充当了奸王的"侦破"工具。王子到底发现"这是一个颠倒混乱的时代"，世界是"一所很大的监狱"，丹麦是许多"囚室"中最坏的一间。他发誓"重整乾坤"（为父报仇），与以克劳狄斯为首的黑暗社会势力进行生死搏斗。克劳狄斯和他的朝臣控制的丹麦王宫，实际上是英国封建主义统治集团的缩影，揭示了英国封建社会的溃疡。在克劳狄斯身上，既突出了嗜杀、残暴、腐化、淫乱的封建帝王的特征，又集中了原始积累时期资产阶级野心勃勃、阴险狠毒的恶德败行。据此而论，以哈姆莱特为代表的进步的社会势力（包括王子好友霍拉旭），和以克劳狄斯为代表的反动的社会势力之间的冲突，充分体现了人文主义理想和封建社会瓦解、资本主义兴起时期的丑恶现实的矛盾。这一悲剧冲突的发展，深切地揭露并批判了封建社会的痼疾和资本主义带来的新弊病。

其次，从哈姆莱特与克劳狄斯的复杂斗争中，可以理解剧作家如何开掘"反对篡位夺权，拥护开明王权政治"的悲剧主题。莎士比亚笔下的哈姆莱特主张开明的王权政治，如果他不夭折，很可能成为理想的国王。这样的描写，完全符合历史的进程。英国资本主义的发展，和王权政治关系密切。女王伊丽莎白执政时期（1558—1603年）实行有利于资本主义发展的内外政策，王权政治达到前所未有的高峰，得到新贵族和新资产阶级的支持和拥护。哈姆莱特反对克劳狄斯篡夺王权，讴歌父王的开明的王权政治，不但没有违背生活的真实，而且具有巨大的历史进步意义。不过，就在16世纪末17世纪初，英国王权政治的固有矛盾也有所发展，进步资产阶级对王权政治的封建性质越来越不满意，两者的斗争也越演越烈。莎士比亚在现实中很难发现真正的理想的国王，为此他所敬爱的两个理想的国王（老少哈姆莱特）都被毁灭了。从另一个角度看来，哈姆莱特在反对克劳狄斯篡夺王权的同时，也反对奸王建立起来的反动的封建王权，因为这一种暴虐的王权祸国殃民，阻碍历史的发展，和人文主义的理想格格不入。如果说这是一种外部矛盾，那么，与此密切联系的是哈姆莱特灵魂深处的内在矛盾，他同情人民疾苦、勇于"重整乾坤"，又脱离广大群众，深感力量不足。王子在理想与现实的冲突下，一次又一次地思考，如何探索实现理想的道路，应采用什么手段和方法去达到目的。在悲剧中，两种矛盾贯穿始终，真切而全面地再现了当时英国的社会关系。尽管哈姆莱特不理解人文主义理想幻灭的社会根源，把它归根于"人性"的毁灭，但他的内在矛盾与外部矛盾的联系，从客观上揭示了真相：人文主义理想的破灭，根源于那个混乱颠倒的时代。

悲剧冲突的发展，突出了哈姆莱特形象的特征。王子始终以人文主义者形象出现在舞台上。他像恩格斯所指出的文艺复兴时代的"巨人"，赋有"巨人"式的"完人的那种性格上的完整和坚强"。他是"全面发展"的"当代英雄"，如他的恋人奥菲莉娅所说："朝臣的眼睛、学者的辩舌、军人的利剑、国家所瞩望的一朵娇花，时流的明镜、人伦的典范、举世瞩目的中心。"（《哈姆莱特》，第三幕第一场）他是才德兼备的理想的君王，如福丁布拉斯所说："要是他能够践登王位，一定会成为一个贤明的君主的。"（《哈姆莱特》，第四幕第四场）他有美好的理想，宁愿为"重整乾坤"的重任而受苦受难。他疾恶如仇，敢于揭露和批判一切伪善和恶德。哈姆莱特的性格发展，大约经历了四个阶段，即"欢乐的王子"（在威登堡大学时代）、"犹豫的王子"（从"启幕"开始）、"延宕的王子"（"戏中戏"前后）、"行动的王子"（宫廷比剑）。这四个阶段的生活与斗争冶炼了他的性格，他那探索人生意义（"生存"与"毁灭"）、把"为父复仇"与"重整乾坤"结合起来的坚定性，连同他的忧郁与延宕，都不是出于"天性"。依据马克思主义的观点，忧郁永远伴随着王子，没有王子的忧郁，也就没有王子的最后行动。王子的"忧郁"不是畸形的"个性"，而是时代的忧郁。忧郁从何而来，答案只能是：人文主义者坚持社会改造，却找不到有效的途径，感到力不从心，忧从中来。与忧郁关系密切的延宕，固然拖延了行动，多少有点软弱性，但是它还能表现王子冷静思考问题的特征。王子性格上最突出的特征，显然是忧郁、敏感、勤于思考、善于剖析、易于冲动。同时，哈姆莱特又是个复杂的人物，作为人文主义者，强的一面非常突出，弱的一面也有所表现。强与弱两方面，常常交织在一起。比如，王子喜欢探索、分析，但思虑多于行动，剖析偏于哲理。王子要改造社会，却又孤军作战，并未完成既定的任务。

　　哈姆莱特是典型的新兴资产阶级人文主义思想家，坚持社会改造和进步的英雄人物。他以人文主义理想和原则为精神支柱、批判武器，抨击封建社会的罪恶，揭示资本主义的阴暗面。作为人类历史上第一个"表达了世界悲哀"的人，这一形象富有深切的典型意义。人们不仅从王子的战斗中领会了人文主义者的革命精神，还从王子的忧愤中听到了时代的脉搏，看到了尖锐的社会矛盾。哈姆莱特是资产阶级文学史上表现个人与社会冲突、理想与现实矛盾的杰出的艺术典型。他的悲剧是文艺复兴时期欧洲一代人文主义者的悲剧，他那改造世界的斗争虽然失败，但伟大的事业还在继续。他的悲剧将永远激发人们积极认识世界，力图改造世界。他的孤军战斗的特殊方式，也会启迪人们汲取教训。这一形象对后世三百多年来资产阶级作家塑造个人反抗社会的典型人物，有深远影响。随着资本主义的衰落，文学中的个人反抗的悲剧，逐渐减弱其社会意义。但是，哈姆莱特这个典型形象，还有巨大的社会认识价值和美感教育作用。

《哈姆莱特》：演绎人类生死问题的悲剧 [1]

蓝仁哲

《哈姆莱特》被视为莎士比亚笔下一部特别的"问题剧"，重新解读剧中第三幕第一场的独白名段，意在辨明它不是在权衡"自杀"的得失，而是在思考人生的生死问题。而且，生死问题贯穿全剧，《哈姆莱特》既不是历史悲剧或复仇悲剧，也不是时代悲剧或性格悲剧，而是超越了个人和时代的人生悲剧。

"问题剧"这个术语一般指20世纪初易卜生及其追随者的剧作，剧中常常以现实主义手法严肃对待有争议的社会问题或伦理、心理问题。其实，早在19世纪末，F·S·博厄斯在《莎士比亚及其先驱者》一书中便使用了"问题剧"一词，用来描述莎士比亚大致在1590年至1604年间创作的四个剧本：《哈姆莱特》、《特罗伊罗斯和克瑞西达》、《终成眷属》和《一报还一报》。在博厄斯看来，这几部剧都涉及不真实的社会、病态的心理和复杂微妙的良心问题，给人的感觉像是："我们沿着幽暗的没人踩过的小道前进，走到头时既无大喜亦无大悲之感；由于剧

---

[1] 原载于《外国文学评论》2002年第1期。

中提出的问题没有一个圆满的结局,我们只觉得大受触动,久久沉浸其中,茫茫然若失。"[1]

应该承认,这几部剧的确与莎士比亚其他剧作颇为不同。究竟为什么会如此,博厄斯语焉不详。本文受"问题剧"一语启发,循此思路探讨,旨在说明《哈姆莱特》是一部演绎人类生死问题的悲剧。

一、重新解读独白名段"to be or not to be"的意蕴

以"to be or not to be"开头的这段著名独白,出现在《哈姆莱特》第三幕第一场。这时候,哈姆莱特已经装疯大约两个月,搅得丹麦宫廷上下不安。看来,他是借装疯来麻痹窃取了王位的叔父克劳狄斯,以便争取时间兑现他对父亲亡魂许下的复仇诺言。可是,他的心思并不专注,迟迟没有采取行动。正像他在上一场(第二幕第二场)末尾独自反省自责时说的那样:"我的亲爱的父亲被人谋杀了,鬼神都在鞭策我报仇,我这个做儿子的却像一个下流女人似的,只会用空言发发牢骚,学起泼妇骂街的样子来,在我已经是了不得的了!"[2] 恰巧这时,有一班伶人来宫献艺,他这才决定借演戏来试探他的叔父,证实鬼魂透露给他的秘密。可以说,这是他装疯以来朝着复仇目标第一次真正采取行动。到了采取行动的当天,"捕鼠剧"虽然前一天已经布置,再过几个小时就要上演,但怎么演法他还要在接下来的第二场里才具体指导,并嘱咐他

---

[1] F. S. Boas, *Shakespeare and His Predecessors.* 转引自 David Phillips, *Notes on* Hamlet. London: Ginn & Company Ltd., 1969, p.345。

[2] 莎士比亚:《哈姆莱特》,《莎士比亚全集》(第九卷),朱生豪译,北京:人民文学出版社,1978年。本文凡引该剧,皆出自此译本,只在文内注出页码。

信赖的朋友霍拉旭在演到相关情节时"全副精神"地盯住他叔父的神情。像平时一样，当他独自一人时又开始沉思起来，自言自语。这一段独白可以视为他装疯以来冥思苦想的一个典型例子。它与将要采取的行动直接有关，甚至是由它引发的，由此可见思考与行动之间的矛盾；但他思考的焦点，却是人生中令人困惑的生与死的问题。

长期以来，有研究者把这段独白理解为哈姆莱特在权衡"自杀"的利弊。20世纪初的权威评论家A·C·布拉德雷在《莎士比亚的悲剧》中指出："在这段独白中，哈姆莱特想的根本不是自负的重任。他在权衡自杀的利弊。"[1] 苏联莎评家莫洛佐夫认为，在这里，"哈姆莱特又再次萌发了自杀的念头。不过，再次萌发这个念头的已是一个成熟的人了"。[2] 梁实秋在翻译该剧的注释里说，这段独白是讲"哈姆莱特蓄意自杀，于第一幕第二景之独白中已有表示"。[3] 李赋宁先生对这段独白也持有类似观点。他本来已表明这段独白在"探索生和死的问题，指出思想和行动之间的矛盾"；但在具体阐述时又说哈姆莱特"焦急地等待着夜晚的来临……在这段无事可做的等待期间，他的心情更加沉重了。他想到死是一条出路，但是他并未下决心自杀。他权衡着生和死的得失"。[4]

如前所述，要断定这段独白的真正意蕴，弄清它出现的确切时间以及哈姆莱特在这之前是否采取过行动和在此之后将采取什么行动，是

---

[1] A·C·布拉德雷：《莎士比亚的悲剧》，张国强等译，上海：上海译文出版社，1992年，第87页。
[2] 莫洛佐夫：《论莎士比亚》，朱富扬译，上海：文化艺术出版社，1987年，第180页。
[3] 莎士比亚：《莎士比亚全集》（下），梁实秋译，呼和浩特：内蒙古文化出版社，1995年，第571页。
[4] 李赋宁选注：*Hamlet*, III, I, 王佐良、李赋宁、周钰良、刘承沛编：《英国文学名篇选注》，北京：商务印书馆，1983年，第56—88页。

非常关键的。布拉德雷也注意到了这个关键问题，他在一条注释里特别说明：" '生存还是毁灭'的独白以及和奥菲莉娅的会面现在在剧中的位置，看来是莎士比亚经过考虑后才定下来的，因为在第一个四开本中，它们是在伶人们到来之前发生的，而不是在其后，并由此安排了演戏那一场。"莎士比亚"经过考虑后"为什么有意做了这个前后位置的改变呢？因为正是在伶人们到来之后，哈姆莱特才灵机一动，决定上演一场与父王之死类似的戏来试探和证实叔父的罪恶，首次采取了复仇行动。这恰好说明了莎士比亚的匠心，这样改变之后才能表现独白里"默默忍受"还是"挺身反抗"哪一种行为更高贵的疑问在哈姆莱特心中是确有所指的，是有感而发的。这时并非如布拉德雷所断言："哈姆莱特在这里实际上正处于他两个月前第一段独白时同样的思想状态之中……反映了他惯常的厌世感。"[1]与两个月前那段满怀悲愤的独白相比，亡魂告知的秘密已将哈姆莱特推入苦难的深渊，他接着又遭遇了情人奥菲莉娅的变心，自幼一起长大的朋友罗森格兰兹和吉尔登斯吞的忘义，比起两个月前情况已大大变化了。认为哈姆莱特"再次萌发了自杀念头"的莫罗佐夫也发现哈姆莱特"已是一个成熟的人了……我们发现的不是高声叹息，而是'哪一种行为更高贵'……这样的论断性语言。在这里，我们发现的不是长满莠草的花园，而是比较具体、准确地列举了各种罪恶：'压迫者的凌辱、傲慢者的冷眼……'"（第180页）几个小时后就要上演决定一切的捕鼠剧《贡扎古之死》，面临这个"挺身反抗"的行动，他情不自禁地思考起与之相对的"默然忍受"以及由此引发的生死思辨，既符合哈姆莱特耽于思考的习惯，也符合这一特定时刻所思内容的

---

[1] A·C·布拉德雷：《莎士比亚的悲剧》，第119—120页，第80—81页。

情理。反过来，在此重大时刻，断定他"在思考着自杀的可能性"，既令人莫名其妙，又会大大削减这段独白的深刻意义。

至于将这段独白与第一幕第二场那段独白相联，以那段独白提到过"自杀"而推及此时哈姆莱特"蓄意自杀"或"又萌发了自杀的念头"，似乎更缺乏依据。在那段独白的开始，哈姆莱特的确说过："啊，但愿这一个太坚实的肉体会融解、消散，化成一堆露水！或者那永生的真神未曾制定自杀的律法！"（第14页）可是，从前后场景的转换看，这段独白紧接在"随朝听证"之后，哈姆莱特曾当面用双关语对国王表示不满；现在国王和王后退下，只剩他一人，这两句首先爆发出来的话，分明是他满腔愤懑的迸发，表达他刚才违心"上朝"，无可奈何地陪在国王和王后的身旁，简直难堪难受至极：与其出现在那种场合受罪难堪，真不如没有这个形体或者死了的好。这儿提到"自杀"二字，绝非有意自杀，而是抱怨因为有了真神制定的律法不可能去"自杀"。既然不可能去自杀，又怎会一再"萌发自杀的念头"？

看来，把这场独白理解为在"权衡自杀的利弊"的说法可能不源于剧本别处，而是受了独白中片言只语的表面语义的影响。可是，能凭"生存还是毁灭"、"只要用一柄小小的刀子就可以清算他自己的一生"的字句，就断定这是在做"自杀"利弊的权衡吗？有了对全剧和上下文的如实把握，确定了这段独白的语境，其字面含义应当更加显豁。"to be"指现世的"生"，"not to be"即指结束现世生存的"死"，首行"是生还是死，这就是问题"便点明了整段独白的主题。这个"是生还是死"的问题，意味着是"默然忍受"着"生"还是"挺身反抗"（指他将要采取的行动）而"死"。限于篇幅，本文不继续做字句的解读。

值得特别指出的是，哈姆莱特在这段独白里一直使用的是"我们"、"他"、"谁"等称谓，分明是在泛指一切人。因此，他是站在"人"、"人类"的立场，以"我们"大家的身份在说话。他深刻的人生思辨已经超越了个人，俨然是人类面对生存的意义、生的痛苦、死的疑惧、思与行的矛盾等人生问题的诘问和喟叹。

二、生死问题贯穿全剧

生死问题不仅集中反映在上述独白里，还贯穿于全剧。换句话说，生死问题在剧中占据了中心地位。同莎士比亚笔下的其他悲剧一样，《哈姆莱特》没有遵循古典戏剧的"三一律"法则，但剧情却是鲜明连贯的。有的莎评家指责《哈姆莱特》的情节"不连贯"，如果不把它视为"复仇剧"或"性格悲剧"，而是看成一部"生死问题"悲剧，就不会有情节不连贯的问题，因为生死问题贯穿了全剧。

全剧以鬼魂出现为开端，第一幕作为说明部分提示我们：大约在两个月前，老国王突然逝世，他的弟弟登上了王位；不出一个月，王后嫁给了新国王。哈姆莱特从求学的威登堡被召回丹麦宫廷，由于父亲突然死去，母亲匆匆改嫁，原先充满理想的单纯王子第一次发现："人世间的一切……是多么可厌、陈腐、乏味而无聊！……是一个荒芜不治的花园，长满了恶毒的莠草。"（第14—15页）可见，《哈姆莱特》一剧首先让观众或读者关注的是老国王的死及其死因；毒害老国王这桩罪孽启动了一场灾难，成为全剧的推动因素，将剧情推向纠葛冲突并唤醒哈姆莱特（包括观众和读者）对现世生存和人生际遇的关注。对此，希腊悲剧学者基托也十分明确地指出，第一幕鬼魂出现的"事件给全剧提供了背景,就是说,是全剧的逻辑和动力中心"。[1] 他进一步指出:"悲剧的真正基础的结构就在这里……把这一悲剧看成'世俗'悲剧,我们是在使用错误的焦距。正确的焦距将把整个情节置于'自然'和'老天'的背景下,因为这才是剧作家自己提供的背景。"

随着剧情冲突的展开,哈姆莱特虽然毅然答应了亡魂要报"杀身的仇恨",却并不采取行动。在整个第二幕里,莎士比亚沿袭复仇剧惯用的装疯手法,这与其说是把复仇者朝复仇行动推,倒不如说给了哈姆莱特一个冷眼旁观、讥评人世的宽松机会,让他一面观察一面思索,着实领略一番人世的苦涩滋味:国家大事可以从宫廷巨变、内忧外患窥知,家庭伦常可以从波洛涅斯一家的情况看个大概,个人际遇则莫过于情人变心、朋友背义。这些情节是在台上演示的,更多的观察与思考却活跃在哈姆莱特的心间。因此,在上述那段著名的独白中,他不仅指出人世的苦难是"无涯的",而且可以一连串地具体罗列"人世的鞭挞和讥嘲、压迫者的凌辱、傲慢者的冷眼、被轻蔑的爱情的惨痛、法律的迁延、官吏的横暴和费尽辛勤所换来的小人的鄙视……"(第63页)。显而易见,第一、二幕里演示的全是人世的际遇和苦难。尤其具有讽刺意味的是,第三幕第三场里借助"捕鼠剧"成功地窥探了仇敌,证实了鬼魂透露的秘密。哈姆莱特在随后去见母亲的路上,偏偏又遇见克劳狄斯跪在地上祈祷"愿一切转祸为福",本来"正好下手",他又思考起死后是进天国或地狱的问题来:"要是我在这时候结果了他的性命,那么天国的路是为他开放着,这样还算是复仇吗?"结果,把一个该杀的仇

---

[1] 基托:《哈姆莱特》,杨周翰选编:《莎士比亚评论汇编》(下),北京:中国社会科学出版社,1981年,第427页,第438—439页。

敌放过，而在紧接着的会见母亲的场景中反把躲在帏后偷听的波洛涅斯误杀了。这样，剧情以一生一死达到了冲突的高潮，而这一生一死的背后则突显了"天意"。哈姆莱特说："这是上天的意思，要借着他的死惩罚我，同时借着我的手惩罚他，使我成为代天行刑的凶器的使者。"（第92页）这番表白同时也预示了后面剧情的走向。

收场部分与哈姆莱特的优柔寡断形成对照，克劳狄斯当机立断，立刻以"保护"的名义派人把哈姆莱特送往英国，诏令英王将他处死。可是，哈姆莱特死里逃生，又奇迹般地回到了丹麦。然而，他从大难不死的经历中得出了宿命的结论："无论我们怎样辛苦图谋，我们的结果却早已有一种冥冥之中的力量把它布置好了。"（第130页）而当他毫不犹豫地接受与雷欧提斯比剑时，更明白无误地声称："不，我们不要害怕什么预兆；一只雀子的死生，都是命运预先注定的。注定在今天，就不会在明天了……随时准备着就是了。一个人既然在离开世界的时候，只能一无所有，那么早早脱身回去，不是更好吗？随它去。"（第137页）难怪，他在最后一幕出现在墓地时，俨然变成了另一个人。他不再装疯，像个大彻大悟的智者，"看透了生命的无常"。他终于明白，唯有死亡才能了结人世间的一切纷争和苦难，唯有死亡面前才能人人平等——无论他是显赫一世的亚历山大、凯撒或是一介白丁，无论他是一国之君、国君的弄臣或是狡诈的律师，无论是男人女人，到头来都无非是一具具骷髅而已。剧情的冲突纠葛部分所表明的人生苦难和对死亡的疑惧，可谓由"生"观"死"；而收场部分在超脱死亡之后的达观态度，可谓由"死"观"生"。

最后的悲惨结局同样具有深刻的人生意蕴。哈姆莱特坦然去参加比剑，见到雷欧提斯时主动请求他"原谅"。国王下过毒的酒本是以备万一的最后一招,却先置王后于死地;雷欧提斯涂毒的剑虽然刺中了哈姆莱特,他自己却也死在了毒剑之下。阴谋揭穿后哈姆莱特忍无可忍,这才刺死了国王。四个人倒在了血泊里,"谋事在人,成事在天",再次证实了"天意",回应着剧情高潮时哈姆莱特在波洛涅斯死后的表白。他在临死前的请求——"霍拉旭,我死了,你还活在世上;请把我的行事的始末根由昭告世人。"——仿佛表明生与死是个首尾相连的圆圈,生时惧死,死时顾生,生生死死将永无穷尽。

三、《哈姆莱特》的悲剧意识

《哈姆莱特》位居莎士比亚四大悲剧之首,历来是莎剧中上演最频繁、阅读研究最深入者。它的艺术魅力究竟何在?它震撼人心的悲剧意识究竟是什么?

悲剧之成为悲剧,起码要有一个主人公遭受苦难、最终死亡的故事。《哈姆莱特》包含了这样一个可悲的故事,但它并不是一出有关古代丹麦宫廷政变、王子复仇的历史悲剧,也不是一出英国伊丽莎白时代的复仇悲剧。莎士比亚借用了丹麦古老的历史题材,但经他改编和创作的《哈姆莱特》,与8世纪丹麦洛亚里克王朝哈姆莱特王子复仇史事大相径庭。莎士比亚大体沿袭了托马斯·基德《西班牙悲剧》的复仇剧模式,但在他笔下复仇并不是《哈姆莱特》表现的主题,它大大超出了复仇悲剧的范畴。

悲剧的感人力量本质上不在于故事的悲惨,而在于悲剧主人公的人格或他遭遇的难题能够吸引读者或观众的强烈共鸣。主人公应当是一个具有典型意义的重要人物,悲剧性灾难降落在他身上,由于种种原因,无论他怎样上下求索、左右冲突,都摆脱不了走向死亡的命运。哈姆莱特在莎士比亚笔下的众多主人公中历来最受评论家的关注,评者大都从哈姆莱特的外部境遇和内在性格这两方面进行分析。批判现实主义论者往往把他放在特定的历史社会环境中,大而置于文艺复兴时代,小而限于英国伊丽莎白由盛转衰的时期,重视剧本的思想性和人民性,把哈姆莱特视为人文主义者、英雄人物、时代精神的代表,赋予他扭转乾坤的重任,并为他经受失败而惋惜,认定那是他脱离人民的历史局限。于是,《哈姆莱特》成为一部"社会悲剧"或"时代悲剧"。这在苏联的莎评家中比较常见,而出于意识形态的历史原因,类似的批评在我国20世纪五十年代以后也很盛行。然而,一旦将哈姆莱特英雄化,反而会使他疏离读者或观众,产生意想不到的陌生化后果。批评家的论点与读者的实际感受相悖,很难达到批评者的引导愿望。浪漫主义论者则往往围绕哈姆莱特的内在性格大做文章,尽管如布拉德雷指出:"在18世纪后期以前,几乎没有一个评论家对主人公的性格表现出一种特殊的兴趣。"[1]性格批评却在19、20世纪的西方蔚然成风。这类评论往往涉及几个最受关注的问题:装疯、忧郁、优柔寡断、延宕、恋母情结、宗教意识等,见解可谓层出不穷。对悲剧主人公性格的探讨无疑是认识主人公的重要途径,以布拉德雷为代表的传统批评家都重视主人公的性格,认为"莎士比亚的众多悲剧都表明,剧作家心里的'主要兴趣'在人物;人物的内在性格决定了自身的行为和命运"[2]。但停留在个人性格的认识上,无论剖析多么入微,见解何等深刻,都难免有见树不见林的弊病。

---

[1] A·C·布拉德雷:《莎士比亚的悲剧》,第80—81页。
[2] S. Wells, *Shakespeare Studies*,上海:上海外语教育出版社,2001年,第288页。

当然，结构主义尤其是解构主义出现以来的后现代批评家不相信语言的功能，把作品与作者的意图割裂开来，不承认文本有任何终极意义，自然谈不上一部悲剧还有什么特别的意蕴。

哈姆莱特不同于莎士比亚笔下的任何其他悲剧主人公，他是一个极其复杂的矛盾集合体，几乎到了抽象与玄奥的地步。早在19世纪初，威廉·赫兹利特就称："'哈姆莱特'只是个名字……这个戏具有一种先知的真理，这是高于历史的真理的。"[1] 到了20世纪，基托认为："围绕着《哈姆莱特》蔓延起来的那种神秘感，暗示着《哈姆莱特》有一种独特的、难以表达的品质，使它不只不同于其他剧作，也不同于其他艺术品，也许莫娜·丽萨除外。"[2] 莎学家J·M·罗伯逊认为，哈姆莱特"是个谜"；著名演员莎尔维尼甚至声称："像哈姆莱特这样的人从来不曾存在过，也不可能存在。"[3]

《哈姆莱特》的神秘独特之处在哪里？哈姆莱特为什么"只是一个名字"，一直"是个谜"？既然他"从来不曾存在过，也不可能存在"，演员为什么争着去演，而且四百年来历演不衰？实际上，这是一个悖论，它并不是对哈姆莱特这个艺术形象的真实性的否定；相反，这些听来荒唐的评论实则是极高的赞誉，哈姆莱特"只是一个名字"，因为他是莎士比亚塑造的一个超出一般典型意味的人物，他的典型意义不只在于他是一位王子而竟有那样险恶的遭遇，或者他在那种境遇里表现出了何种异样的性格特征。在莎士比亚的笔下，他已经成为"人"的缩影、

---

[1] 威廉·赫兹利特：《莎士比亚戏剧人物论》，杨周翰选编：《莎士比亚评论汇编》（上），北京：中国社会科学出版社，1979年，第211页。

[2] 基托：《哈姆莱特》，第428页。

[3] 张泗洋等：《莎士比亚引论》（上），北京：中国戏剧出版社，1989年，第399页。

"人生"的缩影；他是人生中"生死烦恼"的体验者、人生命运的探索者；他成了莎士比亚的一个工具、一个演示品。莎士比亚用他来演示思想——关于人类生与死的思想、人与命运的思想。《哈姆莱特》的真实性印证在每个读者和观众的心间，在那里引起强大的共鸣，让人们深切地感到"我们就是哈姆莱特"，从而观照自己的人生、人生的体验、人生的困惑。面对命运这个斯芬克斯式的哑谜，哈姆莱特仿若是人生之谜!《哈姆莱特》要演绎的便是人类生死问题的悲剧。只要人生的苦恼存在，生与死的困惑存在，命运之谜尚未解开，《哈姆莱特》震撼人心的无限艺术魅力就会像一颗无价珠玉一样闪闪发光；它震撼人心的强大力量，就会像一块巨大的磁石，吸引着世世代代的读者和观众。

论哈姆雷特性格的模糊性 [1]

田 民

在18世纪以前，人们并未觉察到哈姆雷特的性格中有什么矛盾和模糊不清的地方。在观众的心目中，哈姆雷特就是一个单纯的复仇者，莎士比亚的悲剧如同当时其他流血悲剧一样，讲述的就是一个"使人人喜爱"的复仇故事[2]。但是，从18世纪三十年代起，问题开始变得越来越复杂。就在这一年，英国评论家汉莫写道："似乎没有丝毫理由能说明这位王子为什么不把那个篡位者尽快处死。"[3] 这个问题的提出在世界文学史上掀起了一场罕见的笔墨大战。二百多年来，哈姆雷特在批评家的心目中，如同哈姆雷特自己所描绘的那片飘忽不定的云一样，既像"一头骆驼"，又像"一只鼬鼠"，还像"一条鲸鱼"，真可谓一千个批评家的笔下就会有一千个哈姆雷特，如同一千个读者的心目中有一千个哈姆雷特一样。毋庸置疑，在如此众多的假说中有许多是不攻自破的谬说，有

---

1 原载于《外国文学研究》1987年第1期。

2 E. K. Chambers, *William Shakespeare: A Study of Facts and Problems*, Vol. II. Oxford University Press, 1951, pp.214–215.

3 A. C. Bradley, *Shakespearean Tragedy*. Macmillan and Co., Limited, 1932, p.91.

些干脆是胡说八道。但是同样毫无疑问的是，批评中会产生这么多相近或者截然对立的观点，这种事实本身就证明了对象的复杂性和模糊性。正是这种复杂性和模糊性才给批评家们提供了审美再创造的广阔天地，同时也设下了种种陷阱。实践证明，许多批评家之所以自觉不自觉地深陷其中而不能自拔，一个重要的原因就在于，这些批评家沉溺于"非此即彼"的逻辑思维和判断（这种"排中律"的逻辑思维和判断类同于经典数学中的"二值逻辑"），因而，他们得出的以极度抽象单一的概念形式出现的结论，这种结论如果不是武断的谬论，也难免失之片面，有悖于莎士比亚在哈姆雷特性格塑造中体现出来的美学原则。由此可见，要对哈姆雷特这样极其复杂、模糊的人物性格做出比较全面、合乎科学的解释，传统的形式逻辑的思维方法是远远不够的。鉴于这种情况，本文试图运用模糊数学的思维方法和基本原则对哈姆雷特性格的模糊性做一些初步探索。

20世纪六十年代美国应用数学家查德创立了模糊数学。模糊数学与经典数学的根本区别在于，经典数学的思维是建立在"二值逻辑"的基础上的。"二值逻辑"只允许有一个"非此即彼"的命题存在，不能模棱两可。建立在这种逻辑基础上的普通集合只取彼此二值，不具备"非此即彼"特征的函数就不能参与集合。因此，由这种集合最后形成的以概念形式出现的判断结论必然具有绝对的排他性。与经典数学不同，模糊数学的思维是建立在"多值逻辑"的基础之上的，"多值逻辑"允许有"亦彼亦此"的命题存在，因此建立在这种逻辑基础上的模糊集合取的不是特征函数的两个值，而是彼此区间隶属函数的无穷值，这样就使截然对立的彼此两极通过中介流程相互联系、渗透和转化。而模糊数学研究的正是事物在多大程度上属于此，在多大程度上属于彼。显然，由"多值逻辑"形成的判断结论并不具有绝对的排他性，因而也就避免了用"二值逻辑"判断复杂对象所带来的片面性。

但是,这里必须指出,"多值逻辑"判断并不是否定模糊对象的定性。相反,对对象的各种构成元素的模糊性所进行的"多值逻辑"判断正是为了更全面、更准确地把握对象的定性。模糊对象的定性寓于现象的模糊表现中,因此,表面上看来是以无序平衡态出现的,但实质上各种元素在发散运动中也在同时进行着趋向于有序平衡态的模糊集合。这样,它所达到的平衡就不是静态平衡,而是动态平衡。它的定性也不是普通意义上的"非此即彼"的静止不变的确定性,而是一种"亦彼亦此"的流变定性。

我们认为,上述原理符合辩证法的基本精神,完全可以用来对哈姆雷特性格的模糊性进行深入研究。众所周知,莎士比亚人物性格塑造的一个显著特点是他善于在情节的立体变化中全方位地刻画人物性格。因此,他笔下的人物性格不是僵死的、刻板不变的东西,而是充满了血肉,永远处在不断的流动和变化之中。本文为了叙述方便,只做静态研究。

哈姆雷特性格的模糊性首先取决于构成整体性格的各种性格元素的模糊性,表现在两个层次上。

一、不同性格元素的矛盾对立

对哈姆雷特性格中存在的矛盾现象,一些评论家早有朴素的认识。例如,18世纪的英国评论家阿伦·希尔就曾指出:"诗人赋予他一系列最对立的美。"[1] 亨利·麦肯西也指出:"在莎士比亚的所有人物中,一般

---

1 Brian Vickers, *Shakespeare: The Critical Heritage*, Vol. 3. London and Boston, 1974, p.35.

认为哈姆雷特是最难被归结为任何既定不变的原则的……这样由自然形成并为情境所塑造的哈姆雷特的性格通常是易变的和不确定的,我无意于否认这一点。"[1] 雨果说得更明确:"一切由对立面构成。莎士比亚倾其力于对偶之中。"[2] 然而,更多的批评家是把这种矛盾对立看作莎士比亚性格塑造上的严重缺陷。维克斯曾概括地指出:"早期的批评家们抱怨哈姆雷特的性格是各种相互矛盾着的因素的混合物,言外之意就是说莎士比亚没有能够按照贺拉斯的原则把这些因素结合为一体。"[3] 例如,吉特尔曼就认为:"在人物方面,我们会深感痛惜的是:原意要写成和蔼可亲的主人公,竟会是如此明显的自相矛盾的堆积。"历史学派的一些批评家(例如罗伯逊)认为,由于莎士比亚没有能很好地消化原始材料,因而在人物形象上留下了许多矛盾和不连贯的地方。上述种种论说的出发点虽然不同,但有一点却是共同的,即评论家都认为哈姆雷特的性格中存在矛盾。这一点无疑是符合实际的。恩格斯指出:"一个人物的性格不仅表现在他做什么,而且表现在他怎样做。"[4]

哈姆雷特性格中的矛盾对立在这两方面都得到了充分表现。恩格斯认为,文艺复兴"是一次人类从来没有经历过的最伟大的、进步的变革,是一个需要巨人而且产生了巨人——在思维能力、热情和性格方面,在多才多艺和学识渊博方面的巨人——的时代"[5]。哈姆雷特就是这样一个典型的时代巨人。奥菲莉娅情不自禁的赞语为我们塑造了一幅巨

---

[1] Brian Vickers, *Shakespeare: The Critical Heritage*, pp.273-274.
[2] 雨果:《莎士比亚的天才》,柳鸣九译,杨周翰选编:《莎士比亚评论汇编》(上),北京:中国社会科学出版社,1979年,第415—416页。
[3] 杨周翰选编:《莎士比亚评论汇编》(上),北京:中国社会科学出版社,1979年,第415页。
[4] 陆梅林辑注:《马克思恩格斯论文学与艺术》(一),北京:人民文学出版社,1982年,第179页。
[5] 恩格斯:《〈自然辩证法〉导言》,《马克思恩格斯选集》(第三卷),第445页。

人像:"朝臣的眼睛、学者的辩舌、军人的利剑、国家所瞩望的一朵娇花;时流的明镜,人伦的雅范,举世瞩目的中心。"(第三幕第一场)父死母嫁,王位被篡夺,哈姆雷特清醒地意识到"时代整个儿脱节了",毅然决然地要肩负起"重整乾坤"的责任。所以,从"做什么"这一点来看,与莱阿替斯、福丁勃拉斯相比,哈姆雷特确实体现了一个巨人的大智大勇的性格特征。然而也就在这一点上,哈姆雷特让我们看到了他的性格中相反的一面。哈姆雷特的"重整乾坤"并不意味着改造社会、建立新的秩序(像我们的一些评论家所想象的那样)。相反,他的全部政治理想不过是要恢复原来的秩序,即老哈姆雷特治下的贤明君主政治(这从哈姆雷特对父王的无限怀念中得到证实),他想不到也不可能想到从根本上改造它。君主专制是新兴资产阶级和封建统治阶级在政治上妥协的产物,具有浓厚的封建色彩。无可否认,在当时的历史条件下,君主专制的存在有其合理性和历史进步意义;因此,维护君主专制的政治秩序(与封建诸侯割据相比)的企图就暂时顺应了历史的发展趋势。从这种意义上来说,哈姆雷特的理想体现了新兴资产阶级积极进取的一面。但也仅此而已。历史证明,君主专制由于自身固有的寄生性和腐朽性,在英国资产阶阶级革命爆发的前夜,已经成为历史进一步向前发展的严重障碍。因此,由资本主义的发展(原始积累)所带来的"时代脱节"(旧秩序的大破坏)无疑是历史发展中的一次飞跃。从这种意义上来说,哈姆雷特的只身"重整乾坤"反而是逆历史潮流而动(从这一点来看,哈姆雷特倒有点像堂吉诃德)。由此看来,与走在历史前面的托马斯·莫尔相比(他也没有完全摆脱历史的局限),哈姆雷特的理想并没有多少诱人之处。

从上文的论述中我们不难看出，哈姆雷特性格中的矛盾对立（"巨人"和"侏儒"性格的两极对位）在他的"做什么"中得到了明显的表现。这种矛盾对立一方面固然是由"重整乾坤"这一历史重任的二重性所决定的，另一方面却主要取决于行为主体的内在构成。这一点在哈姆雷特"怎样做"的行为和心理表现中得到了更深刻的反映。

黑格尔曾经正确指出："哈姆雷特固然没有决断，但是他所犹疑的不是应该做什么，而是应该怎样去做。"[1] 在怎样复仇这一点上，哈姆雷特与福丁勃拉斯和莱阿替斯不同。他既不像前者那样轻易放弃复仇，也不像后者那样一味热衷于个人的流血复仇，而是把个人复仇同"整好时代"，同对宇宙、大自然、人类社会，以及人自身的善恶和生存价值的无畏的精神探索联系在一起。这反映了随着文艺复兴的出现而产生的一种新的时代意识在哈姆雷特身上的觉醒，表明了作为巨人的哈姆雷特在精神境界上远远高出于其他宫廷贵族。福丁勃拉斯在最后为哈姆雷特举行葬礼时盛赞这位丹麦王子："要是他能够践登王位，一定会成为一个贤明的君主的。"（第五幕第二场）然而就在这里，哈姆雷特露出了侏儒的马脚。一方面，哈姆雷特是一个具有新兴资产阶级意识的人文主义思想家，同时又是一个具有贤明君主的精神素质的封建王子。这两方面都反映了哈姆雷特的伟大与渺小。他的伟大之处似乎不难理解。那么他的渺小之处是如何表现的呢？一方面，历史的发展还没有达到使新兴资产阶级成为人民革命的领导者，并且有力量同封建贵族进行决战的阶段。这就决定了作为人文主义思想家的哈姆雷特不可能突破封建王子的外壳，与人民群众结为一体（这一点可以从哈姆雷特对待人民起义的态

---

[1] 黑格尔：《美学》（第一卷），朱光潜译，北京：商务印书馆，1982年，第311页。

度中见出）；另一方面，作为有权践登王位的封建王子，哈姆雷特不可能赞成任何超越自身（开明君主政治）的历史进步。这两方面就决定了"重整乾坤"的不彻底性，以任何形式整好那个"整个儿脱了节"的时代都只能是一种幻想。由此看来，历史的和阶级的规定性决定了哈姆雷特的"做什么"；而他的"做什么"也就决定了他的"怎样做"的必然的悲剧性结局。因此，置身于这样的悲剧情境中，哈姆雷特复杂剧烈的内心矛盾冲突、他的优柔寡断、他的贯穿始终的忧郁和突发的行动，他对母后和情人判若两人的态度、他的温情善良和冷酷残忍，就都是非常自然的、合乎逻辑的。哈姆雷特在第四幕第四场中有这样一段独白："现在我明明有理由、有决心、有力量、有办法，可以动手干我所要干的事，可是我还是在大言不惭地说：'这件事需要做。'可是始终不曾在行动上表现出来；我不知道这是因为像鹿豕一般的健忘呢，还是因为三分懦怯一分智慧的过于审慎的顾虑。"历代批评家曾为这段独白中提出的问题绞尽脑汁，但结果如同哈姆雷特本人一样百思不得其解。然而，如果我们把这段独白（还有哈姆雷特的其他独白）置于上述悲剧情境中，问题就洞若观火。哈姆雷特的哲理思考是非常抽象宽泛的，但在这些抽象的哲理思考背后，我们却可以看到非常具体的社会历史内容。

综上所述，我们可以看出，哈姆雷特的悲剧具有明显的二重性。一方面，他的悲剧反映了"历史的必然要求和这个要求的实际上不可能实现之间的悲剧性冲突"[1]。这就是作为具有新兴资产阶级意识的人文主义思想家的哈姆雷特的悲剧。哈姆雷特要实现"重整乾坤"的政治理想，就必然要从根本上突破封建君主专制的政治结构。但是，由于新兴

---

[1] 陆梅林辑注：《马克思恩格斯论文学与艺术》，第181页。

资产阶级的局限性和软弱性，这一点在当时的历史条件下是不可能实现的。另一方面，哈姆雷特的悲剧反映了开明君主政治与资本主义的发展所造成的既成社会现实之间的悲剧性冲突。开明君主政治在当时的历史条件下有其存在的合理性。因此，哈姆雷特企图恢复君主专制秩序的行动是悲剧性的。正如马克思所指出的那样："当旧制度还是有史以来就存在的世界权力，自由反而是个别人偶然产生的思想的时候，换句话说，当旧制度本身还相信而且也应该相信自己的合理性的时候，它的历史是悲剧性的。"[1]

哈姆雷特的二重悲剧并不是截然对立的，而是紧密地联系在一起的。马克思曾经指出："君主专制发生在过渡时期，那时旧封建等级趋于衰亡，中世纪市民等级正在形成现代资产阶级，斗争的任何一方尚未压倒另一方。"[2] 联结这二重悲剧的纽带就是新兴资产阶级同君主专制之间存在的共性以及在此基础上形成的妥协性。哈姆雷特的悲剧性命运就在于，他要实现"重整乾坤"的政治思想，就必然首先要从两个方面突破由这种共性和妥协性维系的精神纽带，而这种突破在当时特定的历史条件下是无法实现的。

在哈姆雷特身上，新兴资产阶级人文主义思想家和封建王子之间的共性和妥协性把哈姆雷特的种种矛盾对立的性格元素联结在一起，从而为哈姆雷特的二重悲剧奠定了统一的心理和性格基础，也给他的性格和悲剧带来了模糊性。这种模糊性在同一性格元素的不同方面的对立统一中表现得更加突出。

---

1 陆梅林辑注：《马克思恩格斯论文学与艺术》，第142页。
2 《马克思恩格斯选集》（第一卷），第179页。

二、同一性格元素内部的二重性

上文从巨人和侏儒的二重性格的矛盾对立分析了哈姆雷特性格的模糊性。从中我们可以看出，沟通两极性格并使哈姆雷特的性格成为一个模糊的有机整体的中介就是二重性格之间存在的同一性。在下文中我们将看到，这种同一性又是以同一性格元素内的二重性为基础的。

1 巨人性格的二重性

在哈姆雷特的整体性格中，使哈姆雷特成为时代巨人的种种性格元素内部具有二重性，正是这种二重性使巨人哈姆雷特和侏儒哈姆雷特紧紧地结合在一起。

1.1 理想主义

在哈姆雷特的性格中，有一种强烈的理想化倾向。他执着地把自己关于人、人生，以及善与恶的理想化了的道德观念作为准绳来衡量周围的一切人和事，他对剧中每个人的态度、对一切变故所做出的反应和采取的行动都是以此为基础的。毫无疑问，哈姆雷特性格中的这种理想化倾向反映了人文主义者对人和人生的乐观主义信念，以及按照自己的政治和道德理想改良社会的强烈愿望。但是，由于这种理想缺乏坚实的现实基础，由于它并不是对社会历史发展的正确的理性认识的结果（带有浓厚的封建色彩），因而只能是无法实现的空想。在这种情况下，哈姆雷特的"崇高理想"就常常流于种种"毫无价值的疑虑妄念"（"My thoughts...be nothing worth"）（第四幕第四场）。

1.2 理性探索

哈姆雷特在剧中是这样盛赞他心目中的"人"："人是一件多么了

不起的杰作，多么高贵的理性！……在智慧上多么像一个天神哩……"（第二幕第二场）作为时代巨人，哈姆雷特就具有这种"神明般的理性"。在他的性格中有一种无畏的、穷根究底的探索精神。周围发生的一切都激发了他对宇宙、大自然、人类社会以及人自身的无穷的理性探索，对传统伦理道德和价值观念的怀疑。这种精神领域中的冒险热情同样从一个方面体现了文艺复兴的时代精神，深刻地反映出经过黑暗愚昧的中世纪，人类正在从基督教的精神桎梏中解脱出来，理性正在觉醒。但是，由于历史的和阶级的局限性，同文艺复兴时期精神领域的一切探索一样，哈姆雷特的理性探索带有很大的盲目性和模糊性。因此，处在这样的精神迷惘和困惑中，哈姆雷特的理性思考就常常化为病态的冥思，在行动上就更多地表现为顾虑重重、瞻前顾后、犹豫不决。在这方面，哈姆雷特的自白是发人深省的："这样，重重的顾虑使我们全变成了懦夫，决心的赤诚的光彩，被审慎的思维盖上了一层灰色，伟大的事业在这一种考虑之下，也会逆流而退，失去了行动的意义。"（第三幕第一场）

英国评论家查尔顿教授曾经指出："无论如何，没有哈姆雷特那样高度发达的理智，人类就会免除哈姆雷特本人所遭受的那种悲剧。"[1]我们认为，人类之所以遭受哈姆雷特那样的悲剧并不是由于哈姆雷特那样高度发达的理智，而恰恰是由于完全相反的原因（当然不是唯一的或主要的原因）。从这种意义上来说，哈姆雷特的悲剧是人类在精神领域由必然王国走向自由王国的过程中演出的第一部悲剧。

1.3 自我剖析

在哈姆雷特的性格中，无情的自我剖析占有突出的地位。每当哈

---

[1] H. B. Charlton, *Shakespearean Tragedy*. Cambridge, 1961, p.112.

姆雷特意识到自己延误了复仇行动的时候，他都要做一番痛苦的自我反省和自我解剖，对自己的健忘、胆怯、顾虑进行无情的谴责。对此，批评家们有不同的看法。一些人把它说成是哈姆雷特勇敢坚强的标志，而更多的人则把它看成哈姆雷特怯懦的借口。我们认为，哈姆雷特的自我剖析一方面反映了他企图磨砺复仇意志的强烈愿望和敢于正视自己缺陷的勇气，这不是一个十足的屠夫或懦夫所能做得到的。另一方面，哈姆雷特不断的自我剖析也反映了他的性格中存在的自我合理化的倾向。他总能为自己的无力复仇找到种种似乎合乎情理的解释，在心理上获得一种自我解脱，这就给人一种自我欺骗式的无可奈何的感觉。

1.4 道德敏感

哈姆雷特对道德极度敏感。他对叔父的僭位、母后的乱伦、情人的背信弃义所表现出来的极度的厌恶和反感，他对流血复仇的本能的道德顾忌，无疑反映了人文主义者理想中的道德观念和行为准则。从这种意义上来说，道德敏感从一个方面反映了作为人文主义思想家的哈姆雷特的心理和性格特征；但也就是在这一点上，哈姆雷特暴露了他的致命弱点和历史局限性。哈姆雷特把周围发生的一切都置于他的道德显微镜下，道德问题是他的思想和行动的出发点，也是归宿。这种局限性大大削弱了他的视力。我们知道，在克劳狄斯身上体现出来的玛基雅维里型的新的道德观念，无疑是资本主义这棵大树在成长过程中结出来的罪恶的苦果；但同样毫无疑问，它体现了一种历史进步，而历史的进步是不能只用道德尺度来衡量的。因此，只从道德角度来谴责克劳狄斯是苍白无力的，何况在人文主义者的道德理想中本来就有很多封建主义的东西。这样，在道德理想破灭而又找不到新出路的情况下，哈姆雷特的道德敏感就表现为感情上的极度脆弱。布拉德雷曾经指出，真正使哈姆雷特对人生绝望、痛不欲生的并不是父亲的死亡，也不是王位的被篡夺，而是由于母亲的乱伦在他身上所引起的"道德震惊"(moral shock)[1]。这样的结论虽然有些片面，但这种片面的深刻却是一针见血的。

上文从几个突出的方面（当然不是全面）论述了作为巨人的哈姆雷特性格的二重性。从中可以看出，哈姆雷特性格中最卓越的地方同时也是他性格中最致命的弱点。从这种意义上来说，正是他的优秀品质铸成了他的悲剧——哈姆雷特式的性格悲剧。

2 侏儒性格的二重性

在哈姆雷特的整体性格中，使哈姆雷特表现为侏儒的种种性格元素内部也具有二重性，正是这种二重性使侏儒哈姆雷特和巨人哈姆雷特紧紧地联系在一起。

2.1 悲观厌世情绪

在剧中，哈姆雷特有时表现出极度的悲观厌世情绪，但这种悲观主义与泰门的愤世嫉俗是不同的。泰门被朋友抛弃之后宁愿遁入森林，不食人间烟火，与整个人类为敌。与此不同，哈姆雷特即使在最悲观的时候也没有对人类完全丧失信心。当他说"人类不能使我发生兴趣；不，女人也不能使我发生兴趣"的时候，他对流浪剧团的演员还是表现出极大的兴趣。而且表现得更加突出的是，他总是通过无情的自我谴责企图使自己从悲观情绪中解脱出来。唯其如此，我们才能在整体上看到一个不断在追求和探索的哈姆雷特。

2.2 宿命论倾向

与悲观主义相联系，哈姆雷特性格中的宿命论倾向在他的意识和

---

[1] A. C. Bradley, *Shakespearean Tragedy*, p.118.

行为中总是一再顽强地表现出来。他的"准备好了就是一切"与埃德伽的"成熟了就是一切"一样，体现了浓厚的宿命意识。关于这一点，孙家琇先生说得好："哈姆雷特最后的宿命论观点，并不产生于一时，只是逐渐加重，或者更具有倾向性意义了。"[1] 然而，哈姆雷特的宿命意识并不是对命运的完全投降。斯多葛式的坚忍主义本身就包含着深刻的矛盾，是自我肯定和自我否定的奇特的统一。"生存还是毁灭，这是一个值得考虑的问题；默默忍受命运的暴虐的毒箭，或是挺身反抗人世的无涯的苦难，通过斗争把它们扫清，这两种行为，哪一种更高贵？"（第三幕第一场）哈姆雷特的行动证明，他的反抗更多是在默然忍受中进行的。他之所以能突然奋起，不顾一切地接受命运的挑战，就因为在他的"默然忍受"中包含了反抗的因素，尽管这种反抗是消极的。

2.3 忧郁的沉思

在复仇的过程中，哈姆雷特总是不断地退回内心，沉浸于忧郁的思虑中，在反思中寻找出路。这种倾向是如此强烈，以至许多批评家在把哈姆雷特的悲剧看成是"性格悲剧"的同时，也把它看成是"反思的悲剧"（a tragedy of reflection）。许莱格尔认为，哈姆雷特迷失在思想的迷宫之中；整个剧本意在显示一种机关算尽的重重顾虑怎样削弱了行动力量。[2] 柯勒律治也认为，我们看到的是一种巨大的理智活动，以及与之伴随而来的对真正行动的成比例的反感。[3] 道顿也有过与许莱格尔和

---

[1] 孙家琇:《莎士比亚的〈哈姆雷特〉》,《外国文学研究集刊》（第六辑），北京：中国社会科学出版社，1982年，第40页。

[2] A. C. Bradley, *Shakespearean Tragedy*, p.105.

[3] S. T. Coleridge, *Shakespeare, Ben Jonson, Beaumont and Fletcher, Notes and Lectures*. Liverpool, 2007, p.203.

柯勒律治类似的看法。[1] 布拉德雷不同意上述观点。他认为，极度的反思并不是无决断的直接原因，而是无决断的一个间接原因，直接原因是一种由特殊情境引起的相当反常的心理状态——"一种深刻的忧郁状态"（a state of profound melancholy）[2]。上述诸家论述尽管侧重有所不同，但有一点却是共同的，即都把哈姆雷特的反思同他的无决断联系在一起，这在事实上就是把反思同行动截然对立起来，从而抽去了哈姆雷特的决断和行动的心理基础。这样的解释显然是不能令人满意的，它的片面性就在于没有看到哈姆雷特的反思的二重性。毫无疑问，忧郁的反思是导致哈姆雷特延宕的一个重要原因。但只看到这一点是不够的。

我们认为，哈姆雷特的忧郁的反思本身就包含了一种积极的探索精神，正是这种探索精神才使哈姆雷特从病态的沉思中走出来，把种种"疑虑妄念"化为"流血的思想"，再进一步化为最后的流血行动。反思是哈姆雷特的心理由非平衡态向相对平衡态转化的中介流程，运动的基本指向是由此及彼的正方向，当然不排除由反思所带来的局部逆向运动。

由此可见，反思与行动并不是截然对立的，正如反思与无行动并不具有必然的因果联系一样。这里，矛盾中就包含了统一的基因。例如，哈姆雷特不在克劳狄斯祈祷时杀死他，这时哈姆雷特的反思就具有上述的二重性。一方面，哈姆雷特的反思确实导致了延宕；另一方面，它却为后来的误杀波洛纽斯的行为奠定了心理基础，即在对手作恶时再进行复仇。

---

1 E. Dowden, *Shakespeare's Mind and Art*. London, 1878, pp.132-133.

2 A. C. Bradley, *Shakespearean Tragedy*, p.108.

在上文，我们运用模糊数学的多值逻辑思维对哈姆雷特性格的模糊性进行了静态分析。从中我们可以得出如下的简短结论：在哈姆雷特的整体性格中存在"巨人"和"侏儒"的二极性格对立，同时在构成"巨人"和"侏儒"性格的每一种性格元素内部也具有伟大与渺小的二重性。正是这种二重性（对立性格之间的同一性）使不同的性格元素在矛盾对立中彼此渗透、亲合、交融，结合为一个有机的统一体。正是由于不同性格，以及同一性格元素内部的不同成分之间的矛盾运动决定了哈姆雷特性格的模糊性；而这种模糊性也就决定了哈姆雷特的整体性格不具有"非此即彼"的属性，即不具有单一的"巨人型性格"或单一的"侏儒型性格"的属性，而具有"亦此亦彼"、对立同一的属性。因此，哈姆雷特的整体性格是"伟大的侏儒"与"渺小的巨人"二极性格的模糊的有机集合体。恩格斯曾精辟地指出："一切差异都在中间阶段融合，一切对立都经过中间环节而互相过渡……辩证法不知道什么绝对分明和固定不变的界限，不知道什么无条件的普遍有效的'非此即彼'，它使固定的形而上学的差异互相过渡，除了'非此即彼'又在适当的地方承认'亦此亦彼'并且使对立互为中介。"[1]我们认为，对哈姆雷特的性格就应该这样理解。

---

[1] 恩格斯：《自然辩证法》，《马克思恩格斯全集》（第二十卷），第554—555页。

哈姆雷特：政治意识形态阴影中追踪死亡理念的思想者[1]

黄必康

讨论哈姆雷特的主体意识与政治意识形态之间不可调和的矛盾冲突，揭示了哈姆雷特拒斥主导意识形态召唤，沉迷智能理想，追踪形而上死亡理念的过程。哈姆雷特既没有被国家权力政治伪意识所软化和包容，也没有扮演常规伦理道德规定的实际社会角色。在主体意识塑构的过程中，哈姆雷特沉迷于本体玄想和话语建构，在形而上的理念中追寻着生命的意义，用死亡的绝对理念代替人类社会的各种价值观念。这实际上表达了早期现代主体向往启蒙理性，追寻生命和宇宙本体意义的价值取向。

一

莎剧的研究者们对《哈姆雷特》一剧条分缕析，层层探究。但如云的批评家们也许忽略了一个历史文本所能建构出来的基本状况，那就

---

[1] 原载于《外国语》2000年第4期。

是：在莎士比亚时代这个政治经济文化动荡转型的特定历史时期，新旧政治、知识和伦理意识纷然杂陈，处于互相冲突碰撞、互相选择组合的矛盾运动中。主体浸透在这样的意识形态[1]旋涡之中，在构塑自我的过程中必然呈现出无中心的零乱和无常的混乱状态。排除莎士比亚本人的意识构成和现实的艺术创作意图，我们可以说，《哈姆雷特》集中地演示了英国文艺复兴时期现代主体确立的这种不确定性和复杂性。哈姆雷特作为自我意识极强的主体，面临着各种意识形态的召唤：克劳狄斯的政治权力包容、鬼魂的父子伦理、奥菲莉娅的性爱、友情与勇气以及正义和忠君意识。这些纷杂不定的社会意识和价值观，期望通过这个自觉的主体显现自己的存在。然而，哈姆雷特总是拒绝俯就，他的意识总是超越社会现实层面，上升到终极存在的本体论高度。在哈姆雷特的思想世界里，政治就是阴谋，国王犹如乞丐；超自然力量的真伪之辨也是个时间问题，有情人终归还是"罪孽"的滋养者……哈姆雷特习惯于用哲学思考和自我追问来代替现实的行动。他常通过想象来确定他与各种意识形态之间的关系。由于强烈的身份感，他总是执着地坚守着知识和智能的意识形态阵地，不愿通过沟通和交换来获得观念的妥协和心灵的安宁，甚至不惜最终付出生命的代价。换句话说，哈姆雷特总是保持着主体的意识形态构成，拒绝其他意识形态和价值观的召唤和同化，直到主体意识的彻底消亡。

---

[1] 本文使用广义的概念、与阿尔图塞的泛意识形态概念近似，即，意识形态就是现实生活中任何表征系统表达的价值观念和利益关系。它不涉及明显的虚伪性和政治压制性。任何立场和观点皆存在于意识形态之中。意识形态之外，别无他物。为具体的文学文本的意识形态分析起见，泛意识形态观念可以按社会意识的不同层次具体区分为政治意识形态、智能（知识）意识形态和伦理意识形态。关于这一提法，本文作者另有论文详细论述。

本文侧重讨论哈姆雷特特有的知识和智能意识形态与克劳狄斯为代表的主导政治意识形态之间的矛盾冲突。在对持续的政治意识形态召唤的拒斥过程中，哈姆雷特在充满了哲理思辨的话语中反复征用与死亡有关的意象来表达他的世界观和厌世情感。他的脑海里经常浮现出死神的形象，他寻求与死亡对话，描述尸体的腐烂过程，思考着自杀的可能性和合法性，用哲学的思辨来探求死亡的意义。哈姆雷特似乎是一个死亡哲学的朝圣者，不受人间现实价值、七情六欲的诱惑。在旅途的终点，他充分展示了独立于世、群而不党的知识分子的主体精神，同时也制造出一种超乎道德判断以外的有关死亡的意识形态。在此过程中，哈姆雷特没有被克劳狄斯邪恶政治意识形态所包摄或同化；相反，他的主体内质不断地被一种形而上的意识形态所重写和强化，反复显现出一种人文的理想主义精神。本文首先围绕着哈姆雷特的知识意识问题，对以往一些经典性的观点做出评析。在此基础上细读剧本，意图在哈姆雷特充满死亡意象的生命思辨中窥视到哈姆雷特智能（知识）意识形态的基本特点，从而揭示出英国早期现代主体意识构建的过程。

二

为了在上述范围内讨论哈姆雷特的智能意识问题，有必要首先简要地讨论一下有关这个问题的几个本源性的批评观点。首先，笔者认为，18世纪莎评大家约翰逊博士可算是研究哈姆雷特思想心智的始作俑者。约翰逊认为，哈姆雷特复杂的心态是外部因素作用的结果。父亲暴亡、母亲匆匆改嫁，本已使这位多思的王子难以承受这生命之重，超自然的道德谕示又使幻灭的心灵蒙上了理性怀疑主义的阴影。哈姆雷特"欲而其反,则恍惚无定;自知责任压人而不知所措"[1]。为此,"他的心灵遭受了无与伦比的巨大创痛"[2]。由于哈姆雷特极端的哲人气质和对外部事件的敏感力,他不分利弊,完全忘记了他的王子身份。因此,剧中哈姆雷特的一切过失行为都不是出自他内心的驱使,而是应归咎外部事件引发的精神刺激。用哈姆雷特本人的话来说就是:祸根是"他的疯狂",而这正是"可怜的哈姆雷特的大敌"(第五幕第二场第237行,第239行)[3]。约翰逊用启蒙理性的尺度来衡量哈姆雷特的意识和性格特点,建立了哈姆雷特主观心智特点和外部事件作用的二元对立模式。这样说来,哈姆雷特本人内心的理性是自然的存在,而一切非理性的话语和失常的行为都是外部力量的体现。正因为哈姆雷特不同寻常的哲人气质和思辨习惯,使得外部事件通过主体的想象和推理能够延展下去,而这位文人气质的王子"在剧中自始至终都是事件发展的被动工具,而不是主动的行为者"[4]。与此相反,19世纪浪漫主义诗论家柯勒律治从个人心理构成来解开哈姆雷特的心智和性格之谜。柯勒律治用他的诗人内心有机形式和心理创造想象力的美学理论来观照《哈姆雷特》,认为应该跳出剧本结构框架来理解哈姆雷特的内心世界。哈姆雷特首先是个诗人和哲学家,他富于幻想,充满智慧。他为思想而思想,忘却现实功利价值和客观的生存世界。文人学者从现实中具体的人物和事件看到人类的总体特征和生存状况,看到客观世界形而上的规律和真理。柯勒律治也曾

1　G·R·沃德惠森(G. R. Woudhuysen):《塞缪尔·约翰逊论莎士比亚》(英文版),伦敦,1989年,第240页。

2　G·R·沃德惠森:《塞缪尔·约翰逊论莎士比亚》,第241页。

3　本文中引用的莎士比亚戏剧原文皆出自G. Blackmore Evans编:《河畔版莎士比亚全集》,波士顿:1974年,并由本文作者参照朱生豪译本译出。引文后括号中标注"幕"、"场"和"行"。

4　参见G·R·沃德惠森:《塞缪尔·约翰逊论莎士比亚》,第244页。

说:"如果能如此作比的话,我自己就有点像哈姆雷特。"[1]诗人和哲学家的内心世界是想象和知识的世界,同时也是个人与客观现实对立的源泉。由此观之,衡量哈姆雷特思想怪异、行为失范的标准并不是某种现成的理性道德规范。哈姆雷特沉湎思想、疏于行动是由他本人的思想意识构成和决定的。用柯勒律治的话来说:哈姆雷特的意识构成"抽象和概括的思维习惯远远甚于实用的倾向……现实中的每一事件都会引起他的苦思冥想"[2]。上述两种观点在20世纪初莎评大家A·C·布拉德雷那里得到引申和延展。布拉德雷深受黑格尔悲剧冲突论的影响,同时在方法上也十分赞同F·R·利维斯所谓文学批评要获得对文本"完全的细部的反应",以达到"完全占有文本"的主张。因此,他努力全方位地来阐释悲剧"行动中的人物"[3]的现实意义。布拉德雷主张把哈姆雷特作为现实生活中真实的社会人来加以细致的剖析。实际上,布拉德雷综合了约翰逊的外力论和柯勒律治的内因说,通过细致分析《哈姆雷特》剧中各人物在不同场景中的心理反应,得出结论:哈姆雷特特殊的哲人心智和外部的突发事件共同作用,导致了这场悲剧。哈姆雷特能思善辩的习惯久之积成严重的忧郁症,令人震惊的事变加深了哈姆雷特的心理危机,促成了他失常的精神状态。而且,随着剧情的发展,哈姆雷特内心的失衡又因不断受到外部事变的刺激而不断加剧。尽管哈姆雷特具有"精致入微的感悟力"和"天才的思考能力",但是由于他内向的心态和多事的现实,"他的道德感悟力和智能天才反倒成了他的大敌"。这

---

[1] R·A·福克斯(R. A. Foakes):《柯勒律治论莎士比亚》(英文版),伦敦,1989年,第89页。
[2] R·A·福克斯:《柯勒律治论莎士比亚》,第89页。
[3] F·R·利维斯:《文学批评与哲学》,K·M·纽顿编:《20世纪文学理论文集》(英文版),伦敦,1988年,第67页。

就是对哈姆雷特智能知识意识构成的三种经典性观点。20世纪以来其他有影响的《哈姆雷特》评论家都不同程度地回应了这三种批评基调。例如，五六十年代历史现实派的代表J·多佛·威尔逊对《哈姆雷特》的评论是柯勒律治观点的回声。威尔逊认为，哈姆雷特沉湎于探索生物终极真理的哲人精神具有超现实的意义。研究哈姆雷特就是"研究人类的天才"；这位忧郁的王子是"最令人钦佩的英才"[1]。与此针锋相对，意象象征派莎评家G·W·奈特认为，哈姆雷特因外界事件的刺激变得疯狂变态。在他颇具影响的《烈火的车轮》一书中，奈特集中地讨论了哈姆雷特"极端的忧郁病态和迷狂的厌世主义"[2]。奈特认为，哈姆雷特被"心理和精神死亡"的病魔附身；他"就像一剂毒药，在哪里出现，就在哪里威胁着丹麦王国的健康和幸福"。奈特把哈姆雷特与邪恶的伊阿古相提并论，因为"他们都在残暴的行为中获得魔鬼般的满足"。与在剧中表现得"心地善良，举止文雅的国王克劳狄斯"相比，哈姆雷特"却是丹麦王国邪恶的根源"[3]。介乎二者之间的是以提倡细读文本著称的L·C·奈茨。奈茨一贯反对对莎剧的主观臆说。但在哈姆雷特内心意识和性格特征这个问题上，他也必须基于剧本例证对上述两种极端看法加以调和。奈茨通过文本分析，认为在哈姆雷特的精神世界里，邪恶的冲动和善良的愿望混杂一处，共同受制于一种"自我思想沉迷的气质"[4]。

---

1 A·C·布拉德雷：《莎士比亚的悲剧》（英文版），纽约，1991年，第96页。

2 J·D·威尔逊：《哈姆雷特引言》，《新剑桥版莎士比亚·哈姆雷特》，伦敦，剑桥大学出版社，1950年，第LXIV页。

3 G·W·奈特：《烈火的车轮》（英文版），伦敦：牛津大学出版社，1930年，第24页，第31页，第33页，第29页。

4 L·C·奈茨：《哈姆雷特王子》，《探索：十七世纪文学批评集》（英文版），伦敦，1946年，第67页。

外部发生的事件可以催化这种心态,加重哈姆雷特性格和意识的两面性。奈茨认为,总体而论,尽管《哈姆雷特》问题成堆,悖论不少,但对于所有带有某些难以克服的人性弱点的人来说,这出剧"都是一种可能的亲身经历"[1]。"起码说来,我们大家都有点像哈姆雷特"。[2]当然,除了上述三种批评主流外,还有其他新解异说。例如E·琼斯用弗洛伊德精神分析对哈姆雷特心理意识的解说。哈姆雷特被说成是一个深陷杀父娶母的"俄狄浦斯情结"而不能自拔的狂想症患者。他与叔父克劳狄斯的关系自然就成了变态情敌的关系。这种大胆的心理推论即使不是缺乏根据的主观臆说,也是依附精神分析学说而生成的理论注解。它虽成一家之言,但难以形成气候。

新批评派的莎士比亚学者却不以为然。他们把上述莎评家称为"最危险的一类批评家"。[3]因为他们的写作里充斥着评论者强烈的主体表现欲。用T·S·爱略特的话来说,这些批评家"用想当然的创造意识"来评论文学文本。他们"基于各自的艺术见解,在《哈姆雷特》中捕风捉影"。这些批评家"从来就不记得,他们的首要任务是研究艺术作品本身"[4]。对于新批评派莎评家来说,剧本《哈姆雷特》是第一性的,而人物哈姆雷特是第二性的。莎评家的唯一任务就是研究和分析作品上的白纸黑字,因为有了它们的有机组合才构成了艺术作品本身。如果基

---

1 L·C·奈茨:《哈姆雷特王子》,第76—77页。

2 H·列文:《1660—1904年的莎士比亚评论》,S·威尔斯编:《剑桥莎士比亚研究指南》,伦敦,剑桥大学出版社,1971年,第224页。

3 T·S·爱略特:《哈姆雷特和他的问题》,H·艾顿编:《柏拉图以来的文学理论》(英文版),纽约:1971年,第788页。

4 T·S·爱略特:《哈姆雷特和他的问题》,第505页。

于个人的心理学见解和道德观念对戏剧人物的言行细加评说，只能使艺术沦为现实生活中价值判断的注脚。我们要打破主观价值判断的思维习惯，把哈姆雷特看成文本中一个活跃的因子，而不是活生生的现实人物。这样才能对这出剧的文本细部的艺术结构和价值做出客观的归纳和分析。受新批评派影响的莎评家既不对哈姆雷特的性格、意识和情感做出大包大揽的主观价值判断，也不去找寻哈姆雷特复仇延宕的最终原因。他们即使有时离不开剧本的意识和价值评判，也首先深入文本的形式结构。这样，作为人物存在的哈姆雷特王子就渐渐隐去，不同形式结构或艺术意象所形成的意识总体框架随即显现。笔者认为，在此方面著名莎评家、耶鲁大学教授M·麦克在他颇有影响的《哈姆雷特的世界》中做出了很好的示范。麦克在细读《哈姆雷特》的过程中力图把握文本结构所趋示出来的宏观意识总体而不是具体的意识状态。他把这种意识总体称为"想象的环境……一种心灵的微观境界"，即一种有机结构，其中"各组成部分互为意蕴，每一组成部分的存在和意义都与其余的成分密切相关"。麦克从文本结构细部入手，发现《哈姆雷特》的语言结构所表征的是一种充满了神秘指义、质问意念和玄思谜语的智能思想世界。在这个复杂的语义网络里，现实的存在成了问题。现实与想象的关系不断地由一些反复出现的词和意象推到思想的前台。比如，"鬼影"（apparition）、"似乎"（seem）、"假定"（assume）、"装扮"（put on）、"形状"（shape）等词反复出现，构成一种意念链。还有疾病、衣物、脂粉、涂料、彩色饰物等意象也反复出现，构成意义的网络。在这个充满迷雾和断裂的意识世界里，个体的人物失去了主体的选择，而且"在两种选择的废墟上摸黑前行，既不能拒绝一种选择，又不能完全接受另一种选择……只能用思想的线索来安慰自己"[1]。用英国文化唯物主义的话来说，主体被非中心化，在空洞的能指构成的幻觉虚像中靠无现实目的盲目行为驱动着。这里，麦克为我们提供了一条从文本结构到思想意识世界的自下而上的阐释途径，使我们能够隐约找到文本形式特点与全剧总体意识之间的联系。可以说，麦克用新批评细读文本方法，又突破了新批评不言作品表征意义的限制，开了联系文本形式构造特点与文本指意阐释的先河。

近来，有些莎评进一步注意到了文本特征对揭示《哈姆雷特》中折射出来的整体意识的有效性。构成《哈姆雷特》独特的意识和情感世界的不是外部事件的突变，不是人物的心理或性格因素，也不是二者的综合作用，而是文本形式构造特征（特别是反复出现、形成格局的文字意象）。例如，J·亨特对《哈姆雷特》中大量的肉体意象的采集和分析尤为引人注目。亨特把全剧视为一个"人体肢体解剖大作坊，堆放着不同种类的肢体、脏器、肌肉和体液"[2]。人的整体形象隐退，取而代之的是破碎人的感觉。莎士比亚似乎在这出剧里把现实社会简约为支离破碎的肉体存在。亨特认为，这种对有机生命整体的肢解"引发出一种本体错位的烦躁情绪"。这些意象的反复及其分布使人感到中心的永久缺席。"《哈姆雷特》中的一切事物分崩离析，或被强行撕裂扯碎。"随着

---

[1] M·麦克:《哈姆雷特的世界》，L·F·狄恩编:《现代批评文集》（英文版），纽约：牛津大学出版社，1982年，第243页。
[2] M·麦克对《哈姆雷特》中的肉体意象的收集和统计十分相近。其中出现的身体器官从头到脚共四十二个，内脏器官十四个，体液种类六种，器官功能二十七种，身体周六病变八种。正如有些评论家所论，这些肉体意象聚会一出，可以归结哈姆雷特提出的那句话："人是一件多么了不起的作品！"（What a piece of work is a man!）这恰恰逢迎了莎士比亚时代人文主义和怀疑主义智能意识形态的中心议题。

剧中鬼魂召唤哈姆雷特去砸碎新国王为首的政治肌体（body politics）的神秘呼声，"哈姆雷特就会从生理、心理、道德、伦理、政治各方面把个社会搅个天翻地覆"[1]。亨特的分析说明了莎士比亚时代智能（知识）意识形态的两面性。一方面，人文主义借古典文化复兴冲破中世纪禁欲主义的藩篱，高扬人的主体精神，使之显出"世界的精华，万物的灵长"（第一幕第二场第307行）的光彩；另一方面，人的血肉之躯和精神状态短暂无常，不过是"一堆污浊的肉体"和"一捧精细的尘土"，它顷刻就会"融化，消散，化成一滴露水"。（第一幕第二场第129—130行；第二幕第二场第308行）正如F·巴尔克所说的那样，《哈姆雷特》中大量的肉体意象"不是僵化的隐喻"，而是"社会现实秩序的指示标志，因为人体在社会构成中处于不可简约的中心位置"[2]。在这类文本形式研究中，剧中人物哈姆雷特的意识构成和性格特征不再重要，批评的聚焦点是戏剧文本整体的话语构成（特别是隐喻手段）所揭示的整体意识。而这种整体意识正是通过剧中主要人物哈姆雷特的言语和行为得以传达和张扬的。

三

我们知道，主体的思想意识和性格形成是一个与现存的各种社会意识互相拒斥、互相商讨、妥协和包容的过程。文学文本的阐释中，如果以现实生活为参照，对人物的意识和性格特征做主观的价值评判当然

1　M·麦克:《哈姆雷特的世界》，第31页。
2　F·巴尔克:《颤抖的个体：论主体》（英文版），伦敦和纽约，1984年，第23页。

是片面的，而专注于文本形式指义规律，并以此归纳出文本的总体意识特征也是不够的。如果我们用一种动态发展的眼光来审视《哈姆雷特》中显现出来的智能（知识）意识形态，把它看作一个各种社会意识互相碰撞、互相召唤的过程，我们就不难发现，对哈姆雷特的思想意识和情感做古典主义的理性判断、浪漫派的主观想象以及新批评的形式勾玄，都更多的是对一种预设观念的描述，而不是对一种动态意识形成过程的分析。它们要么展示了批评家基于个人现实经验和伦理观念对哈姆雷特哲人般的思想和气质的阅读感受和判断，要么试图通过对文本形式细部的发掘和联系来揭示出《哈姆雷特》总体的社会意识形态构成。有鉴于此，下文试图解读文本，从一个侧面来描述和分析哈姆雷特智能意识在拒斥政治意识形态召唤和包容的过程中的自我塑构。我们注意到，在这个主体自我塑造的过程中，哈姆雷特抵御以克劳狄斯为代表的主导政治意识形态的招募和置换，其主要表达方式就是在"精神失常"的掩护下发出的一系列知识话语和反复出现、形成格局的主导意象。剧中大量、反复出现的是与死亡有关的意象。在哈姆雷特的哲思玄想中，黑色的死亡首先是对人类生命之光灭顶的遮蔽，然后是对污浊丑恶的人类社会的逃避，死亡成了社会不平等的最佳均衡手段，成了人类一切欲望和抱负的毁灭者。这一系列的死亡意念正是哈姆雷特智能（知识）思想意识和哲人情感的重心，也是哈姆雷特拒斥政治意识形态召唤和包容的主要意识堡垒。

哈姆雷特的智能（知识）意识形态一开始就与政治危机后重建的丹麦意识形态国家机器直面相撞。作为丹麦王储、国家未来的栋梁和骄傲，哈姆雷特具有强烈的身份感和对自己生存状况的认同感。国家政权发生变故，他即刻受到以篡位君主克劳狄斯为首的主导政治意识形态的召唤。得知父亲暴亡、母亲匆匆改嫁叔父，哈姆雷特悲愤交加。他出现在宫廷中，听取新王克劳狄斯对朝廷变故的处理和对外政策的训令。克劳狄斯那富于修辞色彩又讲求实效的开场白（第一幕第二场第38行）隐含着多层次的意识形态意图：对先王的伪善悼念并号召节哀；对国家现实的关心；宣布与前王后这位"伟大国家共同的统治者"（第一幕第二场第9行）的及时婚姻，以此巩固自己的地位；显示自己精明的政治和外交手腕以赢得朝野的认同和支持。克劳狄斯传布的正是典型的国家权力伪意识。它的基调是：国家的现实利益高于一切。由于暗杀国王而取得的国家政权是非法的，克劳狄斯意图用现实表象的合法冲淡伦理道德的不合法，用国家利益的伪意识掩盖死亡的沉重和人性情感的悲哀。而这一切伪意识的背后是政治权力的最终目的，即建立国家政权的权威和合法性。另一方面，年轻的哈姆雷特本是封建政治意识形态确立的正统王位继承人，此时与国家权力无缘，倒成了主导政治意识形态的招抚对象。哈姆雷特对这样的权力分配组合在潜意识中是十分抵触的。哈姆雷特在剧中回答国王派来的密探时几次提到他"脑子坏了"的原因时欲言又止，却在无意识中表露了自己对失去王位的耿耿之心。（第二幕第二场第252—265行；第三幕第二场第240—344行）在他的意识中，在这个颠倒错乱的年代，担负起国家兴亡，重整乾坤是他当然的职责。（第一幕第五场第188行）而且，如此的政治权力组合格局一直笼罩在哈姆雷特的父亲，前国王突然死亡的阴影之中，这也是哈姆雷特一直挥之不去的疑团。克劳狄斯却不然，谋杀篡位得手，对死亡之事已不在意，他一心只想在现实中确认和巩固既定的意识形态关系。此时他一开口便称呼哈姆雷特为"我的儿子"（第一幕第二场第64行）。表面上，这是家庭亲情关系的表达，而实际上这却是国家权力对哈姆雷特的直接意识形态的召唤。哈姆雷特对此拒绝屈从。他以讽刺意味极强的一句旁白作答："亲情关系还算近，品性言行相去远。"（第一幕第二场第65行）"亲情"（kin）和"自然同类"（kind）这两个词的对比是表象与实质的对比，它表露了哈姆雷特对以亲情为幌子的伪意识的抵制和对自然真诚的人际关系的向往。这也正象征着克劳狄斯政治意识谋略与哈姆雷特人文理想的意识形态冲突。同时，"kindness"这个词在此语境中双关，意指"相似"（likeness）和"家族成员"。哈姆雷特用之来识别自我主体的身份，表明他认同与克劳狄斯的叔侄关系，但拒绝认同他们的君臣关系。在哈姆雷特的意识中，克劳狄斯虽为亲族成员，但与刚刚暴亡的前国王在人格品性方面毫无相似之处。克劳狄斯对哈姆雷特阴郁的态度并未在意。他知道，捕捉和包容主体是一个反复的、潜移默化的过程。他必须首先知道哈姆雷特表面的悲哀背后是否隐藏着某种逆反主导意识形态的思想活动："为什么愁云依然笼罩在你的心头？"（第一幕第二场第66行）克劳狄斯用"云"这一意象比喻遮蔽哈姆雷特真实思想活动的意识伪装。这立即在哈姆雷特的意识里引起了"太阳"这个相反的类意象："不，陛下，我已在太阳里待得太久。"（第一幕第二场第67行）这里的"太阳"（the sun）与"儿子"（the son）同音，构成意义强烈的双关："儿子"处于父权社会的从属地位，一直生存在象征着国家权力的"太阳"的恩泽之中。这种文字游戏实际上就是一种智能意识形态，它的弦外之音在克劳狄斯强烈的政治意识中是昭然若揭的。哈姆雷特接着用一连串使人联想起前国王的死和真情悲哀的意象和意念进一步表明他与克劳狄斯貌似理智的伪意识不相容的立场："黑黑的外套"、"习俗规定的黝黑的丧服"、"郁闷的叹息"、"滚滚江河般的泪水"和"悲苦的脸色"。这些都是"悲哀心情的装饰和门面"（第一幕第二场第77—84行）。而哈姆雷特从来"不知道什么'好像'不'好像'",因为他的悲哀是"无法表现出来的"(第一幕第二场第85行)。他是在追寻人对死亡所持有的根本态度。在情感爆发之后,哈姆雷特开始了他探究死亡观念的旅程。然而,克劳狄斯并不轻易放弃。他顺势接住哈姆雷特用隐喻传达出来的死亡意念,试图用"理性"的教谕来归化哈姆雷特:人皆有一死,而且不可抗拒的自然律条的"共同主题就是父亲的死亡"(第一幕第二场第103行)。用"上天"、"理性"和"人之常情"来衡量,哈姆雷特"放任不节的悲伤"、"顽冥不化的固执"和"女人气的哀恸"表现出"逆天悖理的任性,经不起挫折的心胸,缺乏忍耐的意志和简单愚昧的理性"(第一幕第二场第94—97行)。但是,直接的意识形态宣教往往机械而空洞,起不到应有的效果。克劳狄斯还必须"动之以情",再次启动意识形态身份认同和召唤功能,驱动主体的潜意识想象。他称哈姆雷特为"朝廷重臣,至亲和儿子"(第一幕第二场第117行),把主体的政治地位和亲属关系合为一体,并郑重宣布:"让全世界都知道,你是王位的直接继承者。"(第一幕第二场第108—109行)可是,哈姆雷特对国家权力的承诺不屑一顾。他对克劳狄斯伪善地劝他暂缓回威登堡而留在宫中(实际上是借此控制其行动)的劝告置之不理,只因母亲的再三恳求才勉强同意。他的答语故作庄重有礼,一反适才耿耿的怨恨语气,但清楚地表明了蔑视权威的意蕴:"谨此勉力从命,母亲大人。"(第一幕第二场第120行)克劳狄斯对这当众给他下不了台的挑战自然怀恨,但是精明的政治头脑告诉他,此时小不忍则乱大谋。于是他作释然状,好像刚才紧张的意识形态对峙已经冰消瓦解,哈姆雷特已经屈从主导政治意识形态的召唤,确认了自己"朝廷重臣,至亲和儿子"的主体身份。他不失时机地宣布通宵礼炮齐鸣,狂欢庆典:"让上天应和着地上的雷鸣,发出欢乐的回声。"(第一幕第二场第126—128行)政治意识形态就这样制造假象,让人们相信它已经成功地对哈姆雷特这个最容易形成对立政治势力的主体进行了包容和同化。

然而,这才刚刚开始。如果我们暂且不论这部剧的道德和复仇延宕问题,上述简短场景中显示出来的两种意识形态的对立关系即可视为贯穿全剧结构的中心线。在此场景以后直到第三幕第二场的"戏中戏",克劳狄斯和哈姆雷特都似乎有意回避面对面的遭遇。表面上似乎井水不犯河水,但实际上各自却在自己的意识形态领地积蓄力量,以备终有一搏。意识形态的张力始终吃紧。国王的策略是"躲在帷幕之后"(第二幕第二场第163行)。在大臣波洛涅斯和朝臣罗森格兰茨和吉尔登斯吞的协助下,策划一系列旁敲侧击的话语圈套,以深入哈姆雷特的意识,"发现发疯的真正原因"(第一幕第二场第49行)。另一方面,哈姆雷特求得同学和巡回伶人的帮助,进行了反调查,设计了"戏中戏"——"捕鼠器"(mousetrap)——中一系列的戏剧意象,以便"捕捉到国王内心的隐秘"(第一幕第二场第605行)。在此过程中,死亡意象及其关联的意念不断出现在哈姆雷特的想象中,最终被观念化,成为哈姆雷特形而上沉思的重心。

克劳狄斯对哈姆雷特意识深处的第一次窥测发生在第二幕第二场。哈姆雷特已从鬼魂口中得知这场"最为伤天害理,最为逆伦不道的谋杀"(第一幕第五场第25行)。此时他神情恍惚,手捧一本旧书从侧台独自入场。国王和王后急避帷幕后侧耳细听。大臣波洛涅斯为探虚实主动凑近前搭讪,却被哈姆雷特唤作一个"卖鱼的",即不诚实的人。哈姆雷特似乎以他特有的敏感,知道波洛涅斯为人鹰犬,人格低下。因为在他的想象世界中,在这个"乏味,平庸,腐朽荒凉的世界上"(第二幕第二场第133行），"万人之中方可挑出一个诚实人"（第二幕第二场第78行）。虚伪的意识掩盖了一切本真的东西。于是，哈姆雷特以其人之道还治其人之身，多用隐喻回答波洛涅斯的提问。他的话多否定人生价值，描述衰老过程，感叹人生奋斗的徒劳和不可避免的死亡。人的价值是"死狗身上的蛆虫"（第二幕第二场第187行），爱情和生命繁衍也终将成为"太阳光亲吻下的臭肉"（第二幕第二场第182行）；衰老匆匆而至——"灰白的胡须"、"布满皱纹的脸"（第二幕第二场第197—199行），象征知识的书籍也不过是干巴巴的"字符，字符，字符！"（第二幕第二场第192行）死亡的意象随即而至。哈姆雷特有意把波洛涅斯的建议"走进去避避风"（walk out of air）理解为"走入坟墓"，声嘶力竭地向他吼道："我不愿给予的东西你休想取走，但你可以要我的命！你可以要我的命！你可以要我的命！"（第二幕第二场第216—218行）哈姆雷特的这番"疯话"意在告诉躲在帷幕后的克劳狄斯：他的意识中充斥着在死亡阴影笼罩下的人类生存意义问题。这属于哲学问题，与政治毫不相干。

这一连串关于死亡的疯话不是对克劳狄斯政治意识形态的直接威胁，而是人性精神深处永久的恐惧，它与人生观和世界观有着密切联系。早些时候，哈姆雷特说他把"自己的生命看得连一棵针都不如"（第一幕第四场第65行）。他成天思考着为什么上天会"制定出禁止自杀的律法"（第一幕第二场第132行）。此时，经过鬼魂超自然的死亡谕示，哈姆雷特已经走出了个人肉体消亡和灵魂毁灭的思想胡同，开始研究死亡的普遍意义。在那段著名的"生存还是毁灭"的独白中，死亡的意象已经十分观念化了。哈姆雷特看到了存在的虚无、生命的困境和来世的劫难。G·威尔逊说："死亡是这部剧的主题，因为哈姆雷特的病根就是精神的、灵魂的死亡。"[1]批评的焦点如果落在哈姆雷特这个人物身上，这个观点有其合理性。但如果超越个体，以普遍社会意识为参照，那么哈姆雷特有关死亡的思辨就不是个人心理错乱失常的表征，而是一种有关死亡的知识话语，一种拒绝以现实利害关系为目的的政治意识形态的体现。个人的忧生畏死生成现实的人际关系，而对死亡的观念的追踪显示的却是哲人探索真理的精神。

如果说波洛涅斯与哈姆雷特的问答只是克劳狄斯用一个"令人生厌的老傻瓜"（第二幕第二场第219行）对哈姆雷特的内心世界做出的一次小小的试探，那么紧接着上场的朝臣罗森格兰茨和吉尔登斯吞则代表着克劳狄斯政治意识形态对哈姆雷特的一次直接的召唤和逼迫。哈姆雷特刚见儿时的好友，叙旧中自然暂时脱去了意识形态的伪装。但不久就警觉起来：此二人在宫中的突然出现并非偶然。哈姆雷特于是重新带上面罩，使用模糊的语言以遮蔽思想：他把丹麦比作一座大监狱并解释说："世间并无善恶，只是思想会作这样的区分。"（第二幕第二场第149—150行）罗森格兰茨立即抓住话题，意图引诱哈姆雷特承认自己精神失常的原因是"丹麦太小，容不下[他]的政治野心"（第二幕第二场第250—252）。这句话代表着意识形态国家机器对哈姆雷特的直接召唤。它好像在说："喂！你就是这样的，认同这个身份吧，很多人都和你一样的。"可是哈姆雷特拒绝合作，他遵循着自己的意识形态惯力，用貌似中立的智能知识话语来抵制对自己的意识形态定位。他利用有限时空和无限思想这一传统的二元对立关系，玩起文字游戏来："呵！上帝，倘若不是噩梦缠身，那么即使把我关进小小的硬果壳，我也能

---

[1] G·W·奈特：《烈火的车轮》，第42页。

把自己设想成拥有无限空间的君王。"(第二幕第二场第254—256行)然而,罗森格兰茨和吉尔登斯吞目的明确,他们不会放过哈姆雷特话语中任何暴露自己内心意识的蛛丝马迹。他们指出,所谓"噩梦缠身",正是政治野心在意识中的躁动不安,因为野心即主体意识深处无边的欲望想象。它缺少理念,离现实太远,"是空洞轻浮的虚体,不过是影子的影子"(第二幕第二场第261—262行)。至此,哈姆雷特几乎被逼入穷途,他挣扎着接过话题,把它推至一个荒诞的极端:这么说只有乞丐才算是实体,因为只有他们才没有野心。这个比喻多少有点勉强,哈姆雷特于是只得宣布自己江郎才尽:"说实在的,我的头脑坏了,不能谈玄说理。"(第二幕第二场第265行)面对国家权力要求非此即彼的回答的追问,哈姆雷特不能作指义明确的应答,否则就会陷入政治意识形态斗争的旋涡而招致杀身之祸。于是,他退回自己的智能(知识)意识形态领域,用对宇宙人生存在和意义的肯定或怀疑来与现实政治权力保持距离,用死亡的观念来掩饰对现实国家权力的反叛。他告诉这两个御用朝臣,这个宇宙神奇壮观,在"金黄色的火球(太阳)的点缀下",负载万物的大地是"一座美好的框架",覆盖众生的苍穹是"一顶壮丽的帐幕"。可是归根结底,这天堂式的乐园又是一片无望的死寂:大地不过是"一片不毛的荒岬",宇宙也就是"一大堆污浊的瘴气的集合"(第二幕第二场第298—313行)。一方面,人类是世间一切生物高贵的主人:"世界的精华,万物的灵长。"另一方面,人类又是死亡卑躬的奴隶,是"一捧精细别致的尘土"(第二幕第二场第307—308行)。对于观众或读者来说,这番话是包蕴在文艺复兴时期怀疑主义氛围中的人文主义思想的曲折表达。但对于两个国王派来的宫廷密探来说,这正是哈姆雷特"巧妙地装疯卖傻"的证据,这位多思的王子正是以此"有意回避"(第三幕第一场第8行）国家权力意识形态的检验和召唤。

  精明强干的克劳狄斯却不是那么容易被蒙蔽的。哈姆雷特的政治地位以及这些谜语般的话语对国家权力表现出明显的不恭。而且，国王深知："大人物的疯狂是不能听其自然的。"（第三幕第一场第189行）因为他发现，在"这些长吁短叹之中，都含有深长的意义。我们必须设法弄懂其真正的含义"（第四幕第一场第12行）。波洛涅斯被哈姆雷特刺死的消息传来，克劳狄斯终于发现用隐喻传达的意识形态召唤与同化已经无济于事。哈姆雷特不仅是一个对主动政治意识形态不予合作的"坏主体"（bad subject，阿尔图塞语），而且还是危及国家权力肌体的"毒疮恶疾"（第四幕第一场第21行）。更有甚者，哈姆雷特"深受那些糊涂群众的爱戴"（第四幕第三场第4行），而且宫廷里的意识形态斗争已经"在全国上下引起窃窃私语"（第四幕第三场第41行）。这些都无疑对意识形态国家机器构成了直接的威胁。国王此刻必须当机立断，走出意识形态帷幕，向不羁的主体施行强制行动。他派遣罗森格兰茨和吉尔登斯吞去找哈姆雷特和波洛涅斯的尸体。但是哈姆雷特仍采取不合作态度。他称国王的使者是"海绵"（意即国家权力虚设的意识形态工具），把死尸的意象与国王混为一谈，再次套用书本典故，把玩智能（知识）意识形态的游戏：

  罗森格兰茨：殿下，那尸体您怎么处置了？
  哈姆雷特：它本身泥土，现在又和泥土合为一体啦。
  罗森格兰茨：殿下，您必须告诉我们那尸体在哪儿，然后跟我们见王上去。
  哈姆雷特：那尸体与国王共居一处，但国王却并不与它同体。

国王可是一件物体。

　　罗森格兰茨：一件物体？殿下！

　　哈姆雷特：一件空空的物体！带我去见它。（第四幕第二场第5—6行，第25—30行）

哈姆雷特在这里又在玩弄传统的观念与实体两分法，从中透视出对政治意识形态的鄙视，以此获得智能独立、知识占有的满足感。国王的肉体和国王的观念不可相提并论；当朝国王虚情假意，根本不配国王的名分。此外，哈姆雷特在此对死亡的观念也有了更新的玄想。死亡是社会不平等最终的均衡状态。国王也是"犹如一件空洞的物体"[1]的人；而人又是乞丐，"匍匐于天地之间"（第三幕第一场第127—128行），把"生活的价值和目的仅仅看作吃吃睡睡"（第四幕第四场第34—35行）。去见王上去？就是去见"一件空空的物体"而已。在国王面前，哈姆雷特更进一步地渲染他的天均观。他把国王、乞丐、腐尸、蛆虫的意象糅合一体，把人均会死的玄思表达得淋漓尽致：

　　国王：好了！哈姆雷特，波洛涅斯呢？

　　哈姆雷特：吃饭去了。

　　国王：吃饭？在什么地方？

　　哈姆雷特：不是他吃饭的地方，是在人家吃他的地方；有一群在政治家身上养肥了的蛆虫正在他身上大吃特吃呢。蛆虫是世界上最大的饕餮家；我们喂肥各种牲畜供自己受用，再喂肥了自

---

[1] 《圣经》，赞美诗，144：4。

已去给蛆虫受用。胖胖的国王和瘦瘦的乞丐是一个餐桌上的两道菜,不过就这么回事。

国王:唉,唉。

哈姆雷特:一个人可以拿一条吃过国王的蛆虫去钓鱼,再吃那吃过那条蛆虫的鱼。

国王:你这话什么意思?

哈姆雷特:没什么意思。我只是提醒你,一个国王可以在一个乞丐的脏腑里作一番巡礼哩。(第四幕第三场第16—31行)

哈姆雷特在意识中获得了一种超越死亡的境界。人的一生有意识无意识都在避死;而死亡一旦成了天均人均的总体观念,也就失去了现实意义。

哈姆雷特对荣誉和死亡都不屑一顾了:对个人,死亡是永恒的睡眠;对社会,死亡是知识,是观念;对宇宙,死亡是天均大道。荣誉又是什么呢?哈姆雷特注视着挪威王子福丁布拉斯那些"为了争夺区区不毛的弹丸之地而视死如归地走向他们的坟墓"(第四幕第四场第53行)的两万士兵,突有顿悟:荣誉是"一个狂想中空虚的名声"(第四幕第四场第61—62行)。哈姆雷特就是用这形而上的判断又一次确认自己知识哲人的意识形态身份。我们也许可以说,在这场意识形态的对抗中,政治意识形态未能成功地包容或归化哈姆雷特的智能迷想,却反倒加强了后者固存的主体意识。哈姆雷特在读者(观众)心目中越来越明显地成了一个善于通过对宇宙人生苦思冥想和追问来建构自我于现实关系的形而上学家。至此,莎士比亚本人似乎也走失在哈姆雷特智能(知识)意识形态的迷津中,无力在扬善惩恶的原则指引下把握哈姆雷特在戏剧情节发展过程中应有的言行。具体地说，戏剧家的职业理性已被哈姆雷特追踪死亡观念的精神所淹没了。

从波洛涅斯的死开始，死亡的意念充斥着各个场景。首先，哈姆雷特在回国途中目睹了为政治意识形态而战的两万挪威士兵面临的灭顶之灾。此后，罗森格兰茨和吉尔登斯吞在毫无准备的情况下被英王砍掉了脑袋。哈姆雷特被死亡之象占据了心胸："从这一时刻起……让流血的思绪充满我的脑际！"（第四幕第四场第65—66行）在宫中，奥菲莉娅被父亲突然死去的消息惊呆，理智全无（第四幕第五场第85行）；在她催人泪下的悲歌中，她的父亲下葬和在坟墓里渐渐腐烂的悲惨意象反复出现："未被遮盖的脸"在"灵柩架"上"苍白如纸"，引起"泪雨纷纷"；（第四幕第五场第164—167行）"冰冷的泥土中"，腐烂的尸体"头上长出青青草，脚前竖着石碑"（第四幕第五场第36行，第31行）。紧接着，悲恸过度、精神失常的奥菲莉娅攀上柳树去悬挂她用"死人指头"做成的花圈，却失足掉进"呜咽的河水里……去迎接她埋入河泥中的死"（第四幕第五场第175—183行）。

在舞台横尸的结局到来之前，这些森然悲怆的死亡意象为哈姆雷特在墓地的再次出场做了极好的铺垫。第五幕始，哈姆雷特在好友霍拉旭的陪同下走入墓地。此时的哈姆雷特不再显得那么怨已尤人，躁动不安。他已经超越存在与生命，显示出追求真理的知识分子的人格特征。他现在可以与死亡进行平等地讨论了。在墓地里，哈姆雷特手捧一个骷髅头骨，十分轻松地对它说道："这也许是一个政客的头颅"，他是"第一个弑兄的该隐的腭骨"（第五幕第一场第175—183行，第76—77行）。对于观众，这话可能会引起对克劳狄斯的联想。但哈姆雷特已经超越了这个层次：克劳狄斯的死与任何人的死没有两样。他接着与骷髅对话，去考虑死亡观念的另一种现实表现：

"这个头骨也许是一个朝臣"，他"爱管闲事，见风使舵"。（第五幕第一场第82行）

这里闪现着已经在墓穴中腐烂的波洛涅斯的影子，或许也是在泥土中腐烂的罗森格兰茨和吉尔登斯吞的形象。但哈姆雷特对此已毫不在意。善于思考的人的"灵魂是超脱的，对此无以挂牵"（第三幕第二场第242行）。他甚至以死神自居，召唤着他的"蛆虫夫人"（第五幕第一场88行），细细琢磨着从生命的诞生，到世间的五情六欲、三教九流的兴衰，直到"这个填满了臭土"、"没有下颚的"白骨骷髅（第五幕第一场88行，第108行）。所有这些没遮拦的死亡意象在历史伟人的死亡意念中达到了极致的象征意义。哈姆雷特的"想象力追寻着亚历山大大帝高贵的骨灰，直到发现这些骨灰不过就是塞在酒桶上的泥土"（第五幕第一场第202—203行）。霍拉旭认为："这样想未必太想入非非了。"（第五幕第一场第206行）但哈姆雷特不会接受这样现实的坦诚。他更愿意直趋理性思维的逻辑极点，以此袒露人类事业的荒诞与生命的虚无：

亚历山大死了，亚历山大埋葬了，亚历山大化作尘土；人们把尘土做成烂泥，亚历山大所变成的烂泥，不会被人家拿来塞在酒桶上呢？（第五幕第一场第208—212行）

在死亡的逻辑与规律面前，一切都显得平等和无意义。可是克劳狄斯骨子里可不这样想。意识形态的招抚既然不成，借刀杀人的伎俩又落空，此时须采取更为实际、稳妥的政治手段。国王的行动是迅速的。他利用莱昂提斯悲愤的心情和为父报仇的急切心理，设计让他用带毒的开口剑在比武会上刺杀哈姆雷特。死神迫近，哈姆雷特已经准备好了。死亡之于哈姆雷特是存在不可分割的组成部分。此时他几乎是不假思索地接受了比剑会的邀请。霍拉旭预感此行凶多吉少，劝哈姆雷特三思而行。但在哈姆雷特的意识中已经不存在任何现实的目的，只有对存在状态、绝对意志的玄思冥想：

> 一只麻雀的生死，都是冥冥中注定的。注定在今天，就不会是明天；不是明天，就是今天；逃过了今天，明天还是躲不了，随时准备着就是了。（第五幕第二场第119—122行）

哈姆雷特在这里坚持，人类的空间存在不可能用时间来度量。换言之，人的自由意志可以趋于无限，这本身就是存在的目的。在此悖论的前提下，死的恐惧烟消云散，生命最好的选择，用哈姆雷特的话来说就是"随缘"（第五幕第二场第224行）。这就是哈姆雷特在政治意识形态、国家权力的压迫下孤奋忧思，追寻死亡之论画下的句号。

四

我们也许可以这样做出结论：这是一场早期现代主体拒斥主导政治意识形态召唤和包容的斗争。它显示了觉醒中的主体拥抱理性、迈向启蒙的迫切愿望，显示了文艺复兴时期人文主义对宇宙和人类本体的追寻胜过现实政治和伦理价值承诺的思想取向。在这场明争暗斗中，哈姆雷特不是输家，因为他没有被以克劳狄斯为代表的国家权力政治伪意识所软化和包容；但是他也不是赢家，因为他在现实中没有成功地扮演既定伦理道德规定的实际社会角色。事实上，在这场主体塑构（subjectification）的过程中，哈姆雷特沉迷于对现实的玄想和话语建构，在形而上的理念中追寻着生命的意义。用死亡的绝对理念代替人类社会的各种价值观念。用奈特的话来说："哈姆雷特是一个超人，（他）用死亡的幻影和犬儒主义的否定精神在意识中永不待歇地劳作。"[1] 哈姆雷特已经被智能意识形态所吞没，被简约为一个无主体（subjectless）的声音。当然，这声音终会沉默。哈姆雷特终被自己的智能意识和死亡的话语所消耗殆尽。当他在比剑中被莱昂提斯的剑刺中，并知道那剑带有剧毒时，他终于意识到，"铁面的死神巡捕"已经对他的死亡话语听得不耐烦，开始行使他"严酷的职责"（第五幕第二场第336—337行）。哈姆雷特的智能意识仍在活跃，临终的话语仍是静谧的玄思，那就是，随着肉体的消灭，智能意识话语的生产也终将止于尽头——"此外仅余沉默而已（死）。"（第五幕第二场第358行）本文至此，沉默如斯。

---

[1] G·W·奈特，1930年，第42页。

哈姆雷特之谜新解：拉康的后精神分析批评 [1]

方汉文

法国后精神分析理论家拉康认为，莎士比亚悲剧人物哈姆雷特行动延宕，不能实施报仇行为不是偶然的，根本原因在于他处于一个心理—语言的结构之中，他没有本人行为的自由，只能遵守"他人"的规则。拉康用索绪尔结构主义语言学框架与弗洛伊德精神分析相结合，用后精神分析理论为争论已久的"哈姆雷特行动之谜"提出了一种新的解释理论。

莎士比亚的《哈姆雷特》是西方文学研究中的难解之谜：哈姆雷特为何迟疑不决不能实行报仇行动？从1736年西方学者提出这个问题后，一直是各派理论阐释的中心。在已有的种种解释中，20世纪初期出现的精神分析解释是最引人注目的说法之一。从弗洛伊德（Sigmund Freud）到琼斯（Ernest Jones）都认为：哈姆雷特并非不愿行动，而是不能行动。原因在于他的意识要求他行动，但他潜意识的"俄狄浦斯情结"使他不能行动，非不为也，是不能也。这种见解曾经让西方学术界为之震惊。殊不知，半个世纪之后，后精神分析学的代表人物法国的拉

---

[1] 原载于《外国文学研究》2001年第1期。

康（Jacques Lacan，1900—1981年）再次让学术界如醍醐灌顶，他提出了关于哈姆雷特之谜的一种新解释，又一次展示了精神分析文学批评的独特风格。

拉康的《欲望及对〈哈姆雷特〉中欲望的阐释》（*Desire and Interpretation of Desire in Hamlet*）就是这方面的一篇代表作。这是1959年4月拉康在巴黎圣安娜医院主持的讲习班系列讲演《欲望及其阐释》中的一篇，这篇作品在20世纪七十年代由拉康的继承人雅克－阿莱茵·米勒整理后，于1977年在美国耶鲁大学的《耶鲁法国研究》杂志（55/56）先行刊出，一时间风行英语世界。但是对于大多数只熟悉弗洛伊德学说，不了解后精神分析的中国读者来说，我们还要作一些基本范畴的说明，才能理解拉康以艰涩出名的阐释。

一、主体与欲望客体关系：走出"俄狄浦斯情结"

首先涉及的问题当然是"俄狄浦斯情结"，但拉康与弗洛伊德不同，不再是恋母情结的简单表现。主体仍是哈姆雷特王子。在拉康看来，实际上，在儿童经过一个特殊的生理时期——镜子阶段以后，主体的欲望已经发生了根本性的变化，产生这个变化的原因在于主体获得了语言。进入了语言符号体系之后，主体的欲望从原来的低级"需要"变成了"要求"[1]，需要是以客体对象得到满足的，主体这时所得到的其实是一种话语，这种话语必须与他人对话，而对话的对象并不是原来的

---

[1] 弗洛伊德本人多次在论著中提到过哈姆雷特，琼斯则曾出版过《哈姆雷特与俄狄浦斯》（*Hamlet and Oedipus*）、《哈姆雷特：精神分析学的解答》（*Hamlet: The Psychoanalytical Solution, Moderm Criticism Theory and Practice*, eds., Walter Sutton and Richard Forster. The Odyssey Press）。有关资料可参见拙著：《西方文艺心理学史》（西安：陕西人民出版社，1999年）第336—357页的有关论述。

客体。于是，在"要求"中所存在的不是具体的客体，而是大写的他人（Autre），即他者。他者代表了一种必然性：在某处"必然"有着另一个要求的他人，另一个主体，由他来满足主体的要求。这另一个主体是要求的"原初主体"。原初主体满足主体的要求，它可以使话语具有意义。这时的变化是：1. 从主客体关系变为主体与主体之间的关系，从原初的对于具体客体对象的依恋变为对于他者的联系。这就是后现代主义者把主客体关系变为主体间关系的理论渊源之一。2. "需要"的欲望成为"要求"的欲望，话语掏空了"存在"的意义，使它干瘪，成了一个空空壳体了。欲望从主体的欲望向他者的欲望转化。拉康认为哈姆雷特的母亲便是他者（她在一开始处于他者位），她在戏中的地位是主动的。拉康说道：

> 我们在这个方向的开头一步，便是要说明在这戏中，是由他者也就是要求的原初主体母亲来主持的。在精神分析中，我们所经常说到的"绝对权力"（omnipotence），从开头就是最初要求的主体作为主体的绝对权力，这一绝对权力来源于母亲。[1]

需要本是对具体事物有效，当它转化为要求，对象便成为普遍性，于是就出现了主体的语言要求的危机——它会成为无法为具体对象所满足，甚至永远无法满足的欲望。拉康这里其实是指纯粹能指，这个能指已经成为他者性的不变的本质，它是语言所无法把握的。也正因为如

---

[1] Jacques Lacan, *Desire and the Interpretation of Desire in* Hamlet. Yale French Studies, 55/56, 1977, p.11–12. 文中引文未注明出处者均引自此文。

此，人的欲望只能是他者的欲望。哈姆雷特的欲望依靠于他者，也就是处于"菲勒斯"位置上的母亲的欲望，母亲的欲望则使得哈姆雷特处于犹豫不决之中。哈姆雷特在母亲的两个欲望客体之间游移不定，一个是理想中的高贵客体——已死去的国王；另一个是无耻的杀人犯，即现实存在的客体克劳狄斯。阴阳两界相隔，美好的客体可望而不可即，倒是那个现实的"生殖客体"还在面前，哈姆雷特只好依从于母亲的欲望——压抑地规劝母亲明哲保身，要她去"钻入那乱伦与罪恶的衾被之中"，投身于欲望之海的渺小满足。主体欲望便是他人的欲望，拉康称其为"哈姆雷特戏剧的唯一准则"。由此可见，"俄狄浦斯情结"已经变得面目全非，完全不是弗洛伊德所津津乐道的对于异性父母的欲望，一个新的复杂的主体欲望模式在这个情结之上展开了。

依据儿童心理与生理的发展，下一步就是进入符号级，这时由于母亲的欲望作用，儿童想与母亲身体认同，但这种幻想被镜像认证的假象所打破，于是又转为与母亲的欲望保持统一，把自己幻想成母亲的欲望客体。这个客体是关键的能指，它便是"菲勒斯"，它是绝对权威的化身，谁拥有"菲勒斯"谁就有了权威。可是，在这个阶段中，可怜的王子哈姆雷特不过是一个无知的儿童，他并不知道自己的命运就是最终要服从于他人的欲望，他只是想独占母亲，想要成为母亲的欲望客体。不料好梦不长，符号级的到来是无情的，父亲与法权同符号关系一同来到，"菲勒斯"将要被夺去，因而向他者认同无可逆转地变为向父亲认同。于是残酷的阉割发生了，母亲成了这种作用的牺牲品，这便是哈姆雷特可怜母亲的地方。"菲勒斯"本是母亲的欲望现在要被父亲所取代，哈姆雷特终于明白了这样一个事实，他忍痛向母亲要求做她所应做之事，在父亲的法权下求生存。对于王子来说，这是一个痛苦的过程，也就是对于他人欲望的再次认同。因为在这一过程中，他发现，处于法权地位的是一个无足轻重的小人物，欲望的对象客体竟是这样一个无耻的小人，他僭取"菲勒斯"的空缺，这就使得主体成为病态的，是精神症状的起源。最后的结果是明显的，只有向他人的地位屈服，承认这个权威才是唯一出路。不过事实上也有这样的安慰：在符号级中，那个现实的"菲勒斯"其实是不在的，它不是真实地在位的，只是在能指位上的一个进化过程而已。

至此，拉康才明确了奥菲莉娅的地位，她是幻想的客体，也是主体的镜像与"病苦"，是主体欲望的替代物；"这种想象级的客体在自身缩聚了存在的意义和标准"，"成为完全的存在的诱饵"。它看起来是价值连城，实际上毫无意义，在拉康的幻想级中它只是倒错欲望的目标。简单说，幻想就是无意识——拉康说："幻想是在无意识的回路上被获取的。"它的客体（奥菲莉娅）并不能真的满足欲望。性倒错的特点又体现为：幻想的整个重心都押在纯属想象级的事物之上，这种幻想的失败必然会产生精神病症状。

以上发展是幻想层的第一阶段，它主要表现为主体的幻想与神经症状并行，两者的目标不同，但产生的行为方式近似。哈姆雷特行为表现出两种因素，一是依赖于他人的欲望，即是他母亲的欲望。二是在他者的时间中犹豫不决，延宕迟疑不能行动。这便是对于哈姆雷特的延宕行为新解释的根据。比如歌德说，哈姆雷特不能行动的原因在于理性主义的束缚，发达的智力会麻痹人行动的力量。丹纳的观点则几乎完全相反，他认为是过度的激情伤害了理智，也会使人不能起而复仇。别林斯基则主张，哈姆雷特不能行动是出于意志不够，枉有巨人的雄心，却只有婴儿般柔弱的意志。拉康指出，在"戏中戏"一场，国王做贼心虚，不愿再看到自己的罪行重演，匆匆退席。哈姆雷特嘲笑了国王的慌乱后，去和母亲见面，不料刚好遇上国王在为自己的罪行忏悔祷告，这时正是杀死他的好时机，但哈姆雷特却停止不前，不能立即行动。这是因为现在不是"他者"的"时机"，哈姆雷特没有自己行动的可能，他只能按他者的时间来行动。从剧中的所有情节来说，无一不是如此，哈姆雷特从剧一开始就一直按他者的时间行动，这个"他者"是不停变化的，先是按父母的时间去不去维登堡，接着又按国王的时间去英国，乃至最后，他又按国王的时间去进行决斗。拉康把哈姆雷特自己的时间说成是"最后的时间"，也就是死亡的时间，这也是弗洛伊德的死本能的翻版，只有回归死亡才是回到自己。这是拉康对于哈姆雷特延宕不行动的新解释。这种行动的犹豫不决是一种对于自己身份新的认同，也就是所谓与他人的认同。

第二阶段表现为客体的毁灭，由于性倒错出现于幻想关系中，哈姆雷特不再把奥菲莉娅作为女人看待，她成为一个"孽种们的温床"，失去了任何价值。奥菲莉娅的丧失只是剧中的现象，它的原理可以追寻到精神分析的临床症状也就是病理学的意义。这个幻想物是在幻想的想象级结构中暴露出来的成分与在正常的想象级关系中达到信息层的某种事物——另一主体的形象，正是它构成了我本身的"自我"——形成了交流关系，幻想物在交流中产生。这是暗指剧中的情节，当哈姆雷特见到父亲的鬼魂后，所碰到的又是奥菲莉娅，这不仅说明她与"菲勒斯"之间的联系，同时也在暗示着下面一个阶段——主客体关系的第三阶段，即墓地一场，客体奥菲莉娅的消亡是不可避免的了。

二、决斗和哀悼：疯狂的显形

第三个阶段中，拉康提出，如果仅仅从主体的欲望是他者欲望的角度来理解哈姆雷特的命运是不够的，因为这只是一般人的命运。而哈姆雷特的命运能引起人们的高度重视，必然有他的特点，要明白这一特点，就要到哈姆雷特的具体行为中去寻找。哈姆雷特与每个人一样，都在朝着自己生命的结束在运动，从他者的时间向着自己的时间（也就是生命之结束）在运动。对哈姆雷特而言，他的特点还在于他并不知道自己要什么，"他从来没有一个属于他自己的目标，一个客体"（第28页）；他总是站在他人的立场来提问，而超越了自己个人的目标。拉康认为这一特点集中表现于哈姆雷特看到福丁布拉斯军队以后的思索，这支英勇的军队为了一个小目标就去流血牺牲，使得不能复仇的哈姆雷特备感惭愧，从而把思索推向了对于人类行为客体的深思。主体在这时要给自己寻找一个结论，真正的荣誉只是作为能指隐匿于其中，使得客体不断地变换，主体只在能指作用下活动，这是哈姆雷特的特点——是对欲望中客体的功能形成某种基本的观念。因为这个原因，人们才会对莎士比亚的戏有历久不衰的兴趣。拉康说：

> 我们的根据是：由于主体与能指的关系，主体被夺去了属于他自己的、他的生命的东西，而这个东西的价值就在于它一直是把主体与能指结合在一起的。这是一个指向主体在意谓意义作用中的异化的能指，我们可以用"菲勒斯"这个名词来表示它。如果主体被夺去了这个能指，某些个别的客体对他来说就变成了欲

望的客体。[1]

　　拉康在这里说的是，所谓欲望的客体在本质上不同于任何需要的客体，这是由于某种事物代替了那个在本性中始终对主体隐蔽的东西。他举了个例子，比如在莎士比亚的《威尼斯商人》中，犹太商人夏洛克所要求借贷者到期不还要被割下的一磅肉，这就是一个令人害怕的东西，一个秘密存在并发生作用的东西。哈姆雷特与莱阿第斯之间的决斗从戏剧情节来说是在最后，但出于拉康要说明的主客体关系的要求，把它放在墓地致哀一场之前。拉康认为，这场决斗是一个由克劳狄斯和莱阿第斯所共同组织的、针对哈姆雷特的阴谋，哈姆雷特被团团围住，无法脱身。但是他既然参加了这场赌斗，他也就成为"他叔叔兼继父克劳狄斯的同盟者"，他被打上了另一个人的印记。从第五幕第二场可以看到这样的台词："虽然都把他看作是出类拔萃的人物，他的天赋无与伦比，把他说成是独一无二的，其俦侣（semble）唯有在镜中来寻找，那些纷沓而至的摹仿者，只不过是他的影子而已。"拉康认为，这一段台词是哈姆雷特对于莱阿第斯的看法，这是一种镜子关系，主体在镜像中发现了自己的"类似者"，二人在想象级领域中的关系是侵略性的；按黑格尔的说法，与你斗争的这一个便是你所敬慕的这一个，自我的典范做法是不共戴天的，必欲置于死地而后快。

　　在拉康看来，墓地一场中已经进入了哈姆雷特与莱阿第斯间的决斗的前奏。当他们共同来参加奥菲莉娅的葬礼时，哈姆雷特为了扼住莱阿第斯的喉咙竟然跳进了奥菲莉娅的墓穴之中，这似乎已经预示了他即

---

[1] Jacques Lacan, *Desire and the Interpretation of Desire in Hamlet*, p.28.

将到来的死亡。如果按照上一节对于欲望客体的分析，奥菲莉娅作为客体已经对他"毫无价值"，为什么他又会如此敌视莱阿第斯的哀悼呢？拉康解说，关键在于，由于奥菲莉娅的死去，她作为客体的地位发生变化，她再次成为了哈姆雷特欲望的客体，哈姆雷特信誓旦旦地说：

> 我爱奥菲莉娅，四万个弟兄的爱
> 全部都加在一起也休想抵得上
> 我的分量！你又能为她干什么？(《哈姆雷特》，第五幕第一场）

哈姆雷特这里明显地重新恢复了对于奥菲莉娅的爱情，这是以后者逝去为前提的。而且这种对于欲望客体的态度是神经病的症状，就像一些患者总是想念逝去的情侣一样，以至于把这种态度泛化。正如拉康所说：

> 在这时还有一个特点，它以另一种方式呈现了哈姆雷特欲望的结构，并完成了这个结构：只有当哈姆雷特的欲望客体成为一个不可能得到的客体时，它才能再次成为他的欲望客体……在强迫性神经症患者的欲望中，我们早已遇到过作为欲望客体，哈姆雷特之谜新解：拉康的后精神分析批评的不可能得到的事物……换句话说，他把每样事物都奉为客体，以至于他欲望的客体成了这个不可能性的能指。[1]

1　Jacques Lacan, *Desire and the Interpretation of Desire in Hamlet*, p.36.

除此之外，还有深层的原因，这就是哀悼功能本身，这种观念可以说来自弗洛伊德的《哀悼与忧郁症》（1917年）等著作。弗洛伊德曾设想人在哀悼亲人时会有一种"强迫性自我责备"（obsessive self-reproaches），病态地想起自己对不起亲人的地方，以悲痛欲绝的表现来作为补偿，这是一种精神神经疾病（psychoneurotic disorders），这时的感情是矛盾的，在哀思的感情后面也有无意识中的敌对（hostilify），这是人类情感矛盾的典型形态，也是原型（prototype）。由此产生了一种与移情相反的情感转移（移情是以爱为主的）"投射"（projection），就是把敌对的情感转向另外的目标。弗洛伊德指出：

> 我们有足够的理由认为，这两类对死者的感情（柔情和敌意）在居丧期内，都力图以哀悼、以满足的方式表达出来。这两种对立的感情之间注定要发生冲突……因此，人们必然要以投射和设立仪制的方式，来压制这种潜意识的敌意。这种仪制同时也表达了人们害怕魔鬼惩罚的心理。[1]

拉康尤其重视弗洛伊德的这一看法，即当我们哀悼时，就与哀悼的客体产生了一种身份认同的关系。拉康说："哀悼的客体对于我们的重要性，源自某种身份认同关系。"在这种时刻，哀悼是与精神病一致的，哈姆雷特在哀悼中所表现的疯狂是完全可以想见的。客体的失去在主体方面引起一种由破裂的、洞穴的所形成的哀悼，这里可以指那个墓

---

[1] 弗洛伊德：《图腾与禁忌》，《弗洛伊德文集》（第五卷），长春：长春出版社，1998年，第61—62页。

穴；同时，它更可以指弗洛伊德所说的排斥和断裂。这是精神分析的一个隐语，拉康把它扩大化，作为"菲勒斯"的原初丧失。也就是拉康在1958年的讲座"无意识的构成"中所说的"Verwerfung"（排除）。它指的是主体想借着客体丧失的机会，产生了与主体认同的欲望或是相反作用，在这里是"菲勒斯"要借用客体的丧失而形成归化的局面。所以，拉康才说，在哀悼中与精神病中一样，"各种影像僭取了'菲勒斯'的位置，形成了各种哀悼的奇观：这些奇观不仅显示出每个个人身上的疯癫症状，而且还证实了各种很值得重视的人类共同的集体疯癫"。有学者认为，拉康的这种说法可以与另一个后现代理论家福柯在《疯狂与文明》《门诊医学的诞生》等著作中的人类"疯狂"概念以及巴赫金在《弗朗索瓦·拉伯雷的创作与中世纪和文艺复兴时代的民间文化》等论著中的"狂欢节精神"有相关联之处。笔者认为，这种关联的出发点是大不相同的。精神分析学是从人类心理无意识与意识之间的对立关系来理解社会历史包括文学艺术现象的，从弗洛伊德到拉康可以说是一脉相承，这与福柯、巴赫金等是迥然不同的。

三、后现代精神分析批评的意义

拉康关于《哈姆雷特》的评论展示了后现代精神分析文学批评的主要特征，它对于当代文学理论和莎士比亚研究都有相当重要的影响。

首先，从现代文学批评史来看，这是精神分析批评在当代最重要的发展之一，如果说20世纪初期，弗洛伊德、琼斯等人的《哈姆雷特》对于传统批评形成第一次大冲击，虽然有一定的震撼作用，但人们对于"俄狄浦斯情结"、压抑、无意识等精神分析概念用于文学作品仍然持怀疑态度。经过半个多世纪来，特别是后弗洛伊德主义的梅妮·克莱茵（M. Klein）、安娜·弗洛伊德（Anna Freud）等心理学家，英国学派的彼得·福勒（Peter Fuller），社会心理学派的拜德考克（C. K. Badcock）等文艺批评家的努力，精神分析文艺批评已经蔚为大观、今非昔比了。虽然如此，无论从精神分析理论还是文学批评的深度和独创性来看，拉康还是其中之翘楚。他选择《哈姆雷特》来对当代文学批评再次发起冲击，可以说含义深远。同时，文学批评家们的反应也与当年弗洛伊德所造成的冲击完全不同，批评界可以说比较平静地接受了拉康的理论。令人感兴趣的倒是后现代主义的同伴们如德里达等人反而与拉康进行了一场争论。德里达曾于1975年前后，与拉康就美国作家爱伦·坡的小说《被窃的信》的评价进行过一场争论[1]，在欧美文坛有一定影响。无论如何，这一理论是不应当漠然视之的。

其次，从精神分析批评本身来看，拉康充分显示了这一理论发展的一个阶段特性，具体表现为：1. 拉康把精神分析与索绪尔结构主义语言学结合为一，用语言学概念改造精神分析，如拉康的个体三级的概念中，个人心理与语言接受合为一体；把无意识也理解为一种符号现象，认为无意识是由"语言式的东西所构成的"；用能指所指关系来概括作品中人物关系、作品的主题等，哈姆雷特的欲望结构被化作了语言结构，削弱了弗洛伊德精神分析法的泛性论色彩。2. 以文本为中心，这是结构主义和后结构主义的一种批评模式，拉康用精神分析式的语言学构架对《哈姆雷特》全剧进行全面分析，这对弗洛伊德、琼斯的分析也是

---

[1] 关于那次争论的详情可参见方汉文《现代西方文艺心理学》（1999年）第四章的论述及拙文《后现代主义文化心理：拉康的理论》（《国外社会科学》，1998年第6期）。

一个超越：后者基本上是围绕"俄狄浦斯情结"来进行分析的，而拉康的分析是以文本为中心的，特别是紧密结合作品中的情节、人物关系、语言等方面，这是精神分析批评中的一个革新。3. 传统精神分析是以人物心理活动分析为主，拉康的批评模式是一种阐释，他吸收了拓扑学、地形学等多种理论，提出了种种新颖奇特的观念和视域。

拉康的批评目前在精神分析学中尚没有直接的继承者，这可能与拉康的个性和学术研究风格恣意纵横、自由奔放的特性有关，使得其他人很难仿效。但即使如此，它也不会成为绝学，这是精神分析的历史早已证明了的。

道德伦理层面的异化:在人与非人之间
——莎士比亚悲剧《李尔王》的伦理学解读 [1]

李伟民

以往的中国莎士比亚研究较少从伦理学层面对莎士比亚戏剧做出阐释,对莎士比亚的悲剧《李尔王》的研究尤其缺乏从伦理学角度的深入分析。有人说:"莎士比亚正是把伦理道德方面的冲突同政治斗争与哲学思考巧妙地结合在一起时,才增加了悲剧的深度。"[2] 其实,这只是问题的一个方面,因为"伦理学"归根到底是人的学问,如果我们把"伦理道德"冲突理解为人与人性的冲突,我们就会明白,莎士比亚悲剧的深度,还在于从伦理和文学的角度考问了人存在的价值和人性善恶。莎士比亚天才地告诉我们,失去了道德,不讲伦理,人就会成为非人。如果我们从伦理学的角度对莎士比亚的大悲剧《李尔王》进行一番伦理的剖析,从李尔王和其他人物的行为准则,作品中人们相互之间的关系和通过作品显示出来的人们对家庭—社会与国家—人生的深度思考,并且以人性的善恶美丑作为测试的试金石来考察《李尔王》中显示

---

[1] 原载于《外国文学研究》2008年第1期。
[2] 聂珍钊:《关于文学伦理学批评》,《外国文学研究》2005年第1期,第8—11页,引文见第10页。

出来的伦理道德思想，我们就能够从更深的层面认识到莎士比亚在该剧中渲染出来的悲剧色彩。而从伦理的层面切入《李尔王》研究，恰恰就是我们在以往的研究中有所忽略的。

一、父权与王权的双重作用

从伦理的角度来看待人生与社会，我们就可以看到《李尔王》中关于父权与王权、统治者与被统治者、女儿与父亲之间构成了家庭伦理、社会伦理层面，其中的具体道德行为则形成连接这两个层面的路径，道德的和非道德的、人性的与非人性的、爱与仇恨的，成为考验李尔王、考狄莉亚和肯特、爱德蒙、高纳里尔和里根的人性与道德的试验场。《李尔王》告诉我们，道德成为一种规范，成为一种应该遵守的共识。道德规范的"有效性"指明规范"值得"被普遍承认，这只是因为道德规范能够联结接受者的意志。[1] 李尔王想把国土分给三个女儿，幻想亲情、道德规范和君王的权威的三位一体，就可以避免以后的争夺和骨肉相残，同时自己仍然可以享受到父亲应该得到尊重和没有王权的君王的待遇。但是，道德规范早已失衡了，他的愿望注定要落空。他对三个女儿提出，谁最能表示对他的爱心，就能得到最好的国土的封赏。

> 我就要交出君权，
> 放弃土地，再不问国家大事了———

---

[1] 尤尔根·哈贝马斯：《对话伦理学与真理的问题》，沈清楷译，北京：中国人民大学出版社，2005年，第57页。

> 你们爱我,算哪个爱得最贴心?
>
> 谁的孝心最重,最值得眷宠,
>
> 她自会得到我最大的一份赏赐。(第25页)[1]

这时,他表现了对于王权的迷信。他要借助王权获得父爱,享用父爱,哪怕这种"爱"是表面的,即利用王权巩固在三个女儿身上的父权地位。李尔王不但在家庭中拥有绝对权威,而且在王国中拥有至高无上的特权。分封国土是一件想当然的举动,初衷是好的,却给邪恶和野心提供了准生证。当一个人能够极其容易地办到他想要办的事的时候,在行动上不受任何制约和监督的情况下,他根本不会坚持做正义的事情,这样一个具有无上权力的人,他的决定和所作所为绝不会比世界上最不正直的人的所作所为要好些,往往会给别人和他的权力所能达到的地方带来更大的危害。这样一个想要办任何事情都很容易的君王,他的决定是灾难性的。女儿是这样叫他的:"父王"(第26—27页),既是父亲又是国王。国王的权力在,父女之间的亲情也在,国王的权力不在了,父女之间的亲情也就不在了,一切都以王权的存在为依据。外在的王权凌驾于血浓于水的父女情之上。李尔王迷信王权,更迷信父权,他不允许别人挑战自己至高无上的王权,也不允许女儿不说好听的。此时的李尔王,他不懂得、也不相信随着王权的丧失,其父权的地位也必将得到根本性的动摇。他要尝试一下。他首先在权力面前迷醉了人性,其次在花言巧语中迷醉了自我,李尔王无法相信考狄莉亚的"我没法把我

---

[1] 莎士比亚:《新莎士比亚全集》(第五卷),方平等译,石家庄:河北教育出版社,2000年。本文引文后只给出页码者均出自此书。

的心挂在嘴边上,我按照我应尽的本分来爱父王"(第27页)这句大实话的真正含义。因此他剥夺了考狄莉亚的继承权,即剥夺了考狄莉亚对王位的继承权。对王位的分配和继承权的争夺无论在西方还是在中国,往往充满了血雨腥风,其中是没有道德可讲的。但是,对具体的王位争夺战的行为却可以进行道德的评判。而评判的标准,作为最重要也是最基本的评判规则就是以是否在争夺中能够符合最基本的人性,以及胜利者是否把失败者当作一个人。应该说,李尔王在国土分配和王位继承上是符合一个国王的权力和伦理道德的,虽然他剥夺了考狄莉亚的继承权,但他并没有超越人性的底线。而超越人性底线的是大女儿高纳里尔和二女儿里根。

莎士比亚看到了王权争夺的残酷性,考问了人性中的美丑善恶:爱、野心、良心、权力、利益、邪恶和死亡。"莎翁借助李尔王所呼吁的孝道(孝亲报恩)是一种美好的道德伦理义务。"[1] 李尔王此时已经不能宽容他那没有良心、失去了人性的女儿:"宽容对我们所有人都意味着代价和危险。"[2] 道德毕竟是人的一种活动,人在活动中充分发挥其主体性,用理性审视、过滤自己的动机、愿望、需要和意图,并通过对外在于自身的道德规范的确证与认同的法则,自觉地按照这种法则约束自己,处理社会关系,从而把外在必然性转化为内在自觉性,把社会道德要求转化为内在道德需要。

---

[1] 王忠祥:《建构崇高的道德伦理乌托邦——莎士比亚戏剧的审美意义》,《外国文学研究》2006年第2期,第18—31页,引文见第25页。

[2] 万俊人:《20世纪西方伦理学经典:伦理学前沿:道德与社会》(Ⅳ),北京:中国人民大学出版社,2005年,第35页。

> 该死啊，畜生！谁能把好好的人，
> 糟蹋成这个模样！———除非他那些
> 没良心的女儿。难道被赶出的父亲，
> 对自己的肉体，都这样，毫不顾怜？
> 赏罚公平！谁叫他这个肉体
> 生下那些塘鹅一般的女儿。（第122页）

高纳里尔和里根已经在权力面前既不能用感性约束自己，也不能用理性审视自己的一切行为，亲情和理性加在一起也难以战胜膨胀的野心，外在于自身的道德规范与认同法则，并不能约束她们的行为，反社会、反人性的、反人类的行为纠合成一股强大而邪恶的力量，使对权力野心的渴望达到了无以复加的程度。爱德蒙的憎恶是可以理解的……他把天生的欲望置于社会规范之上；他要走一条不顾伦理道德而大胆实现自己欲望的"新路"[1]。在他看来，"人性善和一切伦理道德都是迂腐的枷锁"；人"只应遵循本能和无止境的欲望办事，以大胆的智能去超越障碍，实现野心"。在李尔王受到迷惑的"谁爱我，谁有孝心，谁就可以得到好处"[2]这一以表面孝心为衡量标准的前提下，恭维颂扬、虚伪奸诈、溜须拍马之风必定大盛，天下出了乱子，骨肉至亲，翻脸无情；朋友绝交；兄弟成了冤家；城里骚动；乡下发生冲突；宫廷里潜伏着叛逆；父子的关系出现了裂痕。（第45页）而敢说真话、正直无私的人必然受到排斥和打击。

---

[1] 孙家琇:《〈李尔王〉命题式的台词与深刻的含义》,中国莎士比亚研究会编:《莎士比亚研究》（第三辑）,杭州：浙江文艺出版社,1986年,第53—72页,引文见第63页。

[2] 孙家琇:《〈李尔王〉命题式的台词与深刻的含义》,第63页。

每一事物都是按其特性而发展的，它因为原因而起的活动表明了这一特性。每一个人都按他是什么样的人而行动，而据此每次都是必然的行为中不可能看到的自由，必须寓于存在之中。[1] 考狄莉亚即使在父亲面前也保持了自己的人格尊严，在个人与家庭、女儿与父亲、臣子与君王、真话与假话、阿谀奉承与耿直真诚的伦理道德冲突中，她并没有在权力和金钱面前迷失自己的人格。考狄莉亚的人格表现出明确、独立的个人性或个性；她已经不是父亲眼中的一个逆来顺受的角色，不是没有自我的个体。考狄莉亚在行为上所显示出来的真诚，进入了很高的伦理道德的人格层面，她不甘心继续扮演乖女儿的角色和一贯顺从他者且受制于他者的形象；她要显示人格伦理道德的独立性，个人与她们（两个姐姐）不相同、与一贯的自己不相同，而与自己的真诚相同，从而不失自我。考狄莉亚的人格强调隐藏在假面之后的有理性的个人这一事实的存在。因此，人格只是通过假面按照其个体性或作为个体存在的自我的意志和作用来表现人的生命旨趣。在这里，人格与角色是统一的，并没有分化开来。以理性为中心的人格通过在一定的应答关系中的假面展现出来，在实际上不免要扮演各种各样的角色[2]。李尔王、高纳里尔、里根和考狄莉亚在人生的大起大落和生死之间演绎了相当精彩的故事，扮演了不同的角色。

当父女之间的亲情已经不在，王权也因为自己的轻信而旁落的时候，考验人性的时候就到了。而《李尔王》的伦理道德意义也凸显出来，莎士比亚将其危害人生和人类文明的严重意义暴露出来，从而起

---

[1] 叔本华：《伦理学的两个基本问题》，任立、孟庆时译，北京：商务印书馆，1996年，第121页。
[2] 王兴国、孙利：《论中西方人格观念的深层差异》，《云南社会科学》2002年第2期，第8—14页，引文见第73页。

到巨大的震动和警告作用。这种人性的泯灭从反面证明："人的一切行动都应该以是否符合人性的底线为最基本的原则。钱欲与权势异化了人性。"[1]《李尔王》的伦理学意义还在于它所显示出来的任何混沌黑暗也遮盖不住的人类高尚精神的光辉，因此同大胆暴露与抗议精神并存的是，对于"人"的理想和人生哲理的信念。好人"在苦难中表现出来的尊严和美德给'人'本身肯定了生存的价值与意义"[2]。《李尔王》中坚持宣扬对于人与人生的积极和进步的意义，它告诉观众和读者，要想获得这种进步是要付出极大牺牲的。《李尔王》的伦理学意义还在于以家庭、亲子之爱和忘恩负义为中心，但它却从家庭的范围横向扩展到社会、王国、大自然和"宇宙"，同时纵向地从王室贵族、暴发户、骑士、绅士下伸到仆从、佃户和无家可归的最贫苦的"疯乞""流浪汉"[3]，使我们知道《李尔王》的悲剧远远超出了个人和家庭的范围，具有更广阔的社会画面，带有更多的社会性质。[4]

> 无家可归的穷人呀……
> 可怜你们赤身裸体的穷鬼呀，
> 没处可躲，逃不了狂风刮、暴雨淋，
> 头上没一片瓦，肚里没半粒米，
> 披一片，挂一块，千疮百孔，怎对付
> 眼前这天气？唉，我几曾想到这许多！

---

[1] 王忠祥：《自觉意识与自我观照——哈姆莱特、奥瑟罗、李尔王、麦克白》，孟宪强编：《中国莎士比亚评论》，长春：吉林教育出版社，1991年，第570—579页，引文见第575页。

[2] 孙家琇：《论莎士比亚的四大悲剧》，北京：中国戏剧出版社，1988年，第195页。

[3] 孙家琇：《论莎士比亚的四大悲剧》，第209页。

[4] 孙家琇：《论莎士比亚的四大悲剧》，第431页。

> 荣华富贵,把这剂苦药吞下去;
> 到外面来领受一下穷人受的罪吧,
> 也好把你们多余的散布给他们,
> 好显得上天还有些公道。(第120页)

《李尔王》是一出富有道德伦理和哲学意义的伟大悲剧……在顺应文艺复兴时代人文主义理想的同时,展示"善"、"恶"的实质,提出人类命运、人生意义、价值观、社会不平等这类带根本性的问题。[1]

二、统治者的权力伦理与爱的代价

从权力角度考察《李尔王》中的伦理思想,我们对李尔王分封国土的举动也不能给予彻底的否定。以往的研究往往认为李尔王分封国土的情节不可信,这显然忽略了中外历代统治者尤其重视继承权问题。在家天下的思想支配下,李尔王在没有儿子继承王位的情况下,考虑自己百年以后的权力继承问题是顺理成章的事情,从亲情的角度考虑,准备将国土分给自己的三个女儿也是他的唯一选择。在家天下的君主政权统治下,这样的分封是无可指责的,也是君王企求自己家族的统治千秋万代的唯一最佳选择,即通过父权与王权的双重作用,保证统治者继承权的延续。我们知道,在对正义的解释中有两个原则:"每个人对与其他所拥有最广泛的基本自由体系相容的类似自由体系都应有一种平等的权

---

[1] 孙家琇:《论莎士比亚的四大悲剧》,第218页。

利";"社会和经济的不平等应这样安排","使它们被合理地期望适合于每一个人的利益";[1]并且依系于地位和职务向所有人开放[2]。在《李尔王》中,我们看到,这两个正义的原则都没有得到体现或实现。在家庭中,两个姐姐与小妹之间长期在享受父爱面前不平等;最得宠的偏爱也没有向两个姐姐开放,因此在分封国土最关键的时候,最终造成了社会地位和经济地位的不平等。李尔王在分封国土开始时表现出极度偏爱考狄莉亚:"你用什么一番话好博取一份/比两个姐姐更富庶的土地?"(第27页)爱是一种主动的活动,而不是一种被动的情感;李尔王的"更富庶"是有条件的。爱是"分担",而不是"迷恋"。[3]父爱是有条件的爱。其原则是:"我爱你因为你实现了我的期望,因为你尽了你的义务,因为你像我。"[4]父爱实际上具有这样的性质,即服从成为主要的优点,不服从则是主要的缺点——对不服从的惩罚就是收回父爱。李尔王在没有儿子继承王位的情况下,退而求其次,只好把王国交给女儿。但是,他的前提也是服从。不管是服从父亲的权力,还是服从君王的权力。李尔王证明父爱的原则是:"因为你满足了我的期望,因为你有责任感,因为你像我,所以我爱你。"虽然父亲不代表自然界,却代表着人类存在的另一极,那就是思想的世界,权威的世界,法律和秩序的世界,阅历和冒险的世界。[5]李尔王准备把最好的土地留给考狄莉亚显然违背了这个家庭中他的三个女儿都应该拥有的一种平等的权利,而且这种偏心

1　万俊人:《论莎士比亚的四大悲剧》,第1页。
2　万俊人:《论莎士比亚的四大悲剧》,第11页。
3　弗洛姆:《为自己的人》,孙依依译,北京:三联书店,1998年,第248页。
4　弗洛姆:《为自己的人》,第264页。
5　陈学明:《爱情、爱欲与性欲——评西方马克思主义"性伦理学"》,《中国人民大学复印报刊资料·伦理学》2005年第1期,第80—86页,引文见第82页。

不仅仅表现在分封国土的这一刻；这种家庭地位不平等，不能被合理地期望适合于高纳里尔和里根所欲攫取的利益。为了获得更多的利益并进一步巩固和不断扩大这种利益，她们在有所获得以后就必然要向自己的父亲报复。悲剧的种子在开始就已经种下了。高纳里尔说："不分白天黑夜，他总是欺侮我！／每时每刻，他都要暴跳如雷，／闹一个天翻地覆。我再也受不了啦！"（第49页）里根也大有同感。嫉妒的种子已经埋在了两个姐姐的心里很长时间了。按照李尔王的伦理原则："财产的转让与赠予只在其所有者愿意的前提下才有道德的理由：我不愿意，你永远也没有权利得到。所以，尽管在我愿意的情况下我将部分财产转让给你合于正义，我不将它转让给你却绝不包含任何不正义。你或者任何第三方若以权力和道德强制我这样做，就无异于抢劫与欺诈，而抢劫与欺诈是根本违反人们建立一个国家所要维护的正义持有的原则的。"[1] 问题是，暗藏野心的高纳里尔和里根并不这么看。当她们一旦拥有权力以后，她们就要向自己的父亲进行报复。

在李尔王的意识里，朕为君王，这个国家的一切都是属于他的；从这个意义上说，李尔王的分封是合理的，其中不包含任何不正义的行为。而考狄莉亚以道德的名义不赞成李尔王所要求的花言巧语，虽然其中没有任何欺诈和抢劫的意愿；但是，在李尔王看来，反对一方的考狄莉亚的"真话"对他的权威构成了不可饶恕的挑战，她不但得不到她所应该得到的一份应有的财产（国土），而且被李尔王视为是"非正义"、"非道德"的举动，在李尔王一方借助了君王的伦理；同时，在考狄莉亚一方也借助了道德伦理的力量；而最后，读者和观众是倾向于后者的。

---

[1] 廖申白：《论西方主流正义概念发展中的嬗变与综合》（下），《伦理学研究》2003年第1期，第70页。

亚里士多德认为，将不义地多得的人所多得的部分归还受损一方这个行动，只是使双方的利益关系恢复到交易发生前的状态，而不是施加惩罚或以一恶报一恶；因为，这只是将前者不应得的部分收回，这个部分既然是前者不应得的，收回它对那个不义的多得者就算不上伤害或惩罚。[1]

作为君王的李尔王就是按照这一理论行事的，但终于还是要回归社会普遍认可的道德和伦理层面上来。所以对于李尔王来说，正直和真诚这个道德伦理的真实含义就在于，它包含了找到正确以后内心的一种平静，是良心的正确使人获得平静。这是欧洲人反省的良心的基本来源。[2] 从这个意义上说，李尔王的内心平静了，他虽然把"爱"归还给了考狄莉亚，但是以他自己和考狄莉亚的生命为代价的。

从基督教角度考察《李尔王》中的道德伦理也会使我们获得新的认识。基督教并不认为对恶不应当报复，或者对恶进行报复是不正义的。不过在总体上，基督教的教义认为，对恶进行报复是不正义的。基督教的教义是把对良心正直的奖赏和对恶的惩罚推到了末日审判；因为，正义在那时具有最强大的权力：它使一切的恶最终得到清算。"人因为自身有恶，所以不可能清除恶。"[3] 在前契约状态，假如说一个人受到了伤害，如果他有力量的话，他就自然而然要起来报复。对这种报复，基督教从普遍爱的观点出发认为是恶的，然而在自然法理论家看来是一种自然的正义……对于恶的惩罚，在基督教看来是一种恶，但它是正义所要的必要的恶，它的正义性根源于自然的正义。因为自然法虽然

---

[1] 廖申白:《论西方主流正义概念发展中的嬗变与综合》（上），《伦理学研究》2002年创刊号第1期，第49页。

[2] 廖申白:《论西方主流正义概念发展中的嬗变与综合》（上），第49页。

[3] 廖申白:《论西方主流正义概念发展中的嬗变与综合》（上），第50页。

是未成文法，却优先于任何成文法，所以在法律上是正义的。[1] 无论是从基督教的伦理视角考察，还是从自然法理的层面考察《李尔王》这个大悲剧，美与善得到伸张，丑与恶得到审判，都是具有积极意义的。所以从这个意义上说："莎士比亚通过《李尔王》中的爱构建了从宗教精神到人文主义精神之路和联系之桥。"[2]

莎士比亚把美和善看作是"一种渴望的或想要的存在物，因为欲望或愿望是一个限定者，它通过把自身附加到存在物上而产生把自己提升到简单的存在之上"[3] 的爱、美和善。正如斯宾诺莎所说，为爱所完全征服的恨，将变成爱，而这种爱情将比前此未曾经历过恨时为更大。[4] "任何情感的力量和增长以及情感的存在的保持不是受我们努力保持存在的力量所决定。"[5] 而这也是李尔王在遭遇到一系列悲剧以后能够得到观众原谅的原因。通过《李尔王》使我们看到，在人的灵魂深处或人性中本来就蕴涵了一种正义和道德的原则，加上后天的教育，所以我们在判断自己和他人的行为是好或是坏的时候，都要以是否符合伦理道德作为衡量的标准，都要以是否符合社会公德与人性这个原则为依据，我们可以把这个原则称为做人的基本准则。从李尔王身上，从考狄莉亚爱的行动本身来讲，道德行为本身就是目的。它是使人成为真实的人的活动，在她身上体现出超越个人的人性的光辉。

---

[1] 廖申白：《论西方主流正义概念发展中的嬗变与综合》（上），第51页。
[2] 李伟民：《对象的真切呼唤——论莎士比亚〈李尔王〉中的基督教倾向》，《四川外语学院学报》2005年第1期，第4—9页，引文见第6页。
[3] 丹瑞欧·康波斯塔：《道德哲学与社会伦理》，李磊、刘玮译，哈尔滨：黑龙江人民出版社，2005年，第101页。
[4] 丹瑞欧·康波斯塔：《道德哲学与社会伦理》，第134页。
[5] 斯宾诺莎：《伦理学》，贺麟译，北京：商务印书馆，1983年，第174页。

理智丧失后的大智
——李尔王的"疯癫"与尼采美学中酒神式智慧[1]

华泉坤　牛振宇

李尔王的"疯癫"是尼采美学中的"酒神式疯癫",是个体的解体与理智崩溃的结果。李尔王的智慧是尼采美学中酒神式的智慧,它的产生是个体与本体的融合,直觉的智慧产生的结果。李尔王理智丧失后的大智则是个体的理智涅槃后重生的所获。莎士比亚的悲剧《李尔王》描述了李尔王因极度悲愤丧失理智后产生了超越理智的非凡智慧的现象。理智尚存之时,李尔王被女儿欺骗,把王国分给了忘恩负义的两个大女儿;诚实的小女儿被剥夺了一切,肯特伯爵也因为进忠言遭放逐;被大女儿高纳里尔抛弃之后,他还寄希望于二女儿里根,结果在暴风雨之夜被拒之门外。不名一文时,他才真正产生对"衣不蔽体的不幸的人们"的同情;精神失常后,才认识到生命存在根本的悲剧性。总之,李尔王的"疯癫"之中富含着深刻的智慧。就像葛罗斯特自喻的那样:"我能看见的时候,我也会失足颠仆。"但是没有理智引导时,李尔王却"凭感觉看清了世界"(第四幕第一场)。要解释这一奇特的智慧,尼采美学著作《悲剧的诞生》中的酒神精神非常之恰当。

---
[1] 原载于《安徽大学学报》(哲学社会科学版)2006年第6期。

一、尼采的美学理论

尼采把古希腊文明分为日神阶段、酒神阶段与理性阶段。日神时期即荷马史诗时代，这时的文学是对生命的礼赞、对个体化原则（Prinici pium individuationis）的肯定。日神文化的座右铭是"认识你自己"和"勿过度"[1]，它"在人们之间划出界线，要求人们注意这条界线是神圣的法则"。尼采把它比喻为朴素的"梦"的时期。

酒神文明时期才是悲剧真正的诞生时期。最早的悲剧是由祭祀酒神的酒神颂歌（Dithyrambus）演化而来，其内容最初只是酒神的受难与重生：宙斯的爱子酒神狄俄尼索斯被嫉妒的天后赫拉派遣的提坦神杀害并分解消融，但是宙斯又复活了他。尼采认为，这个神话中存在深刻的"譬喻"意义：酒神被分解象征个体的解体，他的新生象征个体与自然本体的融合。

尼采的酒神精神认为："万物根本上是浑然一体，个体化是人类痛苦的根源。"[2]个体生来具有不可避免的生老病死的悲剧性，个体与本体融合才是极乐至境，正如悲剧艺术快感是"由个体化的破除而预感到统一将得以重建而产生的"[3]。观看悲剧时，人们无论是对酒神还是李尔王的受难与毁灭，都会因悲剧英雄个人的毁灭而感到"悲剧的怜悯与恐惧"；但是与此同时一种"悲剧快感"[4]会油然而生。这种快感证明人的本质是群体的，在个别"现象"毁灭的痛苦的背后，人们看到了"个体与世界本体融合的极乐"。"个体化原则在酒神面前化为泡影，放弃了

---

1 杜丽燕：《尼采传》，石家庄：河北人民出版社，1998年，第82页。
2 尼采：《悲剧的诞生：尼采美学论文选》，周国平译，太原：北岳文艺出版社，2004年，第39页。
3 尼采：《悲剧的诞生：尼采美学论文选》，第39页。
4 朱光潜：《悲剧心理学》，北京：人民文学出版社，1983年，第41页。

个体化原则的个人汇成一体。"[1]因此,"醉"是酒神精神的象征。在狂醉中,个人"进入酒神陶然忘我之境,忘掉了日神的清规戒律,忘记个体之间的界限,融合与过度表现为真理,生于痛苦的欢乐表现为真理,从大自然中现身说法"[2];也就是说,人类在舍弃自我个体之后,获得了来自万灵之本(自然)的直觉的真理和智慧。酒神象征的和直觉的智慧照亮了理性也无法进入的深渊。

古希腊哲学的发展使希腊文明进入了理性时期,这个时期以苏格拉底为代表。理性时期否定酒神精神,片面地过分信任人类理性的万能,否定人类自然直觉的正确性,认为理性发展最终可以解除人生的悲剧性。悲剧成为哲学的婢女,酒神的智慧被扼杀和遗弃。

二、李尔王的"酒神式疯癫"

酒神智慧的产生是以个体理智的崩溃和个体与自然本体融合为条件的。尼采认为,酒神智慧是"反自然的",因而其"产生必定已有一种非常的反自然现象作为原始事件发生"[3]。在自然情况下,理智和个体力量足以为人所依赖,人不会想到与自然合一;只有在非自然条件下,人才能认识到理智的不可靠与个体的渺小微弱,从而向自然祈求智慧和力量。李尔王的例子正是如此。李尔王的悲剧根本上是因两个女儿的"不孝"而发生的。正如弄人所说,李尔王被迫"把女儿当作了母亲"(第一幕第四场)。高纳里尔无端指责李尔王时,弄人形容这种反常的

---

1 杜丽燕:《尼采传》第85页。
2 尼采:《悲剧的诞生:尼采美学论文选》,第15页。
3 尼采:《悲剧的诞生:尼采美学论文选》,第34页。

父女关系就像"马儿颠倒过来被车子拖着走"(第一幕第四场),因为女儿们要李尔王"做一个孝顺的父亲"(第一幕第四场)。两个女儿的不孝使父女关系颠倒,导致李尔王的受难,迫使李尔王"过度"悲愤,又感到自己个体的无助,过度的悲愤冲破理智界线,与自然合而为一。可以说,两个女儿"反自然"的不孝行为正是李尔王大智慧产生的"原始事件"。李尔王彻底"疯癫"是在暴风雨之夜的荒原上。但是他的个体身份和个人理智在此之前已经逐渐开始瓦解。

李尔王长久以来惯有的个人自我身份(individual selfidentity)动摇了。《李尔王》中一个反复出现的主题就是人物稳定的社会身份被剥夺。[1] 在大女儿高纳里尔家,李尔王最初受到她仆人奥斯华德怠慢时,反讽地问道:"大爷,你知道我是什么人?"奥斯华德回答:"我们夫人的父亲。"(第一幕第四场)失去权力和财富,李尔王个人身份也丧失了根本的基础。为了提醒李尔王及早醒悟,弄人称他为"尖酸的傻瓜",并要他"向女儿们讨一顶傻瓜的鸡头帽戴"(第一幕第四场)。当寄人篱下的李尔王不由自主地因高纳里尔脸色阴沉而担心时,弄人不平道:"以前你不用看她脸色,随她皱不皱眉都与你不相干,那时你也算得了一个好汉子;可现在你却变成一个孤零零的圆圈了。你还比不上我:我是个傻瓜,你简直不是东西。"(第一幕第四场)李尔王把王国分给不孝女儿,已经是个"傻瓜";又不由得在女儿面前低声下气,李尔王的身份已经从国王变为什么都不是(nothing),连傻瓜都做不成了。这固然是个体的悲剧,但是只有变成"什么都不是"(nothing)的个体才可能与本体合一,获得本体的智慧,从而洞察一切。正如爱默生在《论自

---

[1] 米歇尔·曼根:《莎士比亚悲剧导读》,北京:北京大学出版社,2004年,第171页。

然》中写道："我什么都不是，却看见了一切。"[1]

李尔王的个人理智也在暴风雨之夜前就已经动摇了。日神精神对人的理性提出"认识你自己"和"勿过度"的基本要求，可是人的理智有限，难以达到这样的基本要求。李尔王被谎言欺骗，已经表明理智不能知人，理智同样也不能使其自知。面对女儿们态度的急剧变化，面对弄人的不断提示，他开始警醒，怀疑自己身份，不断问道："这有谁认识我？这不是李尔。谁能告诉我我是什么人？"但是他的理智却始终未能回答自己关于身份的问题，只有弄人替他答道："李尔的影子。"（第一幕第四场）李尔王理智必然被过度的悲愤颠覆，就像日神的清规戒律不可能限制人追求过度的冲动一样。当他看见仆人肯特被枷示众时，不由怒道："啊！我这一肚子气都涌上我的心头了！"（第二幕第四场）当他发现二女儿和大女儿不过是一丘之貉时，他感叹自己理智竟如此坚强，能承受这般打击："我的胸膛，你还没有涨破吗？"（第二幕第四场）女儿们背负誓言，不允许他带一个侍从骑士时，悲愤已经把他推到"疯癫"的边缘："我宁愿让这颗心碎成万片，也不留下一滴泪！啊，傻瓜，我要疯了！"（第二幕第四场）荒原一幕之前，李尔王的理智已经接近崩溃了。

终于，李尔王在暴风骤雨的荒原上"疯癫"了。李尔王的受难与酒神的受难一样，都是个体的解体、理智被否定放弃、个体与太初自然融为一体的过程。正如尼采所说："智慧（而不是理性），尤其是酒神的智慧，乃是反自然的恶德，谁用知识把自然推向毁灭的边缘，他必身受自然的对其个体的解体。"

---

[1] 李宜燮和常耀信：《美国文学选读》，天津：南开大学出版社，1991年，第120页。

首先,荒原上的李尔王被剥夺了外在的一切,降解为最基本的人。第三幕里,李尔王被拒之门外,在风雨交加的荒原上撕心裂肺地控诉女儿们的忘恩负义。他从拥有一切的国王沦为一无所有的乞丐,只有肯特和弄人陪伴,饱受风雨之苦。饥寒交迫的经历使他第一次同情贫苦的人民,他祈祷道:"衣不蔽体的不幸的人们,无论你在什么地方,都得忍受这样无情的暴风雨的袭击。"(第三幕第四场)"啊!我一向太没有注意这种事情了,安享荣华的人们啊,睁开你的眼睛,到外面体味一下穷人忍受的痛苦!分一些你们享用不尽的福泽给他们!"(第三幕第四场)对贫苦百姓的同情只有失去荣华富贵后才产生,沦落为乞丐的李尔王才会成为明智的国王。这种同情正是其大智慧产生的一步。

其次,李尔王丧失了个体的理智,却实现了与自然的融合。风雨中的李尔王在悲愤之中仍然竭力保持自己的理智。他预感到自己"心要破碎",所以劝自己"要忍受众人所不能忍受的痛苦","要闭口不言"(第三幕第二场),尽力避免想到女儿的不孝。可是,他头脑之中已经像暴风雨一样难以平静,正如他自己所说的那样:"我心中的暴风雨已经取去我其他一切感觉。"(第三幕第四场)甚至他头脑中的风暴比自然的暴风雨更激烈,"在他渺小的身体内,进行着一场比暴风雨的冲突更加剧烈的斗争"(第三幕第一场)。他完全放弃了对个人能力与理智的信心,因为理智使他受骗,个体力量又是如此微小。李尔王转而祈求自然的力量帮助他向不孝的女儿复仇,希望天地能够惩罚她们"隐秘的罪恶",甚至希望风雨雷电毁灭整个忘恩的人类(第三幕第二场)。他的身心已经开始倾慕自然、放弃个体。

再次,埃德伽的出现使李尔王认识到人的个体渺小和本质的卑微,最终放弃了理智和个人与命运抗争的努力。荒原上,他遇见了装扮成疯丐的几乎赤裸的埃德伽，他认识到，"剥去一切的人"的本质不过是"寒碜的赤裸的两脚动物"（第三幕第四场）。人的自然状态呈现在李尔王面前，使他惊愕不已，感到个体的卑微。他认识到个人理智的欺骗性，个体的力量在社会权势与不定的命运面前微不足道，个体与命运抗争的结果必然以失败告终。在埃德伽面前，李尔王感到自己虽然失去了一切，但是却仍然是"复杂的"（sophisticated），只有埃德伽才是"保持着天赋的原型"（thou are the thing itself）。"李尔王认识到过去的权力和威仪使他只能看到王国内很少的实情。于是，他的反应是把自己的一切都剥夺掉。"[1] 他追慕埃德伽彻底复归自然的状态，于是说："脱下来，脱下来，你们这些身外之物。"（第三幕第四场）他看破了人生的悲剧性，复归自然的欲望使他羡慕"剥去一切的人"的状态，因为抛去一切身外之物，降解为最本质的人才最接近自然。对人的个体可悲本质的洞察激发了他复归自然的欲望，使其思量生命最根本的意义，追求个体的解体和个体与自然的融合。

李尔王"疯癫"了。他的理智丧失了，却产生了超越理智的、直觉的大智慧。像酒神的受难一样，李尔王的受难剥夺了他的个体理智，却产生了来自于自然本体的大智慧。李尔王"疯癫"的过程就是这种大智慧产生的过程，就是个人与理智被放弃和个体与自然本体融合的过程。

三、李尔王的酒神式智慧

首先，李尔王变得比有理智时更加明智。他开始思考人生悲剧性的本质。尼采认为，人生来是痛苦的，个体解体是人生必然的受难过

---

[1] 米歇尔·曼根：《莎士比亚悲剧导读》，第174页。

程；真理是可怖的。为了避免直面痛苦，人们用所谓"万能"的理性麻醉自己，才得以生存。"疯"了的李尔王劝失去双目的葛罗斯特说："你必须忍耐，你知道我们来到这世上，第一次嗅到空气，就哇哇哭起来。""当我们生下地来的时候，我们因为来到这个全是傻瓜的广大舞台上，禁不住放声大哭。"（第四幕第六场）他认识到人生痛苦不可避免，人类能做的一切只是忍耐，任由命运摆布。正如酒神的老师林神西勒诺斯（Selenus）给追问他的弥达斯（Midas）国王的神谕那样："对于人类，最好的东西就是不要降生，不要存在，成为虚无。"[1] 人生虚幻如戏，而且是痛苦的悲剧，喜剧性因素只是暂时的细节，人们只能忍耐着把悲剧演完。理智尚存时，他的弄人（fool）称他为"傻瓜"（a fool），相比之下，弄人反而成为"聪明人"（a wise man）。（第三幕第二场）失去理智后，他认识到世界不过是人们相互愚弄和愚弄自己的"傻瓜的舞台"，人们所迷信的理性，只不过是傻瓜的自我安慰与欺骗。

李尔王还学会了正确认识社会与人的本质而不被外表和语言欺骗。小女儿的理智曾经让他相信另两个女儿的谎言；"疯癫"之后，李尔王遇见装扮成疯丐的埃德伽，开始了一场"疯子间的对话"，看似癫狂至极，实则蕴涵真理。埃德伽用疯狂而譬喻的语言讲述自己的流浪生活，阐发人生无常、造化弄人，告诫世人不要骄奢淫逸。深有同感的李尔王直觉地领会到其中的哲理，把这个几乎赤身裸体的乞丐叫作"高贵的哲人"（Philosopher）和"学者"（learned Theban）。当埃德伽告诉李尔王自己研究的是如何抵抗"魔鬼"和消灭"害虫"时，李尔王更是喜欢，要向他"私下问句话"（第三幕第四场），因为他听出了这些"疯话"的

---

[1] 杜丽燕：《尼采传》，第77页。

弦外之音。理智正常的肯特不能理解为什么国王愿意跟一个疯乞丐说话，埃德伽告诉他："地狱的魔王是一个绅士。"（第三幕第四场）嘲讽了他的歧视。乞丐固然身份低微，但是比起李尔王的两个恶魔般的女儿来，品德却高贵许多。李尔王更是不舍得离开这个"疯乞丐"了，要让他做自己的侍从骑士。当假作审判女儿的时候，他邀请他的傻瓜和疯丐埃德伽做法官，并且把他们称作"最有学问的法官"和"贤明的官长"。（第三幕第六场）尽管他的弄人只是一个"傻瓜"，埃德伽外表上只是一个疯癫的乞丐，他却直觉地感觉到他们身上的智慧与忠诚。

李尔王从自己的不幸之中超脱出来，认识到社会的普遍黑暗。他开始控诉整个社会的不公。第四幕第六场中，李尔王在多佛郊外的乡间遇到了双目失明的葛罗斯特，他向葛罗斯特描述权势引起的社会不公："从这一事件上面，你就可以看到权威的伟大的影子：一条得势的狗，也可以使人家惟命是从。""罪恶镀了金，公道的坚强的枪刺在上面也会折断。"（第四幕第六场）失势的李尔王才认识到权势的危害，"疯癫"的李尔王才能忘记自己的悲惨境遇，去思考整个社会的不平。他认识到人人都有罪，人人都无权惩罚别人（None does offend），只是权势把贵人们的巨大的罪恶给遮住了，穷人的小错却暴露出来。（第四幕第六场）

其次，恢复理智的李尔王彻悟了，他选择了隐遁。尼采认为，从酒神精神中回到现实的人"一旦日常现实重新进入意识，就会生厌"，因为"他们已经彻悟过了，他们厌弃行动，因为他们知道他们的行动丝毫改变不了事物永恒的本质。知识扼杀了行动"。"正如哈姆雷特一样，真知灼见，对可怕真理的洞察，战胜了每一个驱使行动的动机。"[1] 在第

---

[1] 尼采：《悲剧的诞生：尼采美学论文选》，第27页。

四幕第七场中，李尔王在考狄莉亚的照顾下恢复了部分理智。第五幕第三场中，李尔王与考狄莉亚一起被俘。考狄莉亚心存幻想，要向两个无情的姐姐求情。李尔王拒绝这么做，认为毫无意义，因为他早就看透了她们的无情，他宁愿与考狄莉亚在监狱过与世隔绝的快乐"隐居"生活。他说："不，不，不，不！来，让我们到监牢里去！我们将要像笼中的鸟儿一般唱歌。"他看透了人间的冷酷无情，把监牢当作对尘世生活的理想的避难所，不愿离开。谁要想把他从监牢里赶走，就"必须从天上取一把火，像赶狐狸似地把我们从这里赶开"。他宁愿在监狱里冷眼看别人争名夺利、起落沉浮，而自己做一个超脱的隐士。他对考狄莉亚说：

  在囚牢的四壁之内，我们将要冷眼看那些朋比为奸的党徒随着月亮阴晴圆缺而升降。（第五幕第三场）

  考狄莉亚的失败使他大彻大悟了，彻底认识到反抗命运的无用和命运的不公：正义的一方失败，不义的反而获胜。他看透了无常的命运对人的戏弄，不愿再作无常命运的玩物。一切在"疯癫"中都没有忘记的复仇的愿望，夺回权力的企盼在他身上都已经淡去，彻悟了的他只渴求做一个监狱里的隐士。对人生和命运的深刻认识使他放弃了对它们的最后希望和控诉。

  李尔王的疯癫是酒神式的疯癫，这是个体的解体与理智的崩溃的结果。李尔王的智慧是酒神式的智慧，它的产生是个体与本体融合、直觉的智慧产生的结果。李尔王的大智慧是在其个体和理智涅槃重生之后得到的，正如酒神的受难与新生。

《李尔王》中的三对矛盾[1]

盛 宁

在莎士比亚的四大悲剧中，如果说《哈姆雷特》是以其富于哲理的思辨，《奥赛罗》展示轻信和嫉妒所铸成的千古遗恨，《麦克白斯》揭露无止境的野心把人引向罪恶的深渊，从而使观众和读者惊愕、感奋、深思，那么《李尔王》则完全靠一种巍峨雄浑的激情去拨动人们的心弦，引起深沉而久远的共鸣。以"剧"而论，《李尔王》似不及其他三部剧作那样悬念密布、紧张曲折；但就"悲"而言，许多莎学评论家都承认，《李尔王》更加悲壮，认为它"虽然不能算是莎士比亚最好的剧本，却是莎士比亚最伟大的成就"[2]。

古往今来对《李尔王》的评论都在力图为这出悲剧的不朽的艺术魅力寻求一种完满的解释。早期的莎学评论家（例如W·海兹莱特）主要侧重于人物性格的分析，具体章节、段落以及字面含义的诠释和对剧本人物进行比较。而在分析作品的主题思想时，他们则往往回避作品的

---

[1] 原载于《国外文学》1983年第1期。
[2] 文中引文除莎剧外均无出处。——主编注

社会意义,将悲剧冲突归结为没有任何阶级观念的抽象的善恶对立。有的将《李尔王》归纳为一个"从国王到人"的故事,有的称《李尔王》揭示了"子女不孝"的主题,有的干脆把《李尔王》完全纳入宗教教义的范畴。其中,比较有代表性的是布拉德雷的"净化"说。布拉德雷对莎士比亚悲剧确有精深的见解,对后人产生过较大的影响。但是,在揭示悲剧的社会意义方面,他无法摆脱资产阶级评论家的固有局限,陷入了不能自圆其说的困境。李尔王的悲剧根源何在?李尔王与考狄利娅双双死去的悲剧结尾是否符合生活与艺术的真实?这些都是评价《李尔王》时必须联系其社会意义做出回答的问题。在这些问题上,布拉德雷暴露出致命的弱点。他只好凭借高超的想象去抹平剧中因为时空飞跃而造成的漏洞,然后断言,如果莎士比亚推迟几年写作《李尔王》的话,就一定会改变这个悲剧性的结尾。其实,布拉德雷不会不知道,莎士比亚的《李尔王》是在一出传统旧戏的基础上改编的,原作中的李尔王和科迪拉(考狄利娅的前身)与布拉德雷所冀求的相去不远,在剧本的结尾,他们不仅没有死去,而且生活得很幸福,而悲剧性的结尾恰好是莎翁故意进行的改动。令人不解的是,布拉德雷却认为这一改动仅仅是为了"对故意激起的希望来一个突如其来的致命的打击"。这种玩弄观众感情的逢场作戏的解释如果得以成立,那岂不等于说,李尔王的悲剧完全由莎士比亚一时的好恶冲动所致?这种解释之荒谬不言自明。布拉德雷在《莎士比亚的悲剧》讲演集中,脱离了社会矛盾去从人物性格的善恶上追根溯源,他反复强调,悲剧的根源在于人性中的恶的一面(不仅《李尔王》,其他悲剧亦然)。他将"恶"的概念无限扩大延伸,以至"迟疑、轻率、骄傲、轻信、头脑简单以及对男女之情的过分敏感"等等缺陷都被列入了广义的"恶"的范畴。据说,它们在引起冲突或灾难的过程中会有"决定性"的作用。按照布拉德雷的逻辑，李尔王的悲剧纯属个人因素造成，恶既屠戮他人，又使人自相残杀；任何一种个性缺陷都会酿成悲剧。他脱离社会矛盾去解释悲剧冲突，因而不能不陷入一系列似是而非的臆想。当然，他也曾朦胧地看到莎士比亚写作《李尔王》悲剧的客观原因，指出莎翁从三十七岁至四十四岁期间精神负担沉重，成为他全力创作悲剧的原因之一；但是，他所引出的结论是错误的。就这样，布拉德雷始终没有找到打开李尔王心灵之门的钥匙。

现代的莎学评论家，在汲取以往的莎评中的有益的启示的基础上，又进一步探索前人未曾涉足的空白，开始注意将莎士比亚—莎士比亚作品—莎士比亚时代作为一个有机的整体进行研究，努力发掘莎士比亚悲剧的社会意义。一些西方评论家也开始试图运用阶级斗争的观点来剖析《李尔王》所反映的社会矛盾和时代精神。其中具有标新立异价值的有丹比的"两种自然"说。这一观点对布拉德雷的"净化"说是一大突破，对用宗教教义去概括主题的传统批评是一长足进步。丹比注意到，《李尔王》一剧中，"自然"（Nature）、"自然的"（natural）和"不自然的"（unnatural）等字眼重复近五十次，而对立的剧中人（如李尔王与爱德蒙）都使用"自然"这个词，显然赋予各自的"自然"以不同的含义。经过一番分析研究，他提出一个假说:《李尔王》是"一部对'自然'这个字眼的不同含义加以戏剧化的剧作"。莎士比亚笔下的"自然"是法律、秩序、习俗以及与之相应的理性的代名词。在《李尔王》中存在着两种"自然"，一种是以李尔王为代表的正统的、既定的"自然"，它的哲学代言人是培根和洛克；另一种是以爱德蒙为代表的向正统的"自然"的革命性的挑战，它的哲学代言人是霍布斯。这两种"自然"、两种观念意味着截然对立的两种社会的分野。丹比的这种把"自然"作为"既定秩序"加以考察的见解有其独到之处，为发掘《李尔王》的社会意义开拓了新途径。在他的影响下，不少评论家（例如A·凯特尔）开始主张将《李尔王》的剧中人物划分为两大阶级和集团，李尔王、格罗斯特、肯特、奥本尼等为没落的封建阶级和旧秩序的代表，而爱德蒙、高纳里尔、里根、康华尔等则是新兴资产阶级的代表。在此基础上，有的评论进一步将这两大集团之间的矛盾和斗争解释为资产阶级与封建阶级之间的斗争，认为莎士比亚在《李尔王》中有意地反映英国原始积累时期人们被剥夺了驱逐这种灾难的普遍性。这些评论家的目的是为了发掘莎士比亚悲剧的社会意义，但他们的结论却反映了一种越俎代庖、穿凿附会的简单化倾向。

莎士比亚明确宣称："自有戏剧以来，它的目的始终是反映自然，显示善恶的本来面目。"这里所说的"自有戏剧以来"，可以追溯到古希腊时期，亚里士多德在《诗学》中就确立了"艺术摹仿自然"的定义。在古希腊人的心目中，"Nature"（自然）中的词首"Natus"为出生的意思，主要指"人的本性"。所谓悲剧，是指摹仿的对象比现在的（亚里士多德时代）的人更高尚；所谓喜剧，则是指摹仿的对象比现在的（亚里士多德时代）更低劣。到了文艺复兴时期，亚里士多德的这一论述被进一步发扬光大。莎士比亚的同代英国诗人锡德尼在《诗辩》中就精辟地阐述了上述观点，反映了资产阶级人文主义者对文艺功能的看法，为人文主义者宣扬"人道"，反对"神道"；宣扬以"人"为本，反对中世纪以"神"为中心的蒙昧主义、神秘主义和禁欲主义提供了有力的思想武器。莎士比亚虽没有这方面的专门论述，但从他所写的全部剧本来看，他始终恪守亚里士多德以来"艺术摹仿自然"的原则。他所反映的"自然"，显然包括人的本性和外界自然两方面的内容，在他看来，人类社会和大自然都必须严格遵循某种法则和秩序，才能达到和谐，在这样一个理想世界里，仁爱主宰着一切。从这样一个世界观出发，莎士比亚笔下的所有人物，不论是英雄还是恶棍，不论是国王还是乞丐、弄人，他们首先是"人"，具有人的本性；然而，他们又秉性各异，善恶不等，在他眼中，这种差异显然不属于阶级本质的区别。因此，我们如果将莎士比亚笔下的人物一律按社会对立阶级划分，对号入座，将剧中人物之间的矛盾一概视为社会阶级斗争的反映，就往往会求意过深而失之偏颇。

其次，我们应该看到，在艺术创造方法上，这也恰好是与莎士比亚的信条相悖逆的。马克思和恩格斯在评论拉萨尔的《弗兰茨·冯·济金根》时，不约而同地批评了拉萨尔的"席勒式地把个人变成时代精神的单纯传声筒"的"最大缺点"，明确提出"不应该为了观念的东西而忘掉现实主义的东西"。按马克思的话概括，就是要"莎士比亚化"。马克思和恩格斯的这一精辟见解不仅为文艺创作提出了一条现实主义的原则，而且为评价莎士比亚作品（包括《李尔王》）具体指明了方向。席勒把诗歌当作表现人类理性和观念的工具，往往把作品主人公当作某种观念的化身，使作品违背生活的真实去满足作者抽象说教的需要。莎士比亚却相反，他不是从抽象的观念出发，而总是从现实生活出发，通过生动的故事情节和具有鲜明个性的人物形象，去再现文艺复兴时期各个阶级的音容笑貌和盛衰兴亡。理解了马克思所谓的"莎士比亚化"的含义，我们显然不应该再受剧中人物的阶级出身的局限，而应该着力去把握文艺复兴时期阶级关系变动的全貌，从他所塑造的各种人物的总的倾向中去体会他同情什么、反对什么。《李尔王》中的李尔王是一个封建国王，在政治上属于行将灭亡的阶级，剧本以李尔王之死而告终符合历史的真实。但是，我们也不应忘记，正是在李尔王身上倾注着莎士比亚的同情，寄托了他的人文主义的理想。李尔王在社会阶级变动的暴风雨中得到了洗练，他的思想经历了一番极端痛苦的改造，从外形到内心，从物质到精神，都发生了巨大而深刻的变化。正是在这种剧变之中，人文主义理想和精神的夺目彩焰喷发出来，莎翁的这部力作的精华也正在于此。

《李尔王》是一部人文主义的悲剧。称之为人文主义的悲剧，包含着两层意思：一层是这场悲剧揭示了人文主义理想在残酷的现实面前碰壁；另一层是，它既区别于布拉德雷等人的抽象的善恶论和"净化"说，又不同于自丹比的"两种自然"说以后渐渐滋生的一味从资本主义原始积累角度评价《李尔王》的求意过深的偏向。

与其他几部悲剧相比，《李尔王》所展现的时代与社会的背景更为广阔，更侧重于反映观念形态和精神境界中黑暗与光明的冲突。封建社会内部权力和财产的再分配引起人的社会关系和道德关系方面的尖锐矛盾和斗争，李尔王处于这些矛盾的焦点之上。显而易见，剧中所反映的李尔王在政治上的兴衰荣辱和思想上的新陈代谢正是整个时代精神变迁的写照。此外，《李尔王》的情节呈双线发展，伴随李尔王遭遇的主线，莎士比亚又增加了内容与主题都基本相仿的副情节，从而使李尔王的形象摆脱个人和暂时的局限，被赋予更加普遍和深远的意义。

出场时的李尔王年事已高，俨然是封建正统的不可一世的象征。他很可能已经意识到这种正统的秩序已经出现崩溃的裂痕，觉察到女儿、女婿之间由来已久的纷争。以高纳里尔和里根为代表的新贵们早已在觊觎他的王位和财产，矛盾达到了剑拔弩张、一触即发的地步。李尔王希望用一种和平的方式，在三个女儿之间重新分配他的国土和财产。

他幻想着在放弃了王位以后仍旧保持着昔日的权威,同时又赢得新贵们对他的仁爱之心的颂扬。这种幻想使李尔王陷入了第一对悲剧性的矛盾——权力与仁慈之间的不可调和的矛盾。

莎士此亚认为,仁慈,首先是统治者的仁慈,是人性中最可宝贵的品质。身为人主的统治者,如果能把仁慈和正义融为一体,施行德政,替天行道,那么,一个和谐的理想社会就会应运而生。在《威尼斯商人》中,他借波希亚之口颂扬了这种天赐美德:

> 慈悲不是出于勉强,它像甘霖一样从天上降下尘世,它不但给幸福于受施的人,也同样给幸福于施与的人;其有超乎一切的无上威力,比皇冠更足以显示出一个帝王的高贵,御杖不过象征着俗世的威权,使人民对于君上的尊严凛然生畏;慈悲的力量却高于权力之上,它深藏在帝王的内心,是一种属于上帝的德性,执法的人倘能把慈悲调剂着介道,人间的权力就和上帝的神力没有差别。(第四幕第一场)[1]

然而,权力却是一种腐蚀剂。久居高位、大权独揽会使"仁慈"蒙上一层尘锈,权欲的恶性膨胀更会带来难以想象的毁灭性的灾难,如他在《特洛伊罗斯与克瑞西达》中描述的那样:

> 一切会融化到权力之中,权力会化作欲望,欲望又化作贪婪,

---

[1] 莎士比亚:《李尔王》,《莎士比亚全集》,朱生豪等译,北京:人民文学出版社,1994年。本文莎剧引文均出自此书,只在文中引文后给出"幕"和"场",不再给出脚注。

> 贪婪是一只最常见的恶狼……它会张开血盆大口吞没一切，最终把自己也吞没。（第一幕第三场）

在《李尔王》中，刚一登场的李尔王是一个十足的暴君的形象，他所缺少的正是仁慈这样一种美德。他的长女高纳里尔、次女里根阿谀奉承，骗取了他的欢心，他欣然将国土和财产平分给她们；他的小女儿考狄利娅以真诚的良心表达对他的热爱，反倒刺伤了他那不可逆转的虚荣心，刚愎自用的李尔王在一怒之下剥夺了她的继承权。

> 让你的忠实做你的嫁妆吧……我发誓从现在起，永远和你断绝一切父女之情和血缘亲属的关系……（第一幕第一场）

对于忠心耿耿、仗义直谏的肯特，李尔王更是一副颐指气使的架势，专横跋扈到了极点。

> 闭嘴，肯特！不要来批怒龙的逆鳞……凭着朱庇特发誓，这个判决是不可改移的。（第一幕第一场）

当李尔王身处国王的高位时，谁能规劝他回心转意、改正错误呢？谁能抹去蒙在他心灵上的尘锈，使之重新发出仁慈的光芒呢？谁也不能。然而，当李尔王交出了王权之后，他在两个女儿眼中顿时权威尽失，成了一个行将就木的老头子。女儿、女婿们违背前约，恩将仇报，固然使他悲痛欲绝，但是，此时沦为普通人的李尔王，却平生第一次有可能亲身体验普通人的悲惨遭遇了。地位的转变使李尔王开始将心比

心、推己及人地看待人世间的不平。失去了权威,赎回了"仁慈",白发苍苍的李尔才会从心底迸发出这样悲天悯人的呼喊:

> 衣不蔽体的不幸的人们,无论你们在什么地方,都得忍受着这样无情的暴风雨的袭击,你们的头上没有片瓦遮身,你们的腹中饥肠雷动,你们的衣服千疮百孔,怎么抵挡得了这样的气候呢?啊!我一向太没有想到这种事情了。安享荣华的人们啊,睁开你们的眼睛来,到外面来体味一下穷人所忍受的苦,分一些你们享用不了的福泽给他们,让上天知道你们不是全无心肝的人吧。(第三幕第四场)

李尔王对水深火热之中的穷人表示同情,对自己过去的冷酷无情开始忏悔,呼吁身居高堂的富人发出慈悲,向穷人施舍些许自己享用不尽的福泽。这样的呼吁究竟有什么实际意义,在此姑且不论。从专横跋扈的李尔王转变为悲天悯人的老李尔王的过程,布拉德雷等评论家称之为"净化"。如果他们所谓的"净化"仅限于李尔王个人的良心发现、弃恶从善,那显然反映了评论家本身的局限。如果将李尔王的大彻大悟看作是莎士比亚对所有人主的希望,将李尔王悲天悯人的呼吁看作是对现实和时政的针砭,那么,这种"净化"不就体现了莎士比亚本人所怀抱的人文主义的崇高理想吗?

李尔王所面临的第二对悲剧性的矛盾是道德关系上纲常伦纪的颠倒。支撑一个和谐的社会的支柱——"亲子之爱"轰然崩塌,被一种赤裸裸的冷酷无情的利害关系所代替。他把王权和财产分给了两个口蜜腹剑的女儿,得到的回报却是万般凌辱。他的手把食物送进女儿的嘴里,这张嘴却把他的手咬了下来。李尔王所期待的"天伦的义务、儿女的责任、孝敬的礼貌和受恩的感激"统统化为乌有。弄人一语道破了这种人间悲剧的实质:

> 老父百衣结,儿女不相识;
>
> 老父满囊金,儿女尽孝心。
>
> 命运如娼妓,贫贱遭遗弃。(第二幕第四场)

父母必须用金钱才能买到儿女的"孝心",儿女对父母尽"孝心"也只是为了得到父母的财产。冷酷的现实就是如此。在这个世界上,又岂止李尔王一人忍受着不孝儿女的折磨!葛罗斯特不也是不孝庶子的受害者吗?爱德蒙当着父亲的面,侈谈儿女尽孝的本分,然而,正是他为了实现个人的野心竟不惜出卖自己的父亲。

> 这是我献功邀赏的好机会,我的父亲要因此而丧失他所有的一切,也许他的全部家产都要落到我的手里;老的一代没落了,年轻的一代才会兴起。(第二幕第一场)

爱德蒙、高纳里尔和里根这些新贵完全背弃了传统的道德观念和价值观念。这些极端利己主义者认为,对于个人幸福和财产的无止境的追求是完全符合"人性"的。也正是在这个意义上,丹比的"两种自然"说有其"存在的理由"。但是,必须看到,莎士比亚对这种尔虞我诈的利害关系,这种资本主义原始积累带来的新的道德观念,完全是侧目而视的。他本能地感到,这种道德观念与他的以"仁爱"为中心的人文主义理想是相互抵牾的。但是，与《麦克白斯》不同，《李尔王》的侧重点不在于剖析人性的堕落，而更着重于展现人性的复归。在莎士比亚的人文主义理想社会中，"仁慈"是处理君臣关系的准则，"亲子之爱"是处理上一代人与下一代人关系的准则，这两条准则是保证整个社会和谐的支柱。可是，世风日下，人心不古，眼看这个社会礼崩乐坏，日益变得不可收拾。莎士比亚对此痛心疾首，恨不能有回天之力，挽狂澜于既倒。因此他一再通过剧中人物之口大声疾呼，以匡正世风。葛罗斯特哀叹："亲爱的人互相疏远，朋友变为陌路，兄弟化为仇雠……父不父，子不子，纲常伦纪完全破灭。"李尔王则悲愤交加地呼吁苍天：

> 天啊，要是你爱老人，要是凭着你统治人间的仁爱，你认为子女应该孝顺他们的父母，要使你自己也是老人，那么不要漠然无动于衷，降下你的愤怒来，帮我申雪我的怨恨吧！（第二幕第四场）

李尔王这样吁请苍天主持公道，帮助他讨伐他的不孝子孙，这与他乞求当权者和富人们进行施舍一样，并没有什么实际的价值。但是，它实实在在地反映了一种纠正社会不公的愿望，反映了莎士比亚的人文主义理想。

李尔王所向往和追求的理想——人与人之间按照"仁爱"的准则和睦相处，君臣之间、亲子之间相亲相爱，整个世界像美妙的音乐一样充满和谐——也是自古以来无数仁人志士梦寐以求的理想。可是，狂风暴雨中的李尔王，除了炽热的精神和激情以外，一无所有，也没有任何能实现这一理想的物质力量。所以，他的理想必然碰壁，这就是李尔王所面临的第三对也是最根本的一对悲剧性矛盾——理想与现实的矛盾。这个矛盾就是恩格斯所指出的那种"历史的必然要求与这个要求实际上不可能实现之间的悲剧的冲突"。在这一点上,《李尔王》的悲剧性结尾正体现了莎士比亚的伟大。他不仅用他的如椽大笔勾画出人文主义理想的蓝图,更为意味深长的是,他按照历史发展的真实,把这个美妙的理想掷向黑暗的现实,使它摔得粉碎。现在,我们可以回答为什么李尔王和考狄利娅必须双双死去,造成悲剧的结局了。

考狄利娅是真、善、美的象征,她从出场开始就深得观众的同情。对于经历了狂风暴雨、重新恢复了仁爱之心的李尔王,观众从感情上也希望他有一个得胜回朝的善终。倘若在剧本的结尾,李尔王和考狄利娅出于某种原因都幸免于死(实际上,在历史上的一个很长时期内,《李尔王》被篡改成这样);那么,全剧的主题就发生了质的变化,弱小的正义战胜强大的邪恶,人文主义理想的泡影上又增添了一些五颜六色的光圈。毫无疑问,这种迎合观众感情的处理是廉价的,即令从艺术真实的要求来看,它只能像狗尾续貂一样破坏了一气呵成的悲剧气氛,更不用说它也完全违背历史生活的真实了。伊丽莎白王朝的后期,尤其是詹姆士一世于1603年继位以后,英国社会发生了剧烈的变化和动荡。王权日益走向反动,资产阶级和王权之间的暂时结盟宣告破裂,资本主义原始积累过程又引起各种社会矛盾的激化。莎士比亚在1605年写作《李尔王》时所面临的客观现实就是这样,从某种程度上说,悲剧《李尔王》中李尔王所处的环境也是16世纪末17世纪初英国社会的写照。可见,《李尔王》的悲剧结局是莎士比亚所处的时代与他的主观世界有机统一的必然产物。

理性与疯癫的延异
——以莎士比亚《李尔王》为例 [1]

蒋 倩

本文针对福柯看到的理性与疯癫的关系是对立不可调和、相互排斥，运用《李尔王》等莎士比亚戏剧中体现的理性和疯癫来阐释延异学说，试图证明理性与疯癫如同德里达提出的那样，是处于无止境的差异链条内、相辅相成的延异关系。

德里达针对福柯的《疯癫与文明：古典时期的疯癫史》而写就的《我思和疯癫的历史》引发了他和福柯之间的激烈争论，其中两人就理性与疯癫、思与疯的关系提出的截然不同的看法成为解读两人思想差异的重要入口。德里达将他对理性和疯癫二元对立的驳斥纳入到了几年后提出的延异思想之中。作为解构理论的领衔人物，德里达著名的延异学说即是显示他解构思想策略的基本符号和中心力量。因此，通过德里达的延异学说来阐释理性与疯癫的关系，从很大程度上讲可以触及他的解构思想体系的实质。所以，笔者运用为人们所熟悉的《李尔王》等莎剧中体现的理性和疯癫现象，试图证明理性与疯癫如同德里达所说，是处

---

[1] 原载于《外国语文（四川外语学院学报）》2008年第5期。

于无止境的差异链条内、相辅相成的延异关系,而非福柯所持的二元对立关系。

一、理性与疯癫的同质和差异性

人们似乎认为理性与疯癫的差异不言自明,甚至可以大到如福柯般将两者划分到根本对立阵营的地步。但福柯在他的《疯癫与文明:古典时期的疯癫史》中说到,从中世纪到文艺复兴,虽然麻风病人、癫狂病人被隔离,但文艺复兴仍然视癫狂为世界的一部分,对待癫狂的态度还具有浪漫色彩。从"愚人船"到民间传说、戏剧人物,从莎士比亚到塞万提斯的作品,癫狂都占据极其重要的位置,因为它具有无可比拟的感染力。而理性对疯癫、非理性的残酷压制、排斥,是从古典主义即理性时代(17世纪、18世纪、19世纪)开始的。[1] 虽然理性何时开始排斥、压制疯癫这一论题引起了广泛争议,[2] 但福柯的论断至少证明,理性和疯癫并非从历史一开始就是相互排斥的关系。

从延异的眼光来看理性与疯癫,实际上两者同根同源,本来是浑然一体,你中有我、我中有你。理性和疯癫没有根本的区别,它们之间的界限有时相当模糊。如同人们经常看人、看世事都搞不清楚究竟清醒还是疯狂一样,文艺作品、戏剧中的角色也经常处于半理性、半疯癫的状态之中。莎剧《李尔王》一开篇,身居高位而自负的李尔王出于自认

---

[1] 参见米歇尔·福柯:《疯癫与文明:理性时代的疯癫史》,刘北成译,北京:生活·读书·新知三联书店,2003年。

[2] 肖锦龙:《试论福柯和德里达的思想差异——从〈我思和疯癫的历史〉谈起》,《兰州大学学报》(社科版),2004年第2期,第36—42页。

为"高尚"、"无私"的理性，要求三个女儿以表达爱意的方式来获得自己的国土，把王权分给两个谄媚的女儿，而将诚实、正直的小女儿和忠臣放逐，这种行为本身难道不就是疯癫吗？肯特说："李尔王发了疯，肯特也只好不顾礼貌了。"[1] 谁会想到统治英伦几十年的君主李尔王，竟会犯下如此低劣的错误？谁又能说理性和疯癫不是一对携手的孪生兄弟？一向被叫作傻瓜、供李尔王逗乐的疯癫弄人也唱道：

> 听了他人话，
> 土地全丧失；
> 我傻你更傻，
> 两傻相并立；
> 一个傻瓜甜，
> 一个傻瓜酸；
> 一个穿花衣，
> 一个戴王冠。
>
> 李尔：你叫我傻瓜吗，孩子？
> 弄人：你把你所有的尊号都送给了别人，只有这一个名字是你娘胎里带来的。（第一幕第四场）

如果要问理性和疯癫的起源，或是考察它们孰先孰后，恐怕人们难以说清。而用延异的观点来看理性和疯癫的来源，则有相当的可行

---

[1] 莎士比亚：《莎士比亚全集》（第九卷），朱生豪译，北京：人民文学出版社，1978年。本文莎剧引文均出自此书，只在文中引文后标出页码，个别处给出"幕"和"场"，不再给出脚注。

性。德里达在《哲学的边缘》中解释道,"延异"表示一种构成的、生产的、本原的因果性,表示可能产生或者构成不同事物、构成差异的断裂和分化的过程。[1] 延异是产生差异的运动,是差异的起源,是一切事物之间的差异。符号的差异构成运动,符号之间相互牵涉、转换,组成一个不可穷尽的网络。理性与疯癫是从一开始就在一起、如影随形的孪生兄弟,谁也不是谁的起源,如同延异本身并没有来源。但如果只从历史的一个阶段来看,可以将疯癫视为理性的差异变体。

理性主义本是人追求个性解放、人性自由的精神武器,但随着以商品价值为核心的社会理性愈演愈烈,理性在物欲横流、弱肉强食的世界中反而成为压迫人、摧残人的机器。社会异化为非理性的社会,人异化为非理性的人,陷入了压抑焦虑、迷惘虚无、悲观无助的精神病态之中,从而走向疯癫、愚昧、虚幻和毁灭。理性的过度膨胀造就了一个颠倒的世界,使原本精神正常、富有理性的人陷入疯癫。于是出现了令人捉摸不透的迷惘、延宕的哈姆莱特,面对人存在的价值感和尊严感只有疯狂、质疑、拷问、丧失理智和行动能力;出现了因不堪打击而由疯至死的奥菲莉娅;出现了只有装疯才能保全性命的爱德伽。同样,李尔王、葛罗斯特的经历也反映了人在其自身的主体性受到怀疑和诘难的危机中产生精神分裂而毁灭的过程。

与此同时,以理性压制理性、迫害疯癫的人自身也表现出疯癫的特征,例如,尽管麦克白夫妇获得了世俗功利的满足,但却注定陷入心灵的惶惑与恐惧之中不能自拔,时时遭受折磨而发狂。克劳狄斯、李尔王的两个女儿、爱德蒙的邪恶冷酷、令人发指的行为,远非有正常伦理

---

[1] Jacques Derrida, *Margins of Philosophy*. trans, Alan Bass. Chicago: University of Chicago Press, 1982. pp.8-9.

道德的人所能做出，都具有强烈的疯癫实质。由此可见，在差异的运动或者说踪迹的游戏过程中，理性这一同一体的爆裂颠覆了理性原来的意义，撒播出更多的差异和差异变体，其变体之一即是疯癫。综上所述，疯癫在理性中，理性在疯癫中，两者具有强烈的同质性，而差异是微妙的。福柯突出的是两者的区别，而它们的联系则更应该为人们所重视。

二、理性对疯癫的压制和推动

虽然理性与疯癫同质同源，但在历史的大部分时间里，人们从追求世界的统一、有序的形而上学的思想倾向出发，将被视为不正常的疯癫摒弃一旁，形成了以理性为主导、理性控制人类精神文化和思想话语权的局面。但即便如此，理性仍不能也无力完全抹杀疯癫，疯癫亦不可能在理性的压制下消失，[1]因为两者互为差异替补因素，是密不可分的。在延异经济中，一个差异个体的变化会引起另一个体的变化，一方的强大往往使另一方更为强大。

在《李尔王》等数部莎剧中，疯癫都是重要情节和主题，都受到了理性的残酷压制，但它们都没向理性低头，而是发挥出澎湃激昂的艺术震撼力量。理性的逐渐蜕变、异化和排斥对疯癫施加了越来越大的压力，使疯癫步步加深，引发疯癫内部更大的反应。李尔王面对两个女儿巨大的变化，对自身的主体性和理性产生了怀疑和诘难："这不是李尔……谁能够告诉我我是什么人？……我要弄明白我是谁；因为我的君权、知识和理智都在哄我……"（第176页）怀疑之后是痛苦、悲哀、愤

---

1 肖锦龙：《试论福柯和德里达的思想差异》，第40页。

怒："我宁愿让这颗心碎成万片，也不愿流下一滴泪来。啊，傻瓜！我要发疯了！"（第204页）在两个女儿恶行的步步逼迫下，李尔王的精神愈加疯狂、分裂，对邪恶更加狂暴地诅咒也对自我更加深入地解剖、反省："雨、风、雷、电，都不是我的女儿，我不责怪你们的无情……随你们的高兴，降下你们可怕的威力来吧……可是我仍然要骂你们是卑劣的帮凶……"（第208页）同样，在《哈姆莱特》中，克劳狄斯的步步紧逼、现形使哈姆莱特由清醒变得疯狂，又由迷惘走向思考，最后由延宕走向行动。疯癫受到的不公正待遇，看似被理性迫害，实际也被理性推动，作品反映的是两者的相互关系。

三、疯癫对理性的替代和迂回

疯癫的过程孕育了人对理性彻底的反思、控诉。经历了疯癫和清醒的心理转化和认知发展过程之后，疯癫者获得了真知，上升到了更高层次的理性——真善美。李尔王在疯癫的世界里看到了真理："当我们生下地来的时候，我们因为来到这个全是傻瓜的广袤舞台上，所以禁不住放声大哭。"（第249页）

福柯评价疯癫对理性的末日审判道："这种癫狂的合理性在于它是真实的……癫狂，以其粗野、难控制的语言极力宣扬自身所具有的意义；处在妄想状态时，它就吐出其神秘的真理，并大声为其良心辩护。"人类对真善美的追求超越了生命。"这个真理通过生命的结束已从癫狂中解脱出来……"[1] 疯癫的哈姆莱特用自己的生命铲除了有着过度物欲

---

[1] 米歇尔·福柯：《疯癫与文明》，第26—27页。

理性的克劳狄斯；跟随李尔王、葛罗斯特毁灭的是李尔王两个邪恶的女儿、爱德蒙；双手沾满鲜血的麦克白夫人也从疯癫走向灭亡。曾经的疯狂归于平静，颠倒的世界重新获得秩序。非理性的疯癫作为黑暗的控诉者，始终扮演着潜在的补充、错置和改造理性的作用，[1]用延异的话说就是对理性的替代、迂回。

四、疯癫对理性的延搁

虽然疯癫替代了理性，且替代的过程可能是暴力性的，但疯癫始终并没有抛弃最终获得理性的目标，它实际上只是要求和实现被延缓的理性，要求抛弃大量获得伪理性、物欲理性、低级理性的可能性，要求对未获得真实理性有一种暂时的忍受，或者说，疯癫只是通向智慧、真理、真实理性的曲折漫长道路上的重要一步，表现为对理性的时间上的延搁。李尔王在荒野中感叹穷人的衣不蔽体，良心发现："我一向太没有想到这种事情了。安享荣华的人们啊，睁开你们的眼睛来，到外面来体味一下穷人所忍受的苦，分一些你们享用不了的福泽给他们……"（第214页）

葛罗斯特也认识到："我没有路，所以不需要眼睛；当我能够看见的时候，我也会失足颠扑。我们往往因为有所自恃而失之于大意，反不如缺陷能对我们有益。"（第231页）而李尔王的弄人更是貌似愚蠢疯狂却蕴含着先知先觉的智慧，作为人性的评论家和真理的发言人，"用十足愚蠢的傻瓜语言说出理性的词句……向恋人们谈论爱情，向年轻人讲

---

[1] 肖锦龙：《试论福柯和德里达的思想差异》，第40页。

生活的真理，向高傲者和说谎者讲中庸之道"[1]，延搁李尔王对未获得真理的忍受，并帮助他实现被延缓的真理。

五、疯癫及理性非本质主义概念

就理性和疯癫作为一对对立命题而言，它们确实符合二元的形而上学基本模式；但从另一方面来看，疯癫并非一个严格意义上的本质主义概念，它不是自古就有和一成不变的；相反，它是被逐渐地建构起来的。疯癫是社会力量的客体化对象，在不同时代、不同的理性背景下，依据不同的外在力量，疯癫才获得它的不稳固、不确定的所指和意义。这样机动性的疯癫就抛弃了本质主义的幻觉，抛弃了二元对立的形而上学诉求。[2] 莎剧中疯癫者的疯癫都有所不同。奥菲莉娅是因为难以承受丧失父亲、爱人的巨大痛苦而疯癫；麦克白夫人是迷失于良心的谴责之中惶惶而不可终日；李尔王的疯癫蕴涵着对社会理性痛苦的反思；哈姆莱特的疯癫体现为怀疑、迷惘和丧失行动能力的延宕；爱德伽的疯癫其实是装疯求生；而对于以弄人为代表的愚人而言，外表的疯癫实为内在的真理和大智若愚。所以，同为疯癫，实际意义是有根本区别的，非同一概念。

同样，理性的含义也并非一成不变。莎剧中的理性有哈姆莱特式人文主义崇尚人类"伟大的力量"、"天使"一般的"行动"的"高贵的理性"，有李尔王自负到认为慷慨赠予能使别人感恩戴德而又排斥忠

---

[1] 米歇尔·福柯：《疯癫与文明》，第11页。
[2] 汪民安：《疯癫与结构：福柯与德里达之争》，《外国文学研究》2002年第3期，第3—7页。

言直谏的王者理性，有考迪利娅正直坦白不愿有一丝谎言、而又忠诚勇敢的理性，有爱德蒙为自己谋求高贵地位而不择手段的工具理性，有李尔王的两个女儿、克劳狄斯以及麦克白夫妇私欲膨胀到极端的物欲理性。理性从最初反对宗教、封建束缚到发展为压迫人性的工具，也经历了诸多变故。既然理性和疯癫都并非固定的含义，所以不宜将它们归结为相互排斥的一对二元对立。

六、结　语

延异意味着时间上的推迟、延缓、迂回、替代、持存，空间上的间距、非同一性、他者性、差异度以及差异之散播。差别替补过程会不断持续下去，存在的只是替补的链环。[1] 理性与疯癫本应是平行互补、相辅相成的关系，疯癫是理性的迂回式延搁，理性同样是疯癫的差异性要素。它们不是处于一个深层的整齐匀称的二元对偶系统内，而是处在一个无止境的差异链条系统内，互相指涉，彼此进行着开放的、无拘无束的能指嬉戏。"此项只是另一个不同的和延搁的彼项，此项对彼项进行延搁和区分，此项是延异中的彼项，此项是彼项的延异"。[2] 在福柯那里，"疯癫是作品的缺席"，"我思，故我不疯"，疯癫和哲学、语言、理性相互排斥、不可调和。而以德里达的延异观点来看，疯癫内在于作品之中，是作品的一个意义、一个要素、一个个案："我思，故我疯"，或者"我疯，故我思"。[3]

1　陆扬：《后现代性的文本阐释：福柯与德里达》，上海：上海三联书店，2000年，第22—31页。
2　汪民安：《疯癫与结构》，第1—7页。
3　Jacques Derrida, *Margins of Philosophy*, pp.55—56.

福柯极力想把被理性话语排除出去、处于沉默状态的疯癫重新翻出来，以彻底颠覆理性话语的统治，最终改造西方现代理性主义思想文化结构。这在德里达看来，和理性压制疯癫一样，都犯了中心主义二元对立的形而上学错误：将事物一分为二，张扬其中一面压抑另一面。只不过19世纪末以前主要张扬理性，压制疯癫，福柯则恰好相反而已。用延异关系来看待理性与疯癫，体现了德里达倡导的用解构主义的方式拆解传统理性主义的思想。要解放疯癫，不应采取摒弃理性只重疯癫的极端方式，而应揭示理性内部的矛盾差异性和自我变异性，让这种矛盾冲突和自我分裂表现为变革和解构，让理性退至后台，让疯癫从边缘进入到中心。[1] 实际上，伟大的莎士比亚在几百年前就在做这项工作了。疯癫是他的《李尔王》和《哈姆莱特》着力表现的主题，在《麦克白》等戏剧中疯癫又占据浓墨重彩的篇章。这都是在将疯癫推向前台，让它引吭高歌。

---

1 肖锦龙:《试论福柯和德里达的思想差异》，第41页。

《麦克白》的现代主义解读[1]

谈瀛洲　陆谷孙

从现代主义的重要组成部分弗洛伊德学说的角度来看,《麦克白》是一部富有现代性的作品。与古典主义和浪漫主义的人格概念不同,这部名剧的主人公的人格,不是一个理性或浪漫感情占主导地位的总体,而是由相互冲突的力量组成的,并在邪恶力量的影响之下失去平衡,导致主人公的毁灭。这就解释了麦克白作为一个反面人物的悲剧性。

一

不朽作品之所以不朽,就因为它在不同时代都能被重新读解,被赋予新的意义,因而获得长久的生命。当然,不是所有作品都能不断得到新的阐释。伟大作品的伟大之处,就在于它拥有被不断赋予新的意义的可能性。

莎士比亚的作品就是如此。T·S·艾略特在谈到当时出现的各种

---

[1] 原载于《复旦学报》(社会科学版)1997年第2期。

新的对莎剧的阐释时曾经说：

> 对于像莎士比亚这样伟大的人，很可能我们永远都不对；既然我们永远都不对，那么我们还是常常改变我们错误的方式为好。[1]

其实，这句话的潜台词就是，只要各种阐释能够自圆其说，又不和莎剧字面上的意义发生冲突，那就都对，因为它们不可能被证伪。

因此，在《莎士比亚和塞内加的犬儒主义》一文中，艾略特试图从这一新的角度来解释莎士比亚一剧，但他并无意证明莎士比亚确实受了塞内加的影响。首先，这一点不可能做到，因为即使莎士比亚的作品中有犬儒主义的成分，他也可以是从别处得来的，或者是他自己想出来的。所以，关键不在于证明一种影响来自何人何处，而在于如何从一个新的角度对莎剧进行新的阐释。

事实上，各个时代都要对自己所继承的文化传统进行筛选和重新阐释，我们这个时代也不例外。在本文中，我们试图做的是从现代主义的角度，尤其是弗洛伊德心理学的角度，来对莎剧《麦克白》进行读解。

什么是现代主义？不同理论家的答案不尽相同。我们所说的现代主义，既是一个时代概念，又不仅仅是一个时代概念。说它是时代概念，是因为我们认为现代主义是由19世纪末20世纪初的一批思想家、文学家、艺术家，尤其是哲学领域里的尼采、心理学领域里的弗洛伊德、批评领域里的艾略特、文学领域里的乔伊斯、普鲁斯特等人共同掀起的

---

[1] T. S. Eliot, "Shakespeare and the Stoicism of Seneca," *Essays*. Tokyo: Kenkyusha, 1940, p.124.

一个文化运动，影响到包括文学在内的文化的各个领域。当然，这种影响有其各方面的具体内容，因篇幅和题目所限，本文只涉及现代主义对人性的观点，以后将在另外的文章里谈及其余方面。

但现代主义又不仅仅是一个时代概念。现代主义里的许多成分，并非是在19世纪末、20世纪初突然出现的新东西，而应当说现代主义互相关联的各成分在一时期得到了集中的表现。所以，凡是具有现代主义特点、可从现代主义角度得到重新阐释的东西，都可以说有现代性。从这一角度来说，莎士比亚的剧作也是拥有强烈现代性的作品。

现代主义包含着对人性的特殊看法。古典主义强调人的理性，亦即在人性中理性占有主宰地位；浪漫主义强调人的情感，亦即在人性中人的情感能力占有主宰地位；但在现代主义中，这种在人性里占有主宰、中心地位的东西消失了，取而代之的是由互相冲突的各种力量组成的人性的概念。

弗洛伊德的思想对这种失去中心的人性概念的形成影响最为深远。在弗洛伊德心理学里面，有两种人格模式，一种是本我（id）、自我（ego）和超我（superego）的模式，一种是无意识（unconscious）、潜意识（subconscious）和意识（conscious）的模式。不管在哪一种模式中，人格都是由不同的部分或层次组成的。在这些部分或层次中没有哪一个占据着主宰或中心的地位，它们在相互冲突之中维持着一种平衡关系。如果某一部分或层次过分占了上风，结果可能形成一种病态，因为它破坏了平衡，导致种种心理失调。这种人格模式当然是个人人格的模式；但对弗洛伊德来说，它既然是普遍适用的，那么它当然也是一种对人性的看法。

二

把弗洛伊德心理学应用于文学批评的实践，由来已久。一种实践在较低的层次进行，如把弗洛伊德学说里的一些概念，尤其是有关"俄狄浦斯情结"的理论，应用于对作品的阐释，如厄尼斯特·琼斯对《哈姆莱特》的分析。这种做法容易产生教条主义的毛病，即所有作品都可以用这个模式去套，结果把文学批评机械化、程式化了，也局限了文学作品本来是丰富多彩的意义。另一种实践在较高的层次进行，如把弗洛伊德学说中有关人性的复杂性、多元性的观点，应用于对具有现代性的文学作品中的人物性格的理解。

从弗洛伊德学说的角度来看，《麦克白》就是一部富有现代性的作品，因为这部剧本对人性的表现和诠释是复杂的、多元的。在《麦克白》一剧中，主人公的人格不是铁板一块，而是由相互冲突的力量组成的。《麦克白》既然被称为悲剧，那就该具有足以激起观众悲伤感情的特质，否则就不成其为悲剧了。但正如亚里士多德指出的那样，我们厌恶的人的不幸，是不会引起我们的悲伤的，相反只会引起我们的快乐。[1] 谁不对挑唆奥赛罗的伊阿古遭受惩罚拍手称快呢？只有出于各种原因，比如德行、智慧、美貌、勇敢、才华，能够引起我们喜爱或同情的人，才能赢得我们的悲伤之情。

与莎士比亚四大悲剧里的其他三部的主人公相比，麦克白是大不相同的：哈姆莱特执行的是为被他叔父谋害而死的父亲复仇的任务，他的行动完全是正义的；李尔王虽然开始好听甜言蜜语，错待了真正爱他

---

[1] 参见亚里士多德：《诗学》，罗念生译，北京：人民文学出版社，1982年。

的女儿考提利亚，可是在经受了暴风雨的洗礼之后，他的人格和智慧都上升到了一个新的层次；奥赛罗是个高尚、勇敢、痴情的将军，只是因为听了小人的挑唆，才误杀了苔丝狄蒙娜，也毁灭了自己的爱情，最后他意识到了自己的错误，就以自杀来表达悔恨。尽管三人可能犯过一些错误，但他们都是"好人"。而麦克白杀害了邓肯，栽赃于他的两个侍从和儿子，篡夺了他的王位，从而犯下了三重罪孽：按当时的道德观念来说，弑君是一种重罪，因为有"君权神授"的迷信，弑君不仅是对人，也是对天犯下的罪孽；作为主人，他背叛了到他家做客的邓肯对他的信任，这是第二重罪孽；邓肯是他的表兄弟，杀害他就是杀害自己的亲属，这是第三重罪孽。在这之后，麦克白又一错再错：他暗杀了对他具有潜在威胁的班柯，杀死了逃往英格兰的麦克德夫的无辜妇孺。无疑，他犯下了重大的罪行，是个十恶不赦的"恶人"。因此，有的批评家认为，莎士比亚在创作《麦克白》时需要克服的巨大困难，就是如何让这个恶人引起我们的同情。[1] 但在说麦克白是恶人时，我们却有点犹豫；这正说明我们为什么还是对他寄予同情，说明为什么《麦克白》是悲剧。

麦克白并不完全是恶人，至少在剧本一开始不是。当他还没上场时，我们就已听到关于他勇猛善战的报告：他带领合法君主的军队，力挽狂澜地打败了叛贼麦克唐华德和挪威国王的不义之师。所以，在戏开场的时候，我们首先知道的是他拥有英勇的品质，而且他是站在正义一边。戏在开场时造成的心理定式十分重要；这样，我们才会对麦克白

---

[1] Sir Arthur Quiller-Couch, "The Capital Difficulty of Macbeth," *Shakespeare's Tragedies: An Anthology of Modern Criticism*, ed., Laurence Lemer. Penguin: Harmmondsworth, Middlesex, Enhland, 1963. Originally published in Shakespare's Workmanship, 1918.

在邪恶之中越陷越深感到痛心。

把《麦克白》和同样采取历史题材的《理查三世》相比，就可以知道为什么前者是悲剧，而后者是历史剧了。在《麦克白》的第一幕第七场，麦克白刚开始策划谋杀邓肯的时候，他已经犹豫不决，而且感受到良心的谴责，要不是麦克白夫人用激将法挪揄他缺乏男子气概，他很可能会放弃自己的邪恶计划。但理查则不同。戏一开场，我们就看到理查对自己的亲哥哥克莱伦斯玩弄两面三刀的手法。他在克莱伦斯面前假装对他被投入监狱打抱不平，还说要设法营救他，但一转身又去爱德华国王面前说他的坏话。因此，当这个无耻的恶人最终恶贯满盈而身败名裂之时，我们只会感到庆幸。

对理查来说，世间不存在什么善、恶的分别；麦克白却有极强烈的道德感，对善、恶他区分得很清楚。因此在《理查三世》一剧中，厉鬼直到最后，当理查面对覆亡之时才出现，而且主要是作为复仇的象征；而麦克白刚得到班柯被他派出的杀手杀死的消息，班柯的鬼魂就出现在他的盛宴上了，并使他万分恐惧、举止失态。当时人们确实相信厉鬼的存在；但在今天，从现代心理学的角度，我们毋宁把它看作良心受折磨的表现。在恐惧中他对班柯的鬼魂喊道：

> 无论你什么形状出现，像粗暴的俄罗斯大熊也好，
> 像披甲的犀牛、舞爪的猛虎也好，
> 只要不是你现在的样子，我的坚定的神经决不会起半分战栗。
> （第三幕第四场）[1]

---

[1] 莎士比亚:《莎士比亚全集》，朱生豪等译，北京：人民文学出版社，1978年。本文所引《麦克白》译文皆取自此书，文中只标出"幕"和"场"，不再给出脚注。

从这段话我们可以看出，麦克白并不缺乏和危险的敌人面对面地搏战的勇气。使他感到恐怖的，正是厉鬼的丑恶反映出自己在道德上的可怕。我们还可以把麦克白和俄狄浦斯相比较，以便更清楚地看到麦克白的性格特点。两者不同的是，俄狄浦斯在杀父时，并不知道自己是在做错事，他以为自己不过是打死了一个和他争道的傲慢蛮横的老头子。在那个人们常常以武力解决争端不觉得有什么不对的时代，根据当时的道德标准，他的所作所为并没有错。他在娶母时，也不知道自己在做错事，只知道自己破解了吃人怪物斯芬克斯的谜语，使得它羞愧并且投崖而死，为人民立下了大功，因此获得了娶寡居的王后为妻并成为国王的奖赏。麦克白则不然。他一开始就知道自己打算做的事是错的。听了女巫的预言，弑君的恶念刚刚浮上脑际，他就感到了震惊不安：

  为什么那句话会在我脑中引起可怕的印象，使我毛发悚然，使我的心全然失去常态，扑扑地跳个不住呢？想象中的恐怖远过于实际上的恐怖；我的思想中不过偶然浮起了杀人的妄念，就已经使我全身震撼。（第一幕第三场）

使麦克白感到恐怖的，并不是杀人本身；在与叛贼麦克唐华德作战，"挺剑从他的肚脐上刺了进去，把他的胸膛划破，一直划到下巴上"的时候，他一点也没有感到恐惧。因此，使麦克白感到震悚的，其实是弑君行为骇人的道德含义。但尽管他认识到了这一点，他还是这样做了。所以说，俄狄浦斯犯错是无意识的，在他杀父娶母的时候没有意志的行使；麦克白犯错则是有意识的，在他刺杀邓肯时有意志的行使。因此他们对自己所犯的错误承担的道德责任也不一样。

在《俄狄浦斯王》中，命运起了决定性的作用：尽管人们费尽心机，可还是无法逃脱命定的结果。正因为如此，俄狄浦斯对他所犯的错误可以说不承担什么责任，我们只感到无法逃避的命运的骇人威力，因而对他充满了怜悯之情。但在《麦克白》中，命运并没有起完全决定性的作用，命运的实现要靠个人的努力。女巫从未告诉麦克白为获得王位他应采取什么样的具体行动，他只是根据她们的预言来推理：自己要获得王位，只能指望邓肯传位于他；邓肯既然已经指定长子为继承人，那就只有杀死邓肯并嫁祸于他的儿子，才能达到目标。因此，麦克白对他的错误应承担全部责任。

要是说理查根本没有道德感，俄狄浦斯根本没有机会行使他的道德感，那么我们可以说麦克白有强烈的道德感。对一个身陷权力斗争的人来说也许太强烈了，并且他为背叛这种道德感而付出了极其巨大的代价。这就是他性格的悲剧所在。比如在中国漫长的历史里，在权力斗争中子弑父、臣弑君的例子可以说是数不胜数，但很少有像麦克白这样受到良心的痛苦折磨的。如发动"玄武门之变"、杀死自己的亲兄弟、逼迫父亲立自己为太子的李世民；夺取自己的亲侄子皇位的朱棣，都安富尊荣，享尽了富贵荣华，最后寿终正寝，而且名垂青史。他们并没有受到什么厉鬼的折磨，也没有遭到什么因果报应。我们可能会说，李世民的功劳太大了，他应当做皇帝，但我们不要忘了麦克白的功劳也很大。事实上，在封建社会，臣子立下了相当的功劳，拥有一定的权势，就"功高震主"了。即使不图谋篡位，也会被君主剪除。因此，谋反几乎是必然的选择。

和唐太宗、明成祖相比，麦克白的道德感要强得多。正是这种道德感，给了他巨大的折磨。杀死邓肯之后，当他听见有人在睡梦中说"上帝保佑我们"时，他想说"阿门"，居然说不出口来。他还在想象中，听到有一个声音在说："麦克白已经杀害了睡眠。"并且自问："大洋里所有的水，能够洗净我手上的血迹吗？"

但一旦犯下弑君的罪行，为了保全自己的王位和性命，麦克白就被迫不断杀人，直到众叛亲离、身败名裂。越到后来，他内心中的自责就越少。因为看见班柯的厉鬼，在酒筵上失态之后，麦克白居然认定发生这样的事是因为自己坏事做得太少："我的疑鬼疑神、出乖露丑，都是因为未经磨炼、心怀恐惧的缘故；我们干这事太缺少经验了。"在受到女巫第二次预言的唆使之后，他甚至决定要毫不犹豫地把自己的恶念付诸实行："要追赶上那飞速的恶念，就得马上见诸行动；从这一刻起，我心里一想到什么，便要立刻把它实行。"就这样，他终于把自己心中残存的天良扼杀殆尽了。

所以，麦克白的悲剧，是性格的悲剧。这出悲剧告诉我们，有时尽管人们的心灵里有善的根芽，但在恶的巨大诱惑前面，善让步了，甚至最终完全泯灭了。

三

通过与《俄狄浦斯王》的比较，我们发现命运的地位在《麦克白》中大大降低了。在前者，预言是由光明界的神祇太阳神阿波罗的祭司的口中说出；在后者，预言则从幽冥界的神祇赫卡忒及其仆从的嘴里吐出。法国批评家巴达伊曾说："污泥和黑暗是恶的本原，正如光明和天界是善的本原。"[1] 麦克白对邓肯和班柯的谋杀，都发生在黑夜。在人的头脑里，黑暗、脏污和地狱、邪恶之间，似乎存在着天然的联系。三个女巫污秽的衣服和长了胡子的不男不女的丑恶相貌，及其用来制作巫蛊的各种有毒动物和令人恶心的成分，无不显示着她们和邪恶的关联：

> 沼地蟒蛇取其肉。蝮舌如叉蚯蚓刺，
> 裔以为片煮至熟；蜥蜴之足枭之翅，
> 蝾螈之目青蛙趾，炼为毒蛊鬼神惊，
> 蝙蝠之毛犬之齿，扰乱人世无安宁。

如果说《俄狄浦斯王》强调的是命运的不可逃避，那么《麦克白》强调的是邪恶对人的诱惑。如果说在《麦克白》中命运没有它在《俄狄浦斯王》里面的那种盲目、骇人的威力，那么它带上了更多的捉弄人的恶意。弑君的恶念，其实是在麦克白内心蛰伏的野心和女巫预言的外在引诱的双重作用下产生的。在第一幕第一场，当麦克白还在和叛军作战之时，她们就为和麦克白会面、用预言引诱他走上邪路做好了准备。她们这样做是无缘无故的，因为麦克白并未得罪过她们；而正因为是无缘无故的，才足证她们的行为是出于看人遭受厄运时得到的快乐，是出于纯粹的恶。后来我们知道，她们这样做甚至没有得到司魔法和巫术的女神赫卡忒的首肯；但赫卡忒在发现她们的所作所为之后，只是责备她们擅自行事，而不曾让她分享这种恶作剧的乐趣：

---

[1] George Bataille, "The Big Toe," *Visions of Bicess*, ed. and trans, Allan Stoekl, Minneapolis: Uni. of Minnesota Press, 1985, p.20.

我是你们魔法的总管，一切的灾祸都由我主持支配，你们却不通知我一声，让我也来显一显我们的神通？

在西方的中世纪，女巫被视作魔鬼的仆从，是人们恐怖的焦点，一旦发现，就是被绑在火刑柱上慢慢地烧死，以清除她们的邪恶。赫卡忒在希腊神话中是月亮、大地和冥界的女神，后来则被视作魔法和巫术的女神。布拉德雷告诉我们，中世纪的人们通常把异教中的神看作魔鬼："赫卡忒本身只是一个女神，或者说一位上等魔鬼，并非命运女神。"[1] 女巫和赫卡忒显然代表和上帝对立的力量，她们都是邪恶的化身。

和麦克白相比，同样听到了女巫预言的班柯就要有定力得多。他说："魔鬼为了要陷害我们起见，往往故意向我们说真话，在小事情上取得我们的信任，然后在重要的关头我们便会堕入他的圈套。"班柯所说的，正是女巫们一开始对麦克白采取的伎俩：她们对麦克白预言他将被封为考特爵士，然后又预言他将成为国王。在预言的前半部分应验之后，麦克白果然上了她们的圈套，产生了做国王的非分之想。

女巫和赫卡忒存心诱人误入歧途，使人遭受厄运的恶意，在她们对麦克白做出的第二次预言中更为明显。赫卡忒自称，她的目的是"让种种虚妄的幻象迷乱他的本性"。女巫们告诉麦克白："你要残忍、勇敢、坚决；你可以把人类的力量付之一笑，因为没有一个妇人所生下的人可以伤害麦克白。"还告诉他："你要像狮子一样骄傲而无畏，不要关

---

[1] A·C·布拉德雷：《莎士比亚的悲剧》，张国强、朱涌协、周祖炎译，上海：上海译文出版社，1992年，第320页。

心人家的怨怒，也不要担优有谁在算计你，麦克白永远不会被人打败，除非有一天勃南的树林会冲着他向邓西嫩高山移动。"这些半真半假的蛊惑言语，使麦克白误以为没人能够伤害他，从而使他更为所欲为。实际上，像"你要残忍"、"不要关心人家的怨怒"这样的话，是对麦克白变本加厉地作恶的怂恿。正是在听了女巫的第二次预言后，麦克白才杀了麦克德夫的妻子和幼子，而这桩暴行也是在他的暴行中最难以为我们所原谅的。也正是这样的暴行，惹得天怒人怨，最后导致麦克白的覆灭。

所以，麦克白的悲剧，是一个人在宇宙中的邪恶和人性中的邪恶发生巨大共鸣的时候不能把握自己的悲剧。这出悲剧，是关于人性的悲剧中的杰作；它显示了莎士比亚对人性中的善、恶斗争，及人性深处汹涌澎湃的恶的力量的深刻理解。

莎士比亚的世界，是一个善、恶并存，恶的力量有时还十分强大的世界。在基督教这样的一神教里，上帝是至善的、全能的，怎能容许恶魔如此猖獗？莎士比亚的悲剧精神，并不符合基督教的精神，而更符合异教的精神。

恐惧与颤栗
——《麦克白》悲剧内核新探[1]

肖四新

《麦克白》历来被归于莎士比亚的"四大悲剧"之列,其理由是它具有悲剧能引起欣赏者同情与恐惧感的特质。在这部戏剧里,莎士比亚一反西方传统悲剧理论中"极恶的人不能做悲剧的主人公"的规定,将一个弑君暴虐的独夫民贼作为主人公,其结局是"暴君被诛",按理应"大快人心",但欣赏者却不无同情与恐惧感。这种感受缘何而生呢?近四百年来,评论界对此做出了种种不同的阐释,尽管分歧很大,但有一点基本上达成了"共识"。那就是,麦克白并非一个天生的恶人,他不仅曾有过美德和功绩,而且在作恶时,心中尚残存着善的一面,在作恶前后都意识到自己的行为有悖于道德而内心备受煎熬。这种内心痛苦的景象使人产生了一种恐怖的同情与敬畏,而这种同情和敬畏又多少可以与想让他毁灭的那种愿望相抵。不可否认,麦克白作恶前是有过美德与功绩的,但这样一个作恶多端、杀人如麻的奸贼其"正价值"何以能压住他的"反价值"呢?他在作恶的过程中确曾内心饱受煎熬,但他内

---

[1] 原载于《国外文学》1999年第3期。

心的矛盾与痛苦更多的是内在的软弱而非道德观念的约束。正像有的评论者指出的那样："他的强烈顾虑并不是从是非观念而是从那与个人利害紧密相关的畏惧产生的。正如麦克白夫人所说，他'不是不肯这样干，而是怕干'。"[1]可见，此种"共识"对于解释《麦克白》的悲剧内核是缺乏说服力的。本文试图对《麦克白》的悲剧内核进行一些新的探索。

对于莎士比亚所生活的时代和所处文化背景的考察，对于麦克白德行的价值判断及其结局的关注无疑是我们把握《麦克白》悲剧内核的重要因素。但这些因素只有同对于剧中的客观性描述与欣赏者的主观性投入的考察，对于悲剧的灵魂归属与指向的追寻，尤其是与对于人类生活中本质性的精神情愫的关注结合起来，才能更深入地把握《麦克白》的悲剧内核。这样的话，可以发现，《麦克白》的悲剧感，与其说是来自于对麦克白身上残存的善的一面的肯定，不如说是来自于一种欣赏者从麦克白身上所看到的因人的自救无望所带来的悲悯；与其说是作品中的残杀与暴行让欣赏者恐惧，不如说是因为信仰的虚伪和他救的缺席给欣赏者带来的灵魂恐惧与颤栗；与其说是欣赏者对麦克白命运的同情与怜悯，不如说是欣赏者自身的顾影自怜。

自救是人类主体意识的觉醒，理性精神的高扬，是人类为证明自身价值、维护人类作为世界主人的尊严所做的挣扎与努力。在人类的精神历史上，曾有过两次彪炳史册的自救。第一次是人类试图从自然的奴役中挣脱出来，拒斥自然对人的奴役。第二次是人类试图从上帝的奴役中挣脱出来，恢复失落的主体意识。文艺复兴时期的"巨人"就是随着

---

[1] 孙家琇：《论莎士比亚的四大悲剧》，北京：中国戏剧出版社，1988年，第278页。

时代而出现的砸碎封建奴役的枷锁、冲破宗教禁欲的牢笼、君临宇宙、俯视万物的强有力的个体和勇敢无畏的自救者。面对生存的苦难、人性的异化，他们重新将自我提升与超越，高唱人的赞歌。力图以自我的力量、才智、知识、旺盛的生命力、创造力和坚韧不拔的意志，勇敢献身的精神摆脱生活无所不在的枷锁，追求生之本性的自由。他们"企图在生存的形而上高度建立自我的绝对性，用人道代替神道，用主动的理智代替神意的呼唤，用自觉的自由自主代替超逾的归属和信赖"[1]。他们以惊人的自信与顽强同现实的苦难抗争，将人神易位，演奏了一曲高亢而悲壮的自救之歌、奋进之歌。这种昂扬的斗志和不屈不挠、重铸自我的精神构成了人类文明史上辉煌的篇章。

莎士比亚就诞生在这样一个"巨人"辈出的时代。他的戏剧如同一面镜子，典型地勾画出文艺复兴时期"巨人"的面影。不用说哈姆莱特、李尔王、奥赛罗，即使是被视为恶人的麦克白，如果抛开道德主义的偏狭构架的话，其实也是个新时代的"巨人"形象。一开始，莎士比亚就借用军曹之口描述出麦克白顽强地同敌人拼搏的大丈夫气概——能征善战，威猛有力，像老鹰、像雄狮、像战神的新郎。他"挥舞着他的血腥的宝剑，像个煞星似的一路砍杀过去，直到那奴才的面前，也不打个躬，也不通一句话，就挺剑从他的肚脐上刺了进去"[2]。他正直、勇敢、善良、头脑清醒，懂得自己的责任和义务。这些品性使他内克叛军，外御强敌，成为国家的栋梁、民族的英雄、卫国有功的将军、全国人民称颂和国王加封重赏的大臣。他希望享有至高无上的权力与统治，把权力

---

[1] 高全喜：《转身的忧叹》，北京：北京燕山出版社，1995年，第294页。
[2] 莎士比亚：《莎士比亚全集》（第八卷），北京：人民文学出版社，1988年。本文所引作品均出自该译本，以下不一一注释。

与荣誉看作"生命的装饰品"。他幻想将来有一天自己能成为主宰世界和自己命运的大人物。尽管如此，他有自己的道德标准，不愿意干那些违背道德准则和自己良心的事。麦克白夫人就说，麦克白既希望自己能"超凡"，又希望自己能"入圣"。他孝忠国王，珍惜爱情，重视今生而蔑视来世，嘲笑《圣经》与宗教，甘愿冒来世在地狱遭受永劫的风险而追求短暂有限的现世享受。同时他还具有诗人般的才华与气质，善于思考，想象力十分丰富，思考起来可以专注到旁若无人的程度。他的思考富于联想，诗意浓郁，显示出超人的才情和智慧。尤其是他具有顽强的意志力、旺盛的生命力、坚毅的性格……这些品质帮他渡过了重重难关，几乎得到了自己要得到的一切。即使末日来临，他仍不屈不挠，不仅不肯"拔剑自刎"，反而如同雄狮般地咆哮："来吧，灭亡！就是死我们也要捐躯沙场。"尽管是为邪恶而战，但不见丝毫的卑下与萎琐，有的是悲壮与激越。他要证明，人可以经受住任何厄运的考验，在任何变动下都勇敢而坚定。所有这些都表明，他是一个具有自由意志、追求个体人格的新时代"巨人"形象。

然而就是这样一个不愿匍匐为虫的强有力的个体，一个成熟到自觉地意识到自己人格价值的人，一个顽强地站立起来，要将个体价值变为现实地位、证明自身价值的英雄，却疯狂为兽。应该承认，麦克白的追求并没有超出人性的愿望，是个体人格的体现。但这种追求人生价值的愿望却转化成了无视道德原则，夺取最高权力的谋杀与暴虐。不仅自我价值遭致毁灭，个体人格受到蔑视，而且自我的解放变成了对他人和自我良心的奴役。从道德的角度看，麦克白是个罪行累累的恶人。在女巫的诱惑下，在麦克白夫人的怂恿下，他理智的大门被权力的欲望冲破，犯下了弑君的暴行。善良与美德一旦失去，"就成为罪行的产物了"[1]。一不做，二不休，他不仅杀人灭口，让国王的两位侍从屈死刀下，还嫁祸于人，致使两位王子逃往异国他乡。惊恐的噩梦戏谑过他的睡眠，却没有唤醒他的良心。为了保住窃取的王位，他手持血染的王笏，肆意杀戮。那些声名显赫危及他王位的人，那些知晓他王位来历的人，那些出言不逊触怒他龙颜的人，都成了他杀戮的对象。于是，每一个新晨都有新的寡妇号啕、新的孤儿啼哭、新的悲痛槌天。如同麦克德夫所说："踏遍地狱也找不出来一个比麦克白更万恶不赦的魔鬼。"除了嗜杀成性外，他还骄奢淫逸、贪婪、虚伪、奸诈、无端狂暴，几乎叫得出名字的每一种罪行都犯。他那"吓得了魔鬼"的力量不是用来济世图强，而是成了他杀人越货的本领；他那渊博的知识不是用来完善自我与造福他人，而是成了他施展奸计的源泉；爱情不仅没有成为他心灵的滋润露，反而成了邪恶的催化剂；对宗教的反叛不是用来维护人的尊严和证明人的伟大，而是成了他无视道德准则、放纵情欲的护身符。他混淆美丑、颠倒是非，丧失了做人的起码道德感、正义感与良知。从一个反叛神灵、要主宰世界与自己命运的自救者变成了一个情欲的奴隶、一个失去了人生信念的自我毁灭者。

之所以说《麦克白》的悲剧是自救者的悲剧，是因为麦克白所做的一切都是有意识的。对自己悖德的行为，他了然于心。正如他自己所说，邓肯作为国王，"秉性仁慈，处理国政，从来没有过失"；而作为国王最为信任的臣子与亲戚，麦克白却弑君谋反，实为大逆不道。对自己悖德行为的后果，他也早预料到了。"我们往往逃不过现世的裁判；我们树立下血的榜样，教会别人杀人，结果反而自己被人所杀；把毒药

---

[1] 孙家琇：《论莎士比亚的四大悲剧》，第281页。

投入酒杯里的人，结果也会自己饮鸩而死，这就是一丝不爽的报应。"他也清楚地知道，他的所作所为将失去"凡是老年人所应享有的尊荣、敬爱、服从和一大群的朋友"；而代替这一切的"只有低声而深刻的诅咒，口头上恭维和一些违心的假话"。因为恐惧，他曾毛骨悚然，镇定的心"失去常态"，脆弱的神经饱受震撼；他也曾夜不能寐，辗转反侧，心灵饱受折磨。然而他最终仍"把一切都弃之不顾"，不惜从最坏处探明最坏事。终于"两足深陷于血泊之中"，直到粉身碎骨。

很显然，麦克白是个自觉的恶人。"究竟什么东西引诱麦克白背离他的判断和良心，去做那些自己都感到厌恶的事情？为什么他要执迷不悟地走那条明知会导致毁灭的道路？"这是海伦·加德纳的疑问，也是我们的疑问。不少人认为这是"野心"驱使的缘故，对这一回答，加德纳给予了否定。她认为，"野心"一词可以用来形容一个为考试而拼命学习的年轻人或者一个勤奋的学徒，但却不能说明谋杀。在她看来，在《麦克白》中，莎士比亚是通过超自然的诱惑"揭示了某种我们找不到其适当原因的东西：错误的选择、执迷不悟和蓄意的自我毁灭"[1]。加德纳这种将麦克白的毁灭归结为性格原因、偶然因素的说法，同样是不能令人满意的。首先她忽略了这样一个事实，即莎士比亚是一位现实主义诗人。作为诗人，他有着诗人的灵魂与气质，有着异常敏锐的感觉力、丰富活跃的想象力。"超自然的诱惑"可以说是他以诗人的方式对麦克白所生活的世界的异己力量的表现。而"错误的选择、执迷不悟和蓄意的自我毁灭"则是麦克白内心邪念的表现。外在的异己力量只有通过内心的邪念才能发挥作用。莎士比亚同时又是一位现实主义艺术大师，可

---

[1] 张泗洋等：《莎士比亚引论》（上册），北京：中国戏剧出版社，1989年，第456页。

以说,"错误的选择、执迷不悟和蓄意的自我毁灭",首先,是莎士比亚以偶然的方式表现着生活的必然,其次也是莎士比亚自身迷惘的表现;作为人文主义者,他身在此山中,不识人文主义的真面目。面对麦克白追求自由意志而自由意志却成了他提升与超越的羁绊这一悖论,莎士比亚无法解释,只好归结为"超自然的诱惑"和"偶然的选择、执迷不悟和蓄意的自我毁灭"。不少人与惠特克持有相同的观点,认为麦克白的堕落是"权力诱惑"[1]的结果。这一观点不无道理,但它只回答了"是什么东西引诱麦克白堕落"这一问题,却没有回答"权力诱惑为什么导致谋杀"这一问题。对权力的追求可以说是人主体性的重要组成部分,生命的意志乃是表现生命的力量的意志,是权力或强力的意志,正如尼采所说:"一个生命首先想要发泄其力量——生命本身就是权力意志——自我保存是它的间接的通常的结果之一。"[2] 但为什么麦克白主体性的张扬、自由意志的实现要以谋杀与暴虐的形式体现?要解答这一问题,我们必须回到对莎士比亚所处的时代背景中去考察。如果这样的话,我们可以发现,麦克白的堕落其实是人文主义作为一个历史范畴的必然产物。

文艺复兴时期,人从沉睡中觉醒起来,卸下了基督教尤其是基督教教会套在人的脖子上的沉重枷锁。这是理性与意识的产物,也是人类精神历史上的一次伟大的革命与胜利。人文主义者强调人的个性解放,认为人是主体性与目的,将人从压抑与失落中解救出来,竭力将世俗的一切神圣化。但对人的绝对滋生了唯我、个人至上的观念,导致了人的

---

[1] 高全喜:《转身的忧叹》,第251页。
[2] 尼采:《快乐的科学》,余鸿荣译,北京:中国和平出版社,1986年,第8页。

"神化"。他们自觉意识到自己的人格价值，追求人的自由自主，并试图将其化为应有的社会地位。但是，他们无法认识到人的自由的前提是物质生产的发展和社会制度的完善，不能从社会、历史的角度考虑人的社会性与现实性。而且，他们所说的人只是指资产阶级自身。因此，在特定的历史条件和社会形态中，一部分人"应有的社会地位"的获取只能以剥夺另一部分人"应有的社会地位"为条件；一部分人的自由必须以牺牲另一部分人的自由乃至正常的人性为代价。由于对神权的否定，导致他们同时也否定了基督教中值得肯定与继承的理性精神与"仁慈、宽恕、博爱"的思想。他们认为理性是有限的，不能洞悉生命的真谛。他们强调爱，但更多的是一种本能欲望的发泄和情欲的泛滥，表现为索取而不是给予。他们也重视知识的力量，但注重的只是知识对外部世界的征服。他们从上帝的怀抱中挣脱出来后，激情有余，而理性不足。"原始的生命本能和欲望只知循环式的放纵和满足自己。"[1] 从极端自卑走向狂妄自大，从禁欲走向纵欲，从蒙昧无知走向知识万能，从封建割据走向专权独断……他们宣称人是这个世界的原型而不是上帝，人有满足一切自然本性的权利。激情、快乐及至疯狂都是人性伟大的品性。他们公然提出人有理由、有权力把生活的目标设立为寻欢作乐。用历史的眼光看，人文主义只是部分寻常的真理而非永恒绝对的真理，因而罪恶是不可避免的。正如黑格尔所说："罪恶生于自觉，这是一个深刻的真理，因为禽兽是无所谓善或者恶的；单纯的自然人也是无所谓善或者恶的。自觉却使那任性、任意、具有无限自由的'自我'离开了'意志'的、离开了'善'的纯粹内容……这种堕落并不是偶然的，而是永恒的

---

[1] 黑格尔：《历史哲学》，北京：商务印书馆，1963年，第566页。

'精神'历史。"[1]人文主义成了这永恒的精神历史中重要的一环。

　　表面看来,人文主义者的堕落是缺乏理性与道德的约束所致,这无疑是很重要的原因。但其根本之处还在于信仰的虚无。信仰的虚无才是造成人类精神崩溃、基本价值混乱的真正根源。作为一个现实主义作家,莎士比亚清醒地意识到并客观地叙述了人类的堕落——妄自尊大、唯利是图、放纵情欲,以及由此滋生出的严重的冒险主义、拜物主义和自我中心主义。麦克白就是莎士比亚塑造出的一个人文主义者堕落的典型。它导致的现实层面是充斥于《麦克白》中的血腥、凶杀、疯狂、挣扎……赤裸裸的血泪,哀叹的生灵和破碎的自我。不仅如此,莎士比亚还洞察到缺乏理性与道德约束导致人类堕落这一重要因素,并且试图借用理性与道德的力量消除人类的罪恶,这一愿望在他于1604年创作的《一报还一报》中得到了充分体现。在这部作品中,主人公伊莎贝拉恳求摄政安哲鲁饶恕自己的弟弟克劳狄奥的罪过,而安哲鲁却无耻地提出以她处女的贞洁作为交换条件。伊莎贝拉竭力通过严格的自我约束获得足够的道德力量,去克服任何犯罪的诱惑。为此,除坚守自己的贞洁外,还试图通过法律的力量使自己纯洁无瑕。其结果,尽管自己的贞洁被保住了,克劳狄奥被救出狱,但荒淫无耻的安哲鲁却逍遥法外。而且,伊莎贝拉的内心也充斥着阴暗与仇恨——当化装成神父的公爵提出"床上骗局",让安哲鲁的未婚妻玛丽安娜代替她去满足安哲鲁的肉欲时,伊莎贝拉立即完全同意。殊不知,她自己的贞洁是以失去别人的贞操为代价保护的。而且在她知道安哲鲁违背誓约,仍然要处死克劳狄奥后,她恨得咬牙切齿。最后,只有玛丽安娜不计个人得失,恳求她宽恕

---

[1] 黑格尔:《历史哲学》,第566页。

安哲鲁时，她才看到了真实的自我，认识到自己的行为缺乏爱的品质，终于感受"天恩"，宽恕了安哲鲁。这部作品表明，理性和道德的力量尽管十分强大，但毕竟不是精神的最后宿地。

人要彻底返回自身，回到主体的位置，必须借助信仰的力量。理性、道德的力量都是相对的，只有信仰的价值才是终极的。而人文主义只是一种世界观与思想体系，是正在诞生或正在形成中的资产阶级的世界观与思想体系，而不是具有至高的终极价值真理的信仰。莎士比亚恪守着这种植根于经验形态中的伪信仰，却当作终极的真理，自然就无法使人类走出封闭性的主体，达到一种精神的超越。伊莎贝拉之所以能超越人类狭隘的局限，原谅仇敌，是因为她感受了"天恩"。"天恩"来自于上帝，而莎士比亚作为一个人文主义者，他否定了上帝拯救这一前提。这就使他既摒弃了上帝拯救这一基督教信仰，又无法寻找到一种具有至高的、终极价值真理的信仰，而陷于迷惘与绝望之中。

创作于1605年的《麦克白》就是这种迷惘与绝望的产物，它的直接后果是莎士比亚在《麦克白》中对自救者的埋葬。他笔下的麦克白，与其说是一个作恶者的毁灭，不如说是一个自救者的毁灭。并非莎士比亚标新立异，将一个恶人作为悲剧的主人公，而是他所生活的时代没有为他提供正面主人公的原型。如果莎士比亚在创作《麦克白》后搁笔的话，我们有理由说他是悲观主义者。但事实上，莎士比亚并没有停止对理想的追求。在后期的传奇剧中，他试图用爱的品质——仁慈、宽恕和博爱实现人文主义理想，主张人与神或自然直接交往，从而把握人的本质与宇宙的秘密。有人认为，这是莎士比亚对基督教的回归。其实不然，基督教的爱的品质是立足于神性的景观，是一种基于启示的信仰。而莎士比亚所说的神是一种超自然的魔法，他所企盼的爱的品质是立足于自身的道德完善，是一种基于偶在的精灵，不是面向上帝寻找人的位置，而是仍面向人自身寻找人的位置。如果考察莎士比亚的整个创作活动的话，可以发现，他的创作呈现出一种"U"形的喜剧结构，而《麦克白》只是一部阶段性的悲剧。但是，欣赏者不是研究者，他们一般不会去考察莎士比亚的整个创作，多是横断面地切入。从阶段性的悲剧《麦克白》中，他们看到的是自救者的堕落以及自救的无望。从而悲哀地体会到人并非一个绝对的生存本质，人是有限的、残缺的、偶在的，总是处在罪恶的深渊之中。如果单从文本出发的话，可以说《麦克白》是一部具有现代荒诞与虚无意识的无精神的悲剧，它只是单纯地再现毁灭、死亡与失败。剧中借麦克白之口说：

> 明天，明天，再一个明天，一天接着一天地蹑步前进，直到最后一秒钟的时间；我们所有的昨天，不过是替傻子们照亮了到死亡的土壤中去的路。熄灭了吧，熄灭了吧，短促的烛光！人生不过是一个行走的影子，一个在舞台上指手画脚的拙劣的伶人，登场片刻，就在无声无息中悄然退下；它是一个愚人所讲的故事，充满着喧哗与骚动，却找不到一点意义。

它表现人生的苦难与毁灭既不是为了突出有价值的东西的毁灭以引起悲剧效果，也不是通过有价值的东西的毁灭对丑恶势力进行否定。因此，它没有经由失败、毁灭与死亡获得升华、超越与提高的悲剧精神。但文本只有在阅读的过程中才具有生命，作品的美学价值只有在创作意识与接受意识共同作用下才能构成。在一般的悲剧中，有价值的东西的毁灭过程，是它在欣赏者的认识和情感上获得肯定和再生的过程。而在《麦克白》中，悲剧效果是双重的：首先包括通过麦克白身上的美德与良心的泯灭激起欣赏者对这一品质的肯定与再生的情感；同时还包括通过麦克白的自我毁灭，提出了一个关于人如何再生的问题。这一问题在欣赏者的认识和情感上激荡起的是一种对自救的忧叹与否定，以及因信仰的虚无、他救的缺席所带来的灵魂的恐惧与颤栗。在作者与欣赏者共同参与的情境中，《麦克白》所体现的再也不是无精神的荒诞与虚无，而是对人即人的生存境况的忧叹、关切与关怀；再也不仅仅是单纯揭示人的生存的苦难与矛盾分裂的境地，以及自救的无望所带来的悲哀，而是对灵魂的归属与指向的追寻、对爱的品质的祈盼、对他救的呼求，《麦克白》作为悲剧的意义也因此达成。然而对于生活在基督教文化背景下的西方人而言，爱就是基督教的特质，信仰就是信仰基督教。因为基督教从本质上看是一种爱的宗教。在信仰基督教的西方人看来，对爱的祈盼就是对神意的祈盼，对他救的呼求就是对上帝的呼求。如果不了解评论者生活的文化背景，我们无论如何也无法理解为什么加德纳称莎士比亚悲剧为"基督教悲剧"；为什么说莎士比亚悲剧所"揭示的神秘，都是从基督教的观念和表述中产生出来的，它的一些最有代表性的特点，都是与基督教的宗教感情和基督教的理解相联系的"[1]；为什么将一个作恶者的毁灭称为"悲剧"。他们在理解和阐释《麦克白》的悲剧内核时，不仅具有一种强烈的"接受意识"，而且是从西方人独特的文化视角出发的。应该承认，这种理解和阐释相对于我们对《麦克白》悲剧内核的理解和阐释更全面、更具有"终极性"、更接近作品本身。但这并非莎士比亚的初衷，所谓的"终极性"也只不过是基督教文化背景下的西方

---

[1] 海伦·加德纳：《宗教与文学》，沈弘等译，成都：四川人民出版社，1988年，第89页，第74页。

人所理解的"终极性";其实它仍然不是一种至高的、具有终极价值的信仰。尽管莎士比亚揭示出人文主义所潜藏的深重危机,给人文主义投上了一层浓浓的阴云,使生活在基督教文化背景下的西方人重新面向上帝,寻找人的位置。但是,莎士比亚始终没有皈依基督教,他从来没有在作品中明确地阐释过上帝救赎这一基督教主题,而且在后期创作的作品中,他告诉人们一个他领悟到的"真理",即基督教是爱的宗教,但爱的品质却并非一定要通过神意的惠顾才能实现。正因为此,托尔斯泰指责他的作品没有"以信仰为原则"[1]。

1　托尔斯泰:《列夫·托尔斯泰文集》(第十四卷),北京:人民文学出版社,1992年,第198页。

奥瑟罗的性格[1]

阮 珅

一

莎士比亚在17世纪初年（1601年），以现实主义的笔触成功地塑造了一个忧心忡忡、探索真理的悲剧形象哈姆雷特。三年后，又写了一出悲愤横溢的剧作《奥瑟罗》。这出悲剧通过人物之间的道德冲突，反映了社会矛盾，暴露了资本主义罪恶。

莎士比亚所处的时代，是英国社会的经济、政治制度及其思想体系发生剧烈变革的时代。旧的封建堡垒开始崩溃，新的资本主义势力迅速兴起。16世纪上半叶，英国的羊毛纺织业已很发达，牧羊业因而日趋繁荣。大地主见有利可图，便把耕地圈成牧场，这就是所谓的"圈地运动"。"圈地运动"一方面使大多数农民在失去土地之后，颠沛流离，沦为乞丐和游民；另一方面，它又为城市里新兴的纺织工业提供了更多的原料和廉价的劳动力，促进了资本主义工商业的发展。

---

[1] 原载于《武汉大学学报》（哲学社会科学版）1978年第5期。

1588年英国战胜了西班牙的"无敌舰队",取得了海上的盟主地位,国外贸易事业日益扩大,这又刺激了英国的商品生产,加速了资本的原始积累,使封建经济急速瓦解。

工商业和对外贸易的兴盛,带来了科学文化的发展和思想的解放。人们从中世纪的沉睡中觉醒过来,摆脱了封建堡垒中的黑暗石室的桎梏。他们受着文艺复兴思潮的激荡,富于想象,勇于进取,憧憬着爱情和理想,追求和谐和幸福,要求建立新的生活。这在英国历史上是伊丽莎白时代,是文艺复兴的全盛时代,是充满新气象的时代。

但是,我们也应该看到这个时代的罪恶。资本的原始积累把大地压得动荡不定,黄金交易使人们变得蝇营狗苟、尔虞我诈。见利忘义之徒,打着文艺复兴运动中的"个性解放"、"个性自由"的旗号,穷凶极恶地胡作非为,为了个人利益,一心要在别人痛苦的废墟上,给自己建筑起幸福的楼台。卢那察尔斯基在他的《西欧文学史重要时期》讲义中,对英国文艺复兴时期的人的个性,曾做出过透彻的分析。他指出:个人摆脱了一切羁绊而取得了自由,获得了巨大的力量,因为他必须立足于动荡的土地上,但同时每个人都是命运的玩物。[1]

莎士比亚在悲剧《奥瑟罗》中,真实地从不同的方面描绘了不同的个性,刻画了时代的面貌。忠厚正直、追求和谐的奥瑟罗的形象,体现着文艺复兴时期广大人民群众的理想和愿望,代表时代的光明面;而亚果——或译"伊雅各"、"伊阿古"、"埃古"——这个作恶多端的人物,来自资本原始积累的浊流,体现资产阶级损人利己的本性,代表时代的阴暗面。随着剧中情节的发展,阴暗面步步进逼,压倒了光明面。但到剧本结尾,奸恶受到了揭发和打击,光明面仍然昭示着光明。从这

---

[1] 参见卢那察尔斯基:《西欧文学史重要时期》(俄语版),1924年,第185—186页。

出悲剧中，我们可以看出莎士比亚对于文艺复兴运动所孕育的人道主义思想的坚强信心。

二

奥瑟罗是莎士比亚所塑造的正面人物形象，他质朴无文，深情正直，沉着谨慎，忍让持重，热爱荣誉和事业，怀着一颗强烈的进取心。威尼斯公爵赞许他的"英勇"和"才德"（第一幕第三场），赛普勒斯前任总督蒙坦诺称他为"高贵的摩尔人"（第二幕第三场）[1]；在贵族罗陀维科的心目中，奥瑟罗具有"高贵的天性"和"坚定的德操"（第四幕第一场）；到悲剧结尾，凯西奥肯定"他的心地是光明正大的"（第五幕第二场）；即使亚果也不能不承认他"具有坚定、仁爱、正直的性格"（第二幕第一场）。

奥瑟罗希望人们之间建立互相信任、和睦相处的关系。当勃拉班旭、洛特力戈及吏役等持着火炬搜寻他和苔丝狄蒙娜的时候，他说："收起你们明晃晃的剑，它们沾了露水会生锈的。"（第一幕第二场）宽大忠厚之情，溢于言表。

奥瑟罗和苔丝狄蒙娜的爱情，是建立在同气相求的基础上的。共同的理想把他们结合在一起。奥瑟罗说："她为了我所经历的患难而爱我，我为了她同情我的遭遇而爱她。"（第一幕第三场）爱情给了奥瑟罗无限的鼓舞和力量，使他的活动增加了壮丽的色彩。他的副将凯西奥有

---

[1] 莎士比亚：《莎士比亚全集》，朱生豪等译，北京：人民文学出版社，1978年。本文莎剧引文均出自此书，文中只在引文后给出"幕"和"场"，不再给出脚注。

几句话,足以说明这一点:

> 让他跳动着一颗恋人的心投进了苔丝狄蒙娜的怀里,重新燃起我们奄奄欲绝的精神,使整个塞浦路斯充满了兴奋!(第二幕第一场)

总的说来,奥瑟罗本性忠厚,为人正直。他的形象体现了文艺复兴时期的人道主义理想,即显示了热爱生活、肯定人性本善、调和矛盾、追求和谐的道德准则。但有些评论家在分析奥瑟罗的性格时,把他说成是"具有巨人精神的分外突出的艺术形象",说他"上下翻腾","不是市侩见识所能限制的大气磅礴的人物",说"性格规定了他不上天便入地"。[1] 我们认为,这种评价是值得商榷的。

如果我们深入地进行一些分析,就可以看出奥瑟罗的性格中明显地存在着一些缺点和局限性,他在某些方面和重要的问题上,并未"上下翻腾",并没有表现出"不上天便入地"那样纵横捭阖、叱咤风云的气概。

首先,奥瑟罗没有彻底摆脱封建门第观念。在这一点上,他比不上苔丝狄蒙娜。当亚果告诉他说,勃拉班旭要运用法律力量拆散他和苔丝狄蒙娜的姻缘时,他立刻回答道:"世人还没有知道——要是夸口是一件荣耀的事,我就要到处宣布——我是高贵的祖先的后裔,我有充分的资格,享受我目前所得到的值得骄傲的幸运。"(第一幕第二场)虽说他不愿夸口,但毕竟是标榜自己的身世,认为他同苔丝狄蒙娜的婚姻,

---

[1] 北京大学文学研究所编:《文学研究集刊》(以下简称"集刊")(第四册),1975年,第45页。

是"门当户对"的，即使他的门第没落了，他仍然可以为自己是高贵的祖先的后裔而感到自豪。

苔丝狄蒙娜却完全不是这样，她从来也没有想到门第问题。她同奥瑟罗的结合，不仅在她父亲看来是不近情理的，而且在一般人眼里，也是不可思议的。因为她没有得到父亲的许可，"就把她的责任、美貌智慧和财产，全部委弃在一个到处为家、漂泊流浪的异邦人身上"（第一幕第一场）。亚果为了激怒奥瑟罗，曾单刀直入地说："说句大胆的话，当初多少跟她同国族、同肤色、同阶级的人向她求婚，她都置之不理，这明明是违反常情的举动。"（第三幕第三场）苔丝狄蒙娜这位娇生惯养的贵族小姐，为共同的理想所熏陶，坚决摆脱了门第观念，一心一意地爱上了一个漂泊的异邦人；而奥瑟罗虽然是把生活理想同苔丝狄蒙娜的爱情结合为一，却暗自夸耀他是高贵祖先的后裔。相形之下，不免见绌了。

其次，奥瑟罗自始至终从不曾对社会的丑恶进行过批判；在这一方面，他完全比不上哈姆雷特，甚至还比不上亚果这个"巨人式的恶棍"。亚果玩世不恭，他的带批判性质的言论，如对于"一班天生的奴才"的讥讽（第一幕第一场），都出于这种态度，当然不能说是自觉的。但从奥瑟罗的言行中，竟看不到一星半点的对社会丑恶的批判，遇事忍让，唯恐破坏了生活中的"和谐"，这不能不使人感到失望。（第四幕第二场）

奥瑟罗在辱骂苔丝狄蒙娜像地狱一样淫邪后，说过这样一段话："要是上天的意思，要让我受尽种种的磨折，要是他用诸般的痛苦和耻辱降在我的毫无防卫的头上，把我浸没在贫困的泥沼里，剥夺我的一切自由和希望，我也可以在我的灵魂的一隅之中，找到一滴忍耐的甘露……"（第四幕第二场）这段话虽然是为了极力衬托他失去了苔丝狄蒙娜的爱情，他的心灵失去了归宿，是多么难以忍受；但也体现了他的忍耐性格，说明了他平日里的忍耐态度。因为他的处世哲学，就是"收起你明晃晃的剑"，就是宽大忠厚，与世无争。他似乎没有意识到，社会上的罪恶力量是从来也不会把明晃晃的剑收起来的。即使他意识到了，他也要吮吸"忍耐的甘露"，逆来顺受，自我慰藉，以求得精神上的解脱。这就是奥瑟罗在追求"和谐"中所表现出来的局限性。

而且，奥瑟罗由于战绩辉煌，受到当局的倚重，总是念念不忘他"对贵族所立的功劳"（第一幕第二场；第五幕第二场），为了保持既得的"地位"，他一向奉命唯谨，"避免受人非难"（第三幕第一场），不敢得罪当权派，因此他是不可能"上下翻腾"的。

莎士比亚在戏剧作品中，往往是从各个方面同时又侧重一点地揭示出人物性格的特征。他所描绘的正面人物绝不是一个毫无瑕疵的完人，奥瑟罗也正是这样。莎士比亚在奥瑟罗的性格上所着力渲染的是他的忠诚敦厚、热爱和谐的特点，并没有立意把他描绘成为一个"上下翻腾"的形象。正因为他忠诚敦厚，所以才容易轻听轻信。这样，性格发展才是合乎逻辑的。

三

奥瑟罗的本性是不是嫉妒？这个问题在文学批评界已经做过分析和解答了。国内外有些批评家、文学史家在谈到这个问题的时候，都援引普希金的话。普希金正确地指出过："奥瑟罗不是生性嫉妒的，相反,他是轻信的。"[1]但奥瑟罗的性格在发展中是不是具有明显的嫉妒特征呢?有的同志担心,如果认定奥瑟罗的性格在发展中具有明显的嫉妒特征,便可能得出"奥瑟罗"是"嫉妒的悲剧"这样一个结论。事实上,这种担心是不必要的。人物性格的发展,必须同社会环境联系起来考察。社会环境决定着人物性格的形成和发展。因此我们应该在社会环境中而不是在人物个性中去寻找悲剧的根源。

有些同志在谈到奥瑟罗的嫉妒的时候,既不肯定,又不否定。可否之间,给人以"扑朔迷离"之感。他们说:"奥瑟罗由爱转恨以致爱恨交攻的感情表现以及它的后果,表面上就成了一般的所谓'嫉妒',实际上又远远超出了它的范畴。""如果说嫉妒只是一种感情受损害的痛苦表现,那么奥瑟罗的这种痛苦就太大了。他爱得太深,因此怎样也不能算恨得太深。他简直是这种痛苦的化身了,也就不妨说是这种嫉妒的化身吧。"[2]对于究竟奥瑟罗是不是嫉妒的问题,这些分析并没有给予明确的回答。

奥瑟罗的本性绝不是嫉妒的。他信任一切人,更信任苔丝狄蒙娜。勃拉班旭曾怀着幸灾乐祸的心情警告奥瑟罗说:"留心看着她,摩尔人,不要视而不见;她已经愚弄了她的父亲,她也会把你欺骗。"奥瑟罗斩钉截铁地回答:"我用生命保证她的忠诚。"奥瑟罗从爱上苔丝狄蒙娜以后,一直把她看作"造化的最精美的形象"、"甘美的气息",把她看作自己心灵的归宿、希望的化身。他把爱情和理想联结在一起。只是由于他整个身心都为理想所占有,全然没有看到现实中的丑恶,没有料到亚果会"用毒药灌进他的耳中",使他对苔丝狄蒙娜的热爱逐渐陷于冷

---

[1] 《批评家普希金》,莫斯科,1950年,第421页。
[2] 北京大学文学研究编:《文学研究集刊》,第56—57页。

却状态。在亚果一连串的阴谋陷害下,他终于"像一头驴子一般",被恶棍"牵着鼻子跑"。就这样,"这摩尔人的心里长起了根深蒂固的嫉妒"。最后,他竟亲手杀死苔丝狄蒙娜,在对理想感到失望时扼断了理想的咽喉。

奥瑟罗在杀死妻子以后,曾作过一番自我分析。他说:"我是一个在恋爱上不智而过于深情的人,一个不容易发生嫉妒,可是一旦被人煽动以后,就会感到极度烦恼的人。"由此可见,奥瑟罗到杀死妻子时,确确实实是嫉妒的。普希金说他生性并非嫉妒,正是说他的性格在罪恶力量的挟持下,演变到了嫉妒。普希金强调了奥瑟罗性格的发展,指出奥瑟罗的一个特征如何在现实生活的影响下为另一特征所取代。奥瑟罗不是生性嫉妒的,而是轻信的。然而,由于轻信而受骗,他就成为一个嫉妒者了。

奥瑟罗对苔丝狄蒙娜从爱到恨,从不信任到嫉妒,这样的性格发展,不必否定也无从否定。奥瑟罗轻信亚果的逸言,从心底冒出了嫉妒的烈火,妒火中烧,使他采取了谋杀手段。可以说,轻信是他性格的基本特征之一,而嫉妒则是他性格发展中的显著特征。当他把苔丝狄蒙娜看作"理想的化身"的时候,他是一颗深情的种子;当他听信了亚果的逸言把苔丝狄蒙娜看作人尽可夫的娼妇的时候,他就成了嫉妒的旋风。

然而,奥瑟罗的嫉妒是有原因的。正如车尔尼雪夫斯基在《当代美学概念批判》一文中所说:"奥瑟罗的嫉妒是不公平的,但是他有他所以嫉妒的理由,假如他没有这些理由,他也不会想起嫉妒的。"[1] 什么

---

1 车尔尼雪夫斯基:《当代美学概念批判》,《美学论文选》,缪灵珠译,北京:人民文学出版社,1959年,第67页。

理由呢，谗言铄金，积毁销骨。奥瑟罗受了亚果的欺骗，才认定苔丝狄蒙娜不贞。他用爱、恨交集的言语对妻子说："我要杀死你，然后再爱你。"（第五幕第二场）受着丑恶的支配，他要杀死自己的妻子，受着理想的孕育，他要热爱自己的妻子。这是多么尖锐而残酷的矛盾！奥瑟罗委实是受罪的，他为嫉妒所折磨，更为丑恶和理想的矛盾所熬煎，终于做了"时代的牺牲品"。

四

有些同志在强调奥瑟罗是"上下翻腾"、"大气磅礴"的人物以后，为了进一步充实论点，又把奥瑟罗和哈姆雷特相比。他们认为："想法上，奥瑟罗和哈姆雷特相同：他也是要肯定就全部肯定，要否定就全部否定。只是哈姆雷特能够由小及大，能够从个人到社会，推广出去进一步下思考工夫，寻根究底，因此，做法上，他和哈姆雷特不同：他是说做就做，绝不留三思的余地，也就因此，他在行动上，可以由一个奥瑟罗一百八十度的转到另一奥瑟罗。"[1]奥瑟罗确实不像哈姆雷特那样，从小到大，从个人到社会不断地寻根究底，但不能因此就说他不留三思余地，突然做了一个向后转的动作，由一个深情的奥瑟罗一百八十度地转到嫉妒的奥瑟罗。如果持这样的看法，那就等于抹杀剧中不断深化的矛盾和冲突。

奥瑟罗对苔丝狄蒙娜从爱到恨，以致最后把她杀害的过程，是亚果的阴谋步步进逼的过程，也是奥瑟罗逐步受骗的过程。第三幕第三场

---

[1] 北京大学文学研究编：《文学研究集刊》，第53页。

是全剧的转折点。虽说亚果这时候已将"毒药"灌进了奥瑟罗的耳中，但理想在他血管里仍然起着巨大的抗毒作用，他并没有立刻一百八十度地向后转。他对苔丝狄蒙娜说：

> 我的灵魂永堕地狱，要是我不爱你！当我不爱你的时候，世界也要复归于混沌了。（第三幕第三场）

不过问题在于：奥瑟罗不加分辨地信任一切的人，既信任苔丝狄蒙娜，也信任亚果。他一直认为亚果"是一个非常诚实的家伙"。正是这个"对人情世故最熟悉不过"的"忠诚正直"的人，告诉他妻子的不贞，所以毒汁就能够在他的血管里奔流。善和恶对他的心灵各施威力，他动摇起来了。他同亚果的一段对话，可以说明他内心的矛盾和斗争是剧烈而痛苦的：

> 我想我的妻子是贞洁的，可是又疑心她不大贞洁；我想你是诚实的，可是又疑心你不大诚实。（第三幕第三场）

在这种犹疑不决的情况下，他还没有向后转，还没有一下就放弃理想，他要亚果进一步提出"一些证据"和"一个充分的理由"。等到亚果捏造了一套凯西奥的梦话并说凯西奥曾用苔丝狄蒙娜的手帕抹胡子，嫉妒的火焰顿时笼罩住奥瑟罗的全身，他"要为这美貌的魔鬼想出一个干脆的死法"；但是到这里，他仍然没有说做就做。到第三幕第四场，他借口说眼睛胀痛，老是淌着眼泪，要苔丝狄蒙娜把定情的手帕借给他一用。这个要求没能得到满足，他才对妻子直说他的疑心。第四幕第一场，亚果再设下圈套，使奥瑟罗确认琵央加丢还凯西奥的手帕，正是他第一次送给苔丝狄蒙娜的礼物。妒火上添了油，火势难以扑灭了。奥瑟罗痛下决心，要让自己的妻子"今夜腐烂、死亡、堕入地狱"。但就在这个时候，他仍然恋念着苔丝狄蒙娜的敏慧多能和温柔的性格。一直到第五幕第二场，"奸恶战胜了正直"，奥瑟罗才带着一颗破碎的心，把睡在床上的苔丝狄蒙娜扼死。接着亚果的阴谋被揭露了，理想重放光明。奥瑟罗悲愤地对大家说："要是你们愿意，不妨说我是一个正直的凶手。"这句话把两个对立的概念联结在一起，包含着多么矛盾的内容！在这里，莎士比亚所爱用的"反义形容法"（Oxymoron），强调了奥瑟罗的行动的矛盾性质。

综上所述，我们可以很清楚地看出莎士比亚是一环扣一环、一层深一层地描绘奥瑟罗的性格发展过程的，并没有把它简单化。

五

有些西方学者撇开社会环境，只根据人物性格来解释悲剧的本质。他们认为奥瑟罗的悲剧，是他个人性格中的弱点所造成的。如英国牛津大学教授劳伦斯·罗纳就这样写道："使一个悲剧主人公遭到毁灭的绝不是外在事件，而是他内在的某些弱点。"[1]接着他又说，"奥瑟罗这个高尚的性格是为他的利己主义所倾覆的。"显然，这种论调的目的是要给丑恶的现实蒙上一块遮羞布，只可惜这块遮羞布过于破烂而已。任何

---

[1] 劳伦斯·罗纳（Laurence D. Lerner）：《英国文学》（*English Literature: An Interpretation for Students Abroad*），牛津：牛津大学出版社，1956年，第183页。

人都可以看出，完全是卑鄙的利己主义者亚果杀害了奥瑟罗和苔丝狄蒙娜。

我们有些同志在分析《奥瑟罗》一剧时，也似乎受了这种"性格论"的影响。他们根据所谓"情节悲剧"和所谓"性格悲剧"的说法，认为："由于内容的规定，《奥瑟罗》一剧在莎士比亚的悲剧当中，结构上最像是一出所谓'情节悲剧'，实际上还是一出所谓'性格悲剧'。所谓'情节悲剧'，因为充满了偶然性，当然不能是上乘的悲剧作品。只要性格是'典型环境里的典型性格'，那么所谓'性格悲剧'确乎是可贵的悲剧类型。而《奥瑟罗》剧本正是这样的悲剧，尽管在情节上安排了特别多的巧合环节。"[1]我们觉得，这样的论点是值得讨论的。

在分析任何戏剧作品的时候，我们都不应该把情节和性格分割开来。人物的行动，人物之间的相互关系，人物的性格同社会环境的矛盾和冲突，构成了情节。性格和情节有机地联系在一起，彼此互相制约。性格刻画得愈是鲜明，愈是个性化，行动表现得愈是生动、紧张，人物之间的冲突也就展示得愈是尖锐。人物的动作和人物之间的冲突推动着情节，而人物本身的性格又在冲突中、在情节的发展中，得到充分的表现。奥瑟罗宽厚、正直、轻信；亚果阴险、狡猾、好诈，苔丝狄蒙娜天真无邪，真挚纯洁，都是在不断扩展的情节中揭示出来的。如果没有以亚果步步紧逼的阴谋为基础的情节（如怂恿凯西奥酗酒闹事；凯西奥被撤职后，又怂恿他到苔丝狄蒙娜面前去求情，把爱米莉霞拾得的苔丝狄蒙娜的手帕丢进凯西奥的住宅，等等），那么奥瑟罗的性格发展，便不可能表现得这样真实而生动。性格和情节是相得益彰的。

---

[1] 北京大学文学研究编：《文学研究集刊》，第112页。

戏剧情节必然反映着生活中的矛盾，反映着人物的性格。不包含社会内容，不包含人物性格的戏剧情节是不存在的。我们总是把情节和人物性格统一起来考察戏剧冲突。如果说《奥瑟罗》只是一出"情节悲剧"，那就撇开了思想内容和人物性格，形式主义地去理解这部作品；如果说它是一出"性格悲剧"，那又忽略了形式，轻视了情节的作用。在剧本里，同在现实生活中一样，人物的性格不是孤零零的东西，不是遗世独立的表象，而是在社会关系中、在行动中表现出来的。要表现典型性格，就需要有典型环境（安排适当的情节）把性格引导到行动中去。所以我们没有理由把一部悲剧作品片面地称它为"性格的悲剧"或"情节的悲剧"。

此外，关于偶然性的问题，我们也很难同意某些同志的提法。虽然偶然现象对某一过程来说，是没有代表性的，它在该过程中是次要的东西。但偶然性并不否定或排斥必然性，也并不同规律性截然对立。在现实生活中，不仅是各种现象的主要内在联系起着作用，次要的外在联系也起着作用。必然性常以偶然性的形式显露出来。某些同志在指出《奥瑟罗》剧本在情节上安排了特别多的巧合环节之后，又说这一悲剧的浑成的总的效果掩盖了个别的偶然性的痕迹。他们没有说明个别的偶然性的痕迹是哪一些，可想而知，手帕情节是他们所指偶然性的痕迹之一。但我们认为，在剧情发展中，苔丝狄蒙娜遗失了手帕，被爱米莉霞拾去交给自己的丈夫亚果，亚果又有意识地把它丢进凯西奥的屋里，等等，这些细节，被莎士比亚描绘得有声有色，丝丝入扣，极使观众信服，就因为奥瑟罗的悲剧的必然性通过这些"偶然性情节"显露了出来，符合生活实际，看不出矫揉造作的痕迹，因而无须浑成的效果来掩盖。

六

概括地说,《奥瑟罗》一剧反映了英国文艺复兴时期的社会矛盾,表现了人道主义思潮涤荡下的光明面和阴暗面。

奥瑟罗和亚果都是人道主义思潮的产物。奥瑟罗的形象显示了当时人道主义思想中的积极因素——友爱信任、和谐相处的原则和人民大众对幸福生活的向往;亚果的极端个人主义脱胎于人道主义思想中的消极因素——"自我满足"、"自我享受",同时说明资产阶级损人利己的本性在原始积累时期既已肆无忌惮地进行"自我扩张",使他变成了"文艺复兴式的恶棍"。

莎士比亚在情节的发展中描绘奥瑟罗的性格,所有情节(包括一些所谓的"偶然性情节")都安排得顺理成章,既连贯,又紧凑。性格和情节的发展相辅相成,取得了深刻感人的戏剧效果。恩格斯在谈到"莎士比亚式的情节的生动性和丰富性"的同时,强调"莎士比亚在戏剧发展史上的意义",指的就是他的剧中人物的性格描绘。[1]

奥瑟罗有热情,有理想,忠厚有余而判断不足,未能摆脱封建门第观念,对丑恶的现实不能大胆批判。他最后认清了亚果的阴谋,也只是凄凉悲酸地自怨自艾。奥瑟罗的性格的基本特征是雍容平和,并不嫉妒。由于轻听轻信、受人摆弄,才变成嫉妒的丈夫。但奥瑟罗的嫉妒不是突然迸发的,而是在痛苦的折磨中、在剧烈的内心矛盾中逐步形成的。他的嫉妒不是产生悲剧的根本原因,悲剧的根源乃是以亚果为代表的罪恶势力。

---

[1] 参见中国作家协会和中国编译局编:《马克思、恩格斯、列宁、斯大林论文艺》,北京:人民文学出版社,1959年,第12页。

《奥瑟罗》：一个西方"他者"的建构 [1]

张德明

《奥瑟罗》被认为"也许是莎士比亚所有剧本中最富争议性的"[2]。自该剧上演并发表以来，相关的研究文章可谓汗牛充栋，不计其数，其中影响较大，且被广泛接受的观点，大致有"嫉妒说"和"轻信说"两种[3]。上述二说对奥瑟罗悲剧成因的解释虽各有道理，但都忽略了一个重要问题，即作为矛盾冲突双方的黑肤的"摩尔人"奥瑟罗和白种的威尼斯人伊阿古各自的文化和种族身份。因为从后殖民批评视角和社会特殊主义（communitarianism）立场看，无论是妒忌还是轻信都不是抽象的、永恒不变的，而是与特定的、具体的、生活于一定时空之中、从属于一定种族与文化的个体相关的。

什么是文化种族身份？文化种族身份的核心是解决并回答"我是谁？我来自哪里？我将去向何方？"等有关个人的文化归属（包括社会

---

[1] 原载于《浙江大学学报》（人文社会科学版）2003年第1期。

[2] Alison Smith, "Racism and Othello, Grade Saver". http:www.Classic note.com/classic Notes/Titles/Othello/essayl.htm; 2002—06—03.

[3] 卞之琳：《论〈奥瑟罗〉》，卞之琳：《莎士比亚悲剧论痕》，北京：三联书店，1980年，第133—204页，引文为第153页。

性别、种族、民族等）问题。此类问题如能得到确切的、肯定的答案，那么，生活于特定社会中的个体就会具有身份认同感和生存安全感，反之，就会造成文化身份危机，产生孤独感和疏离感，与周围环境格格不入，并由此引发剧烈的内心冲突，直至最终酿成悲剧。

文化身份意识和认同危机主要发生在移民和流亡人群中，这些人由于种种复杂的社会或个人的原因离开自己的祖国，背井离乡来到陌生的异国他乡定居，其间往往要经历一个痛苦的类似精神上的"断奶"过程，而最终能否融入当地主流社会，则往往要视个人的性格、环境、机遇等多种因素的共同作用而定。

综观《奥瑟罗》全剧，主角的悲剧主要是因身份认同危机而产生的，而主角的身份及其认同危机本身又是被莎士比亚有意建构起来的，体现了16、17世纪之交伊丽莎白时代后期英国社会主流意识形态与叙事文本生产之间复杂的互动关系。

一、从"摩尔人"到"奥瑟罗"

众所周知，莎士比亚的悲剧《奥瑟罗》改编自意大利小说家钦齐奥（G. Cinthio）的《故事百篇》（*Hecatommithi*）。从后殖民主义和知识社会学的角度看，一个叙事文本形式的改变，不仅是一个简单的文体转换过程，更涉及现实的世事性、政治—文化权力与作者创作动机之间复杂的互动关系。钦齐奥的小说出版于1565年，是一部继承了薄伽丘风格的写实作品，写的是1527年罗马被掠后，十个男女航海逃至马赛时所讲的故事。有关摩尔人（即莎剧中的奥瑟罗）的故事是该小说第三类《夫妻互骗》中的第七篇。差不多在钦齐奥小说发表后的四十年，莎士比亚开始动手写作《奥瑟罗》的剧本（1601—1605年），而该剧单行本（即所谓"四开本"）的出版则是在莎士比亚去世以后（1622年或1623年）的事。该版本用的剧名全称是《奥瑟罗，威尼斯的摩尔人的悲剧》（The Tragedy of Othello, The Moore of Venice）。[1] 国内不少莎评专家没有看重这个较长的剧名，大多根据较后出的"对开本"为依据来翻译或研究这个悲剧。但实际上，"四开本"给出的这个剧名非常重要，因为它不仅点出了全剧的四个主要内容：该剧的剧种、主角的名字、主角的文化与种族身份以及悲剧发生的地点，而且也在某种程度上道出了伊丽莎白时代后期主流意识形态对剧作家创作动机的微妙影响。

首先，让我们考察一下主角的名字。原小说中，只有苔丝狄蒙娜有名字，其他三位男人都是无名的。所以，《奥瑟罗》一剧中男主角的名字极有可能是剧作家给起的。那么，莎士比亚为什么要给原小说中的那个无名的摩尔人起名为"奥瑟罗"呢？国内一些学者从戏剧艺术角度考虑，认为戏剧人物越具体就越能抓住观众的兴趣，激发他们的共鸣，给主人公起名即是其中的一个重要手段。[2] 但这个回答只涉及问题的一半，即为什么要给无名的摩尔人起名，而没有回答为什么要给他起"奥瑟罗"这个名字的问题。

西方最新的莎士比亚研究资料表明[3]，莎士比亚给摩尔人起奥瑟罗这个名字并非随便之举，而是深思熟虑后的产物，具有多重隐喻意义。

---

1 参见方平：《奥瑟罗考证》，方平：《新莎士比亚全集》（第四卷），石家庄：河北教育出版社，2001年，第628—636页。

2 蔡文显：《浅淡悲剧〈奥瑟罗〉的主题思想》，中国莎士比亚研究会（筹）：《莎士比亚研究》（第二辑），杭州：浙江文艺出版社，1984年，第63—82页。

3 Catherine Alexander and Rebecca Brown, "Othello-race, place and identity". http://www.shakespeare.org.uk/othello1.htm, 2002—06—03.

首先，奥瑟罗（Othello）这个名字具有异国情调（foreignness），而且与当时伦敦正在热演的本·琼生的喜剧《性格互异》（*Every Man in His Humour*，1601）中的主角的名字"Thorello"相近。本·琼生剧中的那位主角也是新婚宴尔，非常关注其妻子的贞洁问题，是个嫉妒心很重的男人。而"Thorello"这个词本身又是从意大利语"小公牛"（torello）一词变化而来，其暗示的动物性和好色、好斗性不言而喻。莎翁给剧中的主角起"Othello"这个名字，显然有意要使当时的观众发生一种从性格到语义的联想。其次，奥瑟罗这个词的前半部分还与"奥斯曼"（Ottoman）谐音，奥斯曼是当时正威胁着西方世界的土耳其穆斯林帝国的名称。给摩尔人起名为Othello，难免使人联想到那个黑脸的奥瑟罗本人也许就是一个土耳其人、一个奥斯曼人、一个野蛮人。于此可见，主角名字的设计已经点明了其所属的文化和种族身份，预先为全剧的文化冲突埋下了一个伏笔。

原小说对摩尔人的身世没做过多介绍，只说他"气度轩昂，善于用兵，为政府所器重"[1]。经莎士比亚改编后的剧本突出了奥瑟罗前半辈子漂泊不定、居无定所的流浪生活。他经历过"最可怕的灾祸，海上陆上惊人的奇遇，间不容发的脱险，在傲慢的敌人手中被俘为奴和遇赎脱身的经过，以及旅途中的种种见闻；那些广大的岩窟、荒凉的沙漠、突兀的崖嶂、巍峨的峰岭"，"彼此相食的野蛮部落，和肩下生头的化外异民"（第一幕第三场）[2]，终于凭借自己的膂力，在威尼斯建立起自己的

---

[1] 方平：《奥瑟罗考证》，方平：《新莎士比亚全集》（第四卷），第628—636页，引文为第633页。
[2] 莎士比亚：《奥瑟罗》，《莎士比亚全集》（第九卷），朱生豪译，方平校，北京：人民文学出版社，1984年。本文所引莎剧均出自此书，只在文中引文后标出"幕"和"场"，不再给出脚注。

声名和地位，被元老院委以重任，成为一位将军。

但实际上，这个来自东方的摩尔人始终是个"他者"，始终没有能够融入西方主流社会，被后者视为"我们"。从剧本开场伊阿古和罗德利哥的对话中我们得知，在整个威尼斯社会中，存在着一种根深蒂固的对摩尔人的偏见和歧视。两人谈到摩尔人时，用的措辞和隐喻多为动物性的意象，明显将摩尔人看作非人的异类。

从跨文化交际角度分析，外来者要融入当地文化和主流社会，最便捷有效的途径有两条：一是通过叙事话语，在异族人心目中建构起自己的文化身份，表明自己既具有作为人类的普遍性，又具有自己独特的历史、荣誉和尊严；二是与当地人通婚，生下合法的后代，从而最终改变自己的文化身份。在《奥瑟罗》一剧中，莎士比亚巧妙地让叙述与爱情在奥瑟罗身上融为一体。细读剧本，我们不难发现，奥瑟罗并非如他自己所说，是个"不善言谈的人"；相反，他是一个出色的故事讲述者，而他的忠实的听者就是苔丝狄蒙娜。正是通过叙述话语，前者获得了后者的爱情，从而在一个陌生的社会中建构起自己新的文化身份。奥瑟罗自以为此后便可以融入白人主流社会，永远摆脱那种长期以来折磨着他的疏离感和孤独感了。正因为如此，苔丝狄蒙娜对于这个黑皮肤的摩尔人来说，就不仅仅是一个女人，而是代表了一种观念、一种理想和一种信念，使奥瑟罗相信自己所属的种族与其他种族同样优越，同样可以获得美丽的白种女子的爱情，生下合法的健康的后代。因此，爱情对于奥瑟罗来说，就具有了一种超越个人私生活，上升到当代"身份政治"般的象征意义。正因为爱情在奥瑟罗的生活中占有如此重要的地位，载荷了如此丰富的文化—政治意义；那么，一旦失去这种爱情，用奥瑟罗自己的话来说，那就无异于"世界复归于混沌"（Chaos is come again)。从这个角度看，我们可以说，奥瑟罗心理中其实也有着脆弱的一面。白人种族优越的观念已经内化在他的心中，成为他的"阿喀琉斯之踵"。显然，这个"阿喀琉斯之踵"是剧作家莎士比亚有意植入的。在《奥瑟罗》第二幕第三场中，奥瑟罗在拆开由伊阿古挑起的凯西奥和蒙太涅争斗时说的一番话，是很耐人寻味的：

> 难道我们都变成野蛮人了吗？上天不许土耳其人来打我们，我们倒自相残杀起来了吗？为了基督徒的面子，停止这场粗暴的争吵……[1]

在上述这段话里，奥瑟罗有意将土耳其奥斯曼帝国的穆斯林与西方基督徒做了对比，将野蛮（barbarous）一词与土耳其奥斯曼联系起来，明显在强调自己的文化身份，即他与这两个正在互相争斗着的白人一样，都是文明的基督徒，而不是异教徒，是"我们"，而不是"他们"。正是从奥瑟罗对自己文化身份的这种强调中，我们看出了他内心深处潜藏着的文化认同意识、莫名的焦虑和内在的不安全感。

二、从威尼斯到塞浦路斯

上述种族身份与文化冲突问题，从莎士比亚为全剧设置的场景中也明显表露出来了。《奥瑟罗》一剧中，共出现两个场景，即威尼斯和

---

[1] "Are we turned Turks? And to ourselves do that Which heaven hath forbid the Ottomites? For Christian shame, put by this barbarous brawl ..."

塞浦路斯，试分而述之。

《奥瑟罗》第一幕的故事情节发生在威尼斯，威尼斯在当时是西方的一个理性、公正、秩序和富庶的共和国。但是，在剧本开始的时候，这个白人世界正面临着来自东方的"他者"——奥斯曼帝国的威胁。据史料记载，土耳其于1570年攻略了这个属于西方的海岛。由于这场战争发生在钦齐奥的《故事百篇》出版五年之后，因此，原小说基本没有涉及这个历史事件，只轻描淡写地提了一下摩尔人统率军队前往塞浦路斯。而莎士比亚则有意将奥瑟罗和苔丝狄蒙娜的爱情置于这个政治、军事大背景之下，仿佛在提醒观众：土耳其人的入侵仅仅是一个显性的、来自外部的威胁；此外，还有一个隐性的、来自内部的威胁，这就是奥瑟罗和苔丝狄蒙娜的情奔——一位生活在白人世界的黑人爱上了一位威尼斯元老的女儿，而后者已经欣然接受了这个"他者"的爱情，并瞒过自己的父亲而与黑肤情人幽会。

剧本第一幕"船"的隐喻，暗示着在土耳其人登上海上的战船，向威尼斯的前哨塞浦路斯进发的同一天晚上，奥瑟罗登上了一艘"陆地上的大船"（伊阿古语）；在东方的奥斯曼帝国虎视眈眈逼近威尼斯共和国领土的同时，另一位来自非洲的黑人已从一个西方人手中夺走了一位白种女人。这样，战争与爱情，土地与女人，两者之间形成了一个微妙的对应，暗示了全剧的主题和动机：西方世界正面临着失去土地与女人的双重威胁。苔丝狄蒙娜的父亲勃拉班修当着威尼斯公爵的面说的话，实际上表达了当时西方人的普遍焦虑和担忧："要是这样的行为（按即奥瑟罗和苔丝狄蒙娜情奔）可以置之不问，奴隶和异教徒都要来主持我们的国政了。"（第一幕第二场）

从第二幕开始到第五幕终，全剧场景从威尼斯转到了塞浦路斯。

从地理位置上看，塞浦路斯位于地中海的最东端，远离基督教的西方世界中心，与信奉伊斯兰教的土耳其奥斯曼帝国仅隔一个海湾；因此，与其说塞浦路斯属于西方，毋宁说它更接近东方。在西方人眼中，这是一个介于文明与野蛮、城市与荒野之间的边缘地带。

莎士比亚将奥瑟罗的主要活动地点放在塞浦路斯，是否为了加强主角对土耳其奥斯曼性格的认同？是否暗示着奥瑟罗的性格和地位与这个海岛具有某种相似性或对应性，即介于西方与东方、基督徒与异教徒之间，以便于表现他的内心冲突和文化身份危机？我们看到，在威尼斯，奥瑟罗的性格表现出高度的自制、文明、有教养，并且如布拉德雷所说，"充满了诗意"、"具有浪漫秉性"[1]；而到了塞浦路斯后，奥瑟罗的性格中的非理性、不稳定、激情、鲁莽等都表露无遗。如在第四幕第一场中，奉公爵之命从威尼斯来到塞浦路斯的罗多维科亲眼看见奥瑟罗动手打苔丝狄蒙娜及其他一些反常的行为举动时，就大惊失色地说："这就是为我们整个元老院所同声赞叹、称为全才全德的那位英勇的摩尔人吗？这就是那喜怒之情不能把它震撼的高贵的天性吗？那命运的箭矢不能把它擦伤穿破的坚定的德操吗？"苔丝狄蒙娜也对人说："我的夫君不是我的夫君。"（My lord is not my lord.）

凡此种种，均说明无论是奥瑟罗的故友还是他的妻子，都看到了其身份和性格的前后不一致，并对此产生了认同危机，而这些危机都是在奥瑟罗抵达塞浦路斯后才发生的。

---

[1] A. C. Bradley, *Shakespearean Tragedy: Lectures on Hamlet, Othello, King Lear, Macbeth*. London: Macmillan, 1905, pp.186–198.

三、嫉妒、轻信与身份认同危机

在原小说中，摩尔人与苔丝狄蒙娜之间的爱情波折没有得到充分的刻画和展示，小说开始时两人早已结婚。矛盾冲突主要是在旗官和苔丝狄蒙娜之间发生的。旗官暗恋苔丝狄蒙娜而不得，以为摩尔人手下的上尉从中作梗，并以为苔丝狄蒙娜也爱上尉，故阴谋设计陷害两人，挑起摩尔人的妒忌，两人合谋将苔丝狄蒙娜用沙袋打死。[1] 然而，莎士比亚删去了伊阿古追求苔丝狄蒙娜的情节，突出了奥瑟罗与苔丝狄蒙娜之间的爱情波折，以及其后发生在伊阿古与奥瑟罗之间的矛盾冲突，从而将全剧主题上升到种族身份认同和文化冲突的高度。

伊阿古陷害奥瑟罗的动机非常隐晦而复杂，既有对自己得不到升迁的不满，也有对金钱的渴求等等，但其根本出发点是一种种族主义的动机。事实上，伊阿古才是真正的嫉妒者。他不甘心在奥瑟罗这个"黑将军的麾下充当一名旗官"；他痛恨凯西奥占了副将的位置，甘心当摩尔人的手下；他嫉妒黑脸的摩尔人居然能获得一位美丽的威尼斯女子的爱情，发誓要拆散这对情人。而伊阿古之所以能成功地实施其阴谋，首先就在于他摸到了当时社会中最敏感的神经，知道当时整个威尼斯社会普遍存在着种族主义的偏见。他看出奥、苔婚姻的合法性是很成问题的，元老院只是为情势所迫而批准了这门不般配的婚事。伊阿古巧妙地运用了"种族主义的修辞"（rhetoric of racism），对勃拉班修进行挑拨，使这位元老感到自己的女儿嫁的不是人，而是动物："一头老黑羊在跟您的白母羊交尾哩。"（第一幕第一场）并且，他的后代子孙也将因此而

---

[1] 方平：《奥瑟罗考证》，第633—636页。

沦入动物群:"您的女儿给一头黑马骑了,替您生下一些马子马孙,攀一些马亲马眷。""您的令嫒现在正在跟那摩尔人干那件禽兽一样的勾当哩。"(第一幕第一场)不仅如此,甚至连奥、苔幽会的旅馆也被赋予了一个半人半兽的名字——马人旅馆。马人(Sagitary)是希腊神话中半马半人的动物,用它来暗示奥瑟罗这位野蛮的摩尔人与一位文明的白种女性的结合,似乎是最自然不过的了。正是在伊阿古的挑拨下,勃拉班修相信她女儿对奥瑟罗的爱情是不自然的,是后者施展了妖术和符咒的结果,故而大骂奥瑟罗是"恶贼"和"黑鬼",一下子将自己对摩尔人的真实看法表露无遗。

其次,伊阿古的阴谋之所以能够成功,更在于他抓住了或者不如说触到了奥瑟罗内心中的"阿喀琉斯之踵"——文化身份危机意识和内在的不安全感。的确,奥瑟罗在潜意识中始终对自己的出身、肤色和年龄存有一种莫名的焦虑和担忧,而这一切都被伊阿古巧妙地从意识深层带到了意识表层。正如英国莎学专家阿利森·史密斯(Alison Smith)所说:"他(伊阿古)成功地使奥瑟罗将社会偏见内化于自己的内心","将自己对苔丝狄蒙娜的怀疑转向对自己的怀疑"。[1] 细读剧本,我们发现,在没有被伊阿古挑拨以前,奥瑟罗无论是言语还是举动,都充满了英雄般的气概和诗一般的高雅的浪漫气质,似乎从来没有意识到自己的肤色、年龄和美丑问题;但从第三幕第三场以后,即伊阿古隐晦地和他谈到苔丝狄蒙娜可能对他不忠以后,他开始对自己的肤色和年龄关注起来,话语中不断出现与"黑"相关的意象:

---

[1] Alison Smith, "Racism and Othello, Grade Saver", 2002.

也许因为我生得黑丑，缺少绅士们的温柔风雅的谈吐；也许因为我年纪老了……所以她才会背叛我。（第三幕第三场）

（我的奔腾的热血）像黑海的寒流，浪涛滚滚。（第三幕第四场）

我像地狱般漆黑！（第四幕第二场）

甚至苔丝狄蒙娜的不忠，也被他形容为"像我的脸一般黑"！并且因为自己的"黑"，奥瑟罗更深切地感觉到妻子的"白"。他想象全营的将士都搂过了她那雪白的肉体；他在扼死苔丝狄蒙娜前，在黑夜中看到了她那比白雪更皎洁、比雪花石更光滑的一身肌肤。

总之，伊阿古通过一系列的种族主义修辞，摧毁了奥瑟罗通过自己的叙述和爱情建构起来的身份认同感，使他深切地感觉到自己身上的肤色及其所属的种族，感觉到白种人的优秀和自己的低劣，相信苔丝狄蒙娜爱上他这个摩尔人是不自然的，爱上凯西奥这个佛罗伦萨人才是自然的，因为他们属于同一肤色和同一种族。

妻子的不忠意味着爱情的失败，而爱情的失败则意味着融入主流社会努力的最终落空。这对奥瑟罗的打击是致命的。对于这个黑肤的摩尔人来说，他失去的不仅仅是一个女人、一种爱情，更是一种身份认同感、一种心灵的归属感。"要是上天的意思，要让我受尽种种的磨折；要是他用诸般的痛苦和耻辱降在我的毫无防卫的头上，把我浸没在贫困的泥沼里，剥夺我的一切自由和希望，我也可以在我的灵魂的一隅之中，找到一滴忍耐的甘露。可是唉！在这尖酸刻薄的世上，做一个被人戟指笑骂的目标！就连这个，我也完全可以容忍；可是我的心灵失去了

归宿,我的生命失去了寄托,我的活力的源泉枯竭了,变成了蛤蟆繁育生息的污池!"(第四幕第二场)

明白这一点,我们便可以理解,奥瑟罗谋杀苔丝狄蒙娜的深层动机,既不是由于嫉妒,也不是由于轻信,而是出于一种因文化身份危机而引起的焦虑感。苔丝狄蒙娜的不忠,在奥瑟罗看来构成了一种对整个摩尔人的侮辱,对一个"他者"的爱情的蔑视,体现了一种白种人对非白种人、基督徒对异教徒的种族、宗教歧视。正是为了恢复自己和自己所属的民族的尊严,他才必须把自己深爱的女人杀死。剧本末尾,罗多维科和奥瑟罗的一番对话是很耐人寻味的:

罗多维科:啊,奥瑟罗!你本来是一个很好的汉子,却会中一个万恶的奸人的诡计,我们该说你什么呢?

奥瑟罗:随便你们怎么说吧;要是你们愿意,不妨说我是一个正直的凶手,因为我所干的事,都是出于荣誉的观念,不是出于猜嫌的私恨。(第五幕第二场)

四、从谋杀者到悲剧英雄

但问题没有如此简单。奥瑟罗故事的结局,苔丝狄蒙娜的被杀和奥瑟罗的自杀还具有另外一些具有重要意义的改动。

1. 在原小说中,杀害苔丝狄蒙娜是旗官与摩尔人两人合伙所为,而且是旗官先动手,用装满沙子的袜子将苔丝狄蒙娜打倒在地,然后再由摩尔人动手。这种安排显然不会令当时的西方观众满意:一个文明人怎么可能与一个野蛮人合伙来杀害另一个文明人呢?改编成剧本后,我们看到，作为"文明人"的旗官伊阿古退出了谋杀场面，只动口不动手，而让黑脸的"野蛮人"独自一人去完成残忍的谋杀行动，亲手将苔丝狄蒙娜活活扼死。这样安排既使伊阿古从野蛮的罪犯变成了一个文明的罪犯，也使奥瑟罗从谋杀行为的"从犯"变成了"主犯"。这样安排意在说明，作为摩尔人代表的奥瑟罗虽已在白人世界生活多年，但还是蛮性未改，符合了当时西方已有的有关黑人或非洲人的社会刻板印象（stereotype）。据一位英国学者考证，差不多就在莎士比亚写作他的《奥瑟罗》的同时——1603年——伦敦出版了一本名为《世界的威胁概要》(*Epitome of the Theater of the World*)的书，该书图文并茂，描述了"野蛮人"的性格。其中说到摩尔人"非常固执，身体强壮，非常妒忌他们的妻妾，对加于他们的伤害很难忘记"[1]。这说明了在伊丽莎白时代后期，一般英国读者或观众对非洲人所具有的成见。上述两个文本相得益彰，均可归入"东方主义"话语之列，不管剧作家本人是否意识到，其传达的主流意识形态是确定无疑的。

2. 原小说中，摩尔人在杀死苔丝狄蒙娜以后，没有当场自杀，而是伪装了一个因屋顶倒塌而压死苔丝狄蒙娜的现场。被发现后，他被押回威尼斯，判终身流放，最后被苔丝狄蒙娜家族中的亲戚弄死。但改编为悲剧后，结局是奥瑟罗勇敢地承担起杀人的罪责，并在真相大白后，以自己的生命赎了罪。莎士比亚仿佛要让奥瑟罗通过自杀这个极具象征性的行为，对自我形象做一番新的叙述（就像他此前在元老院面前为自己的爱情辩护一样），在西方观众心目中建构起一个敢作敢为、勇于承担责任、高贵正直的摩尔人的形象，从而消解或部分修正了西方主流意识

---

[1] Catherine Alexander and Rebecca Brown, "Othello-race, place and identity," 2002.

形态有关摩尔人的刻板形象。奥瑟罗一直未能释怀的是"说出一个真实的我"（speak of me as I am）。而通过自杀这个行动，莎士比亚终于让他说出了这个"真实的我"。奥瑟罗临死前说的一大段台词，可圈可点，值得反复咀嚼：

  我对于国家曾经立过相当的功劳，这是执政诸公所知道的；那些话现在也不用说了。当你们把这种不幸的事实报告他们的时候，请你们在公文上老老实实照我本来的样子叙述，不要徇情回护，也不要恶意构陷；你们应当说我是一个在恋爱上不智而过于深情的人；一个不容易发生嫉妒的人，可是一旦被人煽动以后，就会糊涂到极点；一个像印度人一样糊涂的人，会把一颗比他整个部落所有的财产更贵重的珍珠随手抛弃；一个不惯于流妇人之泪的人，可是当他被感情征服的时候，也会像涌流着胶液的阿拉伯胶树一般两眼泛滥。请你们把这些话记下，再补充一句说：在阿勒坡地方，曾经有一个裹着头巾的敌意的土耳其人殴打一个威尼斯人，诽谤我们的国家，那时候我就一把抓住这受割礼的狗子的咽喉，就这样把他杀了。（第五幕第二场）

在这里，奥瑟罗把威尼斯称之为"我们的国家"，表达出一种强烈的身份认同倾向，尽管这个共和国其实一直来把他当作异邦人和外族人看待。不仅如此，通过这番言谈，奥瑟罗还想再次表明自己与土耳其人的区别，就像他在拆开凯西奥与蒙太涅打斗时所说的。我们注意到，奥瑟罗在"土耳其人"这个词上，有意加上了三个具有文化种族身份区别性特征的形容词："裹着头巾的"、"敌意的"、"受割礼的"，最后用一个动物性的意象"狗子"称呼之。从中可以看出,奥瑟罗具有多么强烈的文化身份意识,多么希望融入到威尼斯主流社会中去,多么想把自己与当时被称为野蛮人的土耳其人区别开来。可见,文化身份认同意识已经内化在他的潜意识中,成为挥之不去的一个情结。奥瑟罗像杀狗子那样把一个殴打威尼斯人的土耳其人杀死,也像杀狗子那样把杀死威尼斯女子的自己杀死,让台下的西方观众大大松了一口气。

行文至此,一个问题很自然地就冒出来了,莎士比亚究竟是一个种族主义者,还是一个反种族主义者?笔者认为,这个问题很难用非此即彼的方式来加以回答。因为像文艺复兴时代的许多巨人一样,莎士比亚本人也是一个具有多重人格和多重身份的"变色龙"。他既是一个精明的商人和剧团股东,又是一个善于揣摩观众心理的演员和剧作家;当然,他更是一个伟大的人文主义者。

在莎士比亚写作《奥瑟罗》前不久,英国打败了西班牙的无敌舰队(1588年),建立起海上世界霸主地位;它急欲建构一个文化上的"他者",为自己的对外扩张做文本上的准备。莎士比亚通过演绎发生在威尼斯的战争与爱情的故事,以一支土耳其舰队和一个摩尔人的相继覆亡,满足了他的西方观众的愿望,迎合了当时的主流意识形态,也从心理上解除了来自东方的"他者"的双重威胁。

另一方面,通过塑造奥瑟罗这个"他者"形象,莎士比亚也对当时流行于整个伦敦社会的有关黑人的刻板印象提出了挑战,对以伊阿古为代表的种族主义者提出了强烈的批评,并且指出了种族主义带来的社会危害性。众所周知,莎士比亚的悲剧都是以主角的名字命名的,而且大多为国王、王后、王子、领袖或武士,也就是说,都是非同寻常之人,身处非同寻常之境,这正体现了亚里士多德《诗学》提出的崇高的悲剧概念。

  莎士比亚将原小说中无名的摩尔人与丹麦王子哈姆莱特、不列颠国王李尔、苏格兰将军麦克白并列在一起，使之成为有名有姓的悲剧英雄主角，正说明莎士比亚对这个高贵的摩尔人的同情和尊敬，体现出了一种伟大的，超越了种族、肤色和文化差异，包容一切的人文主义精神。

论《奥赛罗》的叙事结构[1]

田俊武　袭新智

国内外对莎士比亚的戏剧研究涉及许多方面，但从叙事学的角度进行的研究还不多见。利用玛丽-劳勒·莱恩发展的虚拟、递归、窗口等概念分析这部剧的叙事结构，这一研究对于用叙事学的角度研究莎士比亚戏剧具有重要的启迪意义。

一、引　论

隐喻在叙事学中的作用是什么？玛丽-劳勒·莱恩在她的《电脑时代的叙事学：计算机、隐喻和叙事》中提出这样一个问题。她认为："电脑文化和计算机技术，这个领域的活力和能力在很大程度上就在于它熟练地运用了隐喻表达思想。"[2] 受计算机编程方法的启发，她发展了虚拟、递归、窗口和变形四个概念，并借此证明：像在自然科学和社会

---

[1] 原载于《戏剧文学》2008年第2期。
[2] 戴卫·赫尔曼：《新叙事学》，马海良译，北京：北京大学出版社，2002年，第61页。

科学的其他学科中一样，叙事学中的类比思维具有揭示新视角和推进知识的力量。她预言计算机科学将借助其他领域的概念和形象，等待着第三次转生，成为叙事学的工具。本文试图用玛丽-劳勒·莱恩发展的虚拟、递归、窗口等概念解读莎士比亚的戏剧《奥赛罗》。这一新的研究方法不但可以揭示莎士比亚情节设置的技巧，而且这一叙事工具能为研究莎士比亚的作品提供一个新的视角。

二、《奥赛罗》中的叙事结构

1 虚 拟

"在经院时代的拉丁语里，'virtualis'指一种潜力，力量（virtus）之中的'力'。"玛丽-劳勒·莱恩指出："按照这种哲学意味，虚拟之物不是剔除真实之后的剩余，而是可能发展为实际存在的事物的潜力。"[1] 她引用了一个作为潜力的虚拟的经典例子：橡树在橡籽里的存在，即一粒橡粒在一定环境因素下可以衍生出许多橡树，一个虚拟物也可以通过多种方式转变为现实。理论家们习惯于把文本与一种仿造的现实相联系。"但是叙事文本（不只是虚构叙事的文本）也使虚拟发挥着潜力之源的作用。"[2] 根据玛丽-劳勒·莱恩及艾柯、帕维尔、道勒齐尔等坚持可然世界理论的叙事家们的观点，叙事的语义世界可以"分解为事实的王国（即玛丽-劳勒·莱恩）称之为文本的实际世界和人物的精

---

1 戴卫·赫尔曼：《新叙事学》，第64页。
2 戴卫·赫尔曼：《新叙事学》，第65页。

神活动所创造的可然世界,即知识、愿望、义务、预想、目标和计划等构成的另一个世界"。在悲剧《奥赛罗》中,文本的实际世界就是主人公所生活的世界,而可然世界就是伊阿古的报复计划所形成的世界。在文本的"现实"世界中,摩尔人奥赛罗是政府雇用的黑人将领,英勇善战,经历丰富。美丽温柔的苔丝狄蒙娜是威尼斯元老的独生女,她不顾父亲的反对,抛弃两人种族和年龄的差异、身份地位的悬殊等世俗婚姻观念,与奥赛罗结为夫妻。奥赛罗的旗官伊阿古因奥赛罗提拔了年轻的凯西奥为副将而对奥赛罗怀恨在心。苦恋苔丝狄蒙娜的罗德利哥求助伊阿古帮他获得苔丝狄蒙娜的爱。整个故事就是这个实际世界和伊阿古报复计划所形成的可然世界相互作用的过程。

可然世界的虚拟向实际的转化是基于现实世界的。伊阿古对奥赛罗的怨恨来自于奥赛罗提拔了他认为缺少布阵作战知识的凯西奥做了副将。他恨奥赛罗,跟那摩尔人要好,只是为了自己的利益。他宽慰罗德利哥:"我之所以跟随他,不过是要利用他达到我自己的目的。"(第7页)[1] 他的计划属于可能性范畴的事,而这个可能性得以成功,绝大部分得益于奥赛罗对他的错误认识和轻信。当奥赛罗被派往塞浦路斯时,他这样对公爵说:"殿下,我的旗官是一个很适当的人物,他的为人是忠实而可靠的;我还要请他负责护送我的妻子。"(第49页)当伊阿古向他挑起事端、暗示凯西奥与苔丝狄蒙娜之间有私情时,他一再强调:"我相信你的话,因为我知道你是一个忠诚正直的人,从来不让——没有忖度过的话轻易出口。"(第127页)他认为伊阿古是"一个非常诚实的家

---

[1] 莎士比亚:《奥赛罗》,朱生豪译,北京:中国国际广播出版社,2001年。本文引自此书的莎剧引文,只在文中引文后标出页码,不再设脚注。

伙，对于人情世故是再熟悉不过的了"（第139页）。杀死爱妻后，任凭伊阿古的妻子爱米利娅如何向他解释，他仍执迷不悟。直到爱米利娅说出真相，他还觉得："这诚然是一件伤心的事，可是伊阿古知道她曾经跟凯西奥干过许多回无耻的勾当。"（第255页）另外，凯西奥参与了奥赛罗求婚的全过程，让奥赛罗觉得伊阿古的话是可能的；凯西奥本身嗜酒易怒，罗德利哥偏信他的话且急于得到苔丝狄蒙娜，使得伊阿古的计划顺利进展；苔丝狄蒙娜本身天真善良、乐于助人，令她反复为凯西奥求情，增强了奥赛罗的疑心，可然世界向现实转化的可能性越来越大；爱米利娅与苔丝狄蒙娜关系密切，有机会捡到她无意中掉下来的手帕，使奥赛罗对伊阿古的话深信不疑；奥赛罗易于嫉妒、注重名誉的个性让他不愿迟疑，这一切都为伊阿古的复仇计划提供了条件和契机。所以，随着奥赛罗走进城堡中的卧室，可能性逐渐向现实转化。而与此同时，读者希望这一可能性不变为现实的希望也越来越渺茫。爱米利娅的到来终究迟了一步，留给读者无限的遗憾和可惜。伊阿古的计划得以实现，此时虚拟转化为现实。

2 递归、堆栈、推进、弹出

这组概念也是从计算机编程用语中借用的。在叙事学中，常见的一种递归形式就是故事套故事或故事里嵌着故事，可以描述为："文本每进入一个新的层次，就将一个故事推进到一个待完成的叙事堆栈上；每完成一个故事，就将它'弹出'，注意力返回到前面的层次。"[1]

在《奥赛罗》故事的开场，罗德利哥埋怨伊阿古白给了他钱，他

---

[1] 戴卫·赫尔曼：《新叙事学》，第69页。

却"做了他们的同谋",因而把故事推到了一个待续的层次。但是当事件的前因后果尚未交代清楚的时候,中间插叙了一段伊阿古仇恨的缘由。伊阿古认为能力不如他的凯西奥被提拔为副将,自己虽然由三位当政要人向将军打过招呼,举荐他做副将,却仍只能做个旗官。这个缘由作为伊阿古对罗德利哥责备的一个解释,也向读者交代了故事的背景,即伊阿古恨他的"上级",轻蔑和嫉妒他的"同事"。罗德利哥有事求伊阿古,为以后的故事埋下了伏笔。接着伊阿古怂恿罗德利哥在苔丝狄蒙娜家门口叫喊、捣乱。在这一层次中,读者对事情的来龙去脉有了进一步的了解,罗德利哥追求苔丝狄蒙娜不成功,于是求助于伊阿古,伊阿古的上级是一个摩尔人,与苔丝狄蒙娜私自成婚。这解释了为什么罗德利哥开篇会埋怨伊阿古"做了他们的同谋"。接着苔丝狄蒙娜的父亲勃拉班修被激怒,找到奥赛罗,控诉他对女儿施了巫术,并到议事厅请公爵主持公道。此时,故事的进展有了一个小小的中断。剧作家先是描述了一段公爵及元老们围桌而坐,分析讨论土耳其与塞浦路斯战事,为后来奥赛罗去塞浦路斯打下基础。然后故事继续,即勃拉班修对奥赛罗进行控诉。其中,勃拉班修因女儿的事悲哀并与其他的元老忧虑战事。一大一小,形成对比:"我并不是因为职责所在,也不是因为听到了什么国家大事而从床上惊起;国家的安危不能引起我的注意,因为我个人的悲哀是那么压倒一切,把其余的忧虑一起吞没了。"(第32—33页)由此足见奥赛罗与苔丝狄蒙娜的结合何等违背世俗观念。奥赛罗的辩解是本剧中的另一个嵌入故事。他回顾了与苔丝狄蒙娜的恋爱经过,同时讲述了自己的历史。奥赛罗的经历和他与苔丝狄蒙娜的恋爱本身就是很多个故事,这里简单带过。这一递归叙述补充了故事的背景信息。奥赛罗有着传奇的经历、丰富的作战经验和能力,他和苔丝狄蒙娜真心相爱，两人冲破世俗的阻碍，跨越种族、年龄、地位的差异结了婚。这一叙述"弹出"后，故事再次回到现实，议事厅里公爵的评判。勃拉班修无奈地接受女儿的婚事，公爵派奥赛罗前往塞浦路斯镇守阵地。在这一段中，勃拉班修对奥赛罗的控诉及一些世俗偏见，为日后的悲剧埋下伏笔。尽管奥赛罗自称出身于高贵的家庭，他本身的能力也得到了元老们的认可，然而对于威尼斯社会来说，他仍是一个"他者"，世人不能理解为何苔丝狄蒙娜会爱上他。勃拉班修虽然看重他，如奥赛罗所说，"她的父亲很看重我，常常请我到他家里"（第37页），可是他并不愿意把女儿嫁给他。得知他们的结合他很恼火，甚至说："公爵和我的同僚们听了这个消息，一定会感到这种侮辱简直就像加在他们自己身上一般。"（第27页）公爵听了他的控诉后，本来决定，"无论他是什么人，你都可以根据无情的法律，照你自己的解释给他应得的严刑"（第33页）。可是知道是那摩尔人后，公爵和众元老一致说："那我们真是抱憾得很。"（第33页）因为他们有任务需要他去执行。这表明奥赛罗毕竟不是威尼斯上层社会中的一员，而只是政府雇用的一个工具而已。这些都是日后伊阿古逐步挑起他的疑心所用的依据。

当舞台上再次只留下罗德利哥与伊阿古两人在对话时，伊阿古的复仇计划已经产生，后面的剧情基本上是按着他的计划层层推进的。他利用罗德利哥激怒凯西奥，让凯西奥失去他的职位。他一面建议凯西奥向苔丝狄蒙娜求助，一面制造假证据，挑起奥赛罗的嫉妒。最后，故事以奥赛罗杀死苔丝狄蒙娜后自杀结局。

3 窗　口

按地点来分，《奥赛罗》里有两个大的叙事窗口，一个在威尼斯，一个在塞浦路斯。故事开篇,呈现在读者面前的是一个展示威尼斯的窗口。从这个窗口传来伊阿古与罗德利哥的谈话声和叫喊声;透过这个窗口读者也可以看到勃拉班修愤怒的表情;看着这扇窗,读者可以打开想象的窗户,预测后面的风景将是什么。这扇窗所收进的内容很多,悲剧产生的来龙去脉与其发展的趋势都交代得清清楚楚。所以,对后面发生的事情读者不会感到意外,而是特别的痛惜,因为读者基本上知道了一切。伊阿古怨恨奥赛罗,因为他没有被提拔;罗德利哥愿意为伊阿古所利用,因为他喜欢并想通过伊阿古的帮助得到苔丝狄蒙娜;勃拉班修气恼女儿的婚事,因为她嫁的是一个黑人;奥赛罗要被派往塞浦路斯,因为他熟悉情况且具有能力。窗口即将转到塞浦路斯,伊阿古的计谋也产生了。他要利用罗德利哥激怒凯西奥,让其失去职务,进一步利用凯西奥引起奥赛罗的怀疑。

随着窗口的移动,威尼斯的一切消失在读者的眼前,取而代之的是暴风下的海面、塞浦路斯港口的码头以及城堡。读者同蒙太诺等人一起迎来苔丝狄蒙娜与奥赛罗等人的出现。这扇窗里的风景显然比刚才的要暴烈。首先是夫妻团圆;接着战事消失,军民宴乐;然后就开始上演伊阿古复仇计划。被灌醉的凯西奥受到罗德利哥的刺激发怒,伤了蒙太诺而被撤职。伊阿古献计,建议他去向苔丝狄蒙娜求助。同时,他挑起奥赛罗的疑心,进而强化他的疑忌,利用苔丝狄蒙娜丢失的手帕,他让奥赛罗确信无疑,杀死了苔丝狄蒙娜。奉命前来送信的罗多维科要将伊阿古带回威尼斯判决,同时报告这里的情况。至此,窗口又将随着罗多维科从塞浦路斯移回威尼斯。

"如果把一个具体情节视为由事件中介并按时间顺序排列的状态序列,那么窗口结构就决定着呈现故事需要多少不同的窗口。一个叙事的窗口数量是由情节分支的多少来决定的；一个分支反过来是由一个叙事所能'摄入'（用人们更熟悉的这个摄影术语来解释借自计算机的那个隐喻）的事件序列构成的。"[1]根据这个对窗口结构所进行的阐释，可以从另外一个角度来分析《奥赛罗》的窗口结构。由于"基本结构里的窗口数量与主要人物的多少及叙事所能捕捉的生活片断的宽度成正比"[2]，所以讲述这个故事至少需要四个窗口。

第一个窗口是跟随伊阿古的。罗德利哥出现的时候也总能看见伊阿古，所以要看罗德利哥只要从伊阿古的窗口就可以了。这个窗口刚打开，两人就在街道交谈，给读者摄下一系列的悬念，即到底谁是谁的同谋，同谋何事，为什么罗德利哥要埋怨伊阿古，伊阿古到底有怎样的打算，他所恨的黑将军到底是个怎样的人。进入窗口的人越来越多，一个个悬念也一一得到解答。罗德利哥的喊声呼出了勃拉班修，带出了更多的信息，即罗德利哥追求苔丝狄蒙娜，勃拉班修不同意把女儿嫁给他，而苔丝狄蒙娜却与奥赛罗恋爱并私自结婚。这一幕对奥赛罗与苔丝狄蒙娜的差距做了简单说明，也惹得勃拉班修要找奥赛罗当面控诉，另一个窗口被放大了。这一切进行的同时，大背景土耳其与塞浦路斯的战事也在运行。伊阿古回到奥赛罗那边时，两个窗口暂时合并。塞浦路斯方面的消息将凯西奥的窗口挪到了当前，不过很快最小化了。奥赛罗是高贵祖先后裔的身份，其在威尼斯的地位得以呈现。勃拉班修在议事厅对奥赛罗的控诉使元老们对战事的分析处于暂停状态。奥赛罗的辩解链接了一个嵌入窗口，两个合并的窗口被推进到叙事堆栈的顶层。嵌入窗口回顾了奥赛罗的个人经历以及与苔丝狄蒙娜的恋爱经过，表明两人是真心

---

[1] 戴卫·赫尔曼：《新叙事学》，第15页。

[2] 戴卫·赫尔曼：《新叙事学》，第75页。

相爱,并非奥赛罗施了魔法。嵌入窗口弹出后,再次回到先前的合并窗口,故事仍然继续,此时处于激活状态的是奥赛罗的窗口。苔丝狄蒙娜的到来激活了第三个窗口,她的回答证实了奥赛罗的话,两人真心相爱。勃拉班修无奈地接受了女儿的婚事,被中断的战事讨论再次继续,奥赛罗被派往塞浦路斯。奥赛罗的委托将伊阿古的窗口分离出来,罗德利哥出现,伊阿古的窗口再次处于当前叙事堆栈的顶层。伊阿古的阴谋使这四个窗口并列排在读者的面前。他将夺去凯西奥的位置,诬陷苔丝狄蒙娜与之有私情,从而挑起奥赛罗的疑心和嫉妒。

第二幕开场时,处于激活状态的是凯西奥的窗口。他提到苔丝狄蒙娜及伊阿古,提醒读者,其他窗口仍在运行。伊阿古与苔丝狄蒙娜的到来使三个窗口合并为一体,同时带进了一个在伊阿古计划中,也是在悲剧中起着重要作用的角色爱米利娅。由于爱米利娅的出现总可以在这主要的四个窗口中找到,所以她不需要一个单独的窗口。奥赛罗的到来使四个窗口第一次合并在一起,伊阿古计划中的关键人物都聚集到一起了。不过马上又再次分离,再次只留下伊阿古和罗德利哥的窗口,这个窗口总是散发着邪恶和仇恨的气味。伊阿古怂恿罗德利哥去挑衅凯西奥,实现他计划的第一步。奥赛罗与苔丝狄蒙娜的窗口最小化后,合并的只有伊阿古和凯西奥的窗口。罗德利哥按计划挑衅凯西奥,醉酒的凯西奥伤了蒙太诺,奥赛罗解除了凯西奥的职位,苔丝狄蒙娜被惊醒,四人的窗口交替出现,时而合并,时而分离。第二幕以伊阿古实现第一步计划而告终。

凯西奥按照伊阿古的建议去找苔丝狄蒙娜帮忙,两人在一起总是能被伊阿古利用。随着奥赛罗的横向窗口的出现,凯西奥赶紧自动离开,伊阿古趁机向奥赛罗"进言",留心苔丝狄蒙娜与凯西奥的关系。

奥赛罗起了疑心，伊阿古的计划初步成功。此后每当两人通过各自的窗口互相对话时，谈论的就是苔丝狄蒙娜是否忠实，奥赛罗的疑心越来越重。正当奥赛罗决定好当晚杀死凯西奥和苔丝狄蒙娜的时候，窗外传来了喇叭声。他们的计划暂时被打断，处于待续状态。随之而来的是苔丝狄蒙娜和罗多维科。罗多维科目击了奥赛罗惩罚苔丝狄蒙娜的情景。他的出场对情节的发展并没有太大的影响，因为不管他是否出现，悲剧最终是要上演的，其作用就在于突出奥赛罗性格变化之大。他的反应代表着威尼斯人的反应。"我要是把这回事情告诉威尼斯人，即使发誓说我亲眼看见，他们也不一定会相信我。这太过分了。"（第193页）这也反映出大家原先对奥赛罗的评价："这就是为我们整个元老院所同声赞叹，称为全才全德的那位英勇的摩尔人吗？这就是那喜怒之情不能把它震撼的高贵天性吗？那位命运的箭矢不能把它擦伤擦破的坚定的德操吗？"（第195页）三个表示疑问的句子组成排比句，强烈地表现出他的惊奇和奥赛罗性格变化之大。罗多维科的出现既没有激化矛盾，也没有解决矛盾。作为一个从威尼斯派来的旁观者，作为一个见证人，他的出现把威尼斯和塞浦路斯两地联系了起来，使读者记起被忘记的威尼斯，最后，窗口也将随他移回到威尼斯。"他竟是这样一个人，真使我大失所望啊！"（第19页）听了伊阿古的话，罗多维科不由得感慨，而整个威尼斯应该也会发出同样的叹息吧。不管伊阿古的话出于什么目的，透过这个窗口，读者还是可以看出潜伏在奥赛罗性格中的另一面。

三、结　语

悲剧《奥赛罗》是一个虚拟向现实转化的过程。这里的虚拟即指伊阿古的报复计划，也是一个个小故事嵌入弹出，层层堆栈，不断推进的过程；更是一个个窗口交替出现、不断移动、共同运行的过程。如玛丽-劳勒·莱恩所愿，她证明了在叙事学中像在自然科学和社会科学的其他学科中一样，类比思维具有揭示新视角和推进知识的力量。从虚拟、递归和窗口的角度分析《奥赛罗》这一悲剧，使我们更清楚、更全面地认识故事的叙事层次和结构，透过一扇扇窗口，人物的性格特征更为清晰地呈现在我们面前。这些借自计算机及其他领域的术语，将成为叙事学的新工具。

医学、政治与清教主义:《罗密欧与朱丽叶》的瘟疫话语[1]

胡 鹏

16—17世纪在伦敦爆发了四次大规模瘟疫(黑死病),对英格兰产生了深远影响,并成为社会文化的一部分。将莎士比亚的《罗密欧与朱丽叶》与宗教、医学、政治和占星学相结合,特别分析其中的清教对"瘟疫话语"的征用表现,指出莎士比亚在戏剧背后所隐藏的复杂宗教及政治意识。

瘟疫文学(plague literature)是指"那些主题与一些有传染性的或是致命的身体疾病以及与社会或心理导致的疾病相联系的文学"[2];更进一步说,是"直接反映瘟疫的作品或是那些鼠疫(bubonic plague)作为基本事件或首要比喻的作品"[3]。《罗密欧与朱丽叶》是莎士比亚的代表作品,众多批评家从不同角度进行解读,大多集中在两个家族的仇恨给两位恋人带来的悲剧。

---

1 原载于《外国文学评论》2012年第3期。
2 Barbara Fass Leavy, *To Blight with Plague: Studies in a Literary Theme*. New York: New York University Press, 1992, p.1.
3 Rebecca Totaro, *Suffering in Paradise: The Bubonic Plague in English Literature from More to Milton*. Pittsburgh, Pa.: Duquesne University Press, 2005, p.13.

据笔者目前掌握的资料来看，国内只有李伟民先生在《英国莎士比亚时代的环境及其瘟疫》一文中提及："(瘟疫)在他(莎士比亚)的许多剧中都有所反映……作为特定时代的背景，在莎士比亚的剧作中被抹上了浓重的色彩。"[1] 但可惜并未进行深入分析。但实际上此剧更接近瘟疫文学的定义。首先，它写于1595年，剧中奶妈在第一幕第三场中说距离地震"已经十一年过去了"。批评家们推出此地震为1584年发生在英国，因此剧本写作时间推定为1595年，[2] 正是莎士比亚写作生涯中第一次大规模的瘟疫（1593年）爆发之后。

根据官方死亡记载，1570年到1670年间，在伦敦及其附近有至少225,000人死于黑死病（英格兰全境的数字大约为750,000人）。仅1593年就有超过15,000人死去，几乎是伦敦人口的八分之一（总人口约为123,000人）。[3] 而《罗密欧与朱丽叶》于1597年首次出版的四开本（Q1）中牟克休说的是："A poxe（梅毒）on both your houses"；两年之后，在"新校正、增补、修订"的第二四开本（Q2）中，莎士比亚特意改成了"A plague（瘟疫）o'both your houses"，明显有突出"瘟疫"之意。[4] 因此，分析剧中隐藏的瘟疫表述对我们理解瘟疫这一文化现象有重要意义，因为很多历史学家认为其包含在都铎和斯图亚特时期英格兰生活定义之中。

---

1 参见李伟民：《英国莎士比亚时代的环境及其瘟疫》，《环境保护导报》1990年3月28日，第4版。
2 参见Brian Gibbons, ed., *Romeo and Juliet: The Arden Edition*. London and New York: Methuen, 1980, pp.26-27。
3 参见Charles F. Mullett, *The Bubonic Plague and England*. Lexington: University of Kentucky Press, 1956, p.86; Paul Slack, *The Impact of Plague on Tudor and Stuart England*. Oxford: Clarendon Press, 1985, p.146。
4 Oliver William Bourn Peabody, Samuel Weller Singer, Charles Symmons, John Payne Collier, Sampson, Martin Van Buren, eds., *The Dramatic Works of William Shakespeare with A Life of the Poet, and Notes*, Vol. VII, Boston: Hilliard, Gray, and Company, 1839, p.192, n.1.

鼠疫（黑死病）的流行引起了一系列相互交错（或独立）的反应，从进行宗教忏悔、大恐慌，到隔离病人，乃至大学里的医生为病人配制并分发大量解毒剂。其起因涉及一系列的问题。首先是上帝，道德的不洁引来了上帝的惩罚，也许通过祈祷和忏悔可以平息上帝的愤怒。上帝之下是天体，恒星和行星的形状可以影响天气和人类。天体或不卫生的沼泽和污水坑释放的有毒蒸汽（瘴气）都可以改变周围的空气。最后，所有的疾病的发生都有其个体因素，因为决定健康或疾病的体液平衡是极不稳定的。[1] 迪茨就指出，在暴发瘟疫之间，瘟疫成为广义的文化存在：城市官员、教堂首领、反剧场作家都利用对瘟疫的恐惧来提升自己的意识形态传播。实际上，"此剧明显将由瘟疫全方位（如家庭、贫民、教会、政府）转化的社会戏剧化了"[2]。因此，本文拟将文本与宗教、医学、政治、占星学等相结合，特别分析其中的清教对"瘟疫话语"的征用表现，指出莎士比亚在戏剧背后所隐藏的宗教和政治意识。

一

　　批评家诸如约翰·劳勒和鲁斯·内沃指出：《罗密欧与朱丽叶》是一部"命运之剧"，也是"强调偶然"的戏剧。[3] 罗密欧一开始就害怕

---

[1] 参见 Roy Portey, ed., *The Cambridge Illustrated History of Medicine*. Cambridge: Cambridge University Press, 2006, p.78。

[2] Sara Munson Deats, "Isolation, Miscommunication, and Adolescent Suicide in the Play," Harold Bloom, ed., *Bloom's Guides:* Romeo and Juliet—*New Edition*. New York: Bloom's Literary Criticism, 2010, p.76.

[3] John C. Lawlor, "Romeo and Juliet," Harold Bloom, ed., *Modern Critical Interpretations of William Shakespeare's* Romeo and Juliet. Philadelphia: Chelsea House, 1961, p.51; Ruth Nevo, "Tragic Form in *Romeo and Juliet*," Harold Bloom, ed., *Modern Critical Interpretations of William Shakespeare's* Romeo and Juliet. Philadelphia: Chelsea House, 2000, p.71.

"漆黑的恶运不只是今天下毒手,灾祸开了端,还有未来的在后头"(第103页)[1],并感叹"命运把我玩弄得好苦呀"(第104页)。在罗密欧离开前往曼图亚时,朱丽叶哭道:"命运啊命运!都说你反复无常……命运啊,你只管反复无常吧。"(第129—130页)通过死亡,两人试图"摆脱那跟人敌对的命运"(第176页),而剧中的角色似乎在不断意识到自己是"命运的玩物"(第104页)。但隐含在剧中的大背景却是瘟疫袭击了维罗那,本来去送信的约翰恰好遇到这种情况:

> 为了出门有个伴,我去找一位赤脚的苦修僧,跟咱们同一个教派,他正在慰问本城的得病的人家,谁知碰上了巡逻的警官们,怀疑我们进入了染上瘟疫的人家,封住了门,不让我们走出来,本来要赶往曼图亚,这下子就耽搁了。(第169页)

正是由于送信的耽搁,直接导致了罗密欧与朱丽叶的殉情悲剧。当卡普莱看着死去的女儿诅咒道:"你,你害人,你恨人,折磨人,你杀人,拿好人做牺牲;你这'命运',好残忍!……我的女儿已经死啦!落葬了我女儿,从此也埋葬了欢乐。"(第160页)其对命运的控诉和失去亲人的痛苦让观众不由想到死于瘟疫的亲人。父母不愿白发人送黑发人,但是瘟疫使情况常常发生变化。《罗密欧与朱丽叶》的悲剧性讽刺还在于两大家族虽然逃脱了瘟疫,但子女还是先死去了,剧中那些死去的都是城中的年轻精英——牟克休、蒂巴特、朱丽叶与罗密欧。[2] 佩林的评

---

[1] 《新莎士比亚全集》(第四卷),方平译,石家庄:河北教育出版社,2000年。本文引自该书的莎剧引文,只在文中引文后标出剧名和页码,或只给出页码,不另作注。

[2] 参见 Jonathan Bate, *Soul of the Age: The Life, Mind and World of William Shakespeare*. London: Penguin Books, 2008, p.13。

论中加上了"城市的死亡率",其中有"很大部分是小孩子",这对我们进一步理解剧中年轻人的死亡有所帮助。[1] 诚如苏珊·桑塔格在《疾病的隐喻》中所指出的那样,这类疾病的大规模发生"在那时获得的意义而言是群体灾难,是对共同体的审判","不只被看作是遭难,还被看作是惩罚"。[2] 我们可以看到整部戏剧的悲剧性是必然的,是符合宗教神学对瘟疫降临的阐释,即所有人都因为道德的不洁受到了上帝的惩罚。罗密欧有罪,因为他在见了朱丽叶之后立即离情别恋,正如神父所言:"这是天大的变化!你把罗瑟琳就那么容易抛下?——你从前却那么爱她!年轻人的爱情不出于真心,原来全凭着眼睛。"(第77页)并在命运的捉弄下杀死了蒂巴特。朱丽叶有罪,在婚姻前失去了贞洁,这也表示她失去了自我,因为在当时,女性的贞洁是无价之宝,贞洁确保了未来丈夫家族的纯洁、继承人的合法性及其家族的名声,因此守护贞洁是头等大事。正如玛格丽特在《文艺复兴时期的妇女》中指出:"一个女人的性荣誉不只是她个人的,首先不是她的;它与一种更为复杂的荣誉计算(calculus of honour)紧密相连,其中既涉及家族荣誉,也涉及支配该家族的男人的荣誉……整个家族以及对家族负责的男人的荣誉都以保持一个女儿的童贞为核心。"[3] 两人共同的罪是私订终身,他们违背了当时的社会核心价值,即年轻人应服从老人,婚姻不是爱情的产物而是财富与地位的巩固与联合。[4] 一如宗教改革家约翰内斯·布伦兹

---

1 参见M. Pelling, "Skirting the City? Disease, Social Change and Divided Households in the Seventeenth Century," P. Griffiths and M. S. R. Jenner, eds., *Londinopolis*. Manchester: Manchester University Press, 2000, p.172, n. 33。

2 Susan Sontag, *Illness as Metaphor & Aids and its Metaphors*. New York: Penguin Books, 1991, p.131.

3 Margaret L. King, *Women of the Renaissance*. Chicago: University of Chicago Press, 1991, p.30.

4 参见Jonathan Bate and Eric Rasumussen, eds., *William Shakespeare Complete Works*. Oxford: Royal Shakespeare Company, 2007, p.1677。

（Johannes Brenz）对未批准的婚姻强烈谴责的："当两个年轻人出于叛逆和无知，在父母不知晓和不同意的情况下，像着了魔一样，偷偷摸摸、轻率、欺骗——有时是通过一个媒人、甜言蜜语的谎言或其他不正当手段的帮助和教唆——结合在一起，谁会否认这种结合是撒旦而不是上帝带来的呢？"[1] 因此，神父亦有罪，故而在给两人私订终身祝福时，其内心极为忐忑："但愿上帝祝福这神圣的结合，没有日后的灾难把我们谴责！"并预告"会带来凶猛的结局……乐极生悲"（第94—95页）。此剧重要取材来源——布鲁克的《罗密乌斯与朱丽叶哀史》的前言（"To the Reader"）中就这样描述了劳伦斯神父："滥用合理婚姻的神圣名义来掩盖偷换契约的羞耻；最终当然可以让不忠的人生赶往悲凉的结局……试图冒险获得自己期望的欲望，利用听到的忏悔、偶像崇拜与背叛来促进他们的意图实现。"

莎士比亚的《罗密欧与朱丽叶》取材于英国文人布鲁克的叙事长诗《罗密乌斯与朱丽叶哀史》。[2] 随后，布鲁克称他为"一个明显无知的傻瓜"；而且谴责说，劳伦斯神父的密室是个"用来利用年轻人的秘密场所"[3]。两大家族有罪，长期的械斗给整个城市带来巨大灾难。戏剧一开场就发生了两个家族的械斗，但是市民们的反应却是相当奇特的——众市民："有棍子的用棍子，有枪的使枪，打呀！把他们打下去！打倒卡普莱家的人！打倒蒙太古家的人！"（第32页）对市民而言，这两个家族就像瘟疫一样让人厌恶，因为他们的争斗持续到哪儿，哪儿就会

---

1 Steven Ozment, *When Fathers Ruled: Family Life in Reformation Europe*. Cambrideg, Mass., and London: Harvard University Press, 1983, p.28.

2 参见Arthur Brooke, *The Tragicall Historye of* Romeus and Juliet (1562), G. Blakemore Evans, ed., *Romeo and Juliet*. Cambridge: Cambridge University Press, 2003, pp.229–230。

3 Arthur Brooke, *The Tragicall Historye of* Romeus and Juliet, p.237, p.244.

有流血死亡。而亲王的谴责也印证了这一点:"用乡亲的鲜血把刀剑玷污了……你们这些个畜生!为了给你们满腔怨毒的怒火解渴,不惜叫血管迸射出殷红的喷泉……只为了发泄你们发了霉的仇恨。"(第23页)罗密欧一出场就发现满地狼藉还有血迹,于是说道:"一切的一切,原来是无中生有啊!"

指上帝在虚无中创造天地万物。他的话点出了所有人的悲剧源泉:"上帝造了他,毁了他的是他自个儿。"(第84页)最后,亲王哭诉说:"是上帝在惩罚你们……我们都受到了惩罚。"(第187页)这意味着,所有人的结局都是自己造成的。

实际上,当时的天主教、新教和清教都认为瘟疫是"上帝之怒"(the wrath of God),即神惩罚人类罪孽的工具,身体的受辱是获取救赎所必需的一种方式,而处理的唯一方法就是忏悔和接受。[1]正如神父所说:"为我们的罪孽,灾祸从天而降,上帝的意旨要顺从,不能有违抗。"(第161页)在那个《圣经》深入人心的年代,我们不能忽视其中第92则诗篇中的话:"他必救你脱离……毒害的瘟疫。"[2]这并不能免疫,但是对瘟疫时期的信徒而言,诗篇提供了特别的保护和希望。正如莎士比亚同时代的演员爱德华·艾来恩在1593年8月写给妻子的信中提到的:"祈祷者必得上帝庇佑,不要怀疑上帝会仁慈地保护你。"[3]那时的瘟疫被认为是普通人的堕落导致的,但是宗教改革则添加了新的内容:在日内瓦的天主教徒将上帝的愤怒归咎为加尔文教徒的异端邪说,而加尔文教徒则指责天主教徒的渎神。他们总是责怪敌对宗教势力带来或延长了

---

[1] Richard A. Hughes, *Lament, Death, and Destiny*. New York: Peter Lang Publishing, Inc., 2004, p.102.

[2] *Holy Bible*,中国基督教协会,2000年,第935页。

[3] 转引自 Stanley Wells, *Shakespeare*. New York: Penguin Books, 2007, p.39。

瘟疫。¹ 同样，在玛丽女王治下爆发的瘟疫被认为是之前亨利八世与爱德华六世的新教政策导致的，而重建新教的伊丽莎白一世治下的伦敦于1563年爆发的瘟疫则被归咎于天主教残余分子。² 可见瘟疫总被看作"对个体的惩罚，也是对某个群体的惩罚"³，此时则成为清教徒坚定上帝权威、攻讦天主教的有力武器。

二

实际上，《罗密欧与朱丽叶》的语言比起莎士比亚其他戏剧更多涉及了早期现代的疾病和治疗。评论家琳内特·亨特就认为："《罗密欧与朱丽叶》明显是一出关于医学话语和16世纪九十年代医学与比喻关系在英语实践中应用的戏剧。"⁴ 剧中的和平与仇恨都是"发了霉的"（第23页），而月亮也是"脸色都变黄了"（第63页）。人物同样说明了关于体液和瘴气相关理论的复杂知识，体液理论（humoral theory）源于古希腊，认为人体的健康是由四种体液（血液、黏液、黑胆汁、黄疸汁），四种元素（土、气、火、水），四种特质（热、冷、湿、干）的微妙平衡所维持的。而其最重要的一个特点就是强调个体与环境之间的关系。⁵

1　参见Joseph Patrick Byrne, *Daily Life During the Black Death*. Westport: Greenwood Press, 2006, pp.29–30。

2　转引自Alan D. Dyer, "The Influence of Bubonic Plague in England 1500–1667," *Medical History*, 22 (1978), p.322。

3　Susan Sontag, *Illness as Metaphor & Aids and its Metaphors*, p.140.

4　Lynette Hunter, "Cankers in *Romeo and Juliet*: Sixteenth-Century Medicine at a Figural / Literal Cusp," Stephanie Moss and Kaara L. Peterson, eds., *Disease, Diagnosis, and Cure on the Early Modern Stage*. Burlington, VT: Ashgate, 2004, p.171.

5　参见Thomas P. Gullotta and Martin Bloom, "Child and Family Agency of Southeastern Connecticut", eds., *Encyclopedia of Primary Prevention and Health Promotion*. New York：Kluwer Academic/Plenum Publishers, 2003, p.19。

瘴气理论（miasma theory）则认为，疾病是由空气里面的某些物质直接造成或周围的物质间接造成的。[1] 诸如罗密欧"黑暗和不吉利的……怪癖（体液）"（black and portentous...humor），蒂巴特的"一腔怒火（黄疸汁）"（willful choler）和"火爆的烈性子"（unruly spleen）（第25页，第54页）。

但神父、卖药人和搜寻者的直接出场让《罗密欧与朱丽叶》看起来更像一部瘟疫戏剧，特别是此剧中的劳伦斯神父，实际上更接近瘟疫时期伦敦的治疗者形象。他刚出场就在阐述药物的使用：

> 为了采药草，和那有特效的花瓣，我来到户外……大地本是哺育众生的慈母……众生万物都是她赐给的生命，靠吸吮她的乳汁，才获得了养分。世上的有生和无生，没一样没用……一草一木一石，都各有其特性，都各有奇妙的效用……这世上哪有一物，一身都是恶？对人对世，它总有一点用处，哪怕是尽善尽美，使用没分寸，"善"就会变质，丧失了它的本性。"善"成了"恶"，如果无节制地滥用；掌握得好，"恶"也能为人们立功。小小的这朵花……贮藏着毒性，具有毒药般威力；嗅着那花香，会使人气爽神清，吞下那花汁，就叫人昏迷不醒。善和恶，好和坏，是难分难解的一双……一旦恶势力在内部占了上风，枯萎的树木很快就被虫子蛀空。（第74—75页）

鼠疫和梅毒的肆虐与帕拉塞尔斯及欧陆其他科学家逐渐浓厚的化学药品

---

1 参见Ingvar Johansson and Niels Lyne, *Medicine & Philosophy: A Twenty-first Century Introduction*. Heusenstamm: Ontos Verlag, 2008, p.35。

兴趣相结合，导致了大量使用效果明显但经常会导致中毒的疗法。劳伦斯神父最引人注目的是使用了帕氏医学理论来强调有害物质的潜在益处："有害的野草"同时包含着毒药和治疗效能："闻一下神清气爽，尝一下就性命堪忧。"对劳伦斯神父而言，世上的物质"不可看轻"，没有"一身都是恶"。亨特主张这段将"劳伦斯置于传统的格林派医学之下"，[1] 劳伦斯神父这里涉及了格林派体液平衡原则，但更多涉及了帕拉赛尔斯的药物观点。首先是治疗药物与毒药存在的统一性。[2] 剧中，劳伦斯给他们的"蒸馏的液体"很可能是曼陀罗草制作的汁液（mandragora），但它潜在蕴含着毒素。朱丽叶似乎对药瓶中的汁液（以及神父的用心）心存疑虑："万一这配置的汁液没有效力呢？……如果这是毒药呢？是神父私下配好了存心叫我死。"（第152页）其次，劳伦斯神父独白中的"一草一木一石"与帕氏宇宙活力观点如出一辙。像帕拉塞尔斯一样，劳伦斯服从自然世界，而同时帕氏也在其作品中提到大地为"母亲"，与劳伦斯独白中的"大地慈母"以及众生都"吸吮她的乳汁"相呼应。[3] 再次，帕氏认为每一种植物、动物和矿石都是由有着特定行星给予的神圣"部分"——外貌。诸如核桃就被认为能治愈头部疾病因为它们看起来像大脑。在劳伦斯神父那里，植物会告诉你其使用方法，上帝"赐给了生命"，"都有奇妙效用"（第74页）。而且帕氏认

---

[1] Lynette Hunter, "Cankers in *Romeo and Juliet*", p.173.
[2] 格林（Galen, 129—204）和帕拉赛尔斯（Paracelsus, 1493—1541）两人，一为古典医学代表，一为现代医学代表。关于其生平，参见 Jeanne Bendick, *Galen and the Gateway to Medicine*. Bathgate: Behtlehem Books & Ignatius Press, 2002; Nicholas Goodrick-Clarke, *Paracelsus: Essential Readings*. Berkeley: North Atlantic Books, 1999。
[3] Owsei Temkin, "The Elusiveness of Paracelsus," *The Double Face of Janus and Other Essays in the History of Medicine*. Baltimore: Johns Hopkins UP, 1977, p.235, p.236.

为，对植物的外部特征或矿石的内部特性的理解能拓展实践于病人内部状况所反映的表象。但是格林派的医生则专注于检验病人的血液、尿液和排泄物。然后，帕氏坚持认为事物间有着直接的相互影响，临床经验是最重要的："因此一个内科医生必须有大量经验，不仅仅是书本的记载，还有自己所记录的病症，这些记录不会让他失望和被蒙骗。"[1] 劳伦斯神父就推测，罗密欧因为"坐卧不安"而"一整晚没有躺下身子"（第76页），并认为罗密欧的外部表现符合内部心理："你可是男子汉？凭你这身材，谁能说不是？可你却跟娘儿们学，泪流满面的。"罗密欧成了"不成体统的娘儿们，还不够格做一头野兽"（第121页）。最后，劳伦斯神父使用炼金术的比喻来描述两人的婚姻同样也表达了帕氏的信条：他们的婚姻将"把他们俩结为一体"（这里的incorporate是炼金术用语）并"将两家的仇恨变成纯爱"（第96页，第78页）。可见，实际上神父是被置于帕氏医学之下的。

宗教和医学在一开始就有着共同的目的——创造生命的完美。从语源上讲，神圣（holiness）和治疗（healing）从同一词源"wholeness"演化而来；同样，拯救（salvation）和有益健康（salubrity），治疗（cure）、照顾（care）和仁慈（charity）也是由同一词根演变而来。但是身体（body）和灵魂（soul）、心智（mind）、精神（spirit）还是有着明显分界。这种二元论使得医学从宗教分化出来，使治愈机体的医生和治疗灵魂的牧师区分开来。因此，医学和宗教、医生和牧师互相争夺领地；而机体和信仰也始终相互交织、相互抵触地存在和发展。但更重要的是，西方医学是在宗教价值体系的基础上发展起来的。[2] 因此，我们

---

1 Owsei Temkin, "The Elusiveness of Paracelsus", pp.235-236.

2 参见Roy Portey, *The Cambridge Illustrated History of Medicine*, p.84。

在分析医学因素时必须联系宗教因素。实际上,帕拉塞尔斯偏离了医学正统,他将自己的理论与基督教和新柏拉图神秘主义以及新教宗教改革相联系,宣称自己对医学的改革是宗教改革必不可少的一部分。尽管拥有大量信徒并影响了生物化学史,但他和追随者常被作为"魔法师"(magician)或"巫师"(conjurer)遭到驱逐,不被清教所认可。[1] 而且,"巫师"一词在莎士比亚其他戏剧中常被用作"天主教驱魔师"。

诸如在《错误的喜剧》中,品契术士在剧中反复被提到是"巫师"(conjurer)(第四幕第四场第42行;第五幕第一场第178行,第243行),都指向说明他是一个"天主教驱魔师"[2]。莎士比亚材料来源中的劳伦斯神父就已经被设置为"迷信的行乞修道士"[3],莎士比亚延续了这一设置;而且很多内科医生在宗教改革后的英格兰同样也是神职人员。可见,劳伦斯神父是作为天主教和帕拉塞尔斯的化身出现的。严格说来,劳伦斯神父(Friar)是不存在于莎士比亚时代的英格兰的,因为亨利八世早在1535年就驱逐了这类天主教徒。而且当瘟疫降临英格兰时,罗马天主教教堂的圣礼仪式受到了严重挑战,很多教徒并未受到圣餐和救赎告解的庇佑,更由于大量的牧师也死于瘟疫或因担心瘟疫而逃离教区,导致在一些偏远城镇的教堂和政府里只有单个的清教牧师坚守阵地,扩散了对天主教的怀疑。[4] 剧中对天主教徒和帕氏医学的双重否定正是当时清教所持有的普遍观念。

---

1 参见Joseph Patrick Byrne, *Daily Life During the Black Death*, p.28。
2 参见Peter Milward, *Shakespeare's Religious Background*. Bloomington: Indiana University Press, 1973, pp.52–53。
3 Arthur Brooke, *The Tragicall Historye of Romeus and Juliet*, pp.229–230。
4 参见Alan D. Dyer, "The Influence of Bubonic Plague in England 1500–1667", 1978, p.325。

三

由于瘟疫是大规模群体性事件，除了神学和医学的活动之外，当局则试图用预防与隔离的方式与之对抗。于是，我们还可以看到剧中关于罗密欧与朱丽叶被隔离（束缚）的隐喻更多，正隐射了当局的隔离手段：石头的果园围墙、劳伦斯神父的密室、朱丽叶的橱柜和陵墓。蒙太古就描述了罗密欧的隔离："我那儿子……独自躲进房内……紧闭门窗。"（第25页）而后，罗密欧认为自己的心"牢插在地面，一步也不许动"（第44页），"比疯子给绑得更紧，禁闭在监狱中……受折磨"（第33—35页），最终两人深陷的命运又出现在最后封闭的空间"祖先的坟墓"。而且我们还可以看到瘟疫的爆发完全契合了罗密欧的悲伤："在这儿无论是猫，是狗，是小耗子，不管是多么卑贱的生灵，都生活在天堂里……唯独罗密欧，办不到！就算是最肮脏的苍蝇也比罗密欧活得更光彩，更得意。"（第117页）将瘟疫与小动物的结合证明了早前牟克休死前的咒骂："明明是狗，是老鼠，是小耗子，是猫。"（第102页）两段话中的相同语言提醒我们，在瘟疫爆发期间城市的自由只是属于家畜、蚊虫、苍蝇，我们会更进一步回忆起瘟疫实际上是由那些"猫、狗、小老鼠"身上携带的跳蚤传播的。尽管这种流行病学在莎士比亚时代并不为太多人所知，但其联系却是无法不让人正视的。[1] 显然，这种体验——封门闭户的隔离——正是16世纪晚期"伦敦瘟疫爆发时"的标准做法[2]，市政当局通常会"将瘟疫患者封闭在房子里，与社区隔绝让其自生自

---

1 参见Leeds Barroll, *Politics, Plague, and Shakespeare's Theater: The Stuart Years*. Ithaca, NY: Cornell University Press, 1991, pp.92—96。

2 Jill L. Levenson, ed., *Romeo and Juliet*, New York: Oxford University Press, 2000, fn. L.11.

灭，而门上画十字标明内有病患"¹。因此，感染者也只能与感染者有所接触，这正是剧中约翰神父送信失败的原因。但尽管"花园的围墙那么高，爬墙不容易"，罗密欧仍然能"轻易地翻过墙"（第67页），可以"趁城门还没有放哨就走"或天亮了"乔装打扮混出城去"（第117页），可见瘟疫既不能在隔离房内也不能在墙内受到控制。

而且，莎士比亚进一步创造了一个由不幸带来的偶然性导致最终无法避免结局的忙乱环境，² 这种背景的表述是人人都被瘟疫感染的状态：所有提到的中毒、瘟疫、感染结合起来组成了维罗那混乱与灾难的中心象征。³ 维罗那已经被"两户大族"所分解和削弱，这两个家族的"新近的厮杀"可以说重新释放了"两家的诅咒"（瘟疫），而且散播了污染，因为"私斗叫清白的手把血污染上"（第14页）。倘若说维罗那由于两大家族而混乱无序的话，那剧中另一城市曼图亚也有类似情况，它们既联系又隔离。那里居住着药剂师——药铺的店主："衣衫褴褛，面黄肌瘦的……无情的贫穷磨得他剩下一把骨头……冷清的店堂里……散放在架子上，是零零落落的空匣子……稀稀朗朗地乱放着，支撑起一个空门面。"（第166页）毒药在曼图亚被"严禁出售，违者处死"；但是贫穷的卖药人依旧出售毒药给罗密欧，剧中指涉了贫穷和随之而来的犯罪行为可能威胁那个城市（克里斯·菲特认为，这是当时伦敦的现实情况）。⁴ 比起维罗那，曼图亚仍然是法律约束较强的地方：在布鲁克的

---

1 Ian Munro, "The City and Its Double: Plague Time in Early Modern London," *English Literary Renaissance*, 2000, 30 (2), p.258.

2 M. C. Bradbrook, *Shakespeare and Elizabethan Poetry*. London: Chatto & Windus, 1951, p.109.

3 Janyce Marson, ed., *Bloom's Shakespeare Through the Ages*. New York: Bloom's Literary Criticism, 2008, p.268.

4 Chris Fitter, "'The quarrel is between our masters and us their men': *Romeo and Juliet*, Dearth, and the London Riots," *English Literary Renaissance*, 2/30/2000, p.160.

作品中，卖药人最后被绞死；但相反的是，莎士比亚的作品中维罗那的亲王任意地改变刑罚，并推迟了判决：在"把这事谈个透彻"之后"该恕的当宽恕，该罚的就要惩罚"（第187—188页），城市的状况和统治术令人怀疑，正如苏珊·桑塔格指出："城市自身就已经被看作……一个畸形的、非自然的地方，一个充斥着挥霍、贪婪和情欲的地方。"[1] 维罗那和曼图亚的混乱和失序也正是导致瘟疫的重要原因，正是城市生活导致了牟克休的诅咒，"A plague o'both your houses"在此也是"瘟疫房子"，因此瘟疫成为双重指向：既是袭击城市的疾病，又是被感染的城市。即便莎士比亚把戏剧场景设其他国家，他提到的城市始终是伦敦。[2] 英国都铎王朝时代和斯图亚特王朝时代，负责隔离检疫的英国皇家警察和抗议的清教徒之间在瘟疫发生后曾发生格斗。

克里斯菲特认为："逐步升级的阶级间年轻人的暴力冲突，1594—1597年间对死亡的恐惧，以及1595年伦敦耸人听闻的骚乱"都成为本剧政治指涉的关键证据，但是没有提到毁灭性的瘟疫爆发几乎灭绝了城市。[3] 国王和市政府对流行病实行了抑制政策，他们关闭城门，禁止商业活动，隔离患者和潜伏期病人。牧师们谴责当局的行为是误导、无医疗意义的，因为它违背了上帝的旨意，又是不虔诚的。清教徒牧师查德顿（Laurence Chaderton）曾悲叹："能驱散上帝愤怒的不是打扫卫生，保持室内和街道的清洁，而是净化我们的心灵，使我们的灵魂远离罪恶。"真正需要的不是肉体的卫生，而是灵魂的圣洁，不是扣押、没收，而

---

[1] Susan Sontag, *Illness as Metaphor & Aids and its Metaphors*, p.74.

[2] Stephen Greenblatt, ed., *The Norton Shakespeare*. London: W. W. Norton & Company, 1997, p.170.

[3] 参见Chris Fitter, "The quarrel is between our masters and us their men", p.155。

是信奉上帝。¹桑塔格认为，这一时期的"（瘟疫）隐喻被用来表达对某种终究会波及个体的总体失调或公共灾难的不满"²；而且"瘟疫隐喻在对社会危机进行即决审判方面不可或缺"³。联系当时的状况，莎士比亚描绘的隔离措施的无效和城市混乱无序状况正是为了"以强化的效果来呼吁人们做出理性反应"，并以此来"敦促统治者追求更为理性的政策"，⁴隐藏着清教追求社会在上帝治下恢复正常均衡状态（即清教统治）的要求。

四

在莎士比亚的戏剧中，"瘟疫"（plague）和"鼠疫"（pestilence）反复出现，但是通常用来作为诅咒或灾难的一般表述。莎士比亚的文本中使用"plague"共计九十八次，"plagues"十四次，"pestilence"十四次。⁵既然瘟疫在早期现代英格兰随处可见，为什么莎士比亚几乎没有在舞台上呈现瘟疫这一其生活中重要的文化现象呢？最明显的答案是对生意有影响，通不过审查（当局担心对民众造成恐慌心理）。但莎士比亚并没有彻底避开瘟疫意象的使用，因为其最主要的艺术特点之一，是他那充满真实性的笔触。⁶实际上早期现代爆发的瘟疫对宗教有着显著

1　转引自 Richard Palmer, "The Church, Leprosy and the Plague in medieval and Early Modern Europe," W. J. Sheils, ed., *The Church and Healing*. Oxford: Basil Blackwell, 1982, p.97。

2　Susan Sontag, *Illness as Metaphor & Aids and its Metaphors*, p.74.

3　Susan Sontag, *Illness as Metaphor & Aids and its Metaphors*, p.142.

4　Susan Sontag, *Illness as Metaphor & Aids and its Metaphors*, pp.78–79.

5　M. Spevack, *A Complete and Systematic Concordance to the Works of Shakespeare*. Hildesheim: Georg Olms Verlagsbuchhandlung, 1970, p.2628, p.2616.

6　Stephen Greenblatt, *The Norton Shakespeare*, p.13.

意义，因为它们是与新教主义、清教主义、不服从国教的发展相一致的。从某种程度上说，正是瘟疫导致了后来的宗教改革与各方面的现代化。[1] 因此，我们毫不奇怪莎士比亚的整部作品都暗含着清教笃信上帝权威、反天主教、反国家政府的观念，但仔细分析却能挖掘出两个隐藏的矛盾。

其一是关于占星术。由于在认知系统上的矛盾，占星术和宗教是明显不同的两个系统。占星术的阐释是瘟疫流行时期知识分子最偏向的方式，并广泛为人们所接受直到瘟疫停止的17世纪后期。[2] 它非常符合流行的瘴气理论，天体状态的改变为空气的腐坏提供了貌似正确的解释：当星星带着热度和湿气时，腐朽的状态很自然就开始了。[3] 命运在星星的主宰之下弥漫着整个早期现代的瘟疫书写，莎士比亚的作品中也是一样，如开场白提到两位恋人是"a pair of star-crossed lovers"。"star-crossed"指"被命运所阻碍和星体的恶劣影响"；[4] 罗密欧注意到了"主宰命运的星星"。弗莱就指出，在剧中，"占星学起了相当大的作用"[5]；而戈达德认为前言"把这部戏剧置于占星家影响之下"[6]。但是，通常占星术会与巫术相联系，尤其遭到清教的反对，诸如《穷人的宝石》(*The Poor Man's Jewel*，1578) 的作者清教牧师托马斯·布拉布里吉

1　Alan D. Dyer, "The Influence of Bubonic Plague in England 1500−1667", pp.323−324.

2　Quoted by Keith Thomas, *Religion and the Decline of Magic: Studies in Popular Beliefs in Sixteenth and Seventeenth Century England*. London: Weidenfeld & Nicolson, 1971, p.388.

3　转引自 Keith Thomas, *Religion and the Decline of Magic*, p.389。

4　参见Jonathan Bate & Eric Rasumussen, eds., *William Shakespeare Complete Works*, p.1679, p.6。

5　Northrop Frye, "Romeo and Juliet," Harold Bloom, ed., *Modern Critical Interpretations of William Shakespeare's* Romeo and Juliet. Philadelphia: Chelsea House, 2000, p.165.

6　Harold C. Goddard, "Romeo and Juliet," Harold Bloom, ed., *Modern Critical Interpretations of Shakespeare's* Romeo and Juliet. Philadelphia: Chelsea House, 2000, p.25.

（Thomas Brabridge）就咒骂占星术为"异教徒的偶像崇拜"（idolatry of the heathen）[1]。

其二则是关于劳伦斯神父。通过上文分析我们可知他是天主教的代表，在剧中似乎是被指责的对象；但是，另一方面莎士比亚又给予了他同情。保罗·沃斯就指出了莎士比亚对劳伦斯神父的描述是有正面效果的；[2] 而格林布拉特也认为："劳伦斯神父有着显著的社会特征，他将集体智慧和团体的圣洁结合在一起……积极参与社会活动。"[3]

这种矛盾态度是如何出现的呢？以笔者看来，首要原因是莎士比亚模糊的宗教观念。他对于天主教、新教、清教甚至其他异教都保有一定距离，既可说信仰也可说不信仰。正如格林布拉特所分析，几乎可以确定莎士比亚的家庭倾向天主教，其妻子安妮的家庭则几乎必定倾向于与其相对立的新教，而其父既是天主教徒又是新教徒。莎士比亚拥有多重信仰，或者往着不信奉的方向发展。[4] 其二是基于经济原因。清教的观念在学者、商人之间最先得到庇护，而其主体则是市镇成长后的中下层绅士和市民，而这些人正是剧场观众的主体。[5] 莎士比亚与清教反对当局隔离的态度是一致的，因为瘟疫爆发时期莎士比亚被迫关闭剧场，陷入了经济困境，即便是向伊丽莎白一世寻求特许与庇护，也难以改变窘境。

---

1 Joseph Patrick Byrne, *Daily Life During the Black Death*, p.29.

2 Paul Voss, "The Antifraternal Tradition in English Renaissance Drama," *Cithara: Essays in the Judaeo-Christian Tradition*, 33.1 (1993), p.14.

3 Stephen Greenblatt, *The Norton Shakespeare*, p.870.

4 参见Stephen Greenblatt, *Will in the World: How Shakespeare Became Shakespeare*. New York：W. W. Norton & Company, 2004, p.118, p.113。

5 克莱顿·罗伯茨和戴维·罗伯茨（Clayton Roberts and David Roberts）：《英国史》（上），贾士蘅译，台北：五南图书出版公司，1987年，第347页。

1593年因瘟疫爆发关闭剧场使得莎士比亚不得不另谋职业，像同时代的乔治·查普曼（George Chapman）和迈克尔·德雷顿（Michael Drayton）一样通过写诗歌来寻求赞助和庇护；于是，他写下了长诗《维纳斯与阿多尼斯》以及《鲁克丽斯受辱记》，献给南安普顿伯爵。[1] 而且献给贵族有三重好处：首先可以从出版商那里得到部分钱，其次可从被题献者处得到作为感谢的礼物，最后若幸运的话还可以在被题献者处获得文秘或其他职位。[2] 在利兹·巴罗的《政治、瘟疫与莎士比亚剧场》（*Politics, Plague, and Shakespeare's Theater*）一书中就提到，剧场在莎士比亚生前由于五次较大规模瘟疫而关闭（1581—1582年、1592—1594年、1603—1604年、1608—1609年以及1609—1610年）。但清教徒激进的观念则让他大为恼火，因为他们将剧场与瘟疫等同，宣称要废除剧场，一位清教牧师声称："如果你仔细留意的话会发现导致瘟疫的原因是罪孽，而罪孽则来源于戏剧：因此导致瘟疫的是戏剧。"[3]

其三是政治原因。在伊丽莎白女王统治的早期，戏剧演员被无形中鼓励在节目中表现反天主教的情绪，只有在宣传清教的好处要大于煽动反天主教情绪带来的好处时，王室才开始采取比较谨慎的态度。在莎士比亚活动时期，演员已经被禁止在戏剧中表现宗教问题。[4] 伊丽莎白不仅要抵抗教会以外的天主教威胁，而且还要与来自教会内部的清教徒威胁搏斗——清教徒攻击主教的权威，并要求引进长老会制的教会政

---

[1] Jonathan Bate, *Soul of the Age*, pp.223-224.

[2] 另见 Jonathan Bate & Eric Rasumussen, *William Shakespeare Complete Work*, p.31。

[3] 转引自 Frank Percy Wilson, *The Plague in Shakespeare's London*. Oxford: Oxford University Press, 1927, p.52。

[4] Germaine Greer, *Shakespeare: A Very Short Introduction*. New York: Oxford University Press, 2002, p.26.

府,使权威归于集会的长老及牧师,对伊丽莎白的统治构成了威胁。[1] 为了通过审查,在兼顾经济利益的同时,莎士比亚必然会迎合当局的谨慎宗教态度。

在如此复杂的状态下,我们就易于理解莎士比亚剧中的暗示隐喻和复杂的瘟疫表述了,莎士比亚"让观众重临想象的鲜活的灾难场景来获得某些控制感"[2],在使用瘟疫的隐喻来为生计、政治、宗教等服务的同时,表达出了对当局措施和清教激进观念的不满。即使清教成功征用了"瘟疫话语",但由于莎士比亚在宗教上的暧昧和世俗化倾向,使其在清教徒眼中也是散布"社会瘟疫"之人。但正如杰曼·格里尔指出的那样,莎士比亚戏剧的目的就是"让人们意识到思想之外的维度,意识到日常生活中充满想象力的维度",其"充满了辩证冲突的"舞台上"不同的思想观点针锋相对,而对于思想本身更为深刻的理解就在这些思想的交锋和冲突中得以浮现出来"。[3]

---

1 克莱顿·罗伯茨和戴维·罗伯茨:《英国史》(上),第389页。
2 Catherine I. Cox, "'Lord Have Mercy Upon Us': The King, the Pestilence, and Shakespeare's Measure for Measure," *Exemplaria*, 20 (2008), p.434.
3 Germaine Greer, *Shakespare: A Very Short Introduction*, p.23.